KB147232

푸른사상 평론선 **36**

존재와 사유

박정선 朴貞善

소설가, 시인, 문학평론가. 숙명여대 대학원 졸업(문학석사). 『영남일보』 신춘문예에 소설 당선. 장편으로 『백 년 동안의 침묵』(2012년 문광부 우수교양도서) 외 『동해 아리랑』 『가을의 유머』 『유산』 『새들의 눈물』 『수남이』 등이 있고, 소설집으로 『청춘예찬 시대는 끝났다』(2015년 우수출판콘텐츠제작지원사업 선정) 외 5권이 있다. 시집으로 『바람 부는 날엔 그냥 집으로 갈 수 없다』 외 8권, 서사시집 『독도는 말한다』 『뿌리』가 있다. 에세이집으로 『고독은 열정을 창출한다』 외, 평론 및 비평집으로 『타고르의 문학과 사상 그리고 혁명성』 『인간에 대한 질문 ─ 손창섭론』 『사유와 미학』 『해방기 소설론』 등이 있다. 심훈문학상, 영남일보문학상, 천강문학상, 부산문학상 대상, 김만중문학상, 해양문학대상(해양문화재단), 한국해양문학상 대상, 아라홍련문학상 대상을 수상했다. 현재 문예창작, 인문학 강사로 출강하고 있다.

존재와 사유

초판 1쇄 인쇄 · 2021년 7월 25일
초판 1쇄 발행 · 2021년 8월 10일

지은이 · 박정선
펴낸이 · 한봉숙
펴낸곳 · 푸른사상사

주간 · 맹문재 | 편집 · 지순이 | 교정 · 김수란, 노현정 | 마케팅 · 한정규
등록 · 1999년 7월 8일 제2-2876호
주소 · 경기도 파주시 회동길 347-16 푸른사상사
대표전화 · 031) 955-9111(2) | 팩시밀리 · 031) 955-9114
이메일 · prun21c@hanmail.net
홈페이지 · http://www.prun21c.com

ⓒ 박정선, 2021

ISBN 979-11-308-1807-8   03800
값 30,000원

푸른사상
평론선
36

Existence and thought

존재와 사유

박정선

사유와 존재 그리고 산다는 것은 무엇일까. 희귀할 정도로 보기 드문 길매나무는 큰 나무도 아니면서 땅속의 가장 깊은 곳에 있는 ... 내야 한다고 한다. 뿌리는 최대한 정제된 물을 찾기 위해 수만 가지 뿌리돌, 발레돌, 돌멩이들이 어우러져 있는 땅속으로 빨아내리며 고행을 감행한 ... 내와 청정한 진흙물 임을 피워낼 수 있고, 그래야 투명하게 빛나는 새까만 열매를 임할 수 있기 때문이다. 사람도 길매나무처럼 같은 삶의 청결한 ...

푸른사상
PRUNSASANG

존재와 사유, 사유와 존재 그리고 산다는 것은 무엇일까. 희귀할 정도로 보기 드문 갈매나무는 큰 나무도 아니면서 땅속의 가장 깊은 곳에 있는 물을 찾아 뿌리를 내린다고 한다. 뿌리는 최대한 정제된 물을 찾기 위해 수만 가지 뿌리들, 벌레들, 돌멩이들이 어우러져 있는 땅속으로 뻗어내리며 고행을 감행한 것이다. 그래야 청정한 진초록 잎을 피워낼 수 있고, 그래야 투명하게 빛나는 새까만 열매를 익힐 수 있기 때문이다. 사람도 갈매나무처럼 깊은 샘의 정갈한 물을 얻기 위해 어지러운 바람 속을 헤치며 고난의 길을 가는 이들이 있다. 청정한 진초록 갈맷빛 사유가 비로소 거기에 존재한 탓이다.

사유는 생명 그 이상의 것이기 때문이다. 그렇다. 산다는 것은 생각의 연속이다. 그것은 존재를 의미한다. 존재는 '있다'에서 출발하며, 있다고 말할 수 있는 것은 오직 사유하는 것뿐이라고 데카르트는 말한다. 코기토 "나는 생각한다. 그러므로 존재한다"에서 암시하듯이 데카르트는 사유 자체를 존재의 근거로 삼았다. 그러나 사유는 고독을 전제로 하며 그것은 새로운 의식 세계를 유영하면서 존재의 이유를 거울을 보듯이 알아가는 것이라고 강조하기도 한다.

따라서 수만 가지 뿌리와 벌레와 돌멩이로 얽혀 있는 땅속 같은 시대를 걸어온 그들은 불의와 타협을 거부하면서 기꺼이 어려운 길을 가야 했고,

문학과 철학과 사상으로 당면한 시대의 불합리한 것들을 응시하면서 투명하게 빛나는 새까만 열매, 갈매나무 열매처럼 고결하고 심오한 사유를 남길 수 있었다. 그리고 그들은 나로 하여금 이 글을 쓰도록 이끌었다. 그러니까 이 글은 그들의 고독한 사유가 이끌어준 것이다.

이 글에는 한국 현대문학사가 굵직하게 기록하고 있는 평론가 김현을 비롯하여 시인 이재무, 시인 박송죽, 시인 김두만, 에세이스트 겸 소설가 최화수, 소설가 옥태권, 신라 후기 최고의 문명을 날렸던 고운 최치원, 조선 후기의 인물 추사 김정희, 16세기 자유와 평등주의 사상가 몽테뉴, 그리고 구한말 일제로부터 나라를 강탈당할 때 노블레스 오블리주를 실현한 독립운동가 우당 이회영 선생, 해방 이후 유신독재 시대에 거주 제한을 받으며 살아야 했던 전우익 선생, 2014년 8월 한국을 방문하여 만천하에 인류애를 보여준 프란치스코 교황 등 다양한 인물들이 언급되어 있다.

1부에서부터 간략하게 요약해보면, 4·19세대로 유신독재와 제5공화국 시대를 살아야 했던 김현(1942~1990)은 불꽃 튀는 열정을 문학에 쏟아부은 문인이다. 그는 불과 47세에 생을 마감할 때까지(죽는 순간까지) 남의 작품 읽기(평론가의 소임)를 그치지 않았다. 그의 열정은 유작 『행복한 책 읽기』로 세상에 나와 문인들에게 새로운 이정표가 되어주었다. 뿐만 아니라 문인으로서의 각성을 요구하기도 했다.

그리고 이재무(1958~) 시인, 우리의 암울한 역사 가운데 영원한 권력을 꿈꾸었던 유신독재 시대는 마치 일제강점기가 영원할 것 같았던 것처럼, 영원히 흘러갈 것만 같았다. 따라서 사유자들은 체념한 채 고독했고, 고독은 그들을 끝없이 연단하면서 사유의 결정(結晶)을 낳게 만들었다. 그리고 어느 날 해방이 찾아온 것처럼, 유신독재가 느닷없이 막을 내렸지만 다시 군부 독재가 그 뒤를 이어간 제5공화국을 맞아 문인들은 절망을 문학으로 이겨내려고 했다. 그들 가운데 이재무 시인은 고독(「깊고 푸른 절창의 울음 미학」)을 등에 지고 사유의 길을 걸었다. 그는 가식을 거부하며 직정의 어법으로 시대와 정면으로 대결했다. 신발 밑창이 뚫려 돌멩이가 들어올 정도로 그는 운명처럼 걷고 또 걸으며 늑대의 울음 같은 시를 빚어냈다.

운애(雲涯) 박송죽(1936~) 시인(「모태적 고독과 생명의 본질에 대한 사유」) 또한 시대를 거슬러온 역경을 몸소 체험한 시인이다. 그는 현재 우리나라 문단의 80대 원로 문인 중 한 사람으로, 일제강점기에 태어나 한국전쟁을 체험했고, 북에서 피난을 와 한국의 현대사를 두루 겪은 산증인이다. 그는 해방 이후 유치환 시인의 추천을 받아 문단에 이름을 올렸고, 김민부, 박태문, 장승재, 강상구 시인들과 동인 활동을 하면서 시업을 닦았다. 자식 형제 중 한 아들을 신에게 바친(신부) 어머니이기도 한 시인은 삶의 파고를 신앙시로 승화하면서 오늘에 이르고 있다. 인간은 고독할 때 신과 더 가까워지게 마련이며, 시인은 더 고결하게 신에게 다가간 것이다.

시는 사유의 결정체로서 한 사람의 영혼을 꽃 피워주는 씨앗이기도 하다. 그리고 그 향기는 고상하고 고귀한 것이며 인간을 구원한다는 것은 이천(梨泉) 김두만(1929~2014) 시인(「들국화 마지막 향기와 시인의 최후」)을 통해 확실해진다. 김두만 시인은 일제강점기에 출생하여 인생 말년에 시조를 쓰기 시작했다. 마산고등학교에서 천상병 시인과 짝지였던 그는 고교 시절 시인으로 등단한 천상병(담임 선생님인 김춘수 시인 추천)을 통해 신선한 충격을 받았고, 은사인 김춘수 시인으로부터 시를 잉태했다. 그리고 대학 시절에는 향파 이주홍 선생으로부터 문학에 대한 꿈을 키웠지만 꿈을 펼치지 못한 채 나이를 먹고 말았다. 그는 60대 후반부터 시를 쓰기 시작하여 85세에 처음이자 마지막 시집(『들국화 마지막 향기』, 2014)을 내고 3개월 만에 세상을 떠났다. 인생 말년에 시집 한 권을 내기 위해 그는 뼈를 깎는 고통과 싸워야 했다. 대장암 말기 환자였고, 척추가 내려앉아 걷기도 눕기도 힘든 지경이었다. 그렇게 힘든 투병생활을 하면서 시집 한 권을 엮기까지 각고의 세월 10년 이상이 걸렸다. 고교 때 잉태된 꿈을 그는 말년에 기필코 이루고 세상을 떠난 것이다.

2부에서는 고운 최치원, 추사 김정희, 프랑스 사상가 몽테뉴를 살폈다. 먼저 천 년 전의 최치원(857~?)은 아직도 시대의 담론에서 빠질 수 없는 이름으로 존재하고 있다. 어느 시대와 비교해도 전혀 손색이 없는 문학과 조국 신라의 적폐를 청산하려는 진보 정신 때문이다. 최치원이 당나라에서 17년 동안의 유학 생활과 관직 생활을 마감하고 돌아온 신라는 진골들의 전횡으로 나라가 기울어가고 있었다. 신라는 왕족혈통에 따라 나뉜 골품제 사회였다. 부모 양쪽이 모두 왕족이면 성골, 한쪽이 왕족이면 진골이었다. 신라는 647년 제27대 선덕여왕을 마지막으로 성골의 전성시대가 끝나고, 제28대 진덕여왕 시대, 즉 진골의 시대가 열리면서 성골계처럼 27대를 거쳐 왕위가 이어지게 되고, 그들은 신라의 정치 · 사회 · 문화의 모든 것을 골품제라는 신분으로 규제하면서 국가 요직을 독점하고 있었다. 또한 경제적 · 문화적으로는 각종 특권을 독식하였고, 하층민들은 노예로 전락해 있었다.

그것은 후기로 가면서 극에 달했고 그때 당나라에서 고국으로 돌아온 최치원은 당시의 불균형과 불합리한 적폐를 청산하고 미래를 지향하기 위해 왕에게 시무 10조를 올려 실행에 옮기려고 했다. 그것은 매우 위험한 일이었지만, 이를 알면서도 그는 그 길을 가야만 했다. 최치원은 결국 기득권 세력들(진골)에게 밀려나 세상을 떠돌게 되었다. 생몰연대 중 사망한 시기가 미스터리인 것은 죽지 않고 영원히 살아서라도 신라의 불합리한 적폐를 청산하고 싶었을 것으로 추측된다. 사실 최치원은 당나라로 유학을 떠난 12세부터 고독한 나그네의 삶을 살아야 했다. 그는 남이 백을 할 때 천을 한다는 인백기천(人百己千)의 노력으로 당시 선진국 당나라에서 인정받을 수 있었고, 난을 일으킨 황소를 문장(「격황소서」) 하나로 물러가게 하여 중국 천하에 유명세를 떨쳤다. 그러나 최치원의 불멸성은 무엇보다도 그가 남긴 문학에 있다. 그는 수백 편의 시를 남겼고 천년이 지난 지금, 또는 미래의 어느 시대에 읽어도 문학적 완성도에 손색이 없다.

그림 〈세한도〉를 낳은 추사 김정희(1786~1856)는 조선 후기(순조) 정적들의 표적이 되어 고난의 길을 가야 했던 인물이다. 따라서 우리나라 국보 제180호 〈세한도〉는 김정희의 희생이 낳은 산물이다. 그는 제주도에서 위리안치 유배살이를 해야 했고 〈세한도〉는 제자 이상적(1805~1865)의 지극한 정성에 보답하기 위해 그린 그림이기 때문이다. '세한'은 『논어』 자한편의 "세한연후지송백지후조(歲寒然後知松栢之後彫)"에서 따온 이름이다. 엄동설한에도 잎이 지지 않는 소나무와 잣나무에 선비의 지조를 비유한 것으로, 제자 이상적의 변함없는 지조를 표현한 것이다. 제주도로 유배를 떠나자 죽마고우들조차 멀어지고 말아, 추사 곁에는 이상적과 초의 선사(1786~1866) 외엔 사람이 없었다. 그리고 우리는 〈세한도〉를 통해 가슴으로 그려낸 예술의 불멸성과 혼으로 소통한 인간의 교유가 무엇인지를 읽게 되는 것이다.

　이와 같이 인간 간의 아름다운 교유는 인류에 영원한 유산으로 남게 마련이다. 김정희와 이상적의 아름다운 인간관계가 영원불멸의 〈세한도〉를 남겼다면, 프랑스 몽테뉴와 보에티의 우정은 고전 『수상록』을 남겼다. 에세이의 효시로 세상에 알려진 『수상록』의 작가 미셸 드 몽테뉴는 고등법원 법률 관료에서 보르도 시장을 부친의 대를 이어 두 번이나 역임한 귀족 관료였다. 그의 가문은 대대로 몽테뉴성(城)을 갖고 있었고, 한 지역을 지배할 만큼 부를 소유했다. 그는 최상의 환경에서 부모의 사랑을 받았고 최고의 교육을 받아 관료가 되었지만 존경하는 벗 보에티의 죽음으로 하여 충격을 받고 성에 들어앉아 글만 쓰기 시작했다. 몽테뉴는 『수상록』 제1권 28장 「우정에 대하여」에서 "사랑에는 육체라는 목표가 있고, 포만에 빠지는 성질이 있기 때문에 사랑은 향락에 의해서 소멸되지만 우정은 그 반대로 정신적이며 그 실천으로 마음이 세련되기 때문에 욕구함에 따라 기쁨이 온다."고 했다. 또한 "우정은 고매하고 숭고한 비상으로 그 향하는 길을 유지하는 것"이라며 우정에 대한 찬사를 멈추지 않았다.

　보르도시 고등법원 재임 시 몽테뉴는 동료 보에티를 만나 교유하게 된다. 보에티는 법률가이면서 언어학자 겸 작가(대표작 『자발적 복종』)였다. 몽테뉴는 그를 알기 전에 먼저 그의 논문을 읽어보고 난 후에야, 보에티의 이름을 알게 되었고 그를 존경하게 되었다. 그러니까 몽테뉴는 보에티의 건전한 사상과 뛰어난 문필에 반한 것이었는데, 사실 몽테뉴는 사귐에 있어 매우 까다로웠다. "나는 기질이 까다롭기 때문에, 사람들과의 교제에 힘이 들고 상대할 사람을 주의해서 골라야 하며, 평범한 행동에는 불편하게 된다."고 고백했다. 따라서 그가 교제하고 싶은 사람은 점잖고 재능이 있는 위인들이었다. 그의 이상은 그만큼 높았고 보에티와 우정에 대하여 그는 "이런 행운은 3세기 동안에 한 번 이루어질까 말까 한 희귀한 우정이었다."라고 술회할 정도였다.

그러나 보에티는 몽테뉴와 교유한 지 4년 만에 요절하고, 보에티의 죽음은 몽테뉴에게 평생 동안 치유하지 못한 깊은 상처를 안겨주게 된다. 그리고 이것은 만약에 보에티가 죽지 않았다면 『수상록』을 쓰지 않았을지 모를 지경으로 몽테뉴를 사유의 세계로 몰입시키는 원인이 되었다. 귀족이었지만 그는 모든 인간이 평등하다는 평등주의자였고, 정의감이 강한 모럴리스트였다.

16세기 르네상스 시기에 프랑스가 인문주의를 표방하면서 인간의 존엄에 대해 눈을 뜨기 시작했으나 좀처럼 신 중심에서 벗어나지 못한 상태였다. 그는 인간에 대한 성찰이 무엇인지에 대해 골몰했다. 도대체 인간다운 인간은 무엇인지, 인간이 인간답게 살기 위해서는 어떻게 해야 하는지, 무엇이 인간의 자유를 억압하는지를 고민하며 『수상록』을 집필했다. 그러한 고민 속에는 몽테뉴에게도 커다란 시대적 아픔이 있었다. 신교와 구교의 30년에 걸친 전쟁이 그것이다. 몽테뉴는 구교였음에도 신교와도 가까웠다. 그는 목숨 걸고 두 세계를 하나로 아우르기 위해 왕실 고문으로서 양쪽을 오가며 설득했지만 전쟁은 그가 죽은 이후까지 계속되었고 그가 남긴 『수상록』은 신과 인간 문제, 인간과 인간 문제에 대하여 많은 것을 생각하게 한다.

존재와 사유

3부는 일제강점기의 독립운동가 우당 이회영 선생과 상해에서 대한민국 국호 아래 임시정부를 운영한 내용, 해방 이후 전우익 선생의 삶, 그리고 21세기의 프란치스코 교황의 정신을 한데 모았다. 먼저 우리나라의 역대 시대적 아픔을 겪은 시기는 구한말부터 한일병합을 당한 때라고 할 수 있다. 독립운동가 우당 이회영(1867~1932) 선생은 그 시대의 중심에 선 인물로 독립운동 지도자들의 대표였다. 우당 선생의 가문은 백사 이항복의 후손으로 대대로 문벌이 높은 최고 명족 삼한갑족(三韓甲族)으로 명명된다. 선생은 청년 시절, 을미사변 때부터 항일운동을 하기 시작하여 일본에게 나라를 뺏긴 뒤 6형제들과 전 재산을 정리하여 만주에 신흥무관학교를 세워 독립운동을 했다. 그리고 말년에 일제에게 붙잡혀 여순감옥에서 거룩하게 최후를 마쳤다. 우리나라에는 수많은 독립운동가들이 있지만 우당 가문은 세계사에서도 그 유례를 찾아볼 수 없는 노블레스 오블리주를 실현한 가문으로 이름을 남겼다. 한편 그것은 명문거족으로서 조상 이항복의 애국정신을 실현한 것이었다. 나는 이미 장편소설 『백년 동안의 침묵』과 『순국』에서 선생의 생애를 묘사했으므로 이 글에서는 매우 간략하게 언급했음을 밝힌다.

나라는 그렇게 불행한 역사를 살아야 했고 해방을 맞이하여 대한민국이라는 국호로 새역사를 시작했으나, 행복하지 못했다. 이승만 정부와 박정희의 군사 쿠데타를 거치면서 기나긴 독재 시대를 맞이했기 때문이다. 영구집권을 꿈꾸는 문제의 유신 시절 전우익(1925~2004) 선생은 "고독한 사유로 배부른" 사상가였다. 선생은 1925년 일제강점기 때 경북 봉화 대지주 가문에서 태어나 경성제대에서 수학했으나, 해방 이후 민청에서 청년운동을 하다 사회안전법에 연루되어 6년간 옥살이를 했다. 출옥 후에는 다시 보호관찰 아래 거주 제한을 받으며 박정희 정권이 끝날 때까지 제한된 범위 안에서만 살아야 했다. 고향 외엔 출입이 금지됐고 고향 땅에서도 어딜 가든지 신고를 해야 했다. 결국 자식들까지 연좌제(1980년 1월 해제되기까지)에 묶였다.

거주 제한으로 한정된 공간에서 살아야 했던 그는 고독을 벗하여 살면서 농사를 짓고 책을 읽는 사유자가 되었다. 그는 농사를 지으면서 자연과의 교감과 자연에 대한 통찰과 사유를 지인들에게 편지로 알렸다. 다만 농사짓는 이야기일 뿐 아무런 꾸밈이 없는 순수한 편지글이 한때 세상으로 하여금 생각에 잠기게 만든『혼자만 잘 살믄 무슨 재민겨』라는 책으로 나왔다. 그는 나눔을 위해 살기 시작했다. 농사지은 것을 두루 나누었고 심지어 소유한 토지도 이웃과 나누는 삶을 살았다. 자신을 한없이 낮추고 또 낮추면서 작은 자, 약자를 위해 살고자 했지만 시대는 좀처럼 그에게 자유를 허락하지 않았다.

어느 시대든 아픔과 고통이 존재하게 마련이고, 한편으로는 그것과 함께하려는 인물들이 도처에서 나타나게 된다. 그들은 자신을 낮추고 약자를 배려하고 섬기려고 한다. 그렇게 행동하는 일이라면 세계가 존경해 마지않는 프란치스코 교황(1936~)을 기억할 수 있다. "2019년 세계에서 가장 영향력 있는 100인 지도자 부문"(미국『타임』지 선정) 상을 수상한 프란치스코 교황은 2013년 제266대 교황에 취임하여 2014년 8월 우리나라를 방문했다. 4박 5일 동안 교황의 낮고 겸허한 행적은 우리나라뿐만 아니라 세계에 뜨거운 감동을 안겨주었다. 우리나라는 때마침 세월호 침몰로 패닉상태에 빠져 있었고, 그것은 이미 정쟁화되었으나 교황은 세월호의 슬픔과 희망을 상징하는 노란 리본을 가슴에 달고 정치권의 눈치를 무시한 채 유족들을 품어주었다. 그것은 교황으로서 당연한 일이면서도 현실적으로는 실행하기 어려운 일이었다. 예상했던 대로 중립을 지켜주기를 원했던 사람들은 정치적 감정으로 교황을 향해 함부로 비난의 화살을 쏘아댔다. 교황은 그 화살을 온몸으로 맞으며 매우 기쁘게 소신을 끝까지 꺾지 않았다.

4부에서는 고인이 된 소설가 최화수, 옥태권 두 사람을 조명했다. 소설가 겸 에세이스트 최화수(1947~2017)는 유신독재 시대를 거쳐 제5공화국의 독재 시대를 살아야 했다. 그는 지역신문(『국제신문』, 『부산일보』) 기자 출신으로 누구보다도 시대의 고통을 직접 체험한 작가이다. 그리고 제5공화국의 언론통폐합이라는 이름 아래 직격탄을 맞은 장본인이기도 하다. 그는 소설, 에세이, 콩트, 칼럼 등 전방위적으로 글을 쓰면서 시대적 고통을 작품으로 녹여냈다. 그는 시대적 아픔을 극복하기 위해 지리산을 벗 삼았고, 지리산을 섭렵하여 많은 글을 남긴 것은 그만큼 방황했다는 증거에 다름 아니다.

소설가 옥태권(1961~2016)은 55세의 젊은 나이에 세상을 떠난 작가이다. 그는 고교 교사직을 겸하면서 소설을 썼고, 젊은 소설가답게 해양소설에 깊은 관심을 보였다. 그러나 직장을 겸한 데다 일찍이 세상을 떠난 탓에 정작 이루고자 하는 꿈, 해양소설의 깊이에 미처 닿지 못한 것이 아쉬운 부분으로 남는다.

우리나라는 삼면이 바다로 둘러싸여 있는 탓에 바다와 생업이 직결되어 있을 뿐만 아니라 국내외적으로 바다가 커다란 비중을 차지하고 있는 것이 현실이다. 그렇다면 문학 또한 그에 못지않은 생산이 이루어져야 마땅하다. 미국 작가 허먼 멜빌의 『모비딕』도 다름 아닌 바다에서 얻는 경제활동에서 제재를 취하고 있다. 19세기 중반 미국은 석유가 나기 이전, 기름을 얻기 위한 포경산업이 한창이었고 멜빌은 선원들의 목숨 건 고래잡이 사투를 소설로 그려냈다. 그런데 삼면이 바다인 우리나라는 해양문학이 궁색하기 짝이 없다. 그러나 바다를 제재로 하는 해양문학은 일반적으로 접근하기가 용이하지 않은 것이 현실이다.

따라서 5부의 '해양문학의 양태와 문학적 상상력'은 해양문학을 어떻게 읽고 쓸 것인가에 대한 고민이다. 여기에는 앞에서 언급한 『모비딕』을 쓴 허먼 멜빌뿐만 아니라 19세기 범선시대의 작가 리처드 헨리 데이너를 비롯하여 영미문학사상 「청춘」이라는 해양소설을 통해 인간드라마를 그린 작가로 알려진 선원 출신 조지프 콘래드, 『노인과 바다』(1952)로 퓰리처상과 노벨문학상을 수상한 어니스트 헤밍웨이의 소설과 장편서사시 『오메로스』로 1992년 노벨문학상을 수상한 데릭 월컷, 그리고 『비글호 항해기』를 쓴 찰스

로버트 다윈의 에세이를 통해 해양문학의 체험적 범위와 제재 본질이 무엇인지를 살폈다.

그리고 우리나라 대표적인 해양문학가로 알려진 선장 출신 천금성의 작품과 임진왜란 당시 이순신 장군의 최후를 그린 김현의 『칼의 노래』를 분석해보았고, 해군 출신 최순조의 『연평해전』을 통해 해전을 살폈다. 또한 해양문학의 제재에 대하여 동해상의 우리 영토를 대상으로 작가들의 바다에 대한 체험 문제와 문학적 접근방법을 제시해보았다. 그러나 해양문학이야말로 원초적인 고독이 그 바탕을 이룬다. 대표적으로 성웅 이순신의 고독은 참담하다 못해 잔인하다. 누란의 위기에서 나라를 구하고도 왕으로부터 격려와 칭찬은커녕 도리어 형벌을 겪어야 하는 장수는 어떤 길을 선택해야 할까. 또한 2002년 6월 서해 연평도 앞바다에서 발발한 연평해전의 전사들은 국민의 관심이 닿지 않는 고독한 바다, 멀고 먼 바다에서 적(언제 어디서나 아군을 희생시킨 상대는 적일 수밖에 없다)의 총탄에 의해 목숨을 잃었다.

따라서 이 글은 다양한 내용을 담고 있으나, 그들이 살아야 했던 시대는 얼음처럼 차가웠고 그들의 사유는 불꽃처럼 뜨거웠음을 보여준다. 보기 드문 갈매나무 같은 그들은 절망하면서도 그 절망이 밀어 올린 열정으로 미래를 꿈꾸며 시대를 안위했다. 그것은 그들만의 깊은 사유에서 비롯되었다. 그리고 모두에서 언급한 것처럼 그것은 나에게 이 글을 쓰도록 이끌어주기에 충분했다. 그럼에도 나는 그들의 문학적 면모와 보석처럼 빛나는 사상을 제대로 말하지 못했다. 다만 그들에 대한 존경과 감사하는 마음으로 임했다는 것은 자신 있게 말할 수 있다. 끝으로 이 글을 쓰면서 갈매나무와 같은 그들, 고독한 그들의 사유에 동참할 수 있었던 것은 진정으로 행복한 시간이었음을 고백한다.

2021년 해운대 집필실에서
박정선

존재와 사유

제2부

제3부

제4부

제5부

제1부

김현과 문학, 그 뜨거운 상징 다시 읽기
─유작 『행복한 책 읽기』를 중심으로

『행복한 책 읽기』, 이 짧은 독서일기는 어떻게 보면 단순하기 짝이 없다. 그런데 그 단순함 속에는 삶에 대한 깊은 사유와 철학이, 죽음에 대한 응시와 비장이, 문학에 대한 도전의 뜨거움이 심장이 파열할 지경으로 불타오르고 있다. 바슐라르가 미셸 푸코를 감동시켰듯이 김현이 마지막 불꽃을 태우고 간 『행복한 책 읽기』는 언제 누가 읽어도 문학 하는 사람들에게 새로운 열정을 불러 일으키기에 충분하다.

1. 상상력과 바슐라르 그리고 김현

어느 날 부지불식간에 떠오른 영감(inspiration)은 우연이 아니다. 평소 생각을 다듬고 고민하며 몸부림친 끝에 떠오른 상상력이 빚어내는 열매이다. 그런데 그 열매는 그렇게 어려운 길을 걸어왔음에도 "꽃은 피기는 어려워도 지는 것은 잠깐이더라"는 최영미 시인의 한탄처럼 딱 한 번 스쳐 지나가면 그뿐이다. 떠오른 상상은 즉시 붙잡지 않으면 달아나버리고 마는 속성을 가졌기 때문이다. 특히 상상력의 산물로 이루어진 문학의 언어는 마치 꼬리를 흔들며 자기가 가야 할 곳을 찾아가는 생물체와도 같은 속성을 지니고 있다. 왜냐하면 어제 써놓은 글을 오늘 보거나 오늘 써놓은 글을 내일 보면, 볼 때마다 변화를 필요로 하기 때문이다. 이 모든 것은 영감, 즉 상상력의 작용이며 따라서 작가들에게는 상상력이 생명이라 할 것이다.

지금까지 세상에서 책을 가장 많이 읽고 가장 신중하게 글을 쓴 것으로 알려진 세계적 저널리스트 다치바나 다카시(立花隆)는 『주간문춘』에 연재한 「나의 독서일기」에서 한 권의 책을 쓰기 위해 백여 권을 읽는다 하여 '백대일'이라는 수식어를 달고 있다. "집필해야 하는 일을 맡으면 읽어야 할 책은 50권도 되고 60권도 되어 점점 늘어난다."[1]는 그는 책을 읽지 않고 글을 쓰는 작가들의 상상력에는 한계가 있다고 지적한 바 있다.

> 문학을 통해 정신세계를 형성하지 못한 사람은 아무래도 사물을 보는 눈이 사려 깊지 못합니다. (…) 문학이라는 세계는 처음 겉으로 나타난 것을 한번 뒤집어보면 다르게 보이고, 다시 그것을 뒤집어보면 또 다르게 보이는 그런 세계가 아닐까 생각합니다. 표면만으로는 보이지 않는 것을 찾아가는 것이 문학인 것입니다. 그리고 또 하나의 영향이라면 독서, 특히 문학 작품을 읽음으로써 얻어지고 길러지는 상상력이 아닐까 합니다. 취재를 제대로 하지 못하는 사람은 결국 상상력이 부족하기 때문입니다.[2]

다카시의 말대로 모든 것은 상상력에 기인하며, 이는 오늘날의 인류를 만들었듯이 인간의 운명을 바꿀 만큼 놀라운 힘으로 작용한다. 가스통 바슐라르(Gaston Bachelard)에 따르면 인간에 내재하는 존재 생성의 힘은 역동적인 상상력에 의한다. 그리고 상상한다는 것은 현실을 떠나 새로운 삶을 향해 돌진하는 것이다. 그러므로 상상력은 하나의 상태가 아니라 인간의 존재 그 자체라고 하는 바슐라르는 역동적인 상상력으로 수많은 문학 연구자들을

---

1 다치바나 다카시, 『나는 이런 책을 읽어왔다』, 이언숙 역, 청어람미디어, 2001, 207쪽.
2 위의 책, 132쪽.

가슴 뛰게 만들었으며, 그들의 운명을 바꾸어놓았다고 할 수 있다. 먼저 바슐라르 자신부터 상상력에 매료된 장본인이다. 인류는 일찍이 지동설을 주장하면서 인류 문명사를 뒤집어버린 코페르니쿠스에 대해 놀라워했다. 그리고 서구 문명은 다시 바슐라르를 20세기의 코페르니쿠스라고 부르는 사건이 일어나게 된다. 주지하다시피 서구 사상사는 오직 이성에 기반을 둔 객관적인 사실만을 인정하는 합리주의가 바탕을 이루었다. 반대로 이성 외의 가치들은 비합리적인 것으로 간주되어 합리적인 이성의 방해물로 취급되었다. 이와 같이 당대 서구 사상은 이미지나 상상력을 인간의 정신 활동 중에 가장 무익한 것으로 여길 뿐만 아니라 적극적으로 피하고 제거해야 할 대상으로 본 탓에 근대 이전까지만 해도 상상력은 독립된 위상을 차지하지 못했다. 다만 영감과 같은 신적 존재의 작용으로서 창작을 주도하는 역할을 하는 것으로 막연하게 인식되었을 뿐이다.

그러나 상상력을 규명하기 위한 노력이 없었던 것은 아니다. 17세기에 들어오면서 상상력은 기억이나 연상능력에 의지하는 것으로 파악되었고, 재생적인 측면과 창조적인 측면으로 구분되기 시작했다. 이때 칸트가 감각적 지각과 오성을 매개하는 능력으로서 구상력을 설정했지만, 그것은 창조적인 측면을 강조한 것이었다. 이어서 콜리지가 공상을 연상과 관련시키면서 상상력을 창조의 과정에 잇대기도 했는데, 그것 역시 칸트의 관점과 동일한 맥락에 지나지 않았다. 사실 콜리지가 상상력을 창조주의 위상에까지 끌어올리려고 노력한 것은 상상력에 독립적 지위를 부여하려는 욕심이었으나, 그것을 뒷받침할 수 있는 충분한 논거를 갖추지 못한 탓에 공허한 메아리에 그치고 말았다.

이렇게 이성을 중심으로 하는 철벽 같은 객관적 세계에서 바슐라르는 이미지를 기반으로 하는 주관적 상상력의 세계가 이성 위에 있음을 주장하고 나섰다. 그것은 마치 코페르니쿠스가 중세까지 진리로 믿고 있던 천동설을 뒤집어버린 것과 맞먹는 인식의 전환이었다. 그리고 이 혁명적인 발견은 20

세기 중반의 문학비평을 시작으로 전 인문학 분야로 퍼져나가기 시작했다. 여기에 대해 포스트모더니즘의 철학자 미셸 푸코가 바슐라르 탄생 백 주년을 기념하는 날 했던 인터뷰를 보면 그 사실을 매우 가깝게 느낄 수 있다.

> 나는 바슐라르를 대할 때마다 경탄을 금할 수 없다. 그는 자신이 딛고 있는 문명을 정면으로 부인한 사람이다. 그는 서구 인식 전체에 대해 덫을 놓은 사람이다.[3]

그런데 바슐라르가 상상력을 발견하게 된 것은 역설적이다. 상상력을 연구하기 전에 바슐라르는 과학철학을 연구하는 중이었기 때문이다. 그는 당시 유행하던 '객관적인 인식의 정신분석'을 연구 목표로 삼았다. 객관적 인식을 가로막는 방해물들을 하나씩 제거해가다 보면 마지막으로 객관적 인식에 도달할 수 있다는 생각이었다. 문제의 방해물은 다름 아닌 '이미지와 상상력'이었다. 인간의 주관적인 욕망의 발현인 이미지와 상상력은 인간의 객관적 인식을 가로막을 뿐만 아니라 오류를 범하게 하는 주된 요인으로 인식되어 있는 탓이었다. 그래서 바슐라르는 정신 활동의 근원적 오류인 '이미지'를 체계적으로 분류하기로 계획을 세우고 실행에 옮긴 것이었다. 바슐라르는 이렇게 이미지와 상상력을 '객관적인 인식'의 적으로 관주하고 그것의 실체를 캐내려는 의도로 연구에 착수했던 것인데, 이미지에 대한 분석 작업을 진행하던 중 인간의 삶에는 객관적으로 이해할 수 없는 요소들이 있다는 것을 발견하게 된다. 그리고 그것들은 자생적인 생명력을 갖고 있으며 항상 인간의 내면에서 새로운 에너지로 작용한다는 것에 놀랐다. 이미지와 상상력은 엄격한 이성의 지배하에 있는 의식의 억압 아래서도 항상 미래를 향해 뻗어나가는 것이었다. 그는 이미지와 상상력은 인간의 정신 활동에 있어서 하나의 오류가 아니라 주관적 가치체계이며, 이것이야말로 인간 정신

---

3 홍명희, 『상상력과 가스통 바슐라르』, 살림, 2005, 4쪽.

의 가장 중요한 요소라는 것에 매료된다. 이때부터 그의 연구 목표는 전혀 다른 방향으로 선회하여 이미지와 상상력의 가치를 탐구하기 시작했다. 그리고 오늘날 한국의 김현이라는 비평가를 매료시켰다.

> 가스통 바슐라르의 저서를 내가 처음 대한 것은 1962년 서울대학교 문리대 불문과 연구실에서였다. 그의 상상력 연구에 결정적인 역할을 한 그의 『물과 몽상』을 처음으로 읽었을 때, 나는 그의 자유분방한 필체와 이미지의 깊이 있는 해설에 완전히 압도되었다.[4]

2. 한국의 바슐라르 김현

서구에서 바슐라르를 20세기 코페르니쿠스라고 한다면, 김현은 한국의 바슐라르라고 할 수 있다. 바슐라르는 김현에게 "아주 새로운 언어로 거듭 태어나는 문학적 이미지의 탁월한 존재론적 가치를 확신시켜준 정신적 스승"[5]이었기 때문이다. 앞의 인용문에서 보여준 대로 김현은 대학원 시절 조교로 활동하면서 바슐라르를 접하게 된다. 따라서 바슐라르에 압도된 그는 불문학자로서『프랑스 비평사』, 『현대 프랑스 문학을 찾아서』 등의 저서를 비롯하여 가스통 바슐라르, 르네 지라르, 미셸 푸코 등 프랑스 문인과 사상가들을 국내에 소개하는 저작을 발표하면서 한국문학을 풍요롭게 하는 데 열정을 불태웠다.

불문학자인 그의 문학비평은 오히려 '모국어의 순수성을 회복하는' 것과 격동기의 정치상황 속에서 문학의 기능과 역할을 분석하는 일에 바쳐졌다.

---

4   김현, 『김현 예술 기행/반고비 나그네 길에』(김현 문학전집 13권), 문학과지성사, 1992, 81쪽.
5   김현, 『행복의 시학/제강의 꿈 – 행복의 상상력』(김현 문학전집 9권), 문학과지성사, 1992, 162쪽.

여기에는 우리나라가 해방된 이후 김현이 우리말과 우리글로 교육받은 첫 세대로서 일명 4·19세대라는 역사적인 의미도 존재한다 할 것이다. 또한 그는 문학평론가뿐만 아니라 에세이스트였다. 시와 소설도 썼다. 이로 인하여 그동안 불문율처럼 고정된 틀에서 벗어날 수 없었던 한국문학의 비평계는 김현에 이르러, 비로소 문학비평도 시와 소설 못지않게 미학적 문체로 독립된 창작 영역에 자리 잡게 되었다.

그것은 후세대 비평가들에게 비평의 새로운 세계를 제시하기에 이르렀으며, 김현은 미학적 문체를 확립한 비평가로서의 상징적인 의미를 갖는 존재로 규정되었다. 후대 평론가들이 "텍스트의 속살을 부드럽게 파고들며 실존적 공명을 불러일으키는 그의 마술에 한 번쯤 매혹되지 않은 자가 누구란 말인가, 촉촉한 감성의 물기를 머금은 그의 글쓰기에 이끌려 한 번쯤 문학비평의 바다로 나가고 싶은 유혹에 시달리지 않은 자가 과연 누구란 말인가."[6]라고 회고할 정도로 한국문학 평론에 있어 미학적 문체를 확립한 상징적 존재로 떠올랐다. 따라서 김현은 문학비평을 공부하는 연구자들이 반드시 넘어야 할 산으로 간주되어왔다.

뿐만 아니라 김현은 문학의 자율성을 옹호하면서 문학을 통해 이상세계를 꿈꾸었던 자유주의자답게 자유주의 문학, 문화주의를 체계화시킨 대들보로서 한국의 문학적 기원으로 자리 잡고 있다. 김현의 한국문학에 대한 애정은 문학사 저술에서도 드러난다. 김윤식과 공저로 쓴 『한국문학사』(1973)에서 통설로 굳어진 한국 근대문학의 기점인 갑오경장을 조선 후기 영·정조 시대로 끌어올려 서구 이식 문학사관을 극복하는 데 기여했다. 그는 다시 순수와 참여문학 논쟁에도 끼어들어 1967년 「참여와 문화의 고고학」에서 무분별하게 서구의 이론을 유입하지 말고 우리 고유의 발상법을 회복하고자 했으며, 1970년 「한국소설의 가능성」에서는 예술과 상상력을 말

---

6 이정석, 「김현의 육필을 통해 본 문학적 삶의 궤적」, 고봉준 외, 『김현 신화 다시 읽기』, 이룸, 2008, 13쪽.

존재와 사유

살, 정치도구로 변모된 사회주의 리얼리즘을 비판하면서 아울러 순수와 참여의 이분법적 사고를 극복하는 데 전력했다. 뿐만 아니라 외국문학과 우리 문학 문제에 있어서도 "외국문학은 부인되어야 할 것이 아니라 한국문학을 살찌우는 요소로 받아들여야 한다."[7]고 보았다. 즉 주체성을 배타성, 고립성과 동일시해서는 안 되며, 그것은 역동적인 의미, 이질적인 것과의 싸움 속에서 찾아질 수 있는 의미를 가지고 있어야 한다고 생각한 것이다.

이와 같이 김현의 문학에 대한 남다른 열정은 대학 재학 시절부터 시작되었다. 대학 시절에 『산문시대』(1962, 소설 전문 동인지)를 만들었고, 대학원 시절에 『사계』(1966, 시 전문 동인지)를 만들었다. 그리고 1968년 문단에 제기된 순수와 참여 논쟁에서 순수문학론을 옹호하면서 참여론을 주창하는 『창비』에 맞서 『68문학』(1969)을 만들었다. 이것은 다시 『문학과지성』으로 이어졌는데, 『문학과지성』의 취지는 폐쇄된 국수주의를 지양하기 위해 한국 외의 여러 나라에서 성실하게 탐구되는 인간 정신의 확대에 대한 여러 징후를 정확하게 소개, 제시하고 그것이 한국의 문화 풍토에 어떠한 자극을 줄 것인가를 탐구하겠다는 것이 목적이었다. 즉 한국의 문화 풍토, 혹은 사회·정치 풍토를 정확한 사관의 도움을 받아 이해하려는 노력을 전제로 한 것이다. 이런 과정을 거쳐 출발한 동인지 『문학과지성』은 다시 5년 후 출판사 문학과지성사(1975)로 변모하여 오늘날 한국문학의 중심적인 맥을 형성하기에 이르렀다.

3. 김현의 뜨거운 상징을 이룬 짧은 생애

철두철미한 책 읽기와 텍스트를 감별하는 능력이 뛰어나 30대부터 대가

---

7   김현, 『한국문학의 위상/문학사회학』(김현 문학전집 1권), 문학과지성사, 1991, 186쪽.

의 반열에 껑충 뛰어오른 김현은 1942년 한국의 남도 끝자락 전라남도 진도에서 태어나 초등학교 1학년 1학기 때, 목포 북교초등학교로 전학했다. 아버지는 목포에서 약국(구세약국)을 경영했으며, 독실한 기독교 가문으로 아버지가 교회(중앙교회) 재정 담당 장로였다. 김현 역시 기독교 정신으로 일관했다.[8] 김현은 서울 경복고와 서울대 불문과를 졸업하고 동 대학원에서 석사학위를 취득한 뒤 29세에 서울대 전임강사를 거쳐 박사학위 없이 불문과 교수가 되었다. 교수가 되기 전 석사를 마친 그는 자신에게 커다란 영향을 미친 가스통 바슐라르를 공부하기 위해 바슐라르의 전문가인 미셀 망수이 (Michel Mansuy) 교수를 찾아 프랑스 스트라스부르대학에서 유학했다.

그러나 자신이 원하는 공부가 끝나자 학위에 대한 관심을 버리고 귀국하고 말았다. 망수이 교수는 훌륭한 논문이 기대되는 인재를 놓친 것을 무척 섭섭하게 여겼다고 한다. 이를 두고 김병익은 "그는 끝내 그 획득의 기회를 회피했으며 H 교수에게도 학위 없는 교수이자 시인이기를 더 자랑스럽게 여길 수 있기를 바랐다."(『문학과 사회』, 1990년 겨울호)라고 했다. 따라서 김현은 박사학위가 없는 대학교수가 될 수 있다는 전례를 만들고 싶어 한 것으로도 유명하다. 그의 생각은 학위보다는 실질적인 실력 쌓기에 전념하는 것에 더 높은 가치를 두었다고 볼 수 있다. 그는 다치나바 다카시 못지않게 방대한 독서력으로 자신의 지적 세련미와 문학세계를 다졌다. 그는 친구들과 어울렸을 때도 잠깐만 시간이 나도 책을 읽고, 여행을 할 때도 책을 읽을 정도로 언제 어디서나 책을 읽었던 것으로 알려져 있다.

---

8 그러나 제자 이인성이 말하기를 "선생은 곧 교회라는 제도적 장치를 포기했다. 요양을 하면서 선생은 집에서나 병원에서나 가까운 친지들과 기도를 드리기는 했으나, 그것이 큰 목소리의 기도라든가 찬송가 부르기 등의 형식으로 과장되는 것을 극도로 싫어했다. 또 누군가가 기적에 의존하는 기도원을 권할 때도 강한 거부감을 보였다. 감히 말하자면, 선생은 기독교의 이름으로 선생 자신이 그리는 신 앞에 무릎을 꿇고 있었고, 그 신은 끝끝내 삶 속에 임재 해 삶 자체를 사랑하고 비춰주는 신이었다고 보여진다."(이인성, 「죽음 앞에서 낙타 다리 씹기」, 『문학과지성』, 1990년 겨울호)고 했다.

1시간이면 세계문학전집을 200페이지에서 300페이지를 읽었다. 나처럼 보통 사람이 1시간에 70페이지에서 100페이지가량 읽어내는 데 비춰볼 때 적어도 3배가량 빠르다. 놀라운 것은 그토록 빨리 읽으면서도 내가 어떤 디테일에 대해 질문하면 그는 즉각적으로 정확한 대답을 한다는 사실이다. 그가 박학할 수 있었던 것은 1시간이면 웬만한 책 한 권을 읽어내는 속독 능력에 기인한다. 속독 능력은 현장 비평가라면 누구나 필요로 하는 능력이다. [9]

그러나 천재는 명이 짧다는 속설에서 그 이유를 찾아야 할까. 그는 한창 열정을 불태우던 48세의 젊은 나이에 영면의 세계로 떠나버리고 말았다. 그리고 문단뿐만 아니라 국내 언론마다 그를 추모하는 기사로 뒤덮였다. 「모국어의 순수성 회복에 온 힘」(『한국일보』), 「세밀한 지적 분석력 정평」(『국민일보』), 「비평 정신 투철한 '영원한 새 세대'」(『조선일보』), 「시·소설 직접 썼다」(『중앙일보』), 「깊이의 문학을 위한 쉼 없는 외길」(『한겨레』), 「4·19세대의 눈으로 '현실'을 비평」(『중앙일보』), 「영원한 4·19세대로 살겠다던 '문재'」(『스포츠서울』), 「김현은 떠났어도」(『경향신문』), 「죽음을 눈앞에 두고서도 책 읽고 일기 쓴 치열함」(『주간조선』)[10] 등 그의 죽음을 안타까워하는 수많은 기사문만 보더라도 그가 남긴 업적이 무엇인지를 짐작할 수 있다.

> 10년 전 사르트르가 죽었을 때 그는 "사르트르가 갔다. 아, 이제는 프랑스 문화계도 약간은 쓸쓸하겠다."라고 썼다. 그런데 이제 김현이 갔다. 한국 비평계에 적지 않은 쓸쓸함을 남기고.
> — 고종석 기자, 『한겨레신문』, 1990.6.28.

지난달의 '팔봉비평문학상' 심사에서 문학적 견해가 서로 같지 않은 4명

---

9   김치수, 『월간 에세이』, 1993년 6월호.
10   김현, 『자료집』(김현 문학전집 16권), 문학과지성사, 1993, 397~430쪽.

의 심사위원이 최종의 비밀투표에서 그를 만장일치로 거명했다든가, 아들 상구(相久)군이 대리 수상할 때 시인 황지우 씨가 "1백 년 만에 한 명 날까 말까 한 평론가인데…" 하며 눈시울을 붉힌 일 등이 그에 대한 평가의 일단을 말해주는 예일 것이다.

— 박래부 기자, 『한국일보』, 1990.6.28.

불어 원서를 하루에 2~3권을 독파할 정도의 왕성한 탐구력과 다채로운 지적 관심 영역을 지녔다고 정평이 났던 그는 최근에는 평론집 『분석과 해석』(88년)으로 제1회 팔봉비평문학상을 수상했다. 정밀하고 풍요로운 글 읽기를 원천으로 한 그의 평론은 이미 30대에 대가의 경지에 달했다고 평가되고 있다.

— 이태희 기자, 『국민일보』, 1990.6.28.

마흔여덟이란 젊은 나이로 작고한 문학평론가 김현은 문학뿐 아니라 영화 · 역사 등 문학이 상관할 수 있는 인문학 전 분야에 걸쳐 '새로운 세대'로서의 몫을 넘치게 하고 갔다. (…) 대학 시절인 1962년에 평단에 나온 이래 『제네바 학파 연구』, 『한국문학의 위상』 등 많은 책을 썼고, 병석에 든 뒤에도 『프랑스 비평사(개정판)』(88년), 『미셸 푸코의 문학비평』(89년), 『시칠리아의 암소』(90년) 등을 펴낸 그는 열정적인 저작 연구 활동을 남기고 일찍 떠났지만 그가 뿌린 씨앗은 눈 밝은 후배들에 의해 열매 맺을 것이다.

— 박선이 기자, 『조선일보』, 1990.6.28.

4. 죽음을 앞둔 '행복한 책 읽기'

김현은 사망하기 한 달 전 팔봉비평문학상을 수상(아들이 대신 수상)한 소감문을 통해 "여러 사람의 공감, 반발, 저항을 일으키는 '뜨거운 상징'이 곧 문학"이라고 강조하면서 비평은 하나의 반성적 행위라고 규정했다. 수상작인 평론집 『분석과 해석』을 쓸 때 이미 병이 깊어져 있었다. 1960년도에 대학에 입학한 이후 평생을 4 · 19세대로 살았다고 강조한 대로, 그는 자신의 운

존재와 사유

명을 명확하게 알고 있었지만 문학에 대한 열정은 전혀 흔들리지 않았다. 못 견딜 지경으로 복통이 오고, "누운 채로 아들에게 글을 받아쓰게"[11] 하면서도 마치 신의 섭리에 순응하듯 차분하게 책을 읽고 평을 하면서, 세상을 떠나기 며칠 전 미리 정해 놓은 제호 '책 읽기의 즐거움'을 '행복한 책 읽기'로 고쳐 줄 것을 제자(이인성)에게 유언했다. 그리고 사망 이후 2년 5개월 만에 그가 남긴 독서일기가 『행복한 책 읽기』라는 이름으로 세상에 나오게 되었다.

그런데 『행복한 책 읽기』가 『김현 문학전집』 총 16권을 제치고, 연구자들뿐만 아니라 일반 문학도들에게 가장 주목받는 이유는 무엇일까? 여기에는 김현의 뜨거운 문학적 열정과 죽음과 삶에 대한 사유가 살아 있기 때문이다. 사실 이 짧은 독서일기는 어떻게 보면 단순하기 짝이 없다. 그런데 그 단순함 속에는 삶에 대한 골 깊은 사유와 철학이, 죽음에 대한 응시와 비장이, 문학에 대한 뜨거운 열정이, 가슴이 파열할 지경으로 불타오르기 때문이다. 바슐라르가 미셸 푸코를 감동시켰듯이 김현은 다양한 독자들을 감동시킨 것이다.

한편 이 짧은 비평집 『행복한 책 읽기』는 매몰찬 혹평으로 채워져 있다고 해도 과언이 아니다. 김현은 날마다 작품을 읽으면서 유명작가, 무명작가들을 가리지 않고 그들이 미처 깨닫지 못한 부분을 간과하지 않았다. 시인 고은, 김지하, 김춘수, 정현종을 비롯하여 안도현, 이윤택, 소설가 조정래 등 한국 문단에서 이름만 대면 알 만한 인물뿐만 아니라 전국적으로 수많은 문인들이 거론되어 있다. 영화감독 임권택도 있다. 일기는 문학뿐만 아니라, 영화·오페라·고전음악·현대음악·미술 등 종합예술을 총망라하는가 하면 역사와 철학 등 폭 넓은 인문학을 아우른다. 이 가운데 비평가 김윤식은 함께 『한국문학사』를 공동 집필할 정도로 가까운 동 대학(서울대) 동료임에

---

11 『문학과 지성』. 1990, 겨울호.

도 지적을 서슴지 않았다.

> 김윤식의 『우리 문학의 안과 바깥』에는 예전에 표명된 태도들이 거칠게 되풀이되고 있다. 그의 문체는 과잉·서정적이며, 그의 실증주의는 그것을 숨기기 위한 가면이다. 그는 불가능한 것을 가능한 것처럼 속이고 있다. 원론을 지탱하고 있는 원칙들의 의미는 설명하지 않고 실증적인 사실들만을 나열한다. 깊이도 정열도 보여주지 않는다.[12]

고은의 『전원시편』에 대한 비판도 매몰차다. "자작농의 밋밋한 삶은 고양된 혹은 충전된 삶에 대한 감각이 마모되어 있어 비장이나 장엄에 이르지 못하고 있으며, 그렇다고 사실의 정확한 전달이라는 묘사의 기능을 수행하고 있지도 못하다. 지켜야 하는 것이 바람직한 것인지 아닌지 잘 알 수 없는 민족 정서들에 대한 집착이 넘실대는 이 시편들은 비진정성이 진정성의 탈을 쓰고 있다."는 혹평을 서슴지 않았다. 조정래의 『태백산맥』에 대해서는 "조정래는 정치의식의 깊이에선 김원일을 따르지 못하고 있으며, 스케일의 크기에선 박경리를 따르지 못하고, 낭만적 사랑의 울림에선 김주영을 못 따른다. 그러나 읽힌다."(1986.10.18)라고 했다.

김춘수에 대해서는 "신작 에세이 『하느님의 아들 사람의 아들』(현대문학사, 1985)을 읽었는데, 납득이 잘 안 되는 대목이 많다. 단절된 연상들을 연결시켜 시적 효과를 내는 방법이 에세이에서는 별로 큰 효과를 못 내고 있다. 아니, 그의 연상들이 너무 피상적"(1986.1.16)라고 했다. 김용택에 대해서는 "『맑은 날』(창비, 1986)은 지루하고 상투적이다. 농촌 세계의 가족적 정황이 수필같이 드러나 있으나 감동을 주진 않는다. 민요 쪽으로 빠져나가면 출구가 있을지 모른다"(1986.8.30) 했고, 안도현에 대해서는 "『모닥불』(창비,

---

12 김현, 「1986.3.11.」, 『행복한 책 읽기』, 문학과지성사, 1992, 20쪽. 이하 이 책에서 인용한 문장은 본문 괄호 안에 날짜만 표시한다.

존재와 사유

1989)은 재미없다. 체험의 폭도 좁고(평교사의 지루한 체험), 사유의 깊이도 없다. 아니 없어 보인다. 통일의 당위성을 주장하는 의식이 무의식을 완전히 억압하고 있다. 좋은 교사, 좋은 시민, 옳다고 알려진 것만을 사유하는 젊은 시인의 그 순응주의가 내 마음을 아프게 한다. 그의 재능이 이 정도였는가?"(1989.5.20)라고 하여 기대 밖의 의구심을 보인다.

김지하에 대해서는 "『애린 1·2』를 다시 읽었다. 그에 대한 비평들은 때로 그의 시를 이해하는 데 오히려 장애를 이룰 정도로 사변적이다. 다시 말해 그의 지적 움직임을 쫓아가는 데 바쁘다. 그러나 시는 시로 읽어야 한다. 그의 시는 그의 시의 구체성 속에서 이해되어야지, 그것을 낮은 논리 속에서 이해돼서는 안 된다"(1987.5.12)고 강조한다. 그리고 지역 작가들에 대한 언급도 빼놓지 않았는데 부산 문인들에 대한 평도 신랄하다.

> 부산에는 괜찮은 시인들이 많다. 그러나 대개 그만그만하고, 뚜렷하니 큰 시인은 보이지 않는다. …(중략)… 나로서는 박태일의 시가 비록 백석의 영향인 것 같지만 괜찮아 보인다. 전보다 넉넉하고 차분해졌다. …(중략)… 이윤택의 글은 장광설이다. 자만심이 지나치고, 논리가 너무 신문기사적이다. 선정주의를 너무 빨리 배웠고, 자기가 쓴 것이 대단한 것으로 알고 있다. 젊었을 때에는 대개 그렇다고들 하나, 좀 심하다. 절제를 배워야겠다. 그리고 자기가 뚫을 수 있는 길이 무엇인가를 숙고할 필요가 있다.(1989.6.16)

그러나 진땀이 나도록 혹평을 받은 사람들의 기분이 어떨까? 하는 우려는 기우에 불과하다. 김현의 시선이 집중되었다는 자체가 그의 관심을 끌었다는 증거이며, 아울러 그의 시선은 곧 완성으로 연결되는 디딤돌이기 때문이다. 김현의 비평은 궁극적으로 그들에게 길을 열어준 것이었으며 이는 따뜻한 관심이라는 것은 주지의 사실이다. 따라서 타인에게는 따뜻하고 자신에게는 냉엄한 김현은 선배 문인들의 글에서는 모국어의 정서적 아름다움을 칭찬해주면서 외국어로 하여 훼손된 문체는 친절하게 해석해주었으며, 동료나 후배 문인들의 글에서는 거칠고 조급한 제스처를 지적하여 그것을 바로잡아주면서 그들이 이룩한 성취를 함께 기뻐해주는 마음을 잊지 않았다는 증언이 수없이 이어진다.

① 선생님께서는 한 번도 자신이 우리들을 키워냈다고 자부하신 적이 없다. …(중략)… 선생님께서는 우리에게 위압하거나 군림하신 적이 없고, 다만 함께하셨을 뿐이다. 언젠가 우리 친구 하나가 선생님 방에 들어갔을 때, 마침 음식점 배달하는 아이가 그릇을 가지러 왔는데, 선생님께서 자리에서 일어서서 배웅을 하셨다고 한다. …(중략)… 나는 이 이야기가 두고두고 잊히지 않아, 여러 번 내 강의 시간에 학생들에게 일러주곤 하였다. 일상생활에서 윗분들에게 공경을 잃지 않는 것은 크게 어려운 일이 아니로되, 아랫사람에게 예를 허술히 하지 않기란 쉽지 않기 때문이다.[13]

② 지난 15년 동안 김현 선생과 가까이 지내면서 내 '살' 속에서 새겨진 선생의 가장 큰 이미지는 따뜻함이다. …(중략)… 선생은 또 하나의 집과 같았다. 선생은 바닥을 알 수 없는 깊이의, 삶과 글쓰기의 충전의 품이었다. 되지도 않는 소리들을 한없이 들어주고, …(중략)… 이런 따뜻함은 아마도 선생과 직접 대면해보지 않았더라도 선생의 비평의 대상이 되어본 시인·작가라면 거의 대부분이 느꼈을 것이다. 선생의 비평은 언제나, 요즘에 간혹 쓰이는 표현을 빌자면, '죽임'의 비평이 아니라 '살림'의 비평이었다. …(중략)… 동등한 맥락에서 나는 선생이 화내는 것을 거의 본 적이 없다. 이것도 선생에게 배운 바지만, 화를 잘 내는 사람은 흔히 자기반성이 없는 사람이다.[14]

①과 ②의 증언에서 보여주듯이 김현은 따뜻한 인품의 소유자였다. 제자들을 키워냈다는 자부심에 차 있지 않았고, 함께 수행의 길을 가는 도반처

13 이성복, 『전체에 대한 통찰－김현 문학선』, 나남, 1990.
14 이인성, 『문학과 지성』, 1990년, 겨울호

존재와 사유

럼 여겼다는 것을 짐작하게 한다. 음식점에서 배달하는 아이가 빈 그릇을 가지러 왔을 때 그를 배웅하는 건 흔한 일은 아니다. 윗사람들을 공경하는 것은 크게 어려운 일이 아니나, 아랫사람을 예로 대하기는 쉽지 않은 일이다. 그는 제자들에게 집과 같은 존재였고 삶과 글쓰기의 충전의 품이었다. 따라서 그의 평은 '죽임의 비평'이 아니라 '살림의 비평'이었다고 증언한다. 이들의 증언대로 김현은 4년 이상 쓴 독서일기 가운데 자신의 병세에 관한 내용은 두세 번 정도에 불과하다 .

　　어제는 좀 힘이 들었다. 아침부터 몸에 열이 좀 있었는데 무리해서 북한 산을 종주했더니 밤에는 열이 나고 뼈마디가 쑤셨다. 이러다 가는 것인가 할 정도로, 삶의 순간순간이 죽음과의 싸움인데 그것을 모르고 희희낙락 지낸다. 그러나 고통이 없다면 죽음의 실감도 없으리라. 많이 아프라, 죽음 이 너를 무서워하도록.(1989.6.12)

　　새벽에 형광등 밑에서 거울을 본다 수척하다 나는 놀란다.
　　얼른 침대로 되돌아와 다시 눕는다.
　　거울 속의 얼굴이 점점 더 커진다.
　　두 배, 세 배, 방이 얼굴로 가득하다.
　　나갈 길이 없다.
　　일어날 수도 없고, 누워 있을 수도 없다.
　　결사적으로 소리지른다. 겨우 깨난다.
　　아, 살아 있다.(1989.12.12)

　　김현은 1986년부터 유작 『행복한 책 읽기』의 독서일기를 쓰기 시작하여 1989년 12월 12일을 마지막으로 펜을 놓았다. 그러니까 투병하면서 의식이 있는 순간까지 책을 읽고 비평을 한 것이다. 그리고 6개월 후 이듬해 1990 년 6월 27일 생을 마감했다. 일기는 89년 12월 12일로 종지부를 찍었으나 사실 그가 "죽음을 코앞에 눈 병상에서마저 혼미한 정신을 가다듬으며 이성복의 시 「바다」를 애독했다."[15]는 것은 문학은 죽음으로부터도 억압하지 않는다는 그의 사유를 말해준다. 따라서 그는 죽음을 초월하여 온전한 문학적 삶을 살아낸 것이다. 따라서 김현은 죽은 이름이 아니라 갈수록 '뜨거운 상징'으로 살아 이 시대와 함께 숨 쉬고 있다. 『에티카』의 저자 스피노자가 "내일 당장 세계의 종말이 오더라도 나는 오늘 한 그루 사과나무를 심겠다"는 의지를 드러낸 것처럼, 그는 죽음을 앞두고 부지런히 사과나무를 심었다. 그리고 그 나무에는 갈수록 단맛 깊은 열매가 열리고 있다. 그는 생전에 신화적 존재였던만큼 다시 화려하게 부활한 것이다.

---

15 이정석, 앞의 글, 21쪽.

깊고 푸른 절창의 울음 미학

― 이재무론

1. 진화하는 서정의 울음을 위하여

우리는 이 시대에 늑대의 울음 같은 절창의 시를 만날 수 있을까. 갈수록 모호한 관념과 기계적인 속도에 매몰되어 있는 비서정적인 시의 폭주 속에서 과연 그런 시를 만날 수 있을까.

시인은 울음을 짓는 장인이다. 그렇다면 시인이 짓는 울음은 달빛 푸른 밤하늘을 울리는 늑대의 울음 같은 절창이어야 한다. 물론 시는 감정의 수도꼭지가 아니다. 엘리엇의 주장대로 시는 감정을 드러내는 것이 아니라 오히려 숨기는 것이기 때문이다. 그래서 시인들은 감정을 감추는 기법을 구사하는 데 전력한다. 귀한 보물일수록 깊숙이 감추듯이 감정의 본질을 잘 감추기 위해 자꾸 난해한 어법을 구사하려는 노력을 기울인 것이다. 그러나 늑대의 절박하고 간절한 울음을 들어보면 알게 된다. 늑대는 그 절창의 울음을 울기 위해 목숨 건 고행을 불사하기 때문이다. TV 다큐멘터리로 방영된 늑대 연구자들의 보고에 의하면 늑대는 제 종족 보존을 위해 어딘가에 있을 짝을 찾아 산을 넘고 또 넘으며 힘들게 긴 유랑을 감행한다. 한겨울 폭설을 통과해야 하고 언제 어디서 사냥꾼의 총알이 날아올지 모르는 지경을 통과해야 한다. 그럼에도 늑대는 전진하고 또 전진한다. 그것은 생명 이상의 종족 보존과 그 가치를 실현하는 길이기 때문이다. 그리고 마침내 하늘과 가장 가까운 것 같은 어느 산 정상에 다다라 비로소 달빛 푸른 허공을 향해 길고 긴 울음을 우는 것이다. 달빛이 푸르도록 밝은 밤, 늑대가 밤하늘을 향해 폐부의 모든 것을 끌어올려 긴 울음을 울며 짝의 화답을 기다리는 것처럼 시인 또한 가슴에 깊숙이 감추어 둔 울음을 울기 위한 늑대에 다름 아니다. 아니 이재무 시인은 늑대에 다름 아니다.

늑대가 생명을 얻기 위해 목숨을 걸고, 걷고 또 걸어야 하는 것처럼, 그는 존재의 생명을 얻기 위해 또는 스스로 그 화답을 얻기 위해, 방랑의 긴 시간을 걸었기 때문이다. "내 생전 언젠가는 찾아갈 거야, 푸른 고독/광도 높은 별들 따로 떨어져 으스스 춥고/쩡쩡 우는 한겨울 백지의 광야/방랑과 유목의 부족 찾아갈 거야"(「푸른 늑대를 찾아서」)라는 발화에서 짐작할 수 있듯이 마치 유목민처럼 푸른 고독(푸른 초장 대신)을 찾아 유랑한 그는 좀 지나치게, 그러나 가장 근접하게 비유하자면 현대판 디오게네스라고 할 정도로 길 위의 사유자이다. '삶을 소재로 시를 쓰는 게 아니라 삶 자체가 시여야 한다'는 옥타비오 파스의 말대로 길은 곧 그의 삶이며 시는 고독한 그의 삶과 등식을 이룬 탓이다.

따라서 우리는 지금까지 이재무 시인을 한국 시단의 대표적인 서정시인, 떠도는 유목시인, 자연에 집중하는 생태시인 등으로 규정했다면, 이제는 그 우듬지에 '절대고독의 시인'이라는 이름을 붙여야 한다. 사실 그동안 이재무를 향해 절대고독의 시인이라는 명칭은 지양되어왔으나 그는 이미 "시는 실패의 기록이다"(산문집 『생의 변방에서』)라고 일괄했거니와 시는 인간의 폐부에서 올라오는 절망의 고백이라는 것을 그의 작품에서 발견할 수 있기 때문이다. 관심 있게 들여다보면 그는 폐부로부터 밀려오는 고독을 견디기 위해 마치 종교처럼(「내 일상의 종교」) 길 위를 걸으면서 어설픈 울음 울기를 철

존재와 사유

저히 거부해 왔다. 그는 처음부터 고생 끝에 낙이 온다는 고진감래(苦盡甘來) 같은 건, 시도할 생각이 없었다. 그는 늑대처럼 청명한 밤하늘을 향해 그 절창의 울음을 울기 전에는 눈으로 우는 눈물 따위는 안중에도 없었기 때문이다. 그러면서도 고독을 에둘러 말하지 않았다. 고독이 마치 인간의 특권인 것처럼 당당하게 말해버린다. 미시적 담론 구축에 신경을 쓰지 않고 순간마다 떠오른 영감을 포착하는 그는 기질적으로 감정을 감추지 못한 탓이기도 하거니와 차라리 고독을 고독하다고 말하고 슬픔을 슬프다고 말해버리는 직정의 언어로 정면 돌파를 감행한 것이다.

이와 같은 패턴은 열 번째 시집『슬픔에게 무릎을 꿇다』(2014)에 이어 현재까지 가장 최근작인 열한 번째 시집『슬픔은 어깨로 운다』(2017)에서 절정을 이룬다. 특히 열한 번째 시집은 다른 시집에 비해 '울음시집'이라고 할 정도로 울음에 대한 시가 많은 편인데, '슬픔은 어깨로 운다'는 어법은 큰 울음, 울음다운 울음을 의미한다. 슬픔은 폐부에서 밀어 올린 절창의 울음이라야 어깨로 울 수 있으며, 눈으로 우는 울음보다 어깨로 우는 울음이 슬픔의 강도를 말해준다. 즉 눈으로 우는 울음이 찰과상이라면 어깨로 우는 울음은 진피까지 상처가 난 탓이다. 그리고 그가 끌어안은 슬픔은 신산한 가족사와 고난의 시대에 대한 애증과 연민이 자리 잡고 있다. 그러나 "진화하는 건강한 서정을 위하여 전진하는 것이"(소월시문학상 수상 소감문) 그의 목표인데, 시인은 열한 번째 시집 표제어를 골라낸 작품「너무 큰 슬픔」에서 "너무 큰 슬픔은 울지 않는다/눈물은 눈과 입으로 울지만 슬픔은 어깨로 운다"고 말한다. 더욱이 "눈물은 때로 사람을 속일 수 있으나 슬픔은 누구도 속일 수 없다"는 것이다. 울음은 격한 감정일 때나 극한 슬픔의 정점에서 발생하는 것으로써 신이 인간에게 준 가장 투명하고 가장 순수한 감정이다.
더욱이 시인의 울음이야말로 온전한 서정인바, 이재무 시인은 깊고 푸른 서정의 울음을 추구해 왔다고 할 수 있다. 시의 울음이 깊고 푸른 절창으로 진화하기 위해서는 그만한 진통이 내재될 수밖에 없다는 것을 그의 시에서 발견할 수 있다. 특히 살아 있는 체험을 감각적인 울림으로 와닿게 하는 그의 시는 한 사람의 시인을 연단하기 위해 슬픔의 뿌리인 '시련과 절망'이 한시도 그의 곁을 떠나지 않았다는 것이 시의 전반에 걸쳐 포진되어 있기 때문이다. 35년의 시력을 가진 중견 시인의 울음은 갈수록 내면 깊숙이 그 무게를 더해간다는 증거일 터. 따라서 이 글은 슬픔에게 무릎을 꿇고, 어깨가 무너질 지경으로 슬프면서도 가장 서정적으로 진화하기를 꿈꾸는 힘에 이끌려 시작되었다. 그러니까 슬픔이 환기하는 그 빛나는 울음의 아우라에 동참하는 것은 서정의 울음이 메마른 시대에 매우 유의미한 일이 아닐 수 없기 때문이다.

2. 자기복제를 통해 나타난 트라우마의 본질

이재무 시인은, 시인이 되는 것 자체부터 슬픔에서 출발한다. 1983년 맨 처음 무크시 『삶의 문학』을 통해 작품 활동을 시작했으나 어머니와 동생을 줄지어 잃은 충격을 안게 되는데, 2012년 27회 소월시문학상 수상 소감에서 "진눈깨비가 흩뿌리던 날 어머니를 종산에 묻고 돌아와 망연자실하다가 늦은 밤 잠든 식구들 몰래 일어나 쓴 시가 나의 첫 시였던 것"이라고 밝힌 대로 어머니를 잃고부터 본격적으로 시인이 되었다. 어머니는 1984년 12월 48세를 일기로, 동생은 1985년 30세에 세상을 떠났다. 따라서 "내가 시에 입문하고 시를 운명으로 받아들인 것은 문학에 대한 각별한 의지에서 비롯된 것이 아니라 내 개인의 특수한 환경에서 말미암은 것이었다"(소월시문학상 수상 소감문)는 그의 고백은 겸양이기 전에 진실이다. 그의 특수한 삶, 고난과 시련의 삶이 시를 낳기 시작했던 것. 그러니까 그가 시를 쫓아가는 것이 아니라 시가 그를 견인한 것이다. "그것이 나에게는 현재의 불우를 견디는 약이요, 삶의 동력"(위의 글)이었기 때문이다.

이와 같이 고향에서의 원형적 체험은 마치 강의 발원지처럼 시를 낳았고, 이재무 시인은 1985년부터 본격적으로 시를 쓰기 시작하여 지금까지 열한 권의 시집을 발표했다. 시기별로 구분해보면, 80년대에 제1집 『섣달그믐』(1987), 제2집 『온다던 사람 오지 않고』(1990)를 냈고, 90년대에 제3집 『벌초』(1992), 제4집 『몸에 핀 꽃』(1996), 제5집 『시간의 그물』(1997)을 냈다. 그리고 2000년대에 제6집 『위대한 식사』(2002), 제7집 『푸른 고집』(2004), 제8집 『저녁 6시』(2007), 제9집 『경쾌한 유랑』(2011), 제10집 『슬픔에게 무릎을 꿇다』(2014), 제11집 『슬픔은 어깨로 운다』(2017)를 냈다. 이것은 초기(80년대), 중기(90년대), 후기(2000년대)로 나눌 수 있고, 초기에는 고향과 청소년기의 성장기를 시공간으로 하여 과거에 대한 '기억'을 바탕으로 한다. 그러므로 초기 시 대부분 제재는 농촌과 가족이며, 그것은 곧 가난으로 표상되고 있다. 중기는 도시로의 이동이며, 시적 화자는 '나와 가족과 고향'에서 '타자와 도시와 직업'으로 이동한다. 후기는 중년으로 접어든 서울 생활의 현실문제, 즉 실존적 회의에 대한 밀도가 깊어진다고 할 수 있다.

이를 근거로 이재무 시인의 시는 크게 농촌과 도시, 고향과 타향이라는 상반된 틀을 형성한다. 그리고 가난한 고향을 시공간적 배경으로 하는 과거와 도시로 진출하여 역시 가난한 도시인으로 살아가는 현실이 대비를 이룬다. 따라서 이재무 시인의 트라우마는 일차적으로 가난한 고향과 비교적 빠른 가족(어머니와 동생)과의 사별이며, 두 번째는 삶의 터를 도시로 옮긴 이후 비정규직으로 살아가야 하는 고달픈 삶이다. 그러나 농촌과 도시, 이 둘은 서로 길항적이거나 이항대립을 이루기보다는 오히려 유사한 성격으로 이어진다. 농촌과 고향이라는 토속성과 역사성이 도시와 타향이라는 문화와 정서를 밀어내는 것이 아니라 그대로 전이되는 현상을 보여준다. 즉 농촌에서도 가난했고 도시에서도 가난했으며, 고향에서도 고독했고 객지에서도 고독했기 때문이다. 그러므로 이재무 초기 시의 농촌과 고향의 서정은 도시와 객지로 이어지는 연장이라고 볼 수 있다. 그리고 그 연장의 중심은 가난이며 가난은 절망과 시련으로 그를 연단하면서 "퍼렇게 멍이 든 울음들/빨간 피를 흘리는 울음들"(「날개 없는 울음들」), "너무 큰 슬픔은 울지 않는다."(「슬픔은 어깨로 운다」), "천지 분간을 모르고/낮 밤 없이 뛰어내리는/투명한 울음들"(「폭포」), "기실 빗소리는 땅이 비를 빌려 우는 소리"(「비 울음」) 등 울음을 생성하는 원인으로 작용하게 된다.

따라서 이재무의 시에는 상당히 많은 작품의 주제어로 또는 객관적 상관물로 '울음'이 존재한다. 이른바 「둥그런 울음」(제3집 『벌초』), 「울음의 진화」(제10집 『슬픔에게 무릎을 꿇다』)를 비롯하여 제11집 『슬픔은 어깨로 운다』에 포진되어 있는 작품 「비 울음」, 「폭포」, 「나무들도 울고 싶을 때가 있을 것이다」, 「날개 없는 울음들」, 「너무 큰 슬픔」 등에서 울음을 발화한다. 이런 연유로 이재무의 시에는 시적 화자와 작자가 일치하고, 모든 울음은 곧 시인 자신의 울음으로 표명된다.

또한 그 울음의 기저에는 가난이 존재한다. 그는 충청도 부여에서 20여리 떨어진 두메산골에서 태어나 "고작 두 벌 옷으로 사계절을 살아야 했을 정도로"(소월시문학상 당선 소감문) 가난했다. 뿐만 아니라 "우리 또래들은 아랫도리를 가릴 때부터 가사에 엄연한 일꾼으로"(위의 글) 꼴 베기, 콩밭 매기, 못줄 잡기, 키보다 훨씬 큰 지게를 지고 나무를 해야 했고, 하루 세 끼 감자밥도 못 먹어, 먹을 것을 찾아 헤매는 소년기를 보내야 했다.

그래서일까, 그의 시는 '밥'에 대하여 노골적이다. 사실 밥은 동서고금 어느 시대나 막론하고 인간의 정곡을 찌르게 마련이다. 물론 인간은 결코 밥을 뛰어넘을 수 없고 시인도 밥에서 자유로울 수 없다. 그가 도시에서 가난한 이유는 비정규직자로 살아가야 하는 불안정한 처지 때문이라고 할 수 있다. 이재무 시인 스스로 "시인이야말로 운명적으로 비제도적 존재요, 반체제적 존재 아닌가. 그리하여 체재와 제도 안에서 왕따 당하는 비운의 존재 아닌가"(『생의 변방에서』, 2003)라고 일괄했듯이 그는 비정규직자로 청춘의 한

창때를 살아야 했다. 그리고 그것은 밥과 고독을 창출하는 시적 삶으로 변용되기에 충분했다.

밥은 인간이 생존하기 위한 가장 원초적인 것으로 가난의 척도를 말해준다. 실질적으로 그의 시에는 밥에 대한 내용이 자주 나올 뿐만 아니라 매우 곡진하게 표출된다. 소월시문학상 수상작 역시 「길 위의 식사」, 즉 밥이었다. 어느 날 스님과 함께 여러 가지 이야기를 나누던 중 귀담아들을 내용이 참 많았는데 그중 하나가 "밥은 하늘"(산문 「세상에서 제일 맛있는 밥」)이라는 것이었다는 시인은 어린 시절은 물론 성인이 되어 도시로 삶의 터를 옮긴 이후에도 항상 밥과 부딪쳤다.

> 아버지의 평생과 즉은 엄니의 생애가/고스란히 거름으로 뿌려져 있는/다섯 마지기 가쟁이 논이 팔린 지/닷새째 되는 날/품앗이에서 돌아온 둘째 동생 재식이는/···(중략)···/맷돌 같은 손으로 흘러넘치는 눈물 찍으며 대대손손 가난뿐인 빛 좋은 개살구의/가문의 기둥을 찍고 찧었다./···(중략)···/팔려버려 지금은 남의 논이 된/그 논에 모를 꽂고 온 동생의 하루가/내 살아온 부끄러운 나날에/비수 되어 꽂히던 달도 없던 그날 밤
>
> ─「재식이」(제1집 『섣달그믐』) 부분

가난한 농가에서 유일한 희망인 가쟁이 논이 모두 팔려버린 뒤 보여준 동생 재식이의 비애는 처절하다. 남에게 "팔려버려 지금은 남의 논이 된/그 논에 모를 꽂고 온 동생"이 맷돌 같은 손으로 흘러넘치는 눈물을 찍어내는 광경은 "내 살아온 부끄러운 나날에/비수가 되어 꽂히"고도 남을 일이다. 더욱이 재식이는 이재무 시인과 연년생으로 서른 살에 죽어버린 바로 그 동생이다.

고향에서의 가난은 성인이 되어 서울살이로 이어졌고, 도시의 비정규직자로 살아야 했던 그는 밥과 정면으로 부딪치게 된 것이다. "아내는 비정규직인 나의/밥을 잘 챙겨주지 않는다/···(중략)···/질통처럼 무거운 가방을 어

깨에 메고…,/밥 벌러 간다"(「나는 나를 떠먹는다」)를 비롯하여 "쌀통에 담긴/방울방울 땀방울/눈물방울 핏방울/아침마다 고봉밥/배부르게 먹고서/눈물 뿌려 땀 흘려/그것도 모자라/피 뿌려야 사는 형제들이여"(「쌀통」), 이 외에도 「위대한 식사」, 「오후의 식사」, 산문집 『세상에서 제일 맛있는 밥』 등에서 보여주듯이 그에게 밥은 구속의 굴레로 존재한다.

> 사발에 담긴 둥글고 따뜻한 밥 아니라//
> 비닐 속에 든 각진 찬밥이다//
> 둘러앉아 도란도란 함께 먹는 밥 아니라//
> 가축이 사료를 삼키듯//
> 선 채로 혼자서 허겁지겁 먹는 밥이다//
> 고수레도 아닌데 길 위에 밥알 흘리기도 하며 먹는 밥이다//
> 반찬 없이 국물 없이 목메게 먹는 밥이다//
> 울컥, 몸 안쪽에서 비릿한 설움 치밀어 올라오는 밥이다//
> 피가 도는 밥이 아니라 으스스, 몸에 한기가 드는 밥이다
>
> ──「길 위의 식사」 전문

가족이 둘러앉아 함께 먹을 수 없는 밥, 울컥 설움이 치밀어 올라오는 밥은 비애의 밥이라는 것을 거침없이 표출한다. 비닐 속에 든 각진 밥은 피가 도는 밥이 아니라 으스스 한기가 도는 밥이다. 일명 '삼각김밥'처럼 걸어가면서도 먹을 수 있는 도시인의 가난한 밥이다. 아늑하고 여유 있는 식사시간을 누리지 못한 채, 마치 가축이 사료를 먹듯이 허겁지겁 먹는 밥은 결코 화자의 일상이 바쁜 탓이 아니다. 비애는 감출수록 더 내면적으로 더 깊은 비애를 키우게 된다는 것을 안 시인은 이를 감추기보다 차라리 정면으로 드러내 버리고 만다.

그것이 이재무식의 시이다. 따라서 "나는 표절 시인이었네/고향을 표절하고 엄니의 슬픔과 아버지의 한숨과 동생의 좌절을 표절했네"(「나는 표절 시인이었네」)라고 고백하듯이 그는 가족사를 비롯하여 그가 체험한 고향의 모

든 것을 복제했다. 그리고 그것은 이재무 작품의 전반을 지배한다.

3. 직선적 기질과 가공되지 않은 직정의 발화

밥에 대하여 노골적이듯이 미시적 담론을 거부한 그의 시는 좀처럼 꾸며서 쓴 시를 발견하기가 어렵다. 따라서 이재무의 화법은 직설적이고 도전적이다. 이는 이재무 시인의 타고난 기질과 무관하지 않는데, 생트뵈브의 "그 나무의 그 열매"라는 말대로 시도 시인의 천부적인 기질을 반영한다고 볼 수 있다. 다혈질, 강성, 의리, 명쾌한 설득력, 애주가, 강한 리더십은 곧 카리스마라는 이미지를 형성하게 된다. 그리고 이런 기질의 소유자인 이재무 시인은 "금강산 만폭동에 쏟아져 내리는 폭포수처럼"(이형권, 『길 위의 식사』, 소설시문학상 수상 시선집) 단도직입적이다. 그는 얼음장을 천장 삼아 살아가는 "속 환히 들킨 채 사는 물고기, 몸피 작아 적게 먹으니 크게 감출 것도 꿍꿍이도 없는 투명 찬란한 물고기"(「빙어」)인 빙어처럼 속을 환히 드러내놓고 시를 쓴다.

본인 스스로 말하기를 "나는 에둘러 말해야 할 것도 직설적으로 툭 던져 상대를 불편하게 만들곤 한다. 이것은 내 각오와 상관없는 천성이다. 이 약점 때문에 내가 입은 손해가 결코 적지 않다."(산문집 『세상에서 제일 맛있는 밥』)고 한 대로 그의 솔직함은 저지할 틈도 없이 일생 중 가장 치욕스러운 치부까지도 거침없이 드러낸다.

그 시절, 군 복무하는 남성들 가운데 더러 20대 청춘의 싱그러운 동정을 어이없게도 매춘 여성들에게 바치게 되는 일종의 상흔 같은 체험을 했다고 전해지듯이, 시인 또한 그와 같은 상흔을 입게 된다. 그는 사실 군 복무도 끝나고 사회인으로서 첫 월급을 받던 날 직장 상사와 어울려 치욕스러운 성병까지 얻는 전혀 뜻밖의 통과의례를 치르게 된 것이다. "처음 월급을 받은 날 나는 직장 상사와 함께 여자를 샀다. 그녀에게 나는 동정을 바쳤다. 그런데 재수없게시리 그만 성병에 걸리고 말았다. 신고식을 톡톡히 치른 셈이다. 그 뒤로 나는 여자를 사는 것을 아주 삼가고 꺼리게 되었다."(『생의 변방에서』)는 고백을 사석이 아닌 지면을 통해 거침없이 쏟아내는 것만 봐도 그의 직선적 성미와 솔직함을 짐작하고도 남는다.

그것은 곧 그의 완고한 성품 탓이며, 그에게는 한낙적 완고함과 진보적 완강함이 쌍벽을 이루고 있다. 주변인들의 증언에 의하면 그는 특히 우리 사회의 모순과 문단의 권력 행태에 대하여 분노하는 것을 주저하지 않는 성미를 보여주었던 것으로 알려져 있다. 일반적으로 주변의 눈치를 보면서 꾹 눌러 참는 인내는 그에게서 찾아보기 힘들다는 것, 그렇다면 그에 따른 불이익을 고스란히 떠안아야 했을 것은 당연한 일이다. 그러함에도 그는 "배고파 달이나 뜨는 밤이 올지라도/출처 불분명한 밥은 먹지 않으려"고 했음을 다음 작품에서 보여주고 있다.

> 몸속에 꿈틀대던 늑대의 유전인자
> 세상과 불화하며 광목 찢듯 부우욱 하늘 찢으며
> 서슬 푸른 울음 울고 싶었다
> …(중략)…
> 하늘이 내린 본성대로 통 크게 울며
> 생의 벌판 거침없이 내달리고 싶었다
> 배고파 달이나 뜨는 밤이 올지라도
> 출처 불분명한 밥은 먹지 않으려 했다
> 그러나 불온하고 궁핍한 시간을 나는 끝내 이기지 못하였다
> 목에는 제도의 줄이 채워져 있었고
> 줄이 허락하는 생활의 마당 안에서
> 정해진 일과의 트랙을 돌고 있었다.
>
> ──「울음이 없는 개」 부분

자신의 자화상으로 묘사된 「울음이 없는 개」에서 보여주듯이 그는 좀처럼 굽힐 줄 모르는 기질 때문에 아무 밥이나 먹지 않았다. 특히 불합리한 제도권의 밥에 숟가락을 대지 않았다. 그래서 더욱 가난했고 더욱 고독했을 것이라는 짐작이 가능하다. 그것은 시에 그대로 반영되었다. 이에 대하여 평론가 권성우는 "자신의 선택이 정당하다고 판단되면 끝까지 가보는 정서, 또는 패배할 것을 명백하게 알면서도 그 선택을 소신 있게 밀고 나가는 곡진한 정서가 있다"(『슬픔에게 무릎을 꿇다』)고 했고, 권영민은 "그는 말을 가지고 재주를 부리지 않는다. 그는 말을 가지고 놀지 않는다. 너무나 진솔하여 본바닥이 다 드러날 정도로 그의 언어는 그냥 맨몸이다"(『길 위의 식사』)라고 했다.

유성호는 "그의 시편들은 의뭉스러움이나 난해성 저편에서 씌어진다"(위의 책)라고 했고, 김춘식은 "재미있고 유머도 풍부하지만 때로는 그 유머가 시골에서 도시로 이주한 시인의 외톨이 의식이나 고집과 만나면 돌연 독설이나 공격적인 언어로 바뀌는 경우도 있었다"(위의 책)고 했다. 이형권은 "그의 시는 화려하고 작위적인 수사적 표현에 집착하지 않음으로써 오히려 더 큰 감동을 전해 준다"고 했다. 그리고 시인이 외로울 때마다 불쑥 찾아가는 김선태는 "그는 활달하고 대범하며 용맹스럽고 거침없는 달변가이며 자기주장이 매우 강하다."고 하면서 시인의 외모와 성품에 대하여 다음과 같이 말했다.

이재무 시인의 외모는 평범한 편이지만 야성미가 있다. 작지만 다부진 몸매, 직선의 더벅머리를 휘날리며 거칠게 걸어가는 폼이 대단한 포스를 지녔다. 얼굴을 보면 시인이라기보다 뒷골목을 어슬렁거리는 백수건달 같다.

…(중략)… 그의 기질은 다혈질이다. 속에 불덩이가 있어 감정이 상하면 쉽게 타오른다.

불의를 보면 활화산처럼 폭발한다. 거기다 자존심이 매우 강하다. 허리가 잘 구부려지지 않는다. 한번 아니라고 하면 끝까지 아니다. 그래서 인간관계에서 호불호가 분명하다. 의리를 생명처럼 여긴다. 또한 애주가이다.

— 시선집 『얼굴』(천년의 시작, 2018) 발문 중에서

4. 푸른빛의 냉기 서린 고독과 그 완고함

이재무는 김선태와 매일 전화를 할 정도로 또는 서울에서 김선태가 살고 있는 목포까지 자주 찾아갈 정도로 가까운 사이였다. "황량한 서울 벌판에서 늑대처럼 울부짖으며 살아가는 그는 심신이 지칠 때마다 호남선을 타고 목포로 내려왔다"(김선태 시인이 목포대학 재직 시)는 이재무는 목포를 고향 이상으로 자주 찾았고 시도 많이 썼다고 했는데, 「나는 표절 시인이었네」에서 "그해 겨울 저녁의 7번 국도와 한여름의 강진의 해안선을 표절했네"라고 할 정도였다. 고독할 때 인간은 자신을 가장 잘 이해해주는 사람을 찾게 마련이고, 서울에서 대한민국 최남단의 땅 목포와 강진까지 가장 만나고 싶은 사람을 찾아간다는 것은 고독의 힘이 아니고 무엇이겠는가.

레비나스는 인간의 고독은 로빈슨 크루소의 경우처럼 홀로 격리되었기 때문에 생기는 것도 아니며 의식을 타인에게 전달할 수 없기 때문에 생기는 것도 아니라고 했다. 고독은 다름 아닌 "존재자들이 있다는 사실 자체에"(『시간과 타자』) 있다는 것이다. 요컨대 존재함 자체로서 존재하려면 고독이 있어야 한다는 것이다. 따라서 이재무 시인은 고독으로부터 벗어나려고 애쓰지 않는다. 왜냐하면 그로써 자신의 실존을 확인할 수 있기 때문이다.

앞에서 언급한 대로 이재무 시인의 트라우마는 가난한 성장기와 어머니와 동생의 사별이다. 두 번째는 삶의 터를 도시로 옮긴 이후 비정규직자로 살아가야 하는 궁핍한 삶이다. 따라서 이재무 시에 있어서 가난과 고독은 동격으로 볼 수 있다. 그리고 또 한 가지 고독의 원인은 그가 살아야 했던 시대에 숨어 있다. 그는 1958년생으로 80년대 제5공화국 군부독재 공안 시대에 혈기왕성한 20대를 살아야 했기 때문이다. 다혈질인 기질을 가진 시인

이 공안 시대를 무사히 건너는 방법은 쉽지 않다. 따라서 그를 구원한 것은 시였다고 할 수 있다.

　이와 같은 이재무 시인의 고독은 과거 성장기에 아버지에 대한 기다림에서부터 강하게 나타난다. "싸락눈이 내리고 날은 저물어/길은 보이지 않고/목 쉰 개 울음만 빙판에 자꾸/엎어지는데 식전에 나간 아부지/여태 돌아오지 않는다"에서 당시 가장인 아버지는 현재 서울에서 비정규직자로 살아가는 가장으로서의 자신으로 이어진다. "나는 이십 대 후반의 잠깐 동안을 빼놓고는 정규직으로 살아본 적이 없다"(산문집 『시인으로 산다는 것』)고 밝힌 것으로 미루어 그는 정규직 밖의 삶을 살아온 가장이었음을 알 수 있는데 "아내는 비정규직인 나의 밥을 잘 챙겨주지 않는다"(「나는 나를 떠먹는다」, 제10집 『슬픔에게 무릎을 꿇다』). 따라서 나는 스스로 밥을 챙겨 먹어야 하는데, 이것은 아내에 대한 원망이 아니라 비정규직자를 만들어낸 시대에 대한 원망을 암시한다.

> 아내는 비정규직인 나의
> 밥을 잘 챙겨주지 않는다
> 아들이 군에 입대한 후로는 더욱 그렇다
> 이런 날 나는 물그릇에 밥을 말아 먹는다
> 흰 대접 속 희멀쭉한 얼굴이 떠 있다
> 나는 나를 떠먹는다
> 질통처럼 무거운 가방을 어깨에 메고
> 없어진 얼굴로 현관을 나선다
> 밥 벌러 간다
>
> 　　　　　　　　　　　　　　　—「나는 나를 떠먹는다」 전문

　비정규직자인 남편을 둔 아내는 돈을 벌어야 한다. 그래서 늘 바쁘게 마련이고 식사시간에 맞추어 남편에게 밥 챙겨주는 일을 제대로 할 수 없을 것이다. 그나마 아들이 군대 가기 전에는 아들을 챙겨주는 덕택에 아내가

차려준 밥을 먹었지만 아들이 군대 가고 난 다음에는 나 스스로 밥을 챙겨 먹어야 하는 쓸쓸한 풍경이 그려진다. 더욱이 대접 안 말간 물에 떠 있는 희멀건 얼굴은 나의 고독을 극대화시킨다. 그리고 물에 비친 나를 떠먹어버린 나는, 얼굴조차 없는 존재로 또는 얼굴이 있으나마나 한 존재로 밥벌이를 하러 가기 위해 집을 나서야 한다. 그러나 시인은 "이 시대 딸깍발이로서의 존재인 시인은 그러므로 결과가 빤히 예상되는 싸움에서조차 몸을 피하지 않아야 한다"(산문집 『생의 변방에서』)는 완고한 고집을 보인다.

완고한 고집은 고독을 더욱 고독하게 내몰고, 그것은 「내 일상의 종교」에서 절정을 이룬다. "나이가 들면서 무서운 적이 외로움이라는 것을 알았을 때/내가 가장 먼저 한 일은 핸드폰에 기록된 여자들/전화번호를 지워버린 일이다/술이 과하면 전화하는 못된 버릇 때문에 얼마나 나는 나를 함부로 드러냈던가"(「내 일상의 종교」)이다. 그러나 술을 마시고 그녀들에게 전화를 걸게 되면 무슨 실수를 할지 모른다는 것이 두려워서가 아니라 '나의 고독'을 들키고 싶지 않기 때문이다.

　　　　나이가 들면서 무서운 적이 외로움이라는 것을 알았을 때
　　　　내가 가장 먼저 한 일은 핸드폰에 기록된 여자들
　　　　전화번호를 지워버린 일이다
　　　　술이 과하면 전화하는 못된 버릇 때문에 얼마나 나는 나를
　　　　함부로 드러냈던가
　　　　하루에 두 시간 한강 변 걷는 것을 생활의 지표로
　　　　삼는 것도 건강 때문만은 아니다
　　　　한 시대 내 인생의 나침반이었던
　　　　위대한 스승께서 사소하고 하찮은 외로움 때문에
　　　　자신이 아프게 걸어온 생을 스스로 부정한 것을 목도한
　　　　이후
　　　　나는 걷는 일에 더욱 열중하였다 외로움은 만인의 병
　　　　한가로우면

　　　　　　　　　　　　　　　　　　　　　　　　　　　존재와 사유

타락을 꿈꾸는 정신 발광하는 짐승을 몸 안에 가둬
순치시키기 위해 나는 오늘도 한강에 나가 걷는 일에
몰두한다
내 일상의 종교는 걷는 일이다

—「내 일상의 종교」 전문

그는 열한 번째 시집『슬픔은 어깨로 운다』의 머리말에서 "나는 길 위에서 시간을 보내는 경우가 많다. 살면서 가장 무서운 적이 외로움이라는 것을 알았을 때 나는 무엇보다 그것을 이겨낼 방편으로 걷는 일에 몰두하였다."라고 했는데, 고독은 무작정 걷게 만들고, 그는 꼭 걸어야 할 때가 아닌데도 신앙하듯 걸었다. 아주, 무척, 많이, 길 위에 고독을 점철시켰기 때문이다. 그래서 걷는 일이 「내 일상의 종교」가 되어버렸다면 앞에서 언급한 대로 고대 그리스 길 위의 현자 디오게네스를 연상케 한다 하여 과할 것도 없다. 신발창이 뚫어지도록 걷는 시인이라면, 뚫어진 신발창 구멍으로 돌멩이가 자꾸 비집고 들어와 함께 고독을 나누고자 한다면 정녕 과할 것도 없다.

석 달 전 길을 걷다가 달그락거리는 소리가 거슬려 귀 기울여보나 영락없이 구두 밑창에서 나는 소리라 걸음을 멈추고 들여다보았다 언제 뚫렸는지 엄지손톱만 한 구멍이 보이고 그 속에 작은 돌멩이가 들어앉아 있는 게 아닌가 어디서 굴러든 것일까 나는 돌멩이를 꺼내 길에 놓아주었다 그 후로도 여럿 돌멩이들은 예의 구멍에 들어와 달그락거리는 소리로 자신들의 존재를 증명하다가 이내 꺼내지고는 하였다.

—「돌멩이와 구두」 부분

걷기를 마치 종교처럼 수행하는 이재무 시인의 코기토는 '나는 걷는다, 고로 나는 존재한다'에서 성립한다. 완벽하게 그곳에 닿고 싶은 욕망, 즉 깊고 푸른 절창의 울음을 울 수 있는 곳까지 가기 위해 스스로 연단의 길을 걷는 것이다. 그리고 푸른 빛깔은 생명을 상징하는 것 이면에 고독을 상징한다. 따라서 이재무 시에서 발화되는 '푸른'이라는 빛깔은 냉기 서린 고독의 아우라로 존재한다. "수다의 꽃 피우며 검은 부리로 쉴 새 없이/일용할 양식 쪼아대는/근면한 황족의 회백색 다갈색 빛깔 속에는/푸른 피가 유전하고 있을 것이다"(「경쾌한 유랑」)에서나, 시집 『푸른 고집』, 시 「푸른 개」의 분노에 찬 푸른 눈빛, 그리고 울음을 그친 「징」의 '푸른(퍼런) 녹', '푸른' 빛깔은 냉기 서린 고독을 암시한다. 그것도 완고하게 제자리를 지키는 절대고독으로 존재한다. 그리고 이것들을 집약하는 대표적인 작품은 「푸른 늑대를 찾아서」이다.

> 내 생전 언젠가는 찾아갈 거야, 푸른 고독
> 광도 높은 별들 따로 떨어져 으스스 춥고
> 쩡쩡 우는 한겨울 백지의 광야
> 방랑과 유목의 부족 찾아갈 거야
> …(중략)…
> 무인지경 내달릴 거야 가도가도 끝없는 광대무변
> 더 이상 달릴 수 없을 때까지
> …(중략)…
> 초원의 파수꾼, 떠돌이 협객, 외로운 사냥꾼
> 내 생전 언젠가는 찾아갈 거야
> 한 마리 변방의 야생을 살며 폭설 내린 어느 날
> 비축해둔 식량마저 떨어지면 파도 우리 덮치다가
> 불 뿜는 총구 앞에서
> 한 점 비명, 회한도 없이 장렬하게 전사할 거야
>
> ─「푸른 늑대를 찾아서」 부분

5. 완전한 소진을 위한 생의 완주

　푸른빛 냉기 서린 고독으로 점철된 「푸른 늑대를 찾아서」는 역시 시인의 자화상으로써 혹독한 비장미를 보여준다. 생전에 언젠가는 찾아가고야 말겠다는 다짐, 한 마리 변방의 야생을 살면서 폭설이 내린 어느 날 비축해둔 양식마저 떨어지고, 그러다가 불 뿜는 사냥꾼의 총구 앞에 한 점 비명도 회한도 없이 장렬하게 전사하고 말 것이라는 다짐은 그야말로 엄숙하다 못해 장렬하다. 그것은 곧 "생의 궁극은 완전한 소진에 있는 것/화구 앞에서 생의 완주에 대해 생각했다"(「火口 앞에서」)는 고백과 맞물리며, 화구에서 타는 불꽃은 그가 꿈꾸는 생의 완주에 대한 욕망에 다름 아니다.

　라캉은 욕망을 자유와 선이 존재하는 삶의 의욕으로 보았고, 스피노자는 욕망을 자신에게 선한 것을 추구하는 것이라고 했다. 라캉의 생각은 죽을 때까지 인간은 욕망하게 되며, 그것은 죽어야 끝이 난다는 지속성에 기인한다. 스피노자는 유대교에서 교리 문제로 사형에 버금가는 추방을 당해, 다락방에 숨어 안경알을 갈아 삶을 연명하면서도 그들과 타협하지 않고 자신이 추구하는 '에티카'의 길을 버리지 않는 완고한 고집을 고수했기 때문에 그런 생각이 가능했다. 그렇다면 이재무 시인의 욕망은 이들의 생각과 일치한다고 볼 수 있다. 그가 욕망한 것은 궁극적으로 개인을 뛰어넘어 자신과는 너무 멀리 있는 이상이었고 그것은 완고했기 때문이다. 그의 이상은 자유와 선(정의)이 우선하는 사회였고 적폐를 멸시하고 짓밟을 수 있는 사회의 도래였다.

　그러나 그는 말한다. "수백 수천만 노예가 주인 몇을 쓰러뜨리지 못한" 것처럼 "진보 유전자를 지니고 산다는 일은/그 자체로 멍에이며 스스로 불행지수를 높이는 일"(「내 안의 적들」)이라고, 따라서 혈기왕성한 청춘 시절 불의와 불합리에 대하여 참을 수 없는 분노를 이기는 방법은 "기실 빗소리는 땅이 비를 빌려 우는 소리"(「비 울음」)인 것처럼, 시를 쓰는 일밖에 없었음을 짐작할 수 있다. 그래서 그는 시로서, 추종을 불허하는 직정의 언어로, 어깨로 우는 울음으로, 제 감정을 발산해야 했을 것이다.

그는 「울음이 없는 개」에서 보여주듯이, 그리고 주변인들의 증언대로 몸 속에 꿈틀대는 늑대의 유전인자를 품고 불합리한 세상과 불화하며 시에서 보여주듯이 광목 찢듯 부우욱 하늘을 찢으며 서슬 푸른 울음을 울고 싶었다. 하늘이 내린 본성대로 통 크게 울며 생의 벌판을 거침없이 내달리고 싶었다. 그리고 배고파 달이나 뜯는 밤이 올지라도 출처 불분명한 밥은 먹지 않으려 했던 것이다.

그러나 그는 상처를 기억과 반성과 부활로 보았다. "상처 없이 미끈한 나무가 떨군 열매 믿을 수 없다/가려워서 어디든 몸을 문대고 비비고 싶은/생의 상처여,/낫지 마라"(「상처」)며 상처를 거부하지 않았다. 어차피 그를 시인으로 내몬 것도 상처, 너무 일찍 세상을 뜬 어머니와 동생의 죽음이었다. 생물학적 나이로는 전혀 죽음을 예상할 수 없는 마흔여덟 살에 세상을 떠난 어머니와 불과 서른 살에 생을 마감한 동생은 그에게 납득할 수 없는 불합리한 현실을 과제로 남겨주었다. 뿐만 아니라 어머니가 일궈놓고 긴 다섯 마지기 가쟁이 논마저 팔려버려, 가난은 그 불합리함을 더욱 가중시켜 주기에 충분했다.

따라서 최근 열한 번째 시집에서 "나는 표절 시인이었네/고향을 표절하고 엄니의 슬픔과 아버지의 한숨과 동생의 좌절을 표절했네"(「나는 표절시인이었네」)라고 고백한 것처럼 그의 시는 상처에 대한 자기복제이다. 또한 거기에는 한국사가 존재하며 그것은 모조리 궁핍으로 표명되었다. 그는 밥이 가난했고, 시대는 정신이 가난했고 꿈이 가난했다. 그는 시인으로서 또는 시대의 주체자로서 그것을 용납할 수 없었다. 대신 자신과 싸우기 시작했다. 시대의 슬픔을 내부로 끌고 들어와 대적하면서 자신을 소진하는 것이 그의 울음이다.

그리고 열한 번째 시집에 고조되어 있는 울음들 가운데 "너무 큰 슬픔은 울지 않는다/눈물은 눈과 입으로 울지만 슬픔은 어깨로 운다"고 했는데, 그의 말대로 '어깨'로 우는 울음은 큰 울음이다. 자질구레한 울음, 눈으로 우는 울음이 아니라 폐부의 모든 것을 끌어올려 우는 최후의 울음이다. 따라서 최후의 울음을 운다는 것은 생을 완주했을 때, 그것이 완전히 소진되었을 때 비로소 이루어질 수 있는 일이다. 그것은 지금까지의 분노와 슬픔과 억울함이 완전히 소진됨을 의미한다. 그 큰 울음은 비로소 "저렇게 밤새 울고 나면/내일 아침 땅은 한결 부드럽고/깨끗한 얼굴을 내보일 것"(「비 울음」)이라는 기대처럼 기쁨과 평화를 맞이하는 일이다.

그러나 이재무 시인은 아직도 "뜨거운 유목의 피"(「민박」)가 끓고 있다. 시인 스스로 "비록 그것이 희망을 노래할지라도 절망을 통과하지 않을 때는 깊은 울림으로 다가오지 않는다."(산문집 『생의 변방에서』)고 덧붙였듯이 그는 절망을 통과해야 하고 그의 시는 그것을 증명해야 하기 때문이다. 또 한 생의 완주는 인간 그 누구도 보장할 수 없는 것이며, 가슴속에 끓고 있는 불덩이를 완전하게 소진하는 것 역시 보장할 수 없기 때문이다.

마치 늑대가 절창의 울음을 울 수 있는 곳, 반드시 그곳을 찾아가기 위해 목숨 걸고 유랑의 길을 가듯이 끝없이 길 위를 걸으며, 길 위에서 자기 존재에 대해 목마른 현실을 구가해야 하는 실패의 기록이야말로 인간의 폐부를 울릴 수 있기 때문이다. 따라서 그는 늑대가 어느 산 정상을 향해 위험을 뚫고 질주하듯이 계속 지금까지처럼 그 길을 갈 것이다.

모태적 고독과 생명의 본질에 대한 사유

─박송죽 시인의 신앙시를 중심으로

1. 시와 시인

　시인은 가장 문명화된 사람이면서 가장 원시적인 사람이라는 말은 불멸의 진리로 통한다. 시는 인간의 내면을 암시하는 수단이며 인간의 깊은 내면은 곧 인간의 원시적인 성질인 탓이다. 또한 원시시대에 인간이 희로애락의 감정을 나타내는 방법은 주문을 읊는 것이었고, 그것은 곧 인간의 내면을 표현하는 방법이었기 때문이다. 주지하다시피 이 모든 것은 언어로 표현하는 것이되, 언어는 본래 원시시대에는 비유적이고 신화적이었으나 차츰 관념화되기에 이르렀다. 그런데 만약 시가 철학이나 과학처럼 관념 전달의 목적을 띤다면 인간은 자기 본질을 확인할 길을 잃게 되는 지경에 처하고 마는 것이다. 따라서 시는 인간의 본질과 떨어질 수 없다는 절대적인 신념을 내포하고 있다.

　이러한 신념에 준거하여 문예 비평사적으로 볼 때 시를 정서의 표현으로 보기 시작한 것은 문학사상이 모방론에서 표현론으로 옮겨간 이후부터이다. 모방론은 사물 그 자체와 우주, 자연의 실제와 근본원리, 이념, 진리를 문학으로 복사하거나 구현, 재현한다는 사상이다. 이와 달리 표현론에서는 우주와 자연 및 인간의 근본적인 진리구현을 상징한다고 믿었다. 즉 시인이 지닌 상상의 힘에 의하여 직관적으로 파악되는 것이 시인데, 그런 진리의 발견이 보편적인 이성이 아니라 극도로 주관적인 상상에 의한다고 주장한 것이 표현론의 특징이다.

이와 같은 양면성은 아직도 시에 대한 중요한 관점으로 남아 있고, 시인의 각자 개인적인 개성, 즉 퍼스낼리티(personality)는 주관과 주체성 그리고 자아라는 세계에서 자신의 정서를 발휘하게 된다. 그리고 이것은 수많은 사람들 가운데 시인의 독점물인 것처럼, 시인들이 점유하고 있을 뿐만 아니라 시인의 성격을 규정짓게 된다. 그리고 모두에서부터 이런 생각을 하게 된 것은 한국 문단의 원로인 박송죽 시인의 무게감을 다시 한번 실감하게 된 까닭이다. 그러나 한 시인을 이야기한다는 것, 그것도 한평생 시를 쓰면서 살아온 노(老)시인을 언급한다는 것은 매우 어렵고 조심스러운 일이 아닐 수 없다.

운애(雲涯) 박송죽 시인, 그는 우리나라가 해방된 이후 현대문학이 시작된 이래 한국 문단의 맥으로 존재하고 있다. 그러니까 1930년대의 시문학파가 중심이 되어 전개한 순수시 운동, 그리고 이를 뛰어넘은 모더니즘의 출현에 이어 생명파와 청록파가 등장하여 일구어놓은 한국 시사의 맥이 그의 시 세계를 관통하고 있다는 사실을 간과할 수 없는 것이다. 그의 생애는 또한 우리나라에 있어서 격랑의 시대로 흘러간 20세기와 21세기의 양대 역사를 잉태하고 있다.

1936년에 태어난 그는 유년 시절을 우울한 일제강점기에 보내야 했고, 6·25로 명명되는 한국전쟁을 몸으로 체험해야 했다. 함경남도 함흥에서 태어나 남으로 피난을 와 부산에 정착하여, 4·19의 의분을 거쳐 다시 5·16 군사쿠데타를 겪어야 했고 제2의 군사쿠데타인 5·18을 겪었다. 문학은, 더욱이 시는 독재의 치명적인 메커니즘에 따른 인간의 욕망을 제어하고 정화, 정수하는 유일한 통로라고 할 수 있는 충분한 이유가 존재한다. 따라서 그는 실존적으로 생명의 본질을 체험했을 것이며 그의 시적 언어는 불꽃처럼 생명에 대한 사유가 불타오를 수밖에 없었을 것이다.

> 그 당시는 공직생활을 할 때인데 5·16 쿠데타 이후 군이 모든 기관을 장악하여 '혁명 공약'을 아침마다 선창히고 군대처럼 무조건 복종하며 죽어 실아야만 했던 시절이었습니다. 사회과에서 부녀계를 담당하고 있었기 때문에 붙잡혀온 창녀들을 빨리 처리해 달라고 결재서류를 지사실에 올렸으나 이틀 동안이나 미해결되어 저는 도지사 비서실의(당시에 행정도 모르는 군인들이 총을 차고 비서실에 상주하고 있었음) 서류함을 엎어버릴 정도로 분노했고, 공직에 있으면서 데모 대열에 섰다가 다행히 공무원이라는 신분은 밝혀지지 않았지만 지금 한일연구소 소장님이신 스승과 함께 하루 동안 구치소 신세를 졌었지요. 철창 없는 감옥이나 다름없었던 그 시절에 쓴 시들을 모아서 출간한 것이 『열쇠를 찾습니다』라는 시집입니다.
> — 계간 『에세이 문예』 2009년 봄호 중에서

그는 시인이기 전에 여성이며 어머니로 살아왔다. 그리고 불꽃처럼 티오른 사유의 근원은 엄연히 모성에서 출발하며 모성은 선천적으로 눈물을 기반으로 한다는 것은 상식이다. 구약성서 창세기에 의하면 여성이 생명을 잉태하여 찬란한 빛(지구) 가운데 탄생시키는 일은 일찍이 신으로부터 벌에 대한 대가로 부여받았기 때문이다. 신은 신성을 어긴 아담과 하와 커플에게 생명 탄생을 기분 좋게 선물하지 않았다. 그런 만큼, 여성이 어머니가 되어 살아간다는 것은 죽는 날까지 인간(자식)에 대한 연민과 염려와 불안에 휩싸이게 마련이다.

뿐만 아니라 생명에 대한 원초적인 사유에 매달려 끝까지 고독과 그리움의 포로가 되고 마는 것이다. 따라서 파란의 역사를 살아오면서 반세기의 삶을 시로 지탱해온 박송죽 시인은 본능적으로 고독과 그리움의 포로가 될 수밖에 없었다. 그리고 시인은 이것을 신께 바치는 노래로 변용하기 시작한 것이다.

2. 신앙시의 출발과 그 영적인 생명

문학은 인문학적 성찰로서 가장 이상적인 삶, 인간에게 가장 충실하고 성실한 삶을 복원하기 위한 '신앙적'인 작업이다. 따라서 "철학이 결국 문학, 특히 시와 동일한 정신을 공유하고 있다"[1]는 주장은 신뢰할 만하다. 이러한 신뢰 속에서 한국 문단의 원로 박송죽 시인을 생각해보면 시는 무엇이며 인간의 삶이란 무엇인가라는 질문에 깊이 몰입하게 된다. 앞에서 언급한 대로 그가 걸어온 발자국 때문이다. 그의 발자국은 점점이 살아 있는 실존인가 하면, 점점이 뜨거운 불덩이로 타오른 절규였다. 인간은 왜 살아야 하며 인간은 왜 시를 써야 하는지를 뼛속으로, 아니 쿵쿵 뛰는 맥박으로 느끼게 해준 탓이다. 왜 살아야 하는가, 라는 명제는 곧 선천적일 만큼 그의 절대적인 신앙심에서 연유한다.

신앙심은 기도이며, 그의 기도는 시로 직결된다. 곧 시가 기도이며 기도가 시로 변용되는 것인데, 박송죽은 신앙시를 쓰기 전에는 모더니즘과 아방가르드 시, 초현실주의의 난해한 시를 쓰면서 시대의 유행에 휩쓸리기도 했다. 그렇게 등단 초기에는 초현실주의 경향의 시를 썼던 박송죽 시인이 신앙시를 쓰게 된 것은 1986년 죽음에 이를 정도의 대형 교통사고를 당한 이후부터이다. 공교롭게도 가톨릭 신자로 영세를 받은 것도 교통사고를 당한 해였다. 그의 고백에 따르면, 주치의로부터 뇌 수술을 받지 않으면 사고력을 상실하게 된다는 무서운 선고를 받았다. 그러나 시인은 뇌 수술을 받지 않았다. 링거로 목숨을 연명하면서 그분(신)을 만나야 한다는 간절함에 가득 차 있었다.

교통사고를 당한 이후 비로소 생명과 신을 발견한 박송죽은 자신도 모르게 신앙시를 쓰기 시작했다. 여러 잡지의 인터뷰 내용을 보면, 그때 자신도 모를 강렬한 힘이 뜨겁게 작용하고 있었고, 병실에서 눈물을 흘리며 시

---

1   강신주, 『철학적 책 읽기의 즐거움』, 동녘, 2001, 15쪽.

를 썼다고 한다. 그 후 새벽 4시만 되면 깨어나 마치 자석에 끌리듯 성당으로 가 장애인을 위해 마련해놓은 맨 앞자리에 앉아 참회의 눈물을 흘리면서 기도했다. 그리고 계속 폭포수처럼 시를 썼다. 그렇게 쓴 시가 성바오로 출판사에서 출판해준 『눈 뜨는 영혼의 새벽』, 『생의 한가운데로 스쳐 가는 불의 바람이 되어』라는 명상시집이다. 그는 온 힘을 다 바쳐서 생명을 노래했다. "생명은 청정한 대숲 바람으로, 천맥(天脈)을 이어 가슴 출렁이는 꽃빛으로, 그런가 하면 고요히 다가오는 새벽 종소리로, 때 묻지 않는 순결한 환희로, 그리고 타는 불꽃으로" 온다고 진술한 것이다. 신앙시는 기도 그 자체인 탓에 진솔한 말들이 나열된다. 그리고 거기에는 인간의 궁극적인 길을 찾는 사유가 흐르게 마련이다.

> 생명은/청정한 대숲 바람으로 온다.
> 천맥을 이어 가슴 출렁이는 꽃빛,
> 고요히 다가오는 새벽 종소리
> 때 묻지 않는 순결한 설렘의 환희로 온다.
> 생명은, 타는 불꽃으로 온다.
> …(중략)…
> 생명은, 천지간, 존재의 아름다움으로 온다.
> 캄캄하게 쓰러진 어둠이 아닌
> …(중략)…
> 따스한 가슴과 때 묻지 않는
> 마음의 조율된 사랑의 울림으로 온다.
> ─「생명의 노래」 부분

작곡가 안일웅[2]이 작곡하여 독일 다름슈타트 세계음악제에서 연주된 시 「생명의 노래」는 심층적으로 점점 강해지는 점강법으로 진행되면서 강렬한

─────────
2　당시 동아대학교 음대 교수.

　　　　　　　　　　　　　　　　　　　　　　　존재와 사유

리듬을 갖고 있다. 강렬한 리듬은 곧 강렬한 호소력을 지닌다. 즉 생명의 속성에 대하여 시인은 있는 힘을 다하여 호소하려고 노력한다. 대숲 바람, 꽃빛, 새벽 종소리, 환희, 불꽃 등 열거법으로 묘사되는 생명은 생물적인 생명을 뛰어넘어 신에게 다가가는 초월적인 생명이다. 형이상학적으로 신과 생명을 생각할 때 생물학적으로 살아 있다 하여 살아 있는 게 아니다. 신과 가까워져가는 생명은 대숲 바람처럼 일어나 꽃빛과 새벽 종소리와 같은 이상을 거쳐 신과 가까워졌을 때, 환희를 맛보게 되며 불꽃 같은 커다란 힘으로 새로 태어나게 됨을 강조한 것이다.

> 생명의 본질적인 인간 존재의
> 가장 고귀한 삶을 고통으로 지불하는 사람들
> …(중략)…
> 십자가 때문에 살아야 하고
> 십자가 때문에 죽어야 하는 수도자의 길,
> 죽어야 다시 살아나는
> ―「모든 것 버리고 공(空)이 된 수도자들」 부분

인간의 삶은 단 한 번만 주어진 원 게임이다. 되풀이할 수 없기 때문에 그만큼 소중함에도 불구하고 신은 인간의 미래를 짐작조차 할 수 없도록 만들어놓았다. 다만 자신의 선택에 따라 방향이 설정되는 것을 허용할 뿐이다. '생명의 본질적인 인간 존재'는 인간에게 존재한 생명이 본질적으로 십자가의 희생, 즉 예수의 희생 때문에 존재할 수 있다고 천명한다. 그리고 십자가 때문에 죽어야 하는 수도자의 길은 진정한 생명을 찾기 위해서이다. 따라서 죽어야 다시 사는 것이 기독교 정신이다. 박송죽 시인의 신앙시는 신을 향한 노래이므로 영탄조를 많이 사용한 것이 특징이다. 즉 신앙의 노래이다. 시문학에서 영탄조는 어떤 것을 대상으로 하는가에 따라 의미가 달라지게 마련이다. 만약 사물이나 사람을 대상으로 한다면 우리는 단번에 문학적 완성도를 들고나올 것이다. 그러나 신을 대상으로 했을 때는 인간의 영혼에 울림을 주는 결과를 낳게 된다. 찬송가 가사에서 영탄조가 많이 발견되는 것도 이런 것을 말해준다. 따라서 박 시인의 많은 신앙시가 작곡되어 노래로 불리고 있다. 30여 편에 이르는 작품에 음악 전문가들이 곡을 붙였다.(아직까지 국내에서는 드문 일이다.)

박송죽 시인의 작품에 처음 곡을 붙인 시는 「여울」이다. 사춘기 시절, 그는 어느 날 버스에서 한 남자의 우수에 젖은 눈빛을 보았다고 한다. 그리고 달밤에 마루에 앉아 라디오를 듣고 있는데 문득 버스에서 봤던 그 눈빛이 떠올라 시를 썼으며, 『민주신문』에 발표되자 작곡되어 시민회관에서 작곡 발표를 했다. 두 번째 곡을 붙인 것은 「임종의 일기」라는 연작시다. 죽음에 다다를 정도의 교통사고로 사경을 헤맬 때 비몽사몽 간에 억제할 수 없을 정도로 가슴에 차오르는 불길 같은 뜨거움이 치솟았고 이유를 알 수 없는 열기에 못 이겨 쓴 작품이다. 그는 이것을 유고집이 될 뻔한 시집 『저 어둠이 내게 와서』에 수록했고, 음악가 하오주 교수가 곡을 붙였다. 다음은 『열쇠를 찾습니다』라는 시집에 실린 시 가운데 무려 23편을 이종록[3] 교수가 작곡하여 한 권의 문집처럼 우편으로 보내주었다고 한다. 이외에도 부산대학교 박미혜 교수, 한국예술시곡연구회 감독 권오철 등 그의 시를 작곡한 음악가들이 연달아 나왔다. 그러나 박송죽 시인이 가장 자랑스럽게 여기는 것은 역시 「생명의 노래」이다. 앞에서 언급한 대로 박송죽 시인은 10대 청소년 시절에 문학을 시작했는데 정확하게 말하자면 중학교에 입학하면서부터이다. 1936년 그는 함경남도 함흥에서 유복자로 태어났고, 아버지는 갓 마흔 살에 운명을 달리했다. 그래서 한 번도 면대한 적이 없는 아버지에 대한 그리움을 시로 쓰게 되었고, 공모에 응모하여 당선되었던 것이다.

---

3 당시 전북대 음대 교수.

내 고향은 함경남도 함흥이다. / …(중략)… /독립운동에 참여했던 큰오빠의 결단으로/임진강을 건너 남하던 날/허리 잘린 철교 아래는 죽은 시체들이 발목을 잡던/그 무섭고 무서웠던 공포 속에 몸서리쳐지는 한 어린 역사 속에/아버지 북에 묻고 어머니 남에 묻고 살 추린 바람 속에 바람으로/천추의 한에 저린 이 비극인 남북통일은 언제 오려는가?

—「임진강을 건너 두고 온 산하」부분

그는 가족들을 따라 남한으로 피난을 와 부산에 정착하게 되었고, 부산 내성초등학교와 남성여중, 남성여고를 거쳐 동아대학교를 졸업하여 경상남도 도청 군사원호청에 근무했다. 중학교 시절 백일장마다 장원 또는 입선을 차지했다. 「오직 부르고 싶은 이름이여」가 장원에 뽑혔을 때, 학교에서 1958년 『보랏빛 의상』이라는 시집을 발간해주었는데[4] 이 작품은 "어릴 때 내 또래 아이들이 아버지를 부르는 것이 너무 부러웠습니다. 그래서 간혹 혼자 이불을 덮어쓰고 수없이 아버지를 불러봤습니다."라고 고백한 것으로 미루어 아버지를 불러보고 싶은 심정을 노래한 것으로 추측된다.

그 후 김민부(〈기다리는 마음〉 작사) 시인과 박태문 시인, 장승재(당시 포항 문화방송 편성부장) 시인, 강상구 시인 등과 함께 동인 활동을 하던 중 결혼하게 되었다. 결혼할 때 유치환 시인이 "박 군아, 참 아깝구나"라고 안타까워했다는 말은 젊은 시인 한 사람이 결혼이라는 제도 속에 묻혀버릴 것 같은 우려 때문이었다. 당시 한국 사회는 여성에게 사회적 지위는 물론 꿈을 실현할 수 있는 좋은 환경이 못 된 탓이었다. 다행히 박송죽은 결혼 이후 1978년 『현대시학』(발행인 전봉건)에 작품을 투고하게 되었고, 김춘수 시인의 추천을 받아 문단에 정식으로 이름을 올리게 되었다. 그러나 유치환 시인의 염려는 현실로 나타나기 시작했다.

---

4 당시 스승인 진병덕 화가가 시집에 그림을 그리고, 유치환 시인이 초청장에 초대 말씀을 써 주었다고 한다.

언니와 형부가 타계하면서 남게 된 다섯 조카를 시집 식구들 몰래 건사
해야 했다. 그런저런 어려움이 쌓여 그는 "차라리 죽는 편이 나을 것 같다
는 생각"으로 영도다리에 두 아들을 업고 걸리며 갔다가 "둘째가 너무 울
어" 자살마저 실패했다. 하지만 그 힘겹던 시절은 그에게 시(詩)를 돌려주
었다. 큰아들은 하버드대 교수가 됐고, "너무 울던" 둘째는 수도사제가 됐
다.

— 조봉권 기자, 『국제신문』, 2015.8.7.

　어린아이들 손목을 잡고 죽음을 생각했다면 이유를 불문하고 삶에 대한
고통의 농도를 짐작할 만하다. 그는 5형제 중 막내로 태어나 어머니와 형제
들의 아낌없는 사랑을 받으며 성장했으나 결혼하고부터 고통이 시작되었
다. 한 가정의 주부로서, 어머니로서 또 졸지에 고아가 된 조카들을 돌보는
일이며 인내에 한계가 올 정도로 힘든 삶이 시작된 것이다. 그렇게 살면서
중년을 맞았을 때 이번에는 공직에 있던 남편이 과로로 쓰러져 뇌경색 진단
을 받고 8년 동안 자리에 눕고 말았다. 이 때문에 언어장애와 신체장애가 겹
쳤다. 한 숟갈 두 숟갈 밥을 떠먹여주어야 했고 자리에서 일으켜 세우고 뉘
면서 살다가 남편이 떠나고 말았다.

　시인이기 전에 여성, 그리고 어머니와 아내라는 역할을 감당해야 했던 그
는 그런 와중에도 시가 정신적 동반자로 우뚝 서 있었다는 것을 그의 업적
이 말해주고 있다. 대표 시집 『눈뜨는 영혼의 새벽』을 비롯하여 현재(2018)
까지 21번째 시집을 발표했고, 그 외에 수필집과 공동으로 펴낸 저서들이
다수가 있다. 여러 시집의 제호만 보더라도 그는 명상적이고 묵상적인 사유
이미지를 부각시키는 작품들로 시 세계를 이룬다. 사유 이미지 가운데서도
특히 생명과 영혼을 노래하는 시가 중심을 이룬다. 『눈뜨는 영혼의 새벽』,
『내 영혼의 외로운 돌섬 하나』, 『등불로 타는 영혼의 산울림』, 『운명의 올을
풀면서』, 『내가 당신을 사랑하는 까닭은』, 『미루나무 숲 바람의 음계를 밟으
며』 등이 거기에 속한다.

따라서 그의 사유 이미지는 영적인 생명을 추구한다. 생명은 모성을 근거로 한다는 것은 상식이다. 따라서 그는 모성성을 시의 근간으로 삼고 있다. "사실 저의 시는 비교적 어둡고 거친 편"[5]이라고 밝히는 그의 고백에서 우리는 여러 가지를 유추해볼 수 있다. 즉 진지함과 중후함의 뿌리라고 할 수 있을 것이다. 그가 대하는 현실과 삶, 그리고 사물의 현상은 결코 가볍지 않다. 더 신중하고 소중하게 다가서는 시적 태도는 곧 생명성과 생명의 근원인 모성성에 대한 사유를 천착하기 때문이다.

3. 존재와 타자성에 대한 사유 이미지

시는 자신의 삶에 대한 진실함과 삶에 대한 집요한 응시에서 창출된다. 그리고 더 나아가 타자를 향한 연민과 포용에서 우러나는 샘물 같은 것이다. 신앙시는 더더욱 타자에 대한 연민과 포용에 집중하는 것이다. 신앙시란 자신이 신봉하는 종교관에 따라 쓰는 시일 수 있다. 더 정확하게 말하면 자신의 신앙적 차원에서 절대자를 중심으로 하여 가장 낮고 겸손한 자세로 신에 대한 의지를 피력할 수도 있으며, 소망을 비는 기도 형식을 도입할 수도 있다. 그러나 신앙시는 자칫 신앙 그 자체로 흘러갈 염려가 없지 않은데, 그의 고백을 들어보면 "신앙시는 교리에 묶이거나 관념화된 것이 아니라 가슴에 잠겨 드는 영혼의 울림 같은 것으로 신앙과 미학이 육화된" 것이라고 한 그의 생각은 신앙시에 대한 확고한 정립을 보여준다.

> 눈물은 사랑의 뿌리입니다
> 눈물은 생명의 단비입니다
> 눈물은 양심의 거울입니다

5 　박송죽, 『내가 당신을 사랑하는 까닭은』, 동아기획, 2016, 255쪽.

눈물은 참회의 초대입니다.
눈물은 눈보다 더 희고 깨끗합니다.
눈물은 사랑보다 더 강한 생명입니다.
눈물은 영혼보다 더 맑고 영롱한 빛입니다.
눈물은 둘이 하나가 되는 기쁨입니다.

—「눈물의 의미」 전문

　「눈물의 의미」는 열거법과 점층법을 사용하여 눈물이 창출하는 그 끝에 닿고 있다. 첫 행부터 5행까지는 종지부를 생략하여 의미를 연장시킨다. 그리고 6행부터 종지부를 찍어 눈물에 대한 의미를 결론 내린다. 시인의 진술대로 눈물은 사랑의 근원을 이루고 생명의 단비며, 양심의 거울이며, 참회의 길이다. 그래서 눈물은 눈(雪)보다 더 희고 깨끗하다. 사랑보다 더 강한 생명성을 지닌다. 그리고 영혼보다 더 맑아 영롱한 빛깔을 띠는 눈물은 결국 둘이 하나가 되는 기적을 이루어내게 마련이다. 그것은 곧 기쁨으로 승화된다. 이것이 바로 시이며 시의 역할이다. 모두에서 말한 대로 시는 아리스토텔레스의 모방론을 넘어 표현론으로 발전했다. 그리고 다시 효용론으로 발전하게 되었다. 주지하다시피 표현론은 작자를 위한, 효용론은 독자를 위한 학설이다. "아침 일찍 일어나 창문을 열고 승학산을 바라보면 수많은 나무들이 뿌리를 내리고 서 있는 푸른 모습에서 내가 살아 있음을 느끼고 나무라는 사물에 대하여 무한한 경외심을 가진다."는 고백대로 그는 신이 내린 생명으로부터 신앙이 준 영감을 자신을 위해, 또는 독자를 위해 창출해낸다.

꽁꽁 얼어붙은 내 마음의 밭에
새봄의 새 생명으로 영혼이 춤추며
세상에 단맛 내는 첫사랑의 순종으로
활짝 핀 사랑의 노래로
당신께 봉헌되는 나날이게 하소서

—「사랑이신 당신 안에서」 부분

　존재와 사유

진실로 내가 나답게 하는 것은 가장 아름다운 생명의 출발이자 하느님의 본질에 완전히 흡수되는 자신이 되어가는 길이라고 생각합니다. …(중략)… 그렇기 때문에 어떤 형식이나 구애를 받지 않고 순수 그대로 영혼의 선결 작업을 할 수 있는 신앙시는 마치 고백소에서 고해하는 것과 같이 나를 비우는 작업이라고 생각합니다. …(중략)… 솔직히 저는 요즘 나이를 먹은 탓인지 신앙시를 더 많이 쓰는 편입니다. 순결한 내가 되기 위한 작업이라고나 할까요.

─『문예시대』 작가 탐방 중에서

공감은 인격이 부여된 상상적인 행위자들이 서로 동류의식을 갖고 사상을 공유하는 것을 말한다. 따라서 감정이입에 역점을 두는 시인은 암시성이 강한 말을 골라 구체적이고 세밀한 묘사에 치중하게 되는가 하면, 공감에 역점을 두는 작가는 인간 본연의 성격을 부각시키려고 하는 성향을 보인다. 시인끼리도 이 점은 반드시 통하게 되어 있으며 함께 통유하게 된다. 존재와 타자성, 그리고 꽃의 은유와 생명의 본질이라면 꽃의 시인 김춘수를 기억할 필요가 있다. 그리고 박송죽 시인은 김춘수 시인의 추천을 받았는데 그와의 공감적 영향은 결코 가볍지 않다. 김춘수 시인의「꽃」은 이름을 불러주기가 핵심으로 떠오른다. 이름을 불러준다는 것은 타자성이다. '내가 그의 이름을 불러주기 전에 그는 하나의 몸짓에 지나지 않았던' 그는 '내가 그의 이름을 불러주었을 때 그는 꽃이 되어(존재성 획득) 내게로 왔다'는 고백은 발견을 의미하며 존재에 대한 획득을 함의한다.

여기서 먼저 우리가 알아야 할 것은 시인이 하나의 작품을 쓴다는 것은 한 삼각형의 트라이앵글을 이룬다는 사실이다. 삼각형의 세 개 변은 각각 발견, 묘사, 진술로 치환할 수 있다. 가장 먼저 발견을 하게 되고 그것을 묘사라는 수단을 통해, 시적 진술을 하게 되는 것이다. 휠록이 '참된 시는 깨달음의 수단'이라고 강조한 것도 발견을 중시하라는 당부에서 나온 말이다. 그러니까 시인의 능력은 발견이며 김춘수 시인이 꽃을 발견한 것은 곧 생명

에 대한 발견이다. 그리고 박송죽 시인이 발견한 생명적 존재와 궤를 같이
한다 할 것이다.

> 25년의 꽃다운 나이 꼭꼭 접어
> 사제가 되기 위하여 훌훌히 집을 떠나던 넌,
> 너는 저만치 복사꽃으로 피어나는 축복으로 서 있고
> 나는 칼바람에 가슴을 찢는 할 말 잃은 장승으로 서 있다.
> ―「목마른 자의 물이 되고저」 부분

> 더러는
> 옥토(沃土)에 떨어지는 작은 생명이고저……

> 흠도 티도
> 금 가지 않은
> 나의 전체는 오직 이뿐!

> 더 값진 것으로
> 드리라 하올 제,
> 나의 가장 나중에 지닌 것도 오직 이뿐!

> 아름다운 나무의 꽃의 시듦을 보시고
> 열매를 맺게 하는 당신은,
> 나의 웃음을 만드신 후에
> 새로이 나의 눈물을 지어주시다
> ―김현승, 「눈물」 전문

　우리나라 시인 가운데 대표적인 신앙시를 쓴 시인을 꼽는다면 절대고독
의 시인 김현승이 그 첫머리에 놓인다. 스스로 절대고독을 끌어안고 시를
썼던 김현승의 「눈물」은 어린 아들을 하나님께 바친 후 쓴 시다. 기독교 세
계관으로는 주신 자도 신이며 거두는 자는 신이기 때문에 인간은 신을 원망

할 수가 없다. 김현승은 마치 구약시대의 아브라함이 신께 순종하는 마음으로 어린 아들 이삭을 제단에 바치려고 했던 것처럼, 어린 아들을 하늘나라로 보내고 난 후 순종하는 심정을 보인 것이다. 따라서 평자들은 대부분 신앙과 고독을 대립으로 보기도 하고 혹은 양립으로 보기도 하는데, 대립으로 보는 시각은 신앙인이기 때문에 고독한 것이고, 고독하기 때문에 신앙에 의존하는 것으로 보았다. 대립의 시각을 분석해보면 고독과 신앙이 각각 따로따로 시인을 만난다. 그러나 양립은 함께 시인과 공존하면서 시를 만들고 신을 신앙하게 된다. 고독함으로써 신과 가까워질 수 있고 신과 가까워짐으로서 고독하다는 것이다.[6]

그런데 대학을 졸업한 청년으로 성장한 아들이 어느 날 사제가 되겠다고 나설 경우 어머니는 흔쾌히 동의할 수 있을까? 인류의 뭇 영혼들을 위하여 예수의 제자가 되겠다는 것은 일반적인 삶을 살지 않겠다는 선언이다. 개인적인 삶을 버리겠다는 것이다. 그것은 몸과 영혼을 모조리 신에게 바치는 서약 아래 일평생 신의 명령을 따르는 길이다. 거기에는 세상의 명예와 물질과 안락이 따르지 못한다. 거기에는 '나', 즉 내가 없으며 타자만 있다. 청춘의 꿈을 타자를 위하여 바쳐야 한다. 정신세계뿐만 아니라 육신의 고된 연단을 마치 대장간의 불꽃 속에서 쇠를 단련하듯 수행해야만 한다. 끝없이 자신을 채찍질하면서 신 앞에 순종해야 한다. 인간의 욕망을 단 한순간도 일점일획도 허용해서는 안 되는 고난의 길을 어떤 어머니가 쾌히 찬성할 수 있겠는가.

그는 아들을 그곳으로 보내는 어머니의 고뇌를 드러낸다. 그는 아들을 그곳으로 보내기까지 혼자 싸워야 했을 것으로 쉽게 짐작할 수 있다. 혼자 밀고 당기기, 자신을 스스로 설득하기 등등, 혼자서 싸움을 벌이는 변증의 시간, 즉 테제와 안티테제를 수없이 거쳐 스스로 합의를 보게 되는 진테제에

---

6   박정선, 『사유의 언덕에는 들꽃이 핀다』, 세종, 2011, 30쪽.

이르렀을 것이다.

「목마른 자의 물이 되고저」는 아들이 세상의 '목마른 자들의 물이 되고자' 일반대학을 졸업하고 다시 길을 나섰을 때 멀리서 바라보는 어머니의 심정이 잘 드러나 있다. 수도사제가 되기 위하여 길을 떠나는 25세 청춘은 마치 복사꽃으로 피어나는 축복 속에 서 있는 듯하지만, 어머니는 가슴이 찢긴 채 할 말조차 잃어버린 것이다. 둘째 아들은 대학에 재학하던 중 여름방학 때 수사들과 함께 나환자촌 봉사를 했다. 장작도 패고, 닭장, 돼지우리를 치웠다. 그 후 전혀 생각지도 않았던 사제의 길을 가기로 작정했고 지금은 십자가 아래 서 있으며, 어머니는 신문고 방송 등 매스컴을 통해서나 아들을 접할 수 있는 현실이다.

> 너는 나무 십자가 아래 서 있다.
> 빈자리 하나 없이 온천지를 불 지르기 위하여
> 빨간 사르비아 꽃
> 타는 사랑의 붙타는 가슴으로 서 있다.
> …(중략)…
> 너는 살고 나는 죽어도 좋으리라
> 한목숨 한 생에 불꽃으로
>
> ―「나무 십자가 아래」 부분

지금 아오스팅(둘째 아들) 신부가 하는 사목은 주로 병들고 소외된 사람들을 위한 '회복사목'을 담당하고 있습니다. 이번에 평화방송 TV에 '영성의 향기' 출연은 물론 미국 남가주 카이노스 성장 세미나 찬미와 말씀을 통한 치유에 성령 송가를 직접 작사하여 음악 피정, 청주 교구 새 영을 받아라, 자비와 회복 세미나 등 『사도의 모후』, 『회복 여정』 등 책 출간과 피정을 다니면서 하고 있는데, 이런 소식도 인터넷을 통해서 알거나 포스터나 사진이 나오면 휴대폰으로 찍어 두는 것이 유일한 만남이고 위안과 기쁨입니다.

― 『부산 가톨릭문학』 제27호, 여름호 중에서

존재와 사유

4. 신에게 가까워지는 기쁨

그는 신 앞에 아들을 바쳤을 뿐만 아니라 사제가 된 아들을 닮아간다. 즉 "들꽃 향기 가득, 세상 뜰에 다소곳이 피었다 져가는 …(중략)… 키 작은 노래에 노래로 봉헌되는 내 삶의 모두가 예술"(「삶이란 내가 가꾸는 예술이다」)이라고 고백한 대로 그의 삶은 고독에서 기쁨으로 승화된 것이다. 따라서 그는 "나는 노예가 되길 원합니다. …(중략)… 그리스도의 노예가 되길 원합니다."(「노예가 되길 원합니다」), "목숨의 불꽃/사랑으로 하나이어라/주님과 나 우리 모두 하나이어라"(「하나이어라」)고 노래할 수 있는 성숙한 면모를 보여준 것이다.

> 내가 침묵할 때 나는 나를 본다.
> 내가 나를 보았을 때
> 내 안에 살아계시는 당신을 본다.
> …(중략)…
> 맥박치는 심장에 고동으로 울려 퍼지는
> 생명의 태반이여
> 머물러 피어오는 청아한 빛,
> 빛으로 다스리는 목숨의 꽃 심지에
> 진하고 아픈 삶의 무게를 달게 하라
>
> ──「침묵할 때」 부분

> 살아간다는 것은 새롭게 태어나는 일이다.
> 태어나는 것은 변화되는 삶의 모습이다.
> 언제나 끊임없는 부활의 아침 같은 기쁨.
> …(중략)…
> 넝쿨 진 사랑으로 서로가 서로에게
> 밝은 웃음 띤 행복을 건네주는
> 뜨거운 가슴, 삭혀진 향기

물씬 베어 내어주는
세상 아름다움에 생명의 텃밭 일구는 일이다.

—「살아간다는 것은」 부분

길 밖에 길이 열려 있네
그러나 그 길은 보이지 않네
가끔씩 발동하듯
앞을 가로막는 팽만한 어리석은 욕망,
미로의 방황에서 비명을 지르며
길은 있어도 길을 찾지 못하게 하네,

길 밖에 길이 있네.
살아 있어야 볼 수 있는
영혼의 떡갈나무 숲
온통 눈부시게 빛나던
잎 새마다 노래가 되고 음악이 되어
파도처럼 출렁이던

—「길」 부분

인용한 작품 「침묵할 때」, 「살아간다는 것은」, 「길」은 신에게 가까이 다가
가는 고독과 기쁨이 넘쳐나는 노래다. 침묵할 때 자신을 보게 되는 것은 곧
'내 안에 살아계시는 당신(신)을 보는' 것이다. 또 한 생명의 태반에서 발견
되는 청아한 빛과 빛으로 생성되는 목숨 같은 꽃 심지에 아픈 삶의 무게를
달고 싶다는 진술은 삶, 즉 신에게 가는 방법은 쉽게 꽃피울 수 없다는 은유
이다. 따라서 신 가까이 다가간다는 것은 연단과 같은 고해를 통해서 가능
한데, 작품 「살아간다는 것은」 중에서, 시인은 살아간다는 것은 새롭게 태
어나는 일이며 태어나는 것은 변화되는 모습이라고 진술한다. 그리고 이것
은 다시 '생명의 텃밭을 일구'는 일로서 끊임없이 이어지는 부활의 아침 같
은 기쁨으로 화자에게 다가온다. 그러나 사실 신에게 가까이 다가가는 길은

「길」에서 고백한 대로 길이 있어도 길을 찾지 못한 채 헤매는 무수한 영혼들이 존재한다. 그리고 시인은 그 무수한 영혼들을 위해 손에서 묵주를 놓지 못한 것이며 신앙시를 써가는 것이다. 신부로서 엄격한 규율 안에서 오로지 영성의 길을 가는 것은 순교에 다름 아니다. 그 길을 가자면 기도가 일용할 양식이기에, 또 어머니로서 기도 외에는 아무것도 해줄 수가 없는 탓에 잠결에서도 손에 든 묵주가 떨어지면 천길 벼랑으로 떨어지는 아찔한 현기증을 느낀다고 한다.

5. 맺는말

운애(雲涯) 박송죽 시인이 부산 시단에 나왔을 때 여성 시인은 박송죽과 황양미 시인 두 사람뿐일 정도로, 그는 대한민국 시단의 원로 중 원로이다. 그러나 원로는 나이와 경력으로 계산되는 문제가 아니다. 마치 한 땀 한 땀 빠짐없이 바느질하듯이 문인으로서 충실하게 작품 활동을 했을 뿐만 아니라 문단 후배들을 이끌어가는 사표가 될 때 비로소 원로라는 존칭을 얻게 되는 것이다. 그는 우선 송죽(松竹)이라는 이름부터 시인의 천명을 타고 났다는 생각을 하게 한다. 그에게는 소나무 솔잎 같은 고요한 향기와 대나무와 같은 올곧고 단단한 정의가 중심을 이루고 있기 때문이다. 문학은 일상적인 세계를 낯선 세계로 바꾸는 작업이며 그는 일상적인 신앙 세계를 새로운 세계로 바꾼 것이다.

앞에서 언급한 대로 등단 초기에는 초현실주의 경향의 시를 썼던 그가 신앙시를 쓰게 된 것은 죽음에 이를 정도의 대형 교통사고를 당한 이후부터이다. 시는 곧 비유에서 출발한다. 예수는 비유가 아니면 아무것도 말하지 않았다고 했는데 이는 "태초 세상을 창조한 창세부터 감추어져 있는 것들을 드러내게 하려는 것"(마태복음 13장 35절)이라고 성서는 강조하고 있다. 이와 같이 성서에서 비유를 강조한 것은 의미심장하다. 자연과학은 물론 사회과학을 포함하여 모든 진리가 창조의 원리에 감추어져 있기 때문이다. 따라서 인간을 깨닫게 한다는 것은 직설적인 말보다는 비유적인 말이 필요한 탓이다. 물론 예수의 비유는 신과 인간의 연결 관계를 말한다. 즉 기독교 교리에 따르면 인간은 신의 속성대로 만들어졌으므로 예수는 인간의 본성을 곧 신의 속성으로 보는 것이다. 그런데 인간에게는 신의 속성이 변질되거나 파괴되어버린 것이며 그것을 복원하는 것이 예수의 사명이며 영원한 생명인 것이다.

인간은 저마다 세상을 관조하는 태도가 다르게 마련이다. 여기에는 세상을 보는 관점이 따라야 하고 그것이 무거울수록 미래지향적이다. 미래는 말 그대로 미지의 세계이며 시인은 미래를 예시하는 예언적 성격을 띠는 것도 그래서이다. 따라서 그는 어느 잡지와의 인터뷰에서 "우리는 가장 귀중한 것을 잃어가며 살아가고 있지 않나 생각될 때가 많고, 심지어 때로는 이대로 흘러가면 어떻게 될까 하는 위기의식마저 느껴질 때가 많다"고 했는데 그의 염려는 매우 포괄적이면서도 구체성을 띤다. 쉽게 말해 인간은 빵으로만 살 수 없는 특별한 존재다. 곧 정신이다. 정신은 다시 인문학적인 문제와 맞닥뜨린다. 세상의 빛과 소금이 되라고 제자들에게 당부한 예수의 부탁에 더하여, 시인(모든 시인)은 어쩌면 세상의 소금과 빛을 뛰어넘어 세상의 독을 감지하는 '카나리아'인지도 모른다.

옛날에는 탄광 광부들이 갱내로 진입할 때 카나리아 새장을 들고 갔다고 한다. 갱내에 축적되어 있는 일산화탄소의 농도를 알아보기 위해서였다. 카나리아는 일산화탄소를 사람보다 먼저 느끼게 되고 그 고통으로 하여 죽기 때문이었다. 지금 세상은 사실 갱 속이다. 그리고 카나리아가 죽어가는 서글픈 눈물이 그치지 않고 있다. 그래도 시가 남아 일산화탄소의 농도를 낮춰준다는 사실을 믿어야 한다. 그러니까 시인은 모진 세상을 위하여 살아가는, 또 살아야 하는 카나리아가 되어야 하는 것이다. 생명의 본질에 대한 사유를 천착해간 노(老)시인 박송죽은 카나리아가 되기 위해 평생 몸부림쳤다는 것을 자타가 믿을 수밖에 없다.

또한 그에게는 잘 자라준 아들 둘에 딸 하나가 있다. 장남은 하버드대 교수로 자연과학 연구자이다. 노화로 죽어가는 세포를 재생시키는 것과 치매를 예방하는 연구논문이 발표되어 세계적으로 매스컴을 탔다. 어머니가 죽음을 향해 영도다리를 찾아갔을 때 울어대던 둘째 아들은 수도사제의 길을 가는 신부가 되어 외로운 사람들을 위해 헌신하고 있다. 마지막 셋째인 딸은 수학교사로 교육자의 삶을 살고 있다. 결혼할 때 "박 군, 아깝다"라고 했던 유치환 시인의 안타까움은 괜한 걱정이었다. 유치환 시인이 안타까워했던 박 군(박송죽)은 시인으로 성공했을 뿐만 아니라 어머니로서도 대성했기 때문이다. 앞으로 천수를 누려 영혼이 아름다운 시인은 장수한다는 인식을 만들어주길 부탁한다.

들국화 마지막 향기와 시인의 최후

— 시조시인 김두만론

1. 존재와 시간, 그리고 예술

인간은 현존하는 상황에 따라 자신을 발견하게 된다. 그리고 자신의 가능성, 실존의 가능성의 바닥을 들여다볼 때 느끼는 감정은 허무에 대한 예감이다. 즉 죽음에 대한 선험적인 인식에 따라 현존하는 죽음을 예감적으로 들여다보게 되는 것이다. 그것은 두려움이다. 따라서 여러 가지 종교적인 체계를 자신의 상황에 대한 두려움을 이기기 위해 고안된 것이라고 본 줄리아 크리스테바(Julia Kristeva)는 문학 등의 예술도 이러한 상황과의 투쟁 끝에 나타나는 것이라고 주장했다. 그러나 이것은 자신의 존재에 대하여 더욱 깊이 사유하게 되는 계기를 마련하는 것으로써 데카르트의 사유 원리인 코기토 "나는 생각한다 그러므로 존재한다"와 잘 맞아 떨어진다. 존재하는 것은 다름 아닌 사유하는 것을 말해준 탓이다.

존재와 인간을 생각하게 되면 자연히 시인을 염두에 두게 마련이다. 시는 언어예술이지만 시공을 초월하여 우주를 품는 탓이다. 김두만 시인은 누구보다도 시를 통해 존재에 대하여 자각했던 시인이다. 그는 말년에 한 권의 시조집『들국화 미지막 향기』(2014)를 기적처럼 내고 불과 3개월 만에 세상을 떠났다. 존재와 죽음은 인간이 갖는 모든 것으로 시간에 귀속된다. 헤라클레이토스는 "사람은 결코 같은 강물에 발을 두 번 담글 수 없다"고 했다. 흐르는 물은 말 그대로 흘러가기 때문이다. 즉 시간이다. 우리는 '지금'이라고 말하지만 말하는 순간 지금은 이미 흘러가버린 과거에 불과하다. 지금이라는 순간은 찰나의 틈도 주지 않고 밀려오고, 찰나의 틈도 없이 밀려난 탓이다. 그러므로 지금은 찰나의 순간으로 스쳐갈 뿐 존재할 수 없으며 시간이란 무엇인지 도무지 알 수가 없다.

아리스토텔레스는 이것을 시간의 아포리아라고 했다. 그런데 인간이 존재하지 않으면 시간은 없다고 한다. 아리스토텔레스의 생각에 의하면 시간은 인간을 제외하면 존재하지 않는 것이다. 살아 있는 존재에게만 시간이 있는 것이다. 그렇다면 김두만 시인은 존재와 시간의 간극에서 처음이자 마지막 시조집을 낸 것이다. 그런데 시집『들국화 마지막 향기』의 표제(標題)만 보더라도 '마지막'이라는 단어는 외재적으로도 인간의 존재와 사유에 대하여 여러 가지를 생각하게 한다. 사실 들국화 마지막 향기는 모든 것을 바쳐 마지막을 고하는 들국화 자체의 울음이며 이것은 모조리 고독한 김두만 시인으로 상징되기에 충분하다.

2. 시인과 고독의 함수관계

구약성서 창세기 편을 보더라도 인간은 태초부터 고독으로부터 출발했다는 것은 믿을 만하다. 그런데 존 밀턴은『실락원』에서 "때로는 고독이 최선의 사교"라고 한 것은 무슨 의미일까. 고독한 사람들이 이루어낸 일은 때로 세상을 놀라게 한다. 바꾸어 말하면 세상을 놀라게 하는 일을 해낸 사람들은 대부분 고독한 사람들이었다. 아인슈타인이 그렇고, 갈릴레오 갈릴레이가 그렇고, 예수와 석가모니 등 성자들이 그랬다. 고대 철인들 공자, 소크라테스와 피렌체 정부의 일등 서기관이며 피렌치 정부로부터 추방당하여 고독한 은둔생활에서 『군주론』을 낳은 마키아벨리가 그렇고, 스피노자가 그렇다. 스피노자는 유대교로부터 추방당한 후 평생을 다락방에 은신하면서 안경알을 갈았고, 영원불멸의 철학서 『에티카』를 세상에 내놓았다.(『에티카』는 정신분석학 철학서로 세상에 나온 지 백 년 만에야 빛을 보았다.)

그리고 평생 시집 한 권을 남기기 위해 혼신을 바친 김두만 시인이 그렇다. 그는 노년이라는 현실뿐만 아니라 극심한 병고와 투병하면서 하루하루를 겨우 목숨을 부지하는 가운데 창작 생활을 했기 때문이다. "아리는 신경 따라 온몸이 뒤틀린다/앉거나 누웠거나 덧없이 나뒹굴어"(「요통」)라는 시를 통해 알 수 있듯이 노시인이 하루하루 병마와 싸우면서 고통 속에 남긴 한 권의 시집, 그것 또한 위대한 업적이 아닐 수 없다. 김두만 시인은 첫 작품집이자 마지막인 시조집 『들국화 마지막 향기』를 낼 때까지 병마를 견딘 것은 시조창작 때문이었다는 고백을 했는데 크리스테바의 주장대로 병마의 고통과 싸우는 현존과 점점 다가오는 죽음과 투쟁하는 무기가 곧 문학이었다. 시조집 첫머리에 나와 있는 시인의 말을 보자.

…(전략)… 젊어서는 삶에 쫓기다 보니 시를 쓸 엄두를 내지 못했다. 아니 잊고 살았다. 그러다가 10년 전(1990년대 중반) 여든을 바라보던 어느 날 지하철 문고에서 우연히 책 한 권을 읽게 되면서 박정선 작가 선생님을 만나게 되었다. 선생님은 내 습작을 보시더니 단번에 시조를 쓰라고 권하지 않은가. 많은 지도와 격려를 받았다. 그런데 어쩌랴, 병마에 시달리는 늙은 몸이었다. 퇴행성 척추관절염에다 거듭된 대상포진으로 시작(詩作)은커녕 병고를 견디느라 숨 돌릴 여유가 없었다. 다리를 절뚝거리면서 불과 2, 3분만 걸어도 앉을 자리를 찾기에 바쁜 형국이었다. 그런데다 설상가상으로 날벼락 같은 대장암 말기 선고까지 받았다. …(중략)… 천신만고로 대장암 수술을 받고 살아나 시의 영혼성을 깊이 알게 되었다. 시작에 대한 집

　　　　　　　　　　　　　　　　　　　　　　　존재와 사유

념이 더욱 강해졌다.

—「시인의 말」 중에서

김두만 시인이 시집을 준비한 것은 88세 고령의 나이였다. 시조를 창작한
지 꼬박 10년 만이었다. 잠시 그때 일을 떠올려보자면, 당시 필자가 김두만
시인의 시조집 해설을 쓰던 중 시인으로부터 전화를 받았다. "척추 수술을
하기 위해 D대학병원에 입원했으며 전신마취를 해야 하니 깨어나지 못할
수도 있다"면서 만약 깨어나지 못하면 시조집 마무리를 부탁한다고 했다.
고령도 문제거니와 말기암 수술 전력을 가진 부실한 몸으로 척추 수술을 한
다는 것은 놀라운 일이었다.

그런데 차분한 목소리였다. 그 차분한 목소리가 오히려 평생 처음으로 시
집 출판을 앞둔 노시인에 대한 안타까움을 더욱 자아냈다. 기도하겠다는 말
밖에 할 말이 없었다. 그리고 좋은 소식을 기다리면서 김두만 시인과 문학
에 대해 생각했다. 머리말에서 시인이 밝힌 대로 그는 일찍이 마산고교에서
김춘수 시인에게 배웠고 천상병 시인과 같은 책상에 짝지로 앉아 문학의 씨
를 잉태했다. 그리고 대학에서는 향파 이주홍 교수 아래서 문학에 대해 한
결 성숙한 체험을 하게 되었다.

> 나이 90을 바라보는 나이에 시조집을 낸다. 어쩌면 마지막이 될지도 모
> 를 일이다. …(중략)…, 내 마음에 시의 씨앗이 뿌려진 것은 약 66년 전쯤으
> 로 거슬러 올라간다. 해방 이후 고교시절, 김춘수 은사님과 급우 천상병 시
> 인에게 영향을 받았다는 생각이 든다. 대학 시절에는 이주홍 교수님의 문
> 학강의를 들으면서 예술의 멋에 취해보기도 했다. 위트과 유머를 곁들인
> 해박한 강의에 내 마음은 사로잡히고 말았다. 당시 부산에는 이주홍, 서울
> 에는 양주동 선생이 문학계의 양대 산맥을 이루며 명성을 떨치고 있었다.
> 이주홍 교수님은 당시 부민동 옛 경남도청 옆에 사셨다. 나는 교수님 댁 가
> 까이 사는 탓에 근처 오두막 술집에서 교수님과 단둘이 동석한 적이 자주
> 있었다. 나는 술을 좋아하지 않으나 추임새 노릇을 하면서 교수님 말씀

에 빨려들어 갔다. 오이 안주에 막걸리를 드시면서 표정 하나 흐트러짐이 없이 태연하게 말씀하실 때마다 요절복통을 했다. 이런 인연이 내 심저 길숙이 잠재되어 문학에 대한 씨앗이 잉태되었을 것으로 짐작된다.

…(중략)… 고교 시절 김춘수 은사님은 입지(立志)의 고개를 넘었을까, 패기 넘치는 젊은 교사였다. 선생님은 통영 부잣집 아드님으로 여름이면 날 세운 흰 바지를 입고 흰 구두를 신은 아수 멋쟁이셨다. 시를 창작함에 있어 직접체험을 강조하신 선생님께서는 예를 들어 죽은 자에 관한 시를 쓰려면 직접 시신을 만져가면서 체험을 해야만 좋은 시를 쓸 수 있다고 가르쳤다. 말씀이 끝날 무렵이면 체머리를 약간 흔들면서 열변을 토하시던 모습이 지금도 눈에 선하다.

천 군은 수업시간이면 고개를 숙이고 일본문학 서적 탐독에만 무아지경이었다. 그는 일본에서 귀국한 귀환동포였는데 "우환동포"라고 놀림을 받기도 했다. 나는 의령산간 오지에서 자란 시골 촌놈이었다. 처지가 비슷한 나와 천 군은 동병상련(同病相憐)으로 우정을 나누었다. 그는 재항 중 김춘수 선생님 추천을 받아 일찍이 문단에 등단하여 당당한 시인이 되었다. 그러나 나는 이제야 시인이 되었노라고 은사님과 천 군에게 한참 늦은 인사라도 하고 싶은 심정이다.

—「시인의 말」중에서

고교 때 스승인 김춘수 시인과 해방과 함께 일본에서 귀환한 천상병 시인에게 이제야 시인이 되었노라고 인사라도 하고 싶다는 김두만 시인의 문학은 어느 날 갑자기 인생이 무료해서 취미로 시작한 것이 아니었다. 짝지 천상병 시인이 등단하고 60여 년 만에 시작했으니 늦게 시작한 것은 사실이다. 타고난 재능이 제아무리 출중하다 하더라도 70년 가까이 묵혔다면 깡그리 잊어버릴 수도 있는 일이다. 그런데 70대 후반 나이에 시를 쓰기 시작하여 결국 시집을 준비 중이었다. 일반적으로 그 나이라면 하던 것도 접을 수 있는데 그는 시집을 내기 위해 백수십 편이나 되는 작품을 손수 교정을 보면서 링거를 맞는다고 했다. 그러더니 수술을 한다는 것이다. 그리고 다행히 천우신조로 무사히 수술을 마치고 시인은 다시 일어섰고 다시 시집 출판을 준비할 수 있었다. 그렇게 일차 고비를 넘겼으나 목숨이 위협받기는 마찬가지였고, 시인은 계속 목숨이 위험한 상황에서 시조를 다듬었다.

아리는 신경 따라 온몸이 뒤틀린다
앉거나 누웠거나 덧없이 나뒹굴어
깊은 밤 한밤중이면 천장까지 빙그르

척추는 소리 없이 신경을 짓누르며
밤이면 유별나게 주리를 트는 고문
정수리 찔린 나방이 전율하며 떠는 듯

암흑을 누비면서 극과 극 요동치고
연옥을 넘나들며 담금질 달구는 듯
선진 된 의술 덕분에 다시 걷는 걸음마

—「요통」 전문

3. 정격의 미와 카타르시스

꺼져가는 등불에 매달리듯 한 시조 창작은 그의 희망이었고, 기쁨이었고, 마지막으로 누리는 자유와 해방이었다. 그것은 곧 카타르시스의 영향 때문이다. 주지하다시피 카타르시스는 플라톤 이후 아리스토텔레스에 이르러 기존의 배설과 정화라는 신체나 정신에서 부정한 것을 배설하는 하제(下劑)를 벗어나, 자신과 다른 대상과의 일체화를 통해 이루어지는 최상의 희열을 뜻하게 되었다. 그리고 아리스토텔레스의 전통을 이어받은 니체와 가다머에 이르러 그것은 더욱 확장되었고 오늘날 예술 미학에 대한 카타르시스로 굳어지게 되었다. 특히 가다머(H.G. Gadamer)는 카타르시스를 '존재하는 것과 자기 사이를 떼어놓는 모든 것에서의 해방'(『진리와 방법』)을 의미하는 근원적인 체험으로서 존재와 동일성을 갖는 체험으로 간주했다.

그렇다면 김두만 시인은 병마에 시달리는 현존을 떠나 시조와 동일체를 이루었고 그 세계에서 희열을 맛보았던 것이다. 그리고 그것은 말기암 환자가 겪는 고통과 척추가 내려앉는 통증을 이겨내는 신비에 가까울 정도의 힘을 얻었던 것으로 볼 수 있다.

헤겔의 미학 이론을 보면 예술미는 자연미보다 더 깊다는 것을 알게 된다. 예술은 다름 아닌 정신의 소산이기 때문이다. 예술은 사람의 정신세계를 가장 이상적으로 진술하게 하는 환경을 조성해준 탓이다. '들국화 향기'라고 하지 않고 '마지막 향기'라는 말이 함의한 것은 바로 이런 점에 있다 할 것이다. 표제가 말해준 대로 마지막처럼 황혼 길을 걸어가는 그의 작품은 시대를 잘 포착하면서 인생에 대한 사색이 짙다. 대상을 독자와 함께 공유하게 만든다. 과거가 실이라면 현재는 구슬일진대, 과거라는 실에 현재라는 구슬을 적절하게 잘 꿰어 훌륭한 목걸이를 창작해 놓았다. 유년시절 「어깨동무 지동무」부터 고향과 자연과 시간이 응축된 삶에 대한 애틋함이 잘 무늬 져 있다. 여기에는 그의 필생의 혼이 담겨 있어 김두만 시인의 자전이라고도 할 수 있다.

필자에게 간간이 들려주었던 그의 발자취는 신산한 것이었고 손해 본 삶이었다. 한국의 전형적인 농촌 의령에서 태어나 가난하게 학창시절을 보냈던 것이야 당시 일반적인 농촌의 형편일 테지만, 대학에서 4년을 공부하고도 마지막 학비를 내지 못해 수료로 끝나고 만 것은 억울한 일이 아닐 수 없다. 그는 가끔 마산고 출신의 걸출한 인물들을 자랑하곤 했다. 그건 자부심뿐만 아니라 일종의 한이다. 사실 마산고교 출신들 가운데 사회 지도층 인사들이 많다. 김두만 시인 또한 그와 같은 반열에 서기에 전혀 부족함이 없었다. 그는 한국 근현대사에 걸친 엘리트로서 그 정신을 잃지 않았다. 따라서 자존감도 강했다. 그런데 그들을 따라가지 못했다. 능력과 역량을 손해 본 것이다. 그러나 마지막에 역전의 삶을 장식했다. 그들 가운데 시인이 얼

존재와 사유

마나 되는지 따져볼 일이다. 그는 고교시절부터 동경해온 문학의 길을 찾았고, 드디어 시집을 발간했으므로 평생의 꿈을 실현한 것이다. 그렇다면 밑진 삶이라고 할 수 없다.

한국 전통문학의 핵심은 역시 시조의 정격미라고 해야 한다. 더러 파격을 시도하는 경우도 적지 않은 탓에 이봉수 평론가 등 여러 평론가들이 시조의 정격을 강조한 것이라고 볼 수 있다. 그럼에도 불구하고 시조시인들 가운데 파격을 실행하는 시인들이 가끔 등장하는 것을 볼 수 있다. 그렇다고 그것이 시조의 실험정신이라고 할 수는 없다. 물론 음보율로서 어느 정도 파격은 정형의 근간을 유지할 수는 있다. 그러나 굳이 파격을 해야 할 이유는 없다. 파격은 시조의 경계를 무너뜨리는 모험을 감수해야 하고 자칫 후 세대들에게 시조의 생명이 무엇인지를 전달해줄 수 없는 난관에 봉착하게 될 위험이 있기 때문이다.

김두만 시인은 각 음보, 음수를 초장, 중장, 종장의 단 한 자도 어김없이 3·4·3·4/3·4·3·4/3·5·4·3의 틀을 고집했다. 예를 들면 초장, 중장에는 4·4·3·4도 될 수 있고 3·3·4·4도 될 수 있고 종장에 3·5·4·4도 될 수 있다는 것을 용납하지 않았다. 엄격한 정형률을 신조로 삼으면서 정격에 대하여 대단한 자부심을 갖고 있었다. 김두만 시인의 목숨 건 시조 사랑은 그만큼 절대적이었다. 따라서 『들국화 마지막 향기』가 나오기까지 무척 긴 시간이 소요되었다. 김두만 시인이 시조집을 준비한 때는 2014년 봄이었다. 봄에 시작한 일이 여름이 가도록 편집이 끝나지 않았다. 정격에 대한 완고한 고집 때문이었다.

또한 여러 가지 중병과 싸우면서도 시조를 썼다고 고백했는데, 그의 시조 열정은 치열했던 시조 부흥 시대를 방불케 한다. 대체 시조가 무엇이기에 그는 이토록 시조에 목을 매는가. 사실 시조의 위상은 괄목할 만하다. 시조는 고려 후기부터 생성하여 조선 시대에 부르는 시조(시조창)로 자리매김하다가, 1900년대부터 읽는 시조가 신문이나 잡지에 실리기 시작했다. 당시

가사, 국문풍월, 시조 이 세 가지 가운데 "어느 것이 근대문학으로 이어질 것인가"[1] 하는 경쟁에서 시조가 단연 우위를 차지했다. 가사는 교술시 일색이어서 밀려났고, 국문풍월(언문풍월)은 한시를 흉내 낸다는 이유로 한시와 함께 밀려났다. 시조는 서정시이면서 묘미가 있는 형식을 갖춘 탓에 단연 문학으로서 높이 인정받을 수 있었다. 그렇게 시조는 국시로 대접받는 지위에 올랐다.

김두만 시인이 시조시인으로서 자부심과 자긍심을 갖게 된 것은 바로 이 점에 있다. 그는 시조의 위상을 이해한 까닭에 시조를 창작하게 된 것을 행운이라고 했다. "옥같이 좋은 나의 시조야!"(시인의 말) 라고 노래를 부르면서, 시조 한 음보 한 음보를 가지고 옥구슬을 세공하듯 했다. 시조와 깊은 사랑에 빠져버린 것이다.

> 투병 생활 속에서 시를 창작하는 일은 나의 유일한 희망이면서 기쁨이었다. 시를 쓰는 일은 오히려 내게 통증을 견디게 하는 진통제 역할을 해주었기 때문이다. 엄격한 시조의 음수율을 맞추어 어휘를 고르느라 고심하다 보면 웬만한 통증은 견뎌낼 수가 있었다. 우리나라 전통문학에 대한 애정과 자부심을 불어넣어 주는 것은 역시 시조가 제일이다. 이런 연유로 나는 문학의 여러 장르 중 시조를 좋아한다.
> 이봉수 문학평론가의 『현대시조 바로 세우기』와 시조전문지 『현대시조』에서 졸작 「도전」, 「만선」, 「미소」 등 세 작품을 일러 "한 자도 가감이 없는 자수 정형의 정격시조이며 읽으면 읽을수록 감칠맛이 난다."고 평한 바 있다. 역시 시조는 정격이라야 된다는 것을 강조한 말씀이다. 그의 평은 나로 하여금 정격에 대하여 더욱 숙고(熟考)하게 만들었다.
> ─「시인의 말」 중에서

사실 김두만 시인은 처음에 자유시를 써서 필자에게 보여주었는데 잠시

---

1   조동일, 『한국문학 통사』 5, 지식산업사, 2005, 289~291쪽.

그날을 말하지 않을 수가 없다. 10년 전(2005) 낯선 전화를 받았다. 연세가 많아 보이는 목소리였다. 지하철 문고에서 책을 읽다가 필자의 글을 읽게 되었다고 했다. 시를 쓰고 싶다면서 한 번 만나볼 수 없겠느냐고 했다. 서면 찻집에서 만났다. 습작한 시를 내밀었다. 자유시인데 시조의 골격과 향기가 풍겼다. 즉석에서 시조를 권했고 몇 차례 시조를 가르쳐드렸다. 그는 눈을 번쩍 뜨면서 시조와 만나게 된 것을 기뻐했다. 때로는 지팡이를 짚고 다리를 절면서 시조를 배우러 서면까지 나왔다. 갖가지 수술 숫자를 대면서 가끔 육신의 고통을 호소하기도 했다. 등단(현대시조)까지 이끌어주었다. 그 후로는 내버려 두었다. 그는 스스로 시조라는 새로운 세계를 열어가고 있었다.

　　그렇게 시조가 좋아서 쓰고 있는데 어느 날 고교 급우인 김선수 교수가 "우리 동기들 대부분이 교육계에 종사해 왔는데 명색이 창작하고 있는 친구는 정윤무 총장과 김두만 너하고, 나 단 세 사람뿐이다."라고 하면서 못내 아쉬워한 적이 있었다. 또 우리 모교 마산고의 교장을 역임한 박홍식 교장이 "졸업생 159명 중 거의 타계하고 현재 생존자는 50여 명도 채 안 된다."고 한탄하였다. 이 두 사람이 하는 말에 나는 자가가 깬 것처럼 정신이 번쩍 들어 비로소 시조집을 내야겠다는 생각을 하게 되었다.

　　나의 급우였던 천상병 시인은 이 세상에 와서 소풍 한 번 잘했다고 했는데 나도 후일 그를 만나면 말년에 문학에 몰입하게 되어 행복했다고 말할 수 있을 것 같다. 내 육신의 고통이 자아낸 눈물을 먹고 탄생한 시조집, 비록 보잘것없는 들풀 같은 작품일지라도 나처럼 인고의 삶을 살아온 이들에게 다소나마 위안이 되었으면 한다.

　　　　　　　　　　　　　　　　　　　　—「시인의 말」 중에서

4. 시조로 불태운 마지막 향기

　인간은 태어난 이상 반드시 죽게 마련이며 죽은 다음 그 이름은 세상에서 더 이상 필요가 없게 된다. 누가 불러주지도 않을 뿐만 아니라 쓰일 때도 없다. 그러나 시인은(모든 예술가들) 사후에도 여전히 그 이름이 불려진다. 예술 이야말로 인간의 흔적을 가장 오래도록 세상에 살아 있게 하는 유업인 탓이다. 이런 의미에서 인생은 짧고 예술은 길다는 히포크라테스의 말은 의술(醫術)보다 오히려 예술에 있어 많은 것을 생각하게 하는 것이다. 그리고 이것은 김두만 시인과 자연스럽게 연결지어 생각할 수 있다.

> 노오란 나뭇잎들 가볍게 떨어진 산
> 새들은 앞만 보고 어디론가 날아가고
> 들국화 마지막 향기 속 옷까지 젖는다
>
> 떠나는 뒷모습을 초연히 바라보니
> 흰 구름 하늘하늘 허공에 흩어지며
> 억새꽃 하얀 분수령 이별하는 춤사위
>
> 　　　　　　　　　　　　　　　　　—「가을이 가고 있다」 부분

> 높다란 하늘가에 꽃부리 고요해라
> 창공을 가로질러 날아가는 새들처럼
> 들국화 마지막 향기 허공 속의 귀울음
>
> 　　　　　　　　　　　　　　　　　—「들국화」 전문

　필자와 함께 시조집 편집을 진행할 때 시인은 표제를 "들국화 마지막 향기"라고 붙이겠다고 하여 필자가 '마지막'이라는 말이 탐탁지 않아 다른 제목을 생각하기를 권했다. 그런데 시인은 '마지막'을 반드시 붙이겠다는 소신을 밝혔다. 시인은 이미 자신의 마지막을 준비하고 있었던 것이다. 「가을이 가고 있다」에서처럼 노랗게 물든 나뭇잎이 떨어진 산과 새들이 살던 곳

　　　　　　　　　　　　　　　　　　　　　　　　　　존재와 사유

을 떠나는 모습, 그리고 가을의 끝을 장식하는 억새꽃의 흩어짐은 모두 마지막 이미지를 보여주고 있다. 그리고 이것은 "들국화 마지막 향기 속 옷까지 젖는다"(「가을이 가고 있다」)에서나 "들국화 마지막 향기 허공 속의 귀울음"(「들국화」) 등에서 두 작품은 똑같은 이미지를 보여주고 있다. 즉 삶을 종식하는 마지막이다.

그러나 시인은 그 마지막을 '향기'로 치환하고 있으며 이것은 모두에서 말한 대로 김두만 시인을 상징한다. 그리고 김두만 시인은 처음이자 마지막 시조집 『들국화 마지막 향기』를 세상에 선물하고 별세했다. 시조 「어느 날」에서 "여생은 삭풍 같고 세상은 줄기세포/속 깊이 정곡 찌른 짜릿한 아픔 질곡/고된 삶 얼레질 하면 시나브로 아물까"라고 투병의 고된 삶을 인내하면서 최후를 앞두고 천신만고 끝에 시조집을 완성하여 3개월 만에 별세했다. 70대에 시조를 쓰기 시작하여 88세에 딱 한 권의 시집을 내고 돌아간 것이다. 80대 노인이 지팡이에 의지해 겨우 걸으면서도 시조를 배우겠다고 서면까지 나오셔서는 가끔 의령신문에 작품이 실렸다면서 신문을 가지고 나와 보여주시면서 기뻐하시던 모습이 떠오를 때면 그의 문학정신에 고개를 숙이지 않을 수가 없다.

그는 젊은 시절 경제적 실패로 가난한 노년을 살고 있었다. 필자가 서면 전통찻집에서 만나 시조를 지도해드릴 때면 밥을 대접하려고 했다. 사양하다가 된장찌개 서너 번과 갈비탕 두어 번을 먹었다. 그리고 책이 완성되었을 때 잔멸치 한 박스를 보내주었다. 시집을 낼 때 필자에게 출판비 문제를 의논하면서 최소의 비용이 들었으면 좋겠다고 했다. S 출판사에서 그의 원고를 접수하고 주소를 보더니, 곧 그의 형편을 알아차렸다. 그리고 최소한의 비용, 종잇값만 받고 내주었다.

가난한 시인은 위대했다. 그는 가진 것은 없었으나 이 세상에 그 어떤 유산보다 위대한 시집 한 권을 남기고 떠났기 때문이다. 문상을 갔을 때 유족이 시인의 묘비에 새길 시를 골랐다면서 보여준 시는 고향에 대한 그리움이었다. 그는 고향 의령 산천에 묻혔다. "길 잃은 철새처럼 어디든 훌쩍 떠나/맘 맞은 길손끼리 끝없이 가고 싶어/새처럼 하늘을 날아 산을 넘고 강 건너"(「어느 날」) 어디든 훌쩍 떠나고 싶다는 소망대로 그는 시조의 운율을 타고 이 땅을 떠난 것이다. 결국 김두만 시인은 인간이 세상에 남기고 갈 것이 무엇이며 그것이 왜 중요한지를 보여준 진정한 시인이라고 할 수 있다.

제2부

문경을 추장한 추사의 생각은 현재 것을 소환하면서 과거로 올라가리는 추장이다. 현재 것이는 과거의 매이 흐르고 있고, 그

기만의 세계를 구축할 수 있다는 것이다. 유명한 누군가의 것을 훑는 아류가 아니라 자기만의 새로운 세계를 참조하라는 추장인데, 추사는

그란 문경을 가처 완성된 글씨였다. 그림도 마찬가지였다. 추사는 그림에서 크게 두 가지에 관심을 갖고 있었다. 묵란해수묵으로 그린 난과 산수화.

사라짐이 남긴 불멸성과 현대적 만남

— 고운 최치원론

1. 최치원의 사라짐과 연속성

고운(孤雲) 최치원(857~?)을 말할 때 가장 먼저 떠올리는 것은 사라짐이다. 최치원의 사라짐에 대한 미스터리는 천년이 넘도록 지속되어왔다. 그러나 아직도 최치원이 죽었다고 말할 수는 없다. 그가 죽었다는 정보는 지금까지 그 어디에도 나타나 있지 않기 때문이다. 죽지 않고 영원불멸할 수 있는 것을 우리는 신(神)으로 인식하고 있다. 그렇다고 최치원을 신으로 인식할 사람은 아무도 없다. 왜냐하면 그는 분명히 사람들과 함께 호흡하면서 살았던 한 시대의 사람이었기 때문이다.

따라서 한국 문학사의 가장 첫머리에(『삼국사기』, 『삼국유사』에 전하는) 놓여 있는 최치원은 지금도 한국 문학사의 비조(鼻祖)적 인물로 추앙받고 있다. 그는 중국의 육조 시대에서 당나라에 이르기까지 유행했던 사륙문(四六文)의 격조 높은 문체로 한국문학 또는 학문이 중국과 대등하다는 전례를 남길 정도로 문명을 떨쳤기 때문이다. 그는 신라에서 태어나 12세에 도당 유학을 떠났으며, 18세에 과거에 급제하여 당나라 관직에 기용되는 천재성을 발휘했다. 뿐만 아니라 불과 24세에 「격황소서」라는 문장 하나로 60만 대군을 이끈, 반란군의 무장 황소가 털썩 주저앉을 정도로 놀라게 한 일로 중국 천하에 유명세를 떨쳤다. 따라서 황소에게 황제 자리를 강탈당했던 당나라 황제 희종은 이에 대한 보답으로 자금어대(紫金魚袋, 황궁 출입증으로 면책 특권이 주어짐)를 하사했으며 이는 천년을 두고 인구에 회자되어왔다.

최치원은 당시 선진국인 당나라에서 공직자로 잘 나가던 차에 고국 신라로 귀국하게 된다. 그는 사상과 철학을 응축한 종교관부터 시대를 뛰어넘고 싶어 했다. 17년 동안 당에서 유학 생활과 공직 생활을 하면서 학문과 유교·불교·도교 등 삼교를 익혔다. 당시 유·불·선이 동양사상의 중심으로 자리잡고 있었고 당은 삼교를 병립하고 있었다. 최치원은 이 삼교 사상을 두루 섭렵했고, 그 가운데 도선사상을 한국에 최초로 심어준 인물이기도 하다. 따라서 도선사상가들은 최치원을 동국유종(東國儒宗)의 시조로 문묘에 배향하면서 받들어왔다. 신라의 고귀한 정신으로 전해오는 화랑도의 연원이 된 풍류도(風流道) 또한 이 삼교사상을 바탕으로 삼은 것이며, 이는 최치원이 쓴 화랑도의 「난랑비문(鸞郎碑文)」에 잘 나타나 있다.

최치원은 잘 알려진 대로 산문집 『계원필경(桂苑筆耕)』을 비롯하여 시(詩), 부(賦, 산문), 표(表), 장(狀) 등 일만여 편에 달하는 수많은 글을 남겼다. 모두 주옥 같은 문장을 자랑한다. 그의 문장은 표(表), 장(狀)까지도 문학으로 요약되며 그의 업적은 오늘날 한국의 국보로 존재한다. 최치원이 공부한 곳은 당나라였고 그곳은 자유분방한 사상에 힘입어 문학이 꽃피었던 탓이다. 최치원은 당시 유학의 본산인 당나라 국자감에서 엘리트 코스를 거쳤을 뿐만 아니라 불교와 노장사상에 대한 조예도 남달랐던 탓에 최치원의 문학에는 유·불·선이 함께 융합되어 있다.

따라서 최치원이 아니었더라면 불교가 융성한 시대에 불교문학 외에 다른 문학이 존립하기 어려웠을 것이며, 성리학이 천하를 지배하던 시대에는 유학 일변도의 문학이 문학사를 차지했을 것이라는 우려를 불식시켰

존재와 사유

다.[1] 이와 같은 염려는 신라에서 불교는 진골들의 정신적 배경으로 존재했고, 신라 후기에 이르러서 6두품들은 불교보다 유학을 선호했던 탓이기도 하다.[2] 그러나 중국 천하에 이름을 떨치고 17년 만에 신라로 귀국한 최치원은 정작 고국에서 설 곳이 없었다.

나말의 전환기적 난세 속에서 신라는 진골들의 전횡과 권력다툼으로 혼란스러웠다. 신라는 골품제에 따라 적어도 한쪽이 왕족인 혈통을 진골계라고 했던바, 이들은 신라의 정치·사회·문화의 모든 것을 골품제라는 폐쇄적인 신분제로 규제하면서 국가의 요직을 독점하는가 하면 경제적으로 각종 특권을 누렸다. 선진국인 당나라에서 학문과 문화를 공부하여 폭넓은 지식을 갖고 있는 최치원은 기득권 세력인 진골 세력의 적폐를 청산하려는 개혁 의지를 피력하기 위해 진성여왕에게 '시무 10조'를 올려 나라를 개혁하기 위해 노력했다.

그리고 진성여왕은 최치원의 능력을 높이 사 6두품으로서는 최고 등급인 6등급 아찬에 봉했으나 기득권 세력들은 이를 용납하지 않았다. 진골들은 자기네들의 입지가 흔들릴 것을 염려하여 최치원을 견제하는 데 주력했다. 최치원은 번번이 변방으로 밀려나면서 결국엔 6등급 아찬에서 해직되고 말았다. 최고 학문의 경지와 삼교의 진수를 터득한 최치원은 신라에서 더 이상 할 일이 없었다. 그가 당나라에서 출세를 버리고 고국으로 돌아온 목적이 물거품이 되고 말았으므로 그에게 신라에서의 삶은 더 이상 의미가 없었다.

따라서 그는 산과 바다를 찾아 떠돌며 은거 생활로 여생을 보내다가 끝내 종적을 감춰버리고 말았다. 최치원이 사라진 연대는 추정할 수 없으나, 다만 1530년에 발간된 『신증동국여지승람』의 합천군 고적(古蹟)조 독서당에 '세상에 전하기를 최치원은 가야산에 숨어 살았는데 어느 날 아침에 일찍

1 　김중렬, 「고운 최치원의 문학사상에 관한 연구─그의 시에 나타난 사상을 중심으로」, 『고운 최치원의 종합적 조명─최치원 연구총서 1』, 문사철, 2009, 334쪽.

2 　조동일, 『한국사상사 시론』 제2판, 지식산업사, 1998, 62쪽.

일어나서 문을 나가 관(冠)과 신을 수풀 사이에 남겨두고 어디로 갔는지 알수가 없었다.'라고 나와 있을 뿐이다.

이와 같이 남다른 능력을 가진 탓에 견제와 불이익을 받아야 했던 그가 최후에 자취를 감춰버렸으나 그의 문학과 사상적 계보는 오늘날까지 줄기차게 이어지고 있다. 이러한 정황을 바탕으로 우리에게 익숙한 시「추야우중」과 산문집『계원필경』의 작가 최치원이 왜 사라져야만 했는지, 왜 불멸의 존재로서 한국문학사의 비조(鼻祖)로 추앙받는지를 생각해 보는 것은 현대적으로 더욱더 유의미한 일이라 할 것이다.

2. 약소국 출신의 콤플렉스와 인정 욕구

최치원은 서기 857년(신라 46대 문성왕 19) 경주에서 불교를 바탕으로 하는 견일(肩逸)의 둘째 아들로 태어났다. 물론 신라는 불교를 국가 이념으로 삼기는 했으나 최치원의 아버지 견일은 화엄종 계통의 본산인 대승복사를 창건하는 데 관여했고 형 현준은 화엄에 정통한 승려였다. 당시 유명세를 떨쳤던 화엄승 결언(決言), 정현(定玄), 희랑(希郎) 등과 함께 해인사(海印寺)에 주석(駐錫)했다는 것만 봐도 최치원 가문의 불교와의 관계는 짐작하고도 남음이 있다. 또한『해동전도록(海東傳道錄)』에 의하면 형 현준은 최치원보다 먼저 도당 유학을 하여 도교의 환반(還反)과 시해(尸解)를 배워 동생 최치원에게 전수했다고 전한다.[3]

최치원 가문은 신라의 골품제에 따라 6두품이었는데, 신라는 폐쇄적인 신분사회였으므로 6두품은 17관등 가운데 6등급 이상의 관료가 될 수 없었다. 그러니까 6두품은 정치에 일체 관여할 수 없다는 것을 말한다. 따라서 아버

---

3 최영성,『고운 최치원의 철학사상』, 문사철, 2012, 42쪽.

존재와 사유

지 견일은 12세의 어린 아들을 선진국 당나라로 유학을 보내면서 '10년 안에 과거에 급제하지 못하면 너는 내 아들이라 할 수 없다'는 언명을 내렸다. 당나라 유학은 640년(선덕여왕 9)경부터 왕족들이 자식들을 유학을 보내면서 시작되었다. 그러나 왕족 가운데 당으로 유학을 떠나 이름을 남긴 인물은 무열왕의 둘째 아들 김인문 정도였다.[4] 세월이 가면서 당나라 유학은 점차 활발해져 왕족의 자식들 외에 6두품 출신들도 더러 당나라 유학을 떠나기 시작했다. 골품제에 따라 능력이 있어도 그것을 발휘할 수 없는 6두품들은 과거를 통해 인재를 등용하는 당나라로 진출하기를 원했던 것이다.

한편 중국 대륙을 통일한(618) 당나라는 2대 태종의 정관의 치와, 6대 현종의 개원의 치를 기반으로 융성하면서 대제국으로서 위세를 천하에 떨쳤다. 따라서 학문과 문화적으로 제국다운 면모를 표방하면서 주변 약소국들에게 문호를 개방했다. 유학 연한은 10년이었고 유학 비용은 당나라에서 부담하거나 아니면 조국의 국비생이거나 개인의 사비로 가는 세 가지 방법이 있었다. 최치원은 어떤 방법으로 간 것인지는 밝혀지지 않았으나 사비 유학생이었을 가능성이 높다는 연구가 있다.

> 최치원이 국학의 학생이었음을 뒷받침해주는 기록은 『계원필경집』과 『고운문집』, 그리고 『삼국사기』의 「최치원 열전」 그 어느 곳에도 보이지 않는다. 만약 최치원이 국학의 학생으로서 국비유학생이었다면 『삼국사기』에서 이점을 빠뜨리지 않고 중요하게 다루었을 것이나 일언반구 언급함이 없다. 또 문집에서 역시 다른 사항에 대해서는 밝히면서도 이점에 대해서는 이상할 정도로 적요(寂廖)하다.[5]

---

4 하일식, 『한국사』, 일빛, 1998, 43쪽.(김인문은 김춘추의 둘째 아들이자 문무왕의 동생이다. 여러 학문에 통달했다. 당에 유학했고 당에 파견되어 있다가 660년 백제 공격 때 소정방의 부사령관으로 출정하는 등 여러 차례 당과 신라를 오가며 외교활동을 펼쳤다.)

5 최영성, 앞의 책, 43쪽.

신라인들이나 여러 외국인이 응시할 수 있는 과거는 손님용이라는 의미로 빈공과(賓貢科)라고 했다. 최치원은 훗날 『계원필경』에서 밝힌 대로 남이 백을 하면 나는 천을 한다는 '인백기천(人百己千)'을 실현하여 불과 6년 만에 과거에 합격하게 된다. 10년 연한을 거의 절반이나 남겨놓고 18세에 급제를 했으므로 그야말로 소년등과를 한 것이다. 최치원은 다시 2년간 수련을 거친 다음 20세에 강남도 선주 율수현의 현위에 임명되었다. 종 9품의 말단직이었으나 대국 당나라 공직에 진출한 것은 약소국 신라인의 꿈과 이상을 실현한 것이었다. 그러나 최치원은 더 큰 꿈이 있어 3년간 근무 끝에 현위직을 사임하고 회남절도사 고병에게 발탁되어 고병의 종사관으로 기용된다.[6] 이때 최치원이 하는 일은 고병을 대신하여 외교문서와 조약문 등 군막(軍幕)의 문서를 쓰는 일이었다. 문서라 하여 단순한 실용문이 아니라 문장이 특출해야 하고 상대를 설득할 수 있는 능력을 갖추어야 했다.

그리고 최치원이 고병의 종사관으로 서기 업무를 담당하고 있을 때 당나라는 말기적 혼란에 빠진 상태였다. 역대 가장 심각한 홍수와 가뭄 등 천재지변에 직면하는가 하면 도처에서 도적 떼가 할거하면서 크고 작은 난을 일으켰다. 그 가운데 농민 출신 황소가 중국 천하를 떨게 했다. 60만 대군을 이끈 황소의 난은 중국 역사상 가장 큰 반란으로 5년 동안이나 지속되었으며 현종 때 안록산의 난(755)을 능가할 정도였다. 황소는 황제의 군대를 격파하여 수도 장안을 장악했다. 희종은 황실을 비우고 피난을 떠나야 했고, 황소는 국호를 대제(大齊)로 고친 다음 스스로 황제라 칭하면서 당을 계승하려고 했다. 그리고 사천으로 피신한 당 희종은 회남절도사 고병에게 관군의 총지휘를 맡겼다.

그때 고병의 종사관인 최치원은 출세의 문장 「격황소서(檄黃巢書)」를 쓰게 된다. 황소가 난을 일으킨 지 3년 차(881)에 들어섰고, 24세에 불과한 최치원

---

6   고급관료의 등용문인 박사굉사과(博士宏詞科)에 도전하기 위해 현위직을 그만두고 공부하던 중 시험이 중단되고 말았다.

존재와 사유

은 황실 군대의 최고 지휘관 고병을 대신해 쓴 격문을 반란군 수괴에게 보내야 했다. 당나라 수도 장안을 황소가 점령한 상태였고 희종은 황실을 비우고 피신한 처지에 최치원은 황소를 설득해야 했다. 그러나 최치원은 황소를 설득만 하는 것이 아니라 대역죄인으로 몰아붙였다. 황소가 중국 천하를 점령한 상황에서 반란군 수장을 역적으로 몰아붙이는 것은 위험천만한 일이었다. 만약 난을 평정하지 못한다면 죽음을 면치 못할 일이기 때문이다. 그런데 최치원이 쓴 격문을 읽은 황소가 앉은 자리에서 자신도 모르게 아래로 털썩 주저앉았다고 전하는데(또는 뒤로 넘어졌다고도 함) 한때나마 중국을 석권한 무장이 전쟁 시 피차 주고받는 격문을 보고 털썩 주저앉았다면 설득되다 못해 겁을 냈다는 증거로 보기에 충분하다.

격황소서는 모두 여덟 단락으로 되어 있는데, 첫 단락은 일반론을 내세워 황소를 위압하고, 둘째 단락부터는 강경과 회유를 반복해가면서 항복을 권유하는 형식을 취하고 있다.[7]

> ① 광명 2년 7월 8일에 제도도통 검교태위 아무는 황소에게 알린다. 드디어 불칙한 마음을 품고 높은 자리를 노려보며 도성을 침모하고 궁궐을 더럽혔으니 죄가 이미 하늘에 닿을 만큼 극에 닿아 있으니 반드시 패망하게 될 것이다.
> ② 애달프다. 요임금과 순임금 때부터 묘와 호와 같은 이들이 복종을 하지 않았는데 양심이 없는 무리와 충성과 의리가 없는 것들이란 바로 너희들이 하는 짓거리이다. 천하의 사람들이 모두 너를 죽이려고 생각할 뿐만 아니라 땅속의 귀신까지도 몰래 죽이려고 의논하였을 것이니, 네가 비록 숨은 붙어 있다 할지라도 넋은 이미 빠졌을 것이다.
> ③ 사람의 일이란 제가 제자신을 아는 것보다 좋은 것이 없다. 임금께서는 너에게 죄를 용서해준 은혜가 있고, 너는 나라에 은혜를 저버린 죄가 있

---

7 이구의, 「격황소서의 구성과 의미」, 『고운 최치원의 종합적 조명 – 최치원 연구총서 1』, 문사철, 2009, 359쪽.

을 뿐이니 머지않아 반드시 죽고 말 것인데, 어찌 하늘을 무서워하지 않느냐.

④ 하물며 주나라 솥은 물어볼 것이 아니요, 한나라 궁궐은 어찌 네가 머무를 곳이겠느냐. 높이 휘날리는 깃발은 초나라 변방의 바람을 애워싸고, 촘촘히 들어선 배들은 오강의 물결을 막아버렸다.

⑤ 진나라 도태위처럼 적을 처부수는 데 날래고, 수나라 양소처럼 엄숙함이 신 같다고 일컬을 만하여 살리기를 좋아하고 죽이기를 싫어하는 것은 하늘의 깊으신 덕화요 법을 늦추고 은혜를 펴려는 것은 국가의 좋은 제도이다.

⑥ 나라의 도적을 토벌하는 데는 사사로운 원한을 생각하지 말아야 하고, 어두운 길에서 헤매는 사람을 깨우쳐주는 데는 바른말이라야 하는 법이다. 그 가부를 재빨리 회보할 것이요. 쓸데없이 의심을 하지는 말라.

⑦ 명령은 하늘을 우러러 받았고 나는 맑은 물을 두고 맹세하였다. 너의 몸뚱이는 도끼날에 기름이 되고 뼈다귀는 수레 밑에서 가루가 될 것이며 아내와 자식들은 잡혀 죽고 권속들은 목이 베일 것이다.

⑧ 동탁처럼 배를 불태울 때가 되어서는 못난이의 소견을 고집하여 여우처럼 의심만 품지 말라.

격문(檄文)의 '격(檄)'은 전쟁 시 적군에게 보내거나 민중에게 알리는 포고문 형태의 군서를 말한다. 일찍이 중국 육조 시대 학자 유협(465~521)은 『문심조룡(文心雕龍)』을 통해 격서 쓰는 방법론을 말했다.

격문의 총체적인 양식은 아(我)의 아름다운 덕을 서술하고, 피(彼)의 가혹하고 잔악함을 서술하며, 천명의 시운을 지적하고 인간사회의 작용을 잘 살피며, 이쪽과 저쪽의 강약을 검토하고 세력을 비교한다. 이래의 점괘를 나타내 보이고 과거의 역사적 교훈을 드리워서, 나라의 성실을 바탕으로 하면서도 병법의 사술(詐術)을 섞는다. 설계(設計)로서 취지를 펴고, 빛나는 수사로써 자신의 말을 비상시킨다.[8]

---

8 위의 책, 343쪽 재인용.

존재와 사유

최치원이 쓴 「격황소서」는 유협이 『문심조룡』에서 말하는 격서의 구조를 넘치도록 잘 갖추었다는 평을 들었다.

사실 고병이 최치원을 자신의 종사관으로 발탁하게 된 것도 소문난 그의 필력 때문이었다. 최치원의 격문에 황소가 털썩 주저앉은 것은 본래 농민 출신인 자신의 주제를 파악한 것으로 추측되지만 황소도 5세부터 시를 읽고 지었다고 전한다. 이와 같이 격황소서를 읽고 자신감을 잃어버린 황소의 난은 결국 평정되었고, 이것은 절체절명의 위기에 처한 희종 황제에게 커다란 선물이었다. 따라서 감격한 희종은 최치원에게 자금어대(紫金魚袋)를 하사했다. 금어대(金魚袋)란 붕어 모양으로 만든 금빛 주머니로 그 안에 이름을 적어 넣어 관료들이 띠에 차게 되어 있었다. 금어대 중에서도 자금어대는 자색(紫色) 비단으로 된 것으로 가장 높은 표상이었다. 이것을 지닌 자는 황궁에 드나들 수 있는 자격이 주어졌고 어떤 잘못이 있더라도 면책 특권이 부여되었다.[9]

3. 최치원의 진보성과 개혁 의지

최치원은 28세에(885년) 고국 신라로 귀국했다. 당나라에서 출세가도를 달리던 최치원이 귀국을 결심하게 된 것은 당의 말기적 혼란 때문이라는 설도 있으나 고향에 대한 그리움 때문이라는 주장도 있다. 황소의 난이 평정되었을 때 신라에서 사신 김인규가 입당했는데 김인규와 함께 최치원의 사촌동생이 함께 따라와 그를 설득했다는 것이다.[10] 이유야 어떻든 최치원이 귀국을 하게 되자 당 희종은 조서(詔書)를 내려 사신의 임무를 맡기는 모양을 취

9   최근덕, 「고운 최치원의 생애와 사상」, 『고운 최치원의 종합적 조명 – 최치원 연구총서 1』, 문사철, 2009, 20쪽.
10   위의 책, 20쪽.

해 보내주었다. 황제가 사신이라는 임무를 맡겨 보내준 것은 당나라 황제가 최치원을 얼마나 신뢰하고 아꼈는가를 신라 정부에게 보여주기 위한 배려라고 할 수 있다.

최치원의 상관 고병은 고병대로 상당한 돈과 뱃길을 염려하여 뱃머리에 달면 풍랑이 일지 않는다는 약 주머니를 넣어주면서 못내 아쉬워했다. 중국인 문우들도 그와의 이별을 몹시 아쉬워했는데, 그 가운데서도 최치원의 호 고운(孤雲)과 음이 같은 지주(池州) 사람 '고운(顧雲)'이라는 동년배 벗이 가장 슬퍼했다. 그는 학문이 뛰어난 소장파 학자로 인품이 훌륭했는데 최치원을 회남절도사 고병에게 추천해준 인물이었다. 고운은 최치원의 천재성을 극찬한 시로 우정을 보여주기도 했다.

산 아래는 천리만리 우람한 파도들
그 옆에 한 점으로 찍힌 계림(鷄林)이 푸르니
자라산 빼어난 정기로 기남아(奇男兒)가 태어났네
열두 살에 배 타고 바다를 건너와
문장으로 중국을 뒤흔들고
열여덟에 문단(文壇)을 마음껏 횡행해
화살 한 방으로 과거 목표를 쏘아 맞혔네[11]

친구 고운(顧雲)의 시는 바다 멀리 계림이라는 나라에 천재가 태어나더니 어린 나이에 중국으로 건너와 단 한 번에 과거에 급제하여 중국 문단에 문명을 떨쳤다는 내용이다. 친구 고운의 말대로 중국에서 대성한 최치원은 17년 만에 고국 신라로 금의환향(錦衣還鄉)했고, 신라로 돌아온 최치원을 맞이한 헌강왕(885)은 그를 시독 겸 한림학사 수병부시랑 지서감에 임명했다. 한림학사는 왕실을 대신해 외교문서를 쓰는 자리로, 헌강왕 이전 신라의 전성

---

11 위의 책, 20쪽.

기 때 성덕왕이 외교문서를 관장하는 기관으로 '상문사'를 개편하여 '통문박사(通文博士)'를 두었다. 그 다음 성덕왕의 뒤를 이은 경덕왕은 이것을 한림(翰林)으로 개편하여 유학에 능통하고 문필이 뛰어난 인재를 한림학사에 임명했다.[12] 그리고 후일 최치원이 당나라에서 돌아와 한림학사로 임명된 것이다.

신라로 돌아온 최치원은 고병의 종사관으로 있을 때 4년 동안 군막에 종사하면서 서기를 담당했던 글들을 모아 20권으로 묶어 『계원필경』이라는 이름을 붙였다. '계원필경'이란 계수나무 아래 모여 붓으로 밭을 갈았다는 뜻으로, '군막에서 김매듯 마음의 밭을 갈았다'는 의미였다. 따라서 '계원'은 한가한 계수나무 아래 모여 글이나 쓴 것이 아니라 군막을 상징하며 '필경'은 붓으로 먹고살았다는 것을 의미한다. 또한 최치원은『계원필경』과 함께 순수문학으로 이루어진 『중산복궤집』 5권과 시부 3권을 묶어 헌강왕에게 바쳤다. 그때 최치원은 30세였고 당대 최고 학자로 인정한 헌강왕은 봉암사 '지증대사탑비명'과 '대승복사비명'을 찬술하라는 명을 내렸다. 곧이어 헌강왕의 뒤를 이은 정강왕은 쌍계사 '진감선사탑비명'을 찬술하라는 명을 내렸다.(이들은 모두 사산비명이다.)

최치원은 신라에서 여러모로 자신의 능력을 최대한 발휘하려고 노력했고 헌강왕의 뒤를 이은 정강왕은 수명이 짧았으므로 뒤를 이은 진성여왕 때 주로 활동했다. 890년 진성여왕 때 최치원은 34세 나이로 태산군(태인) 태수로 부임하게 된다. 「격황소서」로 중국 천하에 유명세를 떨친 최치원이었으나 기득권 세력인 진골들의 견제가 심해 중앙 진출이 어려웠기 때문이다. 최치원은 태산 군수 다음으로 부성군(서산) 태수로 다시 자리를 옮겼을 때 진성여왕에게 신라를 개혁해야 할 필요성을 담은 '시무 10조'를 지어 올렸다. 그때까지만 해도 최치원은 중국에서 쌓은 자신의 업적을 통해 신라를 개혁하

---

12 조동일, 『한국문학통사 1』, 지식산업사, 2005, 254쪽.

기를 원했고 개혁할 수 있다고 믿었으며 또 개혁 의지를 꺾지 않았던 것으로 짐작된다.[13]

신라는 말기로 가면서 난세로 접어들었다. 중앙에서는 진골들이 권력다툼에 빠져 있고, 지방에서는 호족들이 등장했다. 한편으로는 전국에서 농민들이 봉기하여 혼란이 거듭되었다. 최치원은 이와 같은 혼란의 근원이 기득권 세력들의 구시대적 적폐에 있다고 보고 해결책과 정치 방향을 제시한 것이었다. 그리고 진성여왕은 최치원이 올린 시무 10조에 공감하며 이를 고맙게 여겨 아찬에 임명했다. 아찬은 6두품이 오를 수 있는 최고 관직이었다. 신라의 17관등은 진골을 필두로 하여, 6두품, 5두품, 4두품 등 네 개 그룹으로 분류되었다. 왕족 신분은 성골(양쪽 부모 모두 왕 계보, 성골은 진덕여왕에서 종결됨)과 진골(부모 한쪽이 왕족, 진골 출신의 왕은 무열왕 김춘추부터)로 나뉘었다. 진골은 1등급 각간에서 5등급 대아찬까지의 요직을 차지했고 자색 옷을 입었다. 6두품은 6등급 아찬에서 9등급 급찬까지였고 비색(짙은 분홍) 옷을 입었다. 5두품은 10등급 대나마에서 11등급 나마까지였고 청색 옷을 입었다. 4두품은 12등급 대사에서 17등급 조위에 해당됐고 황색 옷을 입었다. 의복뿐만 아니라 신발, 집의 크기와 기와의 종류, 집안 장식품과 섬돌 재료까지 골품제로 규제를 가했다. 따라서 아찬에 오른 최치원은 6두품으로서는 최고위직에 오른 것이었다.

이와 같이 신라의 적폐를 청산하려는 최치원은 인간이 중심인 인간 주체적 철학관을 가지고 쟁(爭)의 논리를 배격하고 대신 화(和)를 추구했다. 그와 같은 사상적 배경은 유·불·선 삼교를 섭렵하고 통유한 데서 비롯되었으며 최치원은 기본적으로 유교사상을 중심으로 불교와 노장사상을 충실히 이행했다. 그리고 이 세 가지 삼교 사상을 대동적 대승적 관점에서 통찰하면서 "삼교사상이 근본적으로 상통한다고 하여 '소귀일규'를 주장했고, 상

---

13 조지 허버 존스(George Heber Jones), 『고운 최치원의 종합적 조명 – 최치원 연구총서 1』, 이승원 역, 문사철, 2009, 55쪽 재인용.

호 조화와 융합을 외쳤는데"[14] 이것이 바로 신라 화랑도의 근원을 이룬 풍류 도(風流道)이다. 『삼국사기』 진흥왕 본기에 나와 있는 난랑비문(鸞郎碑文)에 새겨져 있는 풍류도는 최치원이 쓴 글이며 최치원은 이 비문에서 화랑도의 근본으로 삼교의 진수를 강조했다.

> 나라에 현묘(玄妙)한 도(道)가 있으니 풍류(風流)라 한다. 가르침의 시작
> 된 바는 선사(仙史)에 자세히 있다. 실로 삼교(三敎)를 포함하여 중생을 교
> 화한다. 집에 들어오면 효도하고 나가서는 나라에 충성하니 공자의 가르침
> 대로이며, 억지로 하지 아니하고 말 없는 가르침을 행하니 노자의 가르침
> 대로이며, 악한 일을 하지 아니하고 착한 일을 행하니 석가모니의 가르침
> 대로이다.

그런데 이 풍류도를 자칫 신선사상으로 오해하는 경우가 많다. 후세 사람 들이 그를 신선시하는 것은 다름 아닌 도선사상에서 비롯되었다. 그는 초월 세계를 인정했는데 최치원이 재당 시절 쌓았던 수련 적 도교의 골자는 '환 반(還反)과 시해(尸解)라고 한다. 환반은 불로장생을 위한 내단 수련법이며 시해는 신선 득도의 한 술법[15]이다. 특히 시해수련법은 혼을 신체에서 분리 시켜 자유롭게 시공을 초월할 수 있음을 가리킨다. 최치원이 말년에 가야산 에 은거하면서 시해의 수련법인 '가야보인법'을 썼다는 것도 여기에서 연유 한 것으로 본다. 그러나 최치원의 '도'는 모든 생성변화의 이치를 통찰할 수 있는 도를 말한다. 정명(正名)의 원리를 내세워 질서와 조화가 있는 세계를 희구한 것이다. 뿐만 아니라 그는 오행의 상생상극의 원리를 강조했다. 상 생은 발전이 있고 상극을 하는 쪽은 망하게 마련이라는 철학이다.

최치원은 897년 41세에 방로태감 겸 천령군(함양) 태수로 임명된 것으로

---

14 최영성, 앞의 책, 537쪽.
15 최삼룡, 「최치원의 도선사상」, 『고운 최치원의 종합적 조명 – 최치원 연구총서 1』, 문사 철, 2009, 141쪽.

추정되지만[16] 결국 898년 11월 기득권 세력의 견제로 아찬에서 면직되고 말았다. 이때부터 최치원은 정치를 떠나 전국 명산과 강, 바다를 찾아다니면서 시를 짓고 글을 쓰면서 세상과 먼 탈속을 지향하기 시작했다. 그 후 전국을 전전한 최치원의 행방은 알 수 없으나 삼국통일을 이룬 고려에 가서 최치원을 알아보는 지음(知音)이 나타났다.

1020년 고려 현종(재위기간 991~1031) 때, 최치원은 사후 내사령(內史令)에 추증되었고 선성묘(先聖廟)에 종사(從祀)되었다. 그리고 3년 후인 1023년에 현종은 다시 최치원을 영원히 기억할 수 있도록 하기 위해 '문창후(文昌候)'로 추증하고 유교서원에 배향하도록 명했다. 최치원이 857년에 출생했으므로 170여 년 만이었다. 또한 조선시대에는 한국 유학의 최고 사원격인 성균관에서 명예수혜자에 대한 위패를 봉안하는 절차가 있었는데, 8세기 신라 설총을 유학의 최초 학자로 보면서 조선 유학 발전에 기여한 학자들을 성인으로 추대하는 정책적 전통을 가져왔다. 앞에서 말한 대로 신라 설총을 비롯하여 고려 말 정몽주까지 600여 년 동안의 학자 가운데 4명을 선정했고, 조선 시대 학자 가운데 12명을 선정하여 성인의 명예를 수여받은 학자는 모두 16명이다. 여기에 최치원은 설총 다음으로 이름을 올렸다.[17]

1. 설총 2. 최치원 3. 안유 4. 정몽주 5. 김굉필 6. 조광조 7. 이황 8. 성흔 9. 송시열 10. 박세채 11. 정여창 12. 이언적 13. 김인후 14. 이이 15. 김장생 16. 송준길

그러나 조선 중기 퇴계 이황(1501~1570)은 최치원을 영불지인(佞佛之人, 불

---

16 6두품의 최고 관등인 아찬이 경남 지방 태수로 임명받은 것은 당시 함양이 후백제와 접경지역으로 군사적 요충지였으므로 후백제의 침입을 막기 위한 진성여왕의 전략으로 보는 연구자도 있으나, 당시 신라의 분위기로 봐 설득력이 떨어진다.

17 조지 허버 존스(George Heber Jones), 「최치원: 그의 시대와 삶」, 이승원 역, 앞의 책, 44~45쪽.

존재와 사유

교에 아첨한 인물)이라고 비판하는가 하면 성균관 문묘배향(文廟配享)에 대해서도 회의를 드러냈다. 그러자 전국 각지에서 성균관 문묘배향에 대하여 유림(儒林)들의 상소가 빗발쳤다. 문제는 최치원이 찬술한 「사산비문(四山碑文)」이었다. 사산비문의 '사산'이란 네 개의 산에 있는 고승들의 탑비에 쓴 비문을 말한다.[18] 그러나 퇴계에 의하여 촉발된 최치원에 대한 비판은 오히려 때아닌 최치원 바람을 불러일으켰다. 퇴계와 동시대를 살았고 임진왜란 때 승병장으로 이름을 떨친 서산대사 휴정(1520~1604)은 퇴계가 문제 삼은 「사산비문」의 가치를 높이 평가하면서 불교계에 널리 보급하기 시작한 것이다. 그리고 서산대사의 제자 해안(1567~?)은 「사산비문」을 모아 책 한 권 분량으로 묶고 주석을 달았다.

최치원을 흠모한 서산대사는 유생 시절을 거쳐 과거시험 승과에 합격한 유교 출신이었다. 그는 유불도가 궁극적으로 일치한다는 삼교일치론을 주장했는데, 그의 사상적 출발은 사실 유교였다. 그의 책에는 저명한 유학자들과 주고받은 편지가 많이 있으며 그 가운데 퇴계 이황, 남명 조식 등도 있다. 그런가 하면 시에서도 차운한 인사들 가운데 유학자들이 대부분인 것으로 알려져 있다.[19]

이와 같이 최치원을 흠모한 서산대사는 최치원에 대한 찬양시를 많이 남겼으며, 다음의 「제최고운석(題崔孤雲石)」은 최치원이 「격황소서」로 유명해진 것을 찬양한 것으로 추측된다.

18 　▲충청남도 보령시 성주사 터에 있는 '숭엄산' 낭혜화상 탑비명(국보 제8호) ▲경상남도 하동군 '지리산' 쌍계사 경내에 있는 진감선사대공령탑비명(국보 제47호), ▲경주시 대숭복사에 있었던 '초월산' 대숭복사비명, ▲경상북도 문경시 봉암사 경내에 있는 '희양산' 봉암사지증대사적조탑비명(보물 제138호) 등 4개의 비명을 말한다. '사산'은 숭엄산, 지리산, 초월산, 희양산 등 4개의 산을 말한다.

19 　유영봉, 「서산대사가 조성 중기 불교계에 불러일으킨 '최치원 바람'」, 『고운 최치원의 종합적 조명 – 최치원 연구총서 1』, 문사철, 2009, 144쪽.

구름 흩어지는 골짝에 산악은 고요하고
흐르는 물에 낙화는 유유히 떠간다
누가 알았으랴 팔 척의 신라 나그네가
중국 땅에 명성을 떨칠 줄을![20]

4. 정체성과 고독, 그리고 나그네 의식

당나라에서 관리가 되기 위해서는 시와 문장이 절대적이었고 시와 문장이 뛰어난 것은 관리로서 성공하는 첩경이었다. 최치원이 귀국하여 신라 헌강왕에게 올린 『계원필경』 서문을 보면 상투를 대들보에 걸어 매고 송곳으로 허벅지를 찔러가며 조금도 게으름을 피우지 않았다고 고백하고 있다. 한(漢)나라의 손경(孫敬)은 자리에서 일어나지 않기 위해 상투를 대들보에 매고 공부를 했고, 진(秦)나라의 소전(蘇秦)은 잠을 쫓기 위해 송곳으로 무릎을 찔러가며 공부했다는 고사를 인용한 것인데 남이 백을 하면 자신은 천을 할 정도로 인백기천을 했다는 말이다. 또 『계원필경』 서문에서 최치원은 당에서 공직생활을 하면서 4년 동안 쓴 글이 만여 편에 이른다고 밝혔다.[21]

물론 만여 편 가운데는 당시 표(表), 장(狀), 서(書), 계(啓)가 모두 그에게서 나올 정도로 업무상 각종 조약문과 외교문서가 포함되어 있다. 그러나 만여 편은 재당 시절에 쓴 글을 말한 것이며, 귀국하여 자취를 감추기까지 쓴 글은 다시 만여 편이 넘었을 것으로 추정된다. 사실 최치원의 글은 당대에 가장 고급 문장으로 평가받았는데 고전을 연구하는 연구자들도 해독하는 데 고전(苦戰)을 면치 못하는 것으로 알려져 있다. 이유는 웬만한 학식으로는 범접할 수 없도록 어려운 고사를 많이 인용했고, 당시 최고급 문풍인 사륙

---

20 위의 글, 위의 책, 164쪽 재인용.
21 김수영, 『새벽에 홀로 깨어 - 최치원 선집』, 2008, 92~93쪽.

존재와 사유

변려문체를 화려하게 구사한 탓이다. 뿐만 아니라 국제적으로도 인정받은 최치원의 문학은 후일 북송 때 구양수(歐陽脩, 1007~1072)가 중심이 되어 편찬한 『신당서(新唐書)』의 「예문지(藝文志)」에 이름이 올랐고[22] 일본 오에노 고레토키(大江維時, 888~963)가 『천재가구(千載佳句)』에 뽑아 실을 정도였다.[23] 이 가운데서도 가장 돋보인 작품은 일찍이 허균과 이수광이 수작이라고 감탄한[24] 「추야우중(秋夜雨中)」이다.

가을바람에 괴로운 마음으로 시를 읊네
세상에는 나를 알아주는 이 없고
창밖에는 밤 깊도록 비 오는 소리
등불 아래 마음은 만 리를 달려가네

秋風惟苦吟(추풍유고음)/世路少知音(세로소지음)
窓外三更雨(창외삼경우)/登前萬里心(등전만리심)
　　　　　　　　　 ― 「추야우중(秋夜雨中, 가을밤 비 내리고)」

동서로 떠돌며 험한 길에서
홀로 여윈 말 채찍질하는 것
얼마나 괴로웠던가
돌아감이 좋은 줄 알고 있네만
돌아간들 내 집은 가난하거늘

東飄西轉路岐塵(동표서전로기진)/獨策羸驂幾苦辛(독책리참기고신)
不是不知歸去好(부시부지귀거호)/只緣歸去又家貧(지연귀거우가빈)
　　　　　　　　　 ― 「도중작(途中作, 길 위에서 짓다)」

---

22 김중렬, 「최치원의 문학사상」, 『고운 최치원의 시문학』, 문사철, 2011, 165쪽.

23 김은미, 「최치원의 삶과 시적 대응」 『한국문학논총』 제67집, 2014.8, 7쪽 재인용.

24 김중렬, 「고운 최치원의 문학사상에 관한 연구―그의 시에 나타난 사상을 중심으로」, 『고운 최치원의 종합적 조명―최치원 연구총서 1』, 문사철, 2009, 334쪽.

「추야우중」은 말 그대로 가을밤 비 내리는 타국에서 고향을 그리워하는 심사를 표현한 작품이다. 가을, 가을밤, 비 오는 밤, 등은 고독을 상징하는 전형적인 객관적 상관물이다. 더욱이 만 리 타국의 가을밤 '世路少知音'의 소지음(小知音)은 나를 알아주는 벗이 없는 고독을 절실하게 나타내고 있다. 더욱이 당나라에서 작은 나라 신라인을 좀처럼 알아줄 리 없다. 이 작품은 「격황소서」로 유명해지기 전에 쓴 것으로, 18세에 빈공과에 급제를 했다고는 하나 「격황소서」를 쓰기 전에는 이름 없는 한갓 신라인에 불과했기 때문이다. 출세는 멀고, 머나먼 이국 땅 타향살이는 괴롭기 짝이 없는데 더욱이 비 오는 가을밤, 고향의 부모 형제가 그리울 것은 당연하다. 등불 아래 책을 펴놓고 앉아 있지만 마음은 문득문득 만 리 밖에 있는 고향을 향해 달려갈 수밖에 없음을 보여준다.

「도중작」은 당나라에서 출세를 하기 위해 '인백기천' 하는 괴로움을 보여준다. '홀로 여윈 말을 채찍질한다'는 것은 외로운 고학생인 자신을 은유한다. 빨리 달리기를 소망하나 타국의 좋지 않은 여건에서 여윈 말은 속력을 내기가 쉽지 않은 법, 가난한 유학생의 삶이 결코 녹록지 않음을 잘 보여준다. 그래서 때론 포기하고 고향으로 돌아가고 싶지만 신라는 꿈을 펼치기에 비좁은 나라이다. 그리고 장남인 형은 이미 승려로 출가했으므로 6두품 가문과 가난한 부모를 생각하지 않을 수가 없다.

이 두 작품만 보더라도 최치원이 얼마나 고독했는가를 엿볼 수 있다. 그렇다고 중간에 가끔씩 고국을 방문했을 것이라는 추측은 가능하지 않다. 당시 신라에서 당나라를 가는 데는 풍선을 타고 바닷길을 이용해야 했고 편도만 해도 서너 달이 걸렸다. 신라로 귀국할 때 "사월에 떠난 길이 기나긴 겨울을 지내고 이듬해 춘삼월 드디어 꿈에 그리던 고국의 땅을 밟았다."[25]고 하는 걸 보면 왕복을 하자면 거의 1년을 소비할 수도 있는데, 10년 내에 급

---

25 최근덕, 앞의 책, 23쪽.

존재와 사유

제해야 한다는 결심 아래 인백기천을 하는 최치원이 고국을 자주 들락거렸을 리 없다. 따라서 12세 어린 소년이 부모 슬하를 떠나 말도 문화도 통하지 않은 외국 땅에서 겪었을 고독과 괴로움을 시로 달랠 수밖에 없었을 것이다.

갈매기와 해오라기는 제각각 오르락내리락 날고
멀리 물가의 그윽한 풀빛은 더욱 짙어 간다
천 리 밖에서 품는 만 가지 사념
먼눈으로 해질녘 구름 본 지 아득하기만 하다

鷗鷺分飛高復低(구로분비고부저)/遠汀幽草欲萋萋(원정유초욕처처)
此時千里萬重意(차시천리만중의)/目極暮雲飜自迷(목극모운번자미)
　　　　　　　　　　　── 「해변춘망(海邊春望, 바닷가의 봄 경치)」

조수 밀려간 모래 벌을 걷노라니
해 저문 산마루에 저녁노을 자욱하다
봄빛이 오래도록 나를 괴롭히지는 않겠으나
불수록 취하는 고향 동산의 꽃이어라

潮波靜退步登沙(조파정퇴보등사)/落日山頭簇暮霞(낙일산두족모하)
春色不應長腦我(춘색불응장뇌아)/看看卽醉故園花(간간즉취고원화)
　　　　　　　　　　　── 「해변한보(海邊閒步, 바닷가를 거닐며)」

　최치원의 시는 바다를 대상으로 하는 시가 많은데 위의 두 작품도 바다를 바라보며 고향을 그리워하는 시다. 신라는 바다와 가까운 나라이고 「해변춘망」의 "천리 밖에서 품는 만 가지 사념"은 고향 신라와의 거리를 말하며 돌아가고 싶은 심정을 잘 보여주고 있다. "먼 눈으로 해질녘 구름을 본 지 아득하기만 하다"는 것은 눈물을 자아낼 만큼 감정을 자극한다. 「해변한보」는 고향의 해 질 녘 풍경을 떠올리며 중국의 바다를 바라보는 것이다. 조수가 밀려간 바다에서 바라보는 해 질 무렵의 저녁 노을빛은 타향살이를 하는 화자를 못 견디게 한다. 봄은 그리 오래가지는 않으나 중국 바닷가의 봄 풍경은 신라 고향의 봄을 보는 것만 같다는 심사를 보여준다. 따라서 이런 심사는 아래 시「제우강역정(題芉江驛亭)」을 통해 인간이 겪어야 하는 이별에 대한 한으로 응축된다. 산이 평지가 되고 물이 다 마를 리 없으니 인간은 이별을 피할 수 없다는 것을 한탄한 것이다.

> 모래 벌에 말 세우고 배 돌아오기 기다리니
> 한 줄기 물 안개는 만고의 수심이네
> 이 산이 평지가 되고 이 물이 다 마른다면
> 서러운 인간 이별 비로소 없어질까

> 沙汀立馬待回舟(사정립마대회주)/一帶烟波萬古愁(일대연파만고수)
> 直得山平兼水渴(직득산평겸수갈)/人間離別始應休(인간이별시응휴)
> ―「제우강역정(題芉江驛亭, 우강역 정자에서)」

> 스님이여 산 좋다 마시게
> 산이 좋은데 왜 다시 나오시는가
> 두고 보시오 나의 훗날 자취를
> 한 번 청산에 들면 다시는 나오지 않으리니

> 僧乎莫道靑山好(승호막도청산호)/山好何事更出山(산호하사갱출산)
> 試看他日吾踪跡(시간타일오종적)/日入靑山更不還(일입청산갱불환)
> ―「증산승(贈山僧)」(입산을 앞두고 쓴 시로 추정)

도당 시절 그리워한 고국을 17년 만에 귀국했지만 당나라에서 유명세를 떨친 최치원을 대하는 국내파들의 시선은 곱지 않았다. 헌강왕, 정강왕, 진성여왕 대까지 왕의 신임을 받았으나 골품제도에 따른 관등의 벽은 뛰어넘을 수 없었다. 따라서 외곽지역 태수로 임명받는가 하면 외로움은 오히려 당에 있을 때보다 더했다는 것을 짐작할 수 있다. 따라서 기득권 세력들로부터 견제를 받으면서 외각지역으로 밀려난 최치원은 자연스럽게 문학으로 자신을 달랬을 것으로 짐작할 수 있는데 삼교사상으로 단련된 그는 속세를 떠날 결심을 시 「증산승」을 통해 보여준다.

산사에서 사는 스님도 종종 세상 나들이를 하는 것은 흔히 있는 일이다. 비록 산사에서 살더라도 결론적으로 속세를 위한 종교이고 속세의 것을 전혀 멀리할 수 없는 탓이다. 그러나 자신은 한번 산에 들어갔다 하면 다시는 세상으로 모습을 보이지 않겠다는 결심을 피력한 작품이다. 이것은 최후의 선택을 보여준 작품으로 최치원은 세상사에 지쳐버렸음을 짐작하게 한다.

5. 최치원의 업적과 계보

12세라는 어린 나이에 부모 곁을 떠나 멀리 타국 땅에서 오로지 공부에만 매달린 최치원은 유학 생활을 하면서부터 고독과 직면할 수밖에 없었고 고독과 싸우면서 많은 글을 남겼다. 어쩌면 고독이 그를 최고의 문장가로 만들었다는 역설을 생각할 수도 있는데, 그는 한국 국보와 보물로 지정된 고승들의 「사산비문」을 비롯하여 수많은 비문과 함께 수많은 시와 부(운문과 산문), 장, 표를 남겼다. 그러나 최치원이 남긴 글 가운데 문학적 완성도가 가장 높은 것은 역시 시와 설화, 그리고 『계원필경』을 꼽을 수 있다. 『계원필경』은 20권으로 되어 있으며 최치원이 당 유학 생활과 공직 생활을 하면서 공적인 것, 중국의 정치·사회·문화적인 것 그리고 자신의 개인사 등을 써 모은 에세이 형태의 모음집이다. 이 책은 지금까지 유일하게 남아 전해지고 있는데 여기에는 훌륭한 공헌자가 있다.

조선 시대 좌의정을 지낸 홍석주(洪奭周)이다. 그가 1834년 『계원필경』을 활자로 찍어낸 것이다. 『계원필경』의 서문에 홍석주는 『증산복궤집(中山覆

簣集)』을 활자로 찍으려고 했으나 도저히 찾을 수가 없다는 안타까움을 피력했다. 훗날 인쇄되어 세상에 널리 알려진 『계원필경』은 홍씨 가문에서 대대로 소장해 온 필사본에 의한 것이다. 1834년 홍석주가 맨 처음 출판한 판본은 프랑스 파리국립현대동방어학교 도서관에 소장되어 있다.

이외에 최치원의 글은 대부분 유실되거나 흩이졌으며 『내동운고(大東韻考)』를 통해 책의 내용이나 정보를 알 수 있다. 875년 재당 시절 19세에 부(賦, 시적 요소와 산문 요소를 지닌 글) 5수, 시 100수, 잡시부(雜詩賦) 30수를 모아 3편으로 묶은 것이 있다. 『현십초시(賢十初詩)』는 최치원의 시선집을 담고 있는 책이다. 이 책에는 당대 최고의 문장가들이 쓴 시들을 각각 10편씩 선별하여 실었다. 시인들 가운데 6명은 중국인이고 한국 사람은 최치원, 박인범(朴仁範), 최승우(崔承祐), 최광유(崔匡裕) 등이다. 이 가운데 최승우는 최치원 가문 사람이며 역시 도당 유학생으로 과거에 급제하여 문명을 떨친 인물이다. 최치원의 종제인 최인연(崔仁渷, 후명(後名))도 도당 유학생으로 과거 급제한 인물이다. 따라서 최치원을 비롯하여 같은 동시대에 세 명이나 영재를 배출했다 하여 3최라고 부르기도 한다. 여기에 수록된 최치원의 작품 역시 『대동운고(大東韻考)』를 통해서 알 수 있다.

『중산복궤집』은 전 5권으로 되어 있다. 최치원이 중국에서 쓴 것으로 신라로 돌아와 『계원필경』과 함께 신라 헌강왕에게 봉헌했던 책이다. 제목 '중산'은 당에서 자신이 머문 지방 이름을 붙인 것이며 '복궤'는 삼태기로 흙을 날라 쌓으면 산을 만들 수 있다'는 옛말에서 따왔다고 한다. 그러나 제목만 전해져올 뿐 내용은 알 수가 없다.

『신라수이전(新羅殊異傳)』은 신라 시대 설화 모음집이다. 이 작품 역시 『대동운고』에 언급되어 있으나 현존 상황은 아직 알 수가 없다. 여기에 「쌍여분기」 설화소설이 실려 있다는 것이 『해동고승전』(각훈)과 『대종운부군옥』(권문해)에 소개되어 있고, 각훈과 권문해가 「쌍여분기」의 출처를 『신라수이전』이라고 밝히고 있다.

「쌍여분기」의 내용은 무덤 속 혼령들의 한을 이야기한다. 옛날에 장씨 성을 가진 자매가 있었다. 이들이 16세, 17세일 때 아버지가 돈 많은 늙은 소금장수와 차(茶)장수에게 딸들을 시집을 보내려고 하자 자매가 자결하고 말았다. 아버지는 딸들을 합장해주었는데 사람들이 자매의 합장 무덤을 쌍여분이라고 불렀다. 어느 날 최치원이 쌍여분을 지나가다가 무덤 앞에 시를 지어 바쳤다. 그리고 인근 여관에서 하룻밤을 묵었다. 그날 밤 꿈에 자매가 나타나 셋이서 시를 주고받으며 사랑을 나누었다는 전기(傳奇)소설이다. 주로 시로 구성되어 있는 「쌍여분기」는 중국에까지 전파되어 당나라 이후 남송 시대 초반에 편찬된 『육조사적편류』에 실려 전해지고 있다.[26] 진성여왕에게 올린 '시무 10조'의 원문도 전해지지 않고 다른 사료에 나온 것을 토대로 한다.

『최치원문집』은 최치원 작품 모음집이다. 이 책은 최치원 가문이 대대로 보존해왔으나 일부는 흩어지고 일부는 유실되었다. 이 책에 대한 정보 역시 『대동운고』를 통해 알 수 있다. 『제왕연대기(帝王年代記)』는 황제와 왕에 대한 연대기로 내용은 일반 역사를 실었다. 이 책 역시 『대동운고』를 통해 알 수 있다. 이 책은 유실되었으나 부분적으로 연려기술(燃藜記述)과 같은 역사서에서 재발견되고 있다.

이외에 수많은 사적 비문을 쓴 최치원은 진성여왕의 지시로 무염국사의 탑비명을 찬술했고, 898년(효공왕) 42세 되던 해에 가야산 「해인사결계량기」를 지었다. 이어 900년 44세에 「해인사 선안주원벽기」를 지었다. 48세에는 해인사 화엄원에서 「법장화상전」을 저술한 것으로 추정되며, 908년 52세에 「신라 수창군 호국성팔각등루기」를 지었다. 그리고 말년에 최치원이 가야산으로 몸을 옮겨 독서당에서 은거하면서 홍류동 계곡 암석에 새겨놓은 시가 「제가야산독서당」이다.

이 시로 하여 가야산 홍류동 계곡은 힘찬 물소리와 함께 최치원을 상징하

---

26 김은미 · 김영우, 『고운 최치원, 나루에 서다』, 동녘, 2017, 131쪽.

기에 이르렀다. 「제가야산독서당」 시석은 두 개가 있다. 하나는 최치원이 쓴 시석으로 '치원대'라고 부르며, 또 하나는 조선시대 우암 송시열이 이를 다시 쓴 것을 농산정 건너편 암반에 새겨놓은 시석이다. 최치원이 쓴 치원대 글이 글자가 마모된 탓이었다.

「제가야산독서당」을 차운한 시는 문헌으로 50여 편, 농산징 懸판에 9편, 홍류동 계곡 암반에 5편 등 모두 60여 편에 이른다.[27] 『삼국사기』(권46) 열전에 의하면 최치원이 최후에 가야산에서 머물렀다고 기록하고 있다. 가야산 홍류동 일대는 최치원 고을이라 해도 전혀 틀린 말이 아니다. 농산정(籠山亭), 고운 최치원 둔세지, 가야산 홍류동 고운제시석처, 치원대, 독서당, 가야서당, 암벽에 새겨진 시석 등이 천년 세월 고운 최치원의 자취를 말해주고 있기 때문이다.

> 층층 바윗돌에 분노하며 첩첩이 포효하는 물
> 지척 간 사람의 말소리조차 구별하기 어려워라
> 세상 시비 가리는 소리 귀에 들릴까 두려워
> 흐르는 물로 온 산을 휘몰아치게 하는가
>
> 狂噴疊石吼重巒(광분첩석후중만)/人語難分咫尺間(인어난분지척간)
> 常恐是非聲到耳(상공시비성도이)/故敎流水盡籠山(고교유수진농산)
> ——「제가야산독서당(題伽倻山讀書堂)」 전문

조선 중기 이후 최치원의 문집이 발간되었다. 최치원은 고려뿐만 아니라 조선에 와서도 그 맥이 도도히 이어졌다. 최치원 바람을 일으킨 문인들은 고려의 백운 이규보(백운거사)를 비롯하여 조선의 매월당 김시습, 서산대사 휴정(청허당), 유일(연담), 조선 후기의 최제우(수운), 김항 등이 대표적

---

27 노성미, 「제가야산독서당(題伽倻山讀書堂) 차운시 연구」, 『한국문학논총』 제6집, 2017, 183쪽.

인 인물이다. 이들은 모두 삼교를 통유했던 인물들이다. 먼저 고려의 이규보(1168~1241)는 고려 중기 학자로, 그의 호 백운은 고운과 사상적으로 연계성을 갖는다. 이규보는 『동명왕 편』을 통해 민족주체성을 강조했다. 조선 전반기 매월당 김시습(1435~1493)은 조선시대 유교 중심사회에서 불교의 화엄과 도선사상을 이해하면서 삼교를 통유했다. 우리나라 도교에서 매월당을 도맥의 길을 연 인물로 받드는 것도 최치원과 유사하다는 점에서 찾는다. 매월당 역시 말년에 사라졌으며 최치원과 비슷한 삶을 살았다. 서산대사 휴정(1520~1604)은 『삼가귀감』을 지은 고승이다. 앞에서 말한 대로 휴정은 성리학 일색인 학문 풍토에서 퇴계가 최치원을 영불지인, 즉 불교에 아부하는 사람이라고 비판을 가할 때 최치원을 변호하고 나섰던 인물이다.

최치원의 대표작 가운데 하나인 「등윤주자화사상방(登潤州慈和寺上房)」은 후대 고려와 조선의 문인들에게도 뛰어난 작품으로 평가받은 작품이다. 이수광은 최치원의 시는 「추야우중」의 3구, 4구인 '窓外三更雨/燈前萬里心(삼경에 창밖엔 비가 내리고 등불 아래 마음은 만리를 달려가네)'과 「등윤주자화사상방」 가운데 3구, 4구인 '畵角聲中朝暮浪/古山影裏古今人(피리 소리에 아침저녁 물결이 일고, 옛 산 그림자엔 고금의 인물이 어리네)'이 가장 아름답다고 했다. 또한 서거정은 최치원이 당에 들어가 과거에 급제하여 문장으로 이름을 날렸는데 신라 매객(賣客)이 당에 들어가서 시를 사려고 하니 '피리 소리에 아침저녁 물결이 일고, 옛 산 그림자엔 고금의 인물이 어리네'와 같은 시를 써 보였다고 하며 「등윤주자화사상방」을 높이 평가했다.[28]

최치원의 가문이 최씨 문중으로 이어진 것은 고려 말 최해(1287~1340)부터이다. 최해는 우리나라의 역대 명문으로 꼽히는 사륙문을 모아 『동인지문사륙』 25권을 엮어냈다. 그는 이 책에서 우리나라 학자 문인들의 학문과 문장을 중국과 대등한 입장에서 주체적으로 평가했다. 이 『동인지문사륙』은

---

28 이황진, 「최치원의 재당시기 한시 고찰」, 『洌上古典硏究』 제37집, 2013, 249쪽 재인용.

후에 '동국' 또는 '동인'으로 제목을 붙이는 책들을 만들어내는 데 절대적인 영향을 끼쳤다. 즉 김종직의 『동문수』, 서거정의 『동문선』 등이 그것이다. '동문선'에는 최치원의 「가야산독서당」과 「황산강임경대」 등 29수의 시가 전하기도 한다.

최치원의 사상은 조선 후기에 더욱 빛을 발한다. 북학(청대 학풍)으로 불리는 진보주의 실학을 추구하는 북학파 학자들에게 사상적 선구로 받아들여졌다. 초정 박제가(1750~1805)는 『북학의』에서 최치원을 북학사상의 선구자로 평가했다. 담헌 홍대용도 최치원에 대하여 박제가와 같은 평가를 했다.

조선 말기 동학을 창시한 최제우(1824~1864)는 최치원의 후손으로 알려져 있다. 동학은 우리나라 전통적인 민간신앙에 바탕을 두면서 유불노의 삼교 사상을 융합하여 새로운 근대 민족종교로 탄생했다. 즉 '동학'은 서학에 대한 반대 개념으로 민족주체성을 보여주자는 것에 목적이 있었다. 『삼국사기』 권46 열전에서 기록하기를 "치원은 서쪽에서 당나라를 섬길 때부터 동쪽으로 고국에 돌아와서까지 모두 난세를 만났다. 머무는 자리를 계속 옮겨야 했고, 움직일 때마다 비난을 받았다. 스스로 불우함에 상심하여 다시는 벼슬에 나갈 뜻을 두지 않았다. …(중략)… 마지막에는 가족을 이끌고 가야산 해인사로 들어가 모형인 승려 현준과 정현사와 더불어 인연을 맺고 도우가 되어 은거 생활을 하다가 생을 마쳤다."고 한다.

최치원은 895년부터 해인사 중창기문을 지었고, 898년 입산한 진성왕(진성여왕)의 뒤를 이어 가족들을 데리고 해인사에 입산한 것으로 본다. 그리고 해인사에서 900년부터 904년까지 『법장화상전』 등의 화엄 승려의 전기를 찬술했고, 908년 11월 이재의 부탁으로 「신라수창군호국성팔각등루기」를 지은 것을 마지막으로 최치원은 908년경쯤 사망했을 것으로 추측한다. 굳이 삼단논법을 거론할 것도 없이 최치원은 인간이었고 어디선가 반드시 죽었다는 것은 기정사실이다. 그럼에도 후세들이 최치원을 신선시했던 것은 그의 정신이 이 땅 위에 영원히 존재해야 한다는 염원이라고 볼 수 있다.

　　　　　　　　　　　　　　　　　　　　　　　　存在와 思惟

6. 맺는말

어느 시대나 보수와 진보가 존재하기 마련이다. 시간이라는 공간에는 현재를 중심으로 과거와 미래가 있고 거기에는 기득권 세력인 보수와 기득권 세력에 저항하는 진보가 존재하기 마련이다. 기득권 세력은 지배 세력으로, 비기득권 세력을 언제까지나 지배하려는 욕심을 버리지 않으려고 한다. 보수는 자신들의 이익을 지키고자 진보적인 개혁을 거부하게 마련이다. 최치원은 개혁적인 진보였고 진정한 애국자였다. 당시 약소국인 작은 나라 신라에서 세계적인 문물을 자랑하는 당나라에서 유학을 하여 17년 동안 공직 생활을 한 그는 고국 신라를 개혁하고 싶어 했다. 당나라에서 고위 관료로서 얼마든지 뻗어나갈 수 있는 길을 버리고 고국인 신라로 돌아와 나라를 위해 자신의 지식과 재능을 바치려고 했다. 그는 시대를 뛰어넘고 싶어 했다. 그는 구시대적 적폐를 청산해야 한다는 굳은 신념을 갖고 있었다. 그는 구태한 대물림의 기득권 세력의 권력을 적폐로 보고 그것을 타파하려고 했으나 오히려 기득권 세력에게 밀려나고 말았다.

그러나 한국 문학사의 길을 연 『삼국사기』와 『삼국유사』에 전하는 최치원의 업적은 세월이 갈수록 한국의 보물로 빛나고 있다. 4개의 산에 남긴 고승들의 비문인 「사산비문」의 비석들은 국보로 지정되어 있다. 당나라 친구 고운의 시에 나타난 대로 작은 나라 신라에서 태어나 12세에 도당 유학을 떠나 18세에 과거 급제를 하고 20세부터 대국 당나라 관직에 기용될 만큼 천재적인 능력을 발휘한 것도 놀라운 일이거니와, 뛰어난 문장 하나로 60만 대군을 이끈 반란군 무장 황소를 설득시킨 일은 전대미문(前代未聞)의 일이다.

최치원은 그렇게 세계적인 명성을 얻고 금의환향했으나 조국 신라에서는 자신의 능력을 발휘할 수가 없었다. 최치원은 17년 동안 당나라에서 배우고 쌓은 학문적 업적과 유·불·선 삼교사상을 가지고 고국 신라를 개혁하려고 했으나 진골들의 견제에 부딪치고 말았다. 최치원은 인간이 중심인 인간 주체적 철학관을 가지고 쟁(爭)의 논리를 배격하고 대신 화(和)를 추구하면서 신라의 적폐를 청산하려고 노력했지만 오로지 권력을 지키는 데 몰두한 신라의 기득권 세력들은 그를 중앙에서 몰아내기에 바빴다. 신라로 돌아와 한림학사에 임명되었고 '시무 10조'를 올려 육두품으로서는 최고 관직인 6등급 아찬까지 올라가는 등 진성여왕의 신임을 받았음에도 진골들의 횡포로 결국 해임되고 말았다. 그는 계속 지방관리로 밀려났고 점점 세상과 멀어지게 되면서 명산과 강, 바다를 찾아 떠돌다가 끝내 가야산에서 종적을 감춰버리고 말았다. 중요한 것은 함께 신라를 개혁하려고 했던 진성여왕이 입산하자(898) 그 뒤를 이어 최치원도 가족들을 데리고 해인사에 입산했다는 사실이다.

후세 사람들은 최치원의 사라짐에 대하여 도선사상을 따라 신선에 대한 이상을 실현하기 위함이라고 말한다. 그에 따른 수많은 설화와 그가 머물렀던 수많은 유적지는 신선적인 의미를 부여하기에 충분하다.

끝내 이상을 실현할 곳을 찾지 못한 최치원은 신라에 절망한 나머지 포기했고 자신이 몸 붙일 곳은 자연이라고 판단했던 것으로 추측된다. 따라서 최치원 이후 최치원만큼 많은 흔적을 남긴 인물은 없다. 오늘날 잘 알려진 대로 최치원의 흔적은 전국에 분포한다. 최치원의 형 현준이 주석했고 그가 말년에 몸담았던 합천 해인사를 비롯하여 대표적인 곳을 거론하자면 문경 봉암사의 지증대사적조탑비, 보령 성주사 낭혜화상 백월보광탑비, 군산 옥구향교, 정읍 무성서원, 함양 상림 숲, 하동 쌍계사 진감선사탑비, 창원 월영대, 양산 임경대, 경주 상서장, 경주 독서당, 부산 해운대 동백섬 유적지, 등을 들 수 있다.

군산 옥구향교는 『계원필경』 서문에 서유구가 최치원이 옥구에서 출생한 것으로 쓴 탓에 그 지역에서 세운 향교다. 또 최치원의 소설에서도 옥구 사람으로 설정한 탓이기도 하다. 정읍 무성서원은 최치원이 그 지역 태수

120

로 있을 때 지역주민들이 세운 것이다. 양산 임경대는 낙동강 서쪽 절벽 위에 있다. 함양 상림은 최치원이 함양군수로 있을 때 홍수를 막기 위해 조성했다고 전한다. 쌍계사 진감선사비는 진감선사 혜소의 공업을 기리는 비다. 부산 해운대는 최치원이 이 지역에서 머물렀다는 이유로 지명을 최치원 호 가운데 하나인 해운을 따 지은 특징을 갖고 있다. 이곳은 오늘날 세계적인 관광명소로 명성을 떨치고 있다.

그가 사라진 지 천년 세월이 흘렀으나 그의 명성은 강줄기처럼 도도(滔滔)하게 흐르고 있다. 따라서 천년을 두고 인구에 회자되어온 최치원은 지금도 이 시대와 함께하고 있다. 이 시대뿐만 아니라 미래에도 영원불멸할 수밖에 없다. 즉 천 년 전 인물 최치원이 현재적 인물로 우리에게 느껴진 것은 문학과 합리적이고 개혁적이고 진보적인 사상 때문이다. 그때 당시 종교는 현대사회의 이데올로기와 같은 것이었고, 종교를 국가 이념으로 삼은 시대를 살아야 했던 최치원은 이미 미래의 세계를 지향한 인물이었기 때문이다.

〈세한도〉와 예술 그리고 인간

— 추사 김정희론

1. 들어가기

그림은 먼저 눈으로 보면서 마음으로 읽는 예술이다. 그런데 〈세한도〉는 처음부터 눈에 선명하게 들어오지 않는다. 아무것도 보이지 않은 듯하여 오래도록 바라보아야 한다. 오래 바라보되 마음을 가다듬고 천천히 살펴보아야 한다. 그러면 서서히 눈에 들어오기 시작한 것이 있다. 점점 밝아오는 새벽처럼 설한의 허공을 가르며 천천히 드러나는 선, 메마른 갈필(葛筆) 붓끝을 따라 나무 네 그루와 오두막 같은 집 한 채가 보인다. 흐릿하게 먹붓이 스치듯 지나간 선, 먹을 최소한으로 묻혀 거칠게 스치는 것을 문인화 가운데 갈필(葛筆)법이라고 한다. 〈세한도〉는 실경을 모델로 그린 실경산수화가 아니라 심경을 그려낸 심경산수화이다. 문인화는 사물의 형상을 묘사하는 데 중점을 두는 것이 아니라 그리는 사람의 마음을 표현하는 데 중점을 둔다. 더욱이 〈세한도〉는 추사 김정희가 제주도 유배지에서 제자 이상적을 위해 그린 그림이다. 따라서 〈세한도〉는 눈으로 읽는 것이 아니라 가슴으로 읽게 마련이다.

조선시대 문인화의 대표적인 작품으로 자리매김하고 있는 대한민국 국보 제180호 〈세한도〉는 헌종 10년(1844) 6월, 추사가 제주도 유배 생활 5년 차 되던 해에 제자 이상적(역관)의 변함없는 절개에 보답하기 위해 그린 그림이다. 평소 추사를 흠모했던 이상적이 추사에게 희망의 호흡을 불어넣어주었다. 이상적은 당시 조선의 대표적인 역관으로 청나라에 다녀올 때마다 서적을 구입하여 제주도로 보냈다. 그리고 추사는 유배 생활 10년 동안 오로지 이상적이 보내준 책을 읽는 것이 유일한 희망이었다. 뿐만 아니라 〈세한도〉는 학문과 예술의 경지를 뛰어넘어 추사의 일생과 당대의 정치 현실을 말해준다. 그러니까 〈세한도〉는 추사와 이상적의 너무나 인간적인 감동과 격동의 시대를 담은 대하소설에 다름 아니다. 〈세한도〉에는 추사 가문과 영조, 정조, 순조, 효종, 헌종 등 5대에 걸친 역사가 있고 또한 순조, 효종, 헌종 등 3대에 걸쳐 조선을 좌지우지한 안동 김씨 가문의 권력과 추사 가문의 몰락을 풀어볼 수 있기 때문이다. 추사 가문은 영조 3년부터 왕실과 인연을 맺게 되었고 그것은 훗날 권력의 화신 안동 김씨 김조순에 의해 가문이 몰락하는 불행의 단초가 되었다.

또한 〈세한도〉는 추사의 일생 가운데 가장 고통스러운 절대고독의 시절을 통해 탄생하여 추사의 일생만큼이나 우여곡절을 거친 끝에 우리에게 돌아왔다. 추사로부터 〈세한도〉를 선물 받은 이상적은 추사가 사망한 지 9년 후인 1865년에 세상을 떴다. 그 후 〈세한도〉는 어디론가 자취를 감추었다가 50여 년이 지난 다음에야 모습을 드러냈다. 이상적의 제자 김병선(역관)의 아들 김준학이 소장하고 있었다. 김준학에 따르면 〈세한도〉는 이상적으로부터 그의 아버지 김병선에게 전해졌다고 한다. 김병선은 이상적의 뒤를 이은 역관이었다.

그리고 〈세한도〉는 다시 수십 년을 유전하다가 1930년대에 경성제대 교수인 후지쓰카 지카시에게 넘어가 있었다. 일본인 후지쓰카는 추사를 연구하면서 추사와 관련된 많은 자료를 수집한 인물이었다. 그리고 2차 세계대전의 막바지에서 일본이 패망할 무렵 후지쓰카는 〈세한도〉를 안고 일본으로 떠나버리고 말았다. 1944년 여름, 손재형이 후지쓰카를 찾아 일본으로 건너가 무려 6개월 동안 후지쓰카를 설득한 끝에 〈세한도〉를 넘겨받을 수 있었다. 장기간 일본에 체류하면서 후지쓰카를 조른 손재형의 끈질긴 노력과 후지쓰카의 배려로 〈세한도〉는 그렇게 살아남아 모국으로 돌아왔다.

모국으로 돌아온 〈세한도〉는 또다시 유전을 거듭하게 되는데 손재형에서 이근태로 옮겨졌다가 다시 미술품 수집가 손세기를 거쳐 그의 아들 손창근에게 정착되었다.

김정희(59세에 제주도 유배지에서 그림) → 이상적(역관) → 김병선(역관) → 김준학(김병선의 아들) → 민영휘(일제강점기 평양감사, 구한말 조선의 최대 갑부) → 민규식(민영휘의 아들) → 후지쓰카 지카시(일제강점기 경성제대 교수) → 손재형(서예가) → 이근태(고서화 수집가) → 손세기(고서화 수집가) → 손창근(손세기의 아들)으로 이어져 1974년 대한민국 국보 제180호로 지정되었다. 그리고 손창근이 지금까지 진본을 소장해오다가 2020년 12월 8일 〈세한도〉 진본을 국가에 기증했다. 진품이 국민의 품에 안긴 것은 놀라운 사실이다. 진품이 기증되기까지 그동안 우리가 보아왔던 〈세한도〉는 모두(중앙박물관이든 제주도 적거지이든) 후지쓰카가 영인한 영인본이었다.

그런데 추사 김정희가 우선 이상적을 만나지 않았다면 과연 〈세한도〉가 탄생했을까? 〈세한도〉는 그림을 그리자고 그린 것이 아니라 인간과 인간 사이의 고귀한 절개와 숭고한 지조를 그려낸 것이기 때문이다. 그러므로 추사를 알아본 이상적의 정신을 또한 높이 사야 할 것이다. 그리고 손재형이 아니었다면 〈세한도〉가 세상에 존재할 수 있었을까? 전시 중 일본에는 연합군의 포격이 시작되었고, 자칫 잿더미로 변할 위기에서 보물을 건져낸 손재형의 집념에도 아낌없는 찬사를 보내야 마땅하다. 뿐만 아니라 손재형에게 선뜻 〈세한도〉를 내어준 일본인 후지쓰카의 인품도 높이 사야 한다. 따라서 이 글에서는 추사가 불멸의 명작 〈세한도〉의 탄생 과정과 조선 제일의 문경를 자랑하는 〈세한도〉가 왜 국보인지, 그리고 〈세한도〉의 유전과 손재형이 일본에서 그림을 구해낸 과정을 살펴보기로 한다. 아울러 시인들이 쓴 〈세한도〉의 시를 살펴보는 것도 유의미한 일이라 할 것이다.

2. 조선 왕실과 추사 가문, 그리고 추사의 운명

조선은 정조가 죽고 성리학의 쇠퇴와 함께 북학(고증학)에 대한 유행이 가속화되기에 이르렀다. 문물과 학문이 조선보다 앞선 청나라를 여행하는 것이 당시 지식의 필수였으며 진보의 첩경이었다. 따라서 연행(청나라 여행)을 통한 북학의 수용은 19세기를 특징 짓는 가장 명확한 표현으로 등장한다. 그러나 대부분 조선의 지식인들은 청의 문물과 학예에 무관심하거나 기피하는 편이었고, 추사 김정희(1786~1856)는 연행과 북학의 시대 19세기를 상징하는 인물로 부상했다.

김정희는 청나라 학문과 문화에 대한 이해를 바탕으로 시(詩)·서(書)·화(畵)에서부터 감상(골동품과 서화), 금석학, 경학, 고증학에 이르기까지 이전과 전혀 다른 차원에서 자신만의 경지를 구축해나가기 시작했다. 결국 김정희는 그 누구도 흉내 낼 수 없고 따라잡을 수 없는 조선 학예(學藝)의 관문으로서 북학의 종장으로 군림하게 된다. 추사가 그 정도의 학예를 성취하기까지는 끊임없는 미래지향적인 추구와 청의 학문과 예술에 대한 남다른 정보력을 확보한 탓이었다.

그러나 천재라는 인식과 달리 추사는 어려서 부친(김노경)으로부터 꾸중을 많이 들으며 자란 아이였다. 추사는 과거 응시에 흥미가 없었기 때문이다. 소년 시절부터 과거 공부보다는 글씨와 그림, 노자의 『도덕경』 등 과거시험 공부와 먼 것에 관심을 쏟으면서 청나라에서 유행하는 학문에 빠져들었다. 청나라의 대석학 옹방강(翁方綱)을 흠모했다. 그러다가 24세에야 생원시에 합격한다. 남들보다 늦게 진사가 된 뒤에도 중국의 지성들이 떠받드는 대석학 옹방강을 흠모한 추사는 옹방강을 만나겠다는 꿈에 부풀어 있었다. 너무나 사모한 나머지 꿈속에서 옹방강을 만나보기도 했다고 전하는데, 옹방강의 글씨를 모아 방 안 가득히 쌓아놓고 당호(서재)를 보담재(寶覃齋)라고 지었다. 보담재는 옹방강의 서재 당호인 소재(蘇齋) 또는 보소재(寶蘇齋)에서 딴 것이다.

추사는 드디어 꿈에 그리던 옹방강을 만나게 된다. 아버지 김노경이 연경에 가게 되자 따라나섰던 것인데, 연경에서 추사는 당대에 빛나는 문인들(조강(曹江) 서송(徐松), 주학년(朱鶴年), 이임송(李林松))과 만난다. 그리고 또 한 사람 존경하는 인물인 완원(阮元, 추사의 또 다른 호 '완당'은 '완원'에서 딴 것임)을 만나 가르침을 받기도 했다. 그런데 정작 옹방강은 좀처럼 만날 수가 없었다. 청나라의 최고 엘리트 지식인들이 흠모하는 78세 노인 옹방강은 아무나 만나주지 않았기 때문이다. 부친 김노경이 나서서 힘을 쓴 다음에야 겨우 옹방강의 서재인 소재를 찾아갈 수 있었다. 소재에 들어선 추사는 옹방강이 소장하고 있는 중국 천하 제일가는 진귀한 서화에 전율하는 감동을 받으면서 마음껏 그것들을 정신세계에 흡수해버렸다. 그리고 옹방강으로부터 경학을 배우면서 스승과 제자의 인연을 맺게 된다.

연행은 고작 2개월이었으나 그 2개월이 추사의 평생을 좌우하는 계기가 되었다. 추사는 옹방강과 서신으로 사제관계를 지속해갔다. 어린 시절부터 10여 년간 옹강방의 글과 서화를 모아놓고 공부했던 것을, 이제는 중국 대석학의 지도를 직접 받게 된 것이다. 꿈은 이루어졌고 옹방강에게 다시 10년 동안 서신으로 배우면서 그의 학문 세계는 꽃피우게 된다.

그러나 안타깝게도 옹방강은 1818년 3월에 죽어 부음이 날아든다. 옹방강의 중국 제자 섭지선이 가장 먼저 추사에게 부음을 알린 것이다. 섭지선의 편지에 의하면, 옹방강이 죽기 얼마 전에 추사의 편지를 학수고대 기다렸으며 편지를 받고 좋아서 어쩔 줄 몰라 하면서 학문을 논한 글을 써서 보

존재와 사유

내려고 했는데 그만 보내지 못한 채 세상을 떠났다는 것이다. 그리고 추사는 옹방강이 죽은 다음 해에야 비로소 과거를 보고 대과에 합격한다.(1819.4) 옹방강의 가르침을 받고 싶어 그동안 과거를 미뤄둔 것이었고 대과 역시 남들보다 늦은 편이었다.

추사는 남들보다 늦게 대과를 보았으나 출세길은 남들보다 빨랐다. 가문 중심주의인 조선 사회는 대과에 합격했다 하더라도 가문에 따라 보직이 내려진 탓이었다. 추사 가문은 왕실과 인연을 맺은 가문이었다. 추사의 증조할아버지 김흥경은 영조 3년에 영의정으로 있었다. 김흥경은 아들 넷을 두었고, 4남 김한신이 영조의 둘째 딸 화순옹주와 혼인하여 월성위에 봉해졌다. 가문이 명실상부 왕실의 일원이 된 것이다. 그러나 김한신은 36세에 요절하게 되고, 남편을 잃은 화순옹주도 슬픔을 못 이겨 식음을 전폐하다가 14일 만에 죽고 말았다. 두 사람에겐 대를 이을 아들이 없었다.

따라서 김흥경의 3남 김이주가 두 사람의 제사를 받들기로 한다. 김이주는 추사의 할아버지이다. 김이주에게도 아들 넷이 있었다. 김이주가 늙자 큰아들 김노영이 월성위 부부 제사를 이어받아야 하는데 장남 김노영에게도 아들이 없었다. 다행히 김이주의 4남 김노경에게는 양자로 줄 아들이 있었다. 김노경은 추사의 부친으로, 아들 김정희를 주기로 한다. 김정희는 4세에 월성위 부부의 제사를 모시기 위해 백부 김노영에게 입적되기에 이른다. 이런 내력으로 왕실과 인연을 맺게 된 추사 가문은 추사 부자(父子) 대에 이르러 왕실 외척 안동 김씨 세력으로부터 고난을 당하게 된다.

정조가 죽고(1800) 11세의 어린 순조가 뒤를 이었다. 영조의 계비 정순왕후가 3년 동안 수렴청정을 한 끝에 순조의 친정이 시작된다. 그리고 아직 순조가 어린 탓에 순조의 장인 안동 김씨 김조순이 권력을 쥐게 된다. 순조는 안동 김씨 권력다툼에 지쳐 보위 27년 만에 효명세자에게 국정을 넘기게 되고(1827) 효명은 김조순을 밀어내고 김로, 이인부, 김노경(김정희 부친) 등을 정치권 핵심부로 끌어들였다. 물론 김정희도 효명의 측근으로 부상했다. 그런데 불행하게도 효명세자가 대리청정을 한 지 3년 만에 요절하자(1830) 김조순이 다시 순조를 앞세워 효명세자 측근들을 제거하기 시작하면서(효명이 죽은 이유를 비화시켜서) 김노경도 고금도로 유배를 가게 된다. 효명세자가 병석에서 마신 약에 대한 책임을 덮어씌운 것이다. 그 후 순조도 죽고 헌종이 보위에 올랐다.

헌종도 나이가 어려 이번엔 순조의 비 순원왕후가 수렴청정을 맡게 되었다. 순원왕후는 김조순의 딸이다. 이쯤에서부터 김정희를 죽이는 음모가 시작된다. 순조 때 상소를 올린 윤상도란 사람이 있었다. 옳지 못한 일을 한 인사를 상소한다지만 상소문이 임금을 능멸할 정도로 너무 워색적이라(음탕하다거나 여색을 즐긴다거나 등등의 상스러운 말투 일색) 순조가 불쾌감을 감추지 못해 몹시 역정을 낸 적이 있었다. 그런데 그 상소문을 김정희가 쓴 것으로 몰아붙이기 시작했다.

안동 김씨 김조순 일파가 왕실의 일원인 김노경을 제거하고 또다시 김정희를 제거하기 위한 모략을 꾸민 것이다. 김정희는 국문장에서 죽을 만큼 고문을 당면서도 끝까지 굴복하지 않았다. 고문을 받고 사형에 처해질 위기에서 다행히 목숨을 건져(우의정 조인영의 상소로) 제주도로 위리안치 유배를 가게 되었다. 안치(安置)는 귀양지에서 거주의 제한을 받는 것으로 왕족이나 고위관리에게 내리는 무거운 형벌이었다. 안치에는 본향안치(本鄕安置), 사장안치(私藏安置), 자원처안치(自願處安置), 절도안치(絶島安置), 위리안치(圍籬安置) 순으로 이어지는데, 위리안치는 담장과 출입문에도 가시 울타리를 쳐서 외부인과 접촉을 철저하게 막는 가장 무거운 형벌이었다. 안치되는 곳은 일정하지는 않으나 주로 절해고도였다. 당시 김정희는 종2품 형조 참판이었고 나이는 55세였다.

추사는 제주도로 유배(1840~1851)되었지만 곧 상경할 것으로 믿었다. 그에게는 친구 김유근과 권돈인이 있었고, 세 사람은 하루만 못 봐도 실성할 정도로 죽마고우였다. 그리고 김유근은 날아가는 새도 떨어뜨린다는 권세를 가진 안동 김씨 가문의 중심 인물이었다. 따지고 보면 추사를 제거하는 데 늘 골몰하고 있었던 안동 김씨 가문은 김정희와는 정적이었다. 그러나 이들은 정치적인 입장을 배제하고 고금의 역사를 담론하거나 서화에 대한 품평을 하면서 우정을 교유했다. 어쩌다 셋 중에 누군가 일이 생겨 만나지 못할 때는 옛 그림 여백에 세 사람이 나란히 찍어놓은 인장(독서를 하다 밑줄을 긋듯, 옛날에는 그림을 감상하면서 마음에 들면 자신의 인장을 찍었다.)을 대하면서 얼굴을 대신했다.

안동 김씨 김유근은 정치적으로 큰 힘을 가지고 있었으므로 추사를 도와줄 수 있었고 모두 그렇게 믿었다. 그런데 추사가 유배를 떠난 다음 해에 김유근이 세상을 뜨고 말았다. 불운은 계속되었다. 김유근이 죽고 2년 뒤 부인이 병사했다는 소식이 날아들었다. 유배지에서도 병중인 부인을 염려하던 추사는 절망의 수렁으로 빠져들게 되었고, 부인에 대한 그의 애절한 편지는 추사가 얼마나 시대를 앞서가는 사람이었는가를 보여준다.

> 아, 나는 형벌을 받을 때도 제주도에 유배되었을 때도 마음이 흔들리지 않았는데 이제 부인의 상을 당해서는 놀라움에 어찌할 바를 모르고 …(중략)… 아, 모든 사람이 다 죽게 마련이지만 부인만은 죽어서는 안 되는 일이었습니다. 죽어서는 안 되는데 죽었으니 죽어서 지극한 슬픔을 머금고 기막힌 원한을 품어서 뿜어내면 무지개가 되고 맺히면 우박이 되어 족히 지아비의 마음을 뒤흔들 수 있는 것이 형벌보다도 유배보다도 더욱더 심했던 게 아니겠습니까. …(중략)… 나는 잊을 수 없습니다. 예전에 나는 장난삼아 "부인이 죽는다면 내가 먼저 죽는 게 낫지 않겠소? 하고 말했더니 부인은 이 말이 내 입에서 나오자 크게 놀라 곧장 귀를 가리고 멀리 달아나서 들으려고 하지 않았습니다. 내가 한 말은 참으로 이 세상 부인들이 크게 꺼리는 것이지만 그 실상을 따져보면 이와 같으니 내 말이 다 농담에서만 나온 것은 아니었습니다. 지금 끝내 부인이 먼저 죽고 말았으니 무엇이 유쾌

하고 만족하여 나로 하여금 두 눈을 빤히 뜨고 홀로 살게 한단 말입니까.
푸른 바다와 같이 긴 하늘과 같이 나의 한은 끝이 없습니다"[1]

3. 제자 이상적을 위한 〈세한도〉

바다 건너 멀고 먼 유배지에서 철석같이 믿었던 친구 김유근에 이어 아내까지 죽었다는 소식을 들은 추사는 희망이 없었다. 한편 정적들은 추사에게 사약을 내릴 여러 가지 방법을 연구하면서 그를 괴롭히자, 친구들도 소식을 끊어버렸다.(초의 선사와 여항지식인들이 어쩌다 바다를 건너 찾아줄 뿐.) 더 이상 희망할 게 없는 유배지의 고독한 추사에게 우선(藕船) 이상적(1805~1865)은 호흡의 출구였다. 이상적은 추사가 유배를 떠나기 전부터 연경으로 사행(使行)을 갈 때마다 부지런히 서적을 구입하여 보내주는 것을 잊지 않았다. 구하기 어려운 책일수록 무슨 수를 써서라도 구해다 주었고 중국 문인들 소식과 학예 소식도 낱낱이 전해주었다. 이상적은 추사에게 연경 정보통이었고 메마른 호수에 물을 대주는 수문장인 셈이었다.

고통스러운 나날을 이상적이 보내준 책으로 견디어가던 어느 날 추사는 붓을 들고 『논어』 자한편의 "세한연후지송백지후조(歲寒然後知松栢之後彫)"를 떠올린다. 세한연후지송백지후조는 겨울이 되어서야 소나무와 잣나무가 시들지 않고 항상 푸르다는 것을 알게 된다는 내용이다. 추사는 이상적이야말로 공자가 말한 송백(松柏) 같은 사람이라고 생각하며 종이에 집 한 채를 그리고 집 마당에 아주 늙은 노송 한 그루와 조금 덜 늙은 노송을 나란히 그렸다. 그리고 집 뒤편으로 잣나무(잣나무로 보이는) 두 그루를 그렸다. 집은 약간 기역자 모양이고 둥근 봉창을 냈다. 아주 늙은 노송은 몸통 중앙이 허물어져 있고 두 갈래로 갈라진 굵은 가지 하나가 심하게 구부러져 있다.

---

1   김정희, 『阮堂先生全集』 권 7, 「夫人禮安李氏哀逝文」.

존재와 사유

나무 네 그루 모두 잎이 몹시 궁색하다. 전체적으로 그림의 여백은 눈발에 휩싸인 듯 황량하고 싸늘하고 암담하고 끝이 보이지 않는다. 그림은 그렇게 황량함의 극치를 이루는데, 그곳에서 인장의 붉은 선이 오롯이 빛나고 있다. 인장은 '정희(正喜)', '완당(阮堂)', '추사(秋史)', '장무상망(長毋相忘)' 등 김정희의 호가 사방 상하로 찍혀 있다. 추사는 한국의 인장 역사에서도 선각자적인 획을 그은 인물이다. 추사에게 있어 인장은 서화 감상과 창작의 가장 중요한 핵심이었다. 〈세한도〉 상단에 자신의 이름 정희(正喜)를 첫 번째로 찍고 그다음 완당, 추사를 찍고 오른쪽 하단에는 장무상망을 찍었다. 김정희는 100개가 넘는 호를 가졌고, 호가 너무 많아 백호당(百號堂)이라고 불렀다. 그 가운데 완당과 추사가 가장 많이 알려져 있는데 완당은 추사가 연경에서 완원(阮元)을 만나 그의 가르침을 받고 그에 대한 존경심에서 완당이라는 편액을 걸었다고 전하므로 완당은 호라기보다는 집의 이름인 당호(堂號)라고 해야 옳다.

그런데 우리에게 익숙한 정희, 완당, 추사와 달리 '장무상망'은 또 다른 의미를 지니고 있다. 이것은 2천 년 전 중국 한(漢)나라 때 막새기와에 나타나 있는 명문(銘文)으로 '오래도록 서로 잊지 말자'는 언약'이다. 따라서 금석학의 대가인 추사와 역시 금석학에 조예가 깊은 이상적의 아름다운 통합이라고 할 수 있다. 그러니까 추사는 이상적과 오래도록 서로 잊지 말자는 언약을 한 것이다.

〈세한도〉 한 폭은 세 장의 종이를 붙여 그렸다. 그리고 다시 한 장을 덧붙여 이상적에게 일종의 편지글 같은 글을 쓰고는 마지막에 '고맙네 우선!'이라고 끝을 맺었다. 상당히 긴 편지글에는 그림을 그리게 된 연유를 설명해 놓았다. 이것을 서문(序文) 또는 제사(題辭, 시문이나 서화에 그것을 지은 이유를 밝힌 글)라고도 하는데 후세들이 이것을 풀이하면서 여러 가지 제목을 붙였다. 1868년 처음 발표된 『완당집』에서 「여이지사상적서」라고 했다. 지사(知事) 이상적에게 보낸 편지라는 의미이다. 1934년에 간행된 『완당선생집』에서는 「여이우선상적」이라는 제목을 붙였다. 역시 편지로 인식한 것이다. 그러나 그 후에도 이 글에 대한 적절한 제목은 똑부러지게 결론을 내리지 못한 채 서문과 제사에서 오락가락했는데, 추사가 그림에 붙인 내용은 다음과 같다.

그대는 지난해에 『만학집(晚學集)』과 『대운산방문고(大雲山房文藁)』를 보내주더니 올해에는 하장령의 『경세문편(經世文編)』을 보내왔다. 이들은 모두 세상에 늘 있는 게 아니고 천만 리 먼 곳에서 구입해온 것들이다. 여러 해를 걸려 입수한 것으로 단번에 구할 수 있는 책들이 아니다. 게다가 세상의 풍조는 오직 권세와 이권만을 좇는데 그 책들을 구하기 위해 이렇게 심력을 쏟았으면서도 권세가 있거나 이권이 생기는 사람에게 보내지 않고 바다 밖 별 볼 일 없는 사람에게 보내면서도 마치 다른 사람들이 권세나 이권을 좇는 것처럼 하였다. 태사공(太史公)은 권세나 이권 때문에 어울리게 된 사람들은 권세나 이권이 떨어지면 만나지 않게 된다고 하였다. 그대 역시 세상의 이런 풍조 속의 한 사람인데 초연히 권세나 이권의 테두리를 벗어나 권세나 이권으로 나를 대하지 않았단 말인가? 태사공의 말이 틀렸단 말인가? …(중략)… 아, 서한시내처럼 풍속이 순박한 시절에 살았던 급암(汲)이나 정당시(鄭當時) 같이 훌륭한 사람들의 경우에도 권세에 따라 찾아오는 손님이 많아지기도 하고 줄어들기도 하였다. 하비 사람 적공(翟公)이 문에 방문을 써서 붙인 일은 절박함의 극치라 할 것이다. 슬프구나, 완당노인이 쓴다. 고맙네 우선!

이상적의 호가 우선(藕船)이다. 대대로 역관을 이어온 가문에서 태어나 조선을 대표한 역관을 지냈다. 23세에 한학(漢學, 중국학문)으로 역과에 합격하여 12차례나 청나라 연경을 왕래하면서 저명한 오승량 등 중국을 대표한 문인들과 두터운 인맥을 형성했다. 우선은 학예가 뛰어나 일반 역관들과는 달리 연경의 문인들로부터 인정받는 시인이었다. 중국에서 시문집까지 낼 정도였고 중국 문인들로부터 존경과 찬사를 받았다. 그의 시는 섬세하고 화려한 것이 특징이었고 헌종도 즐겨 애송했다. 그래서 문집을 『은송당집(恩誦堂集, 임금이 자신의 시를 읊어준 것을 자랑스럽게 여긴다는 의미)』이라고 이름 붙였다. 고완, 묵적, 금석에도 조예가 깊었다. 그런 이상적의 연경 인맥은 그 누구도 넘볼 수 없는 것이었다. 중국 문인들과 수십 년 동안 주고받은 편지를 모은 『해린척소(海隣尺素)』는 그의 위상을 말해준다. 후일 이상적이 갖고 있는 연경의 인맥과 학예의 모든 것은 고스란히 제주도에서 유배를 살고 있는 추사에게 흘러들어가 고독한 추사를 구축해준다.(우선은 나중에 온양군수를 거쳐 지중추부사에 이르렀다.)

『만학집(晩學集)』과 『대운산방문고(大雲山房文藁)』, 하장령의 『경세문편(經世文編)』은 그 수량이 백여 권에 이르는데 수레로 바리바리 실어 날랐을 것으로 추측한다. 추사가 보낸 편지글에서(일단 편지글로 보고) "그대 역시 세상의 이런 풍조 속의 한 사람인데 초연히 권세나 이권의 테두리를 벗어나 권세나 이권으로 나를 대하지 않았단 말인가? 태사공(사마천)의 말이 틀렸단 말인가?"라는 대목은 과연 압권이다. 태사공(사마천)의 『사기』에 나온 고사를 말한 것인데, 어떻게 당신 같은 사람이 있을 수 있느냐는 감탄으로, 추사가 이상적의 의리에 대한 감동의 극치를 나타내고 있는 부분이다. 그리고 말미에 "슬프구나"라는 탄식은 하비 사람 적공의 말을 인용한 것이다. 적공이 정위라는 높은 벼슬을 받자 찾아오는 사람으로 문을 메울 지경이었다. 벼슬을 잃자 발길이 뚝 끊어지고 말았다. 다시 벼슬을 얻자 사람들이 몰려들었다. 적공이 문에다 "한 번 죽었다 살아나봐야 사귀는 정을 알게 되고 한 번 가난해졌다 부유해져봐야 사귀는 태도를 알게 된다는데 나는 한 번 귀해졌다 한 번 천해졌더니 사귀는 정이 드러났다. 급암(汲)과 정당시(鄭當時) 또한 그랬다 할 것이다. 슬프구나!"라고 써 붙여 세상인심을 개탄했다는 것을 가리킨 것이다.

〈세한도〉를 받은 이상적은 추사에게 다음과 같은 답문을 보냈다.

세한도 한 폭을 엎드려 읽으려니 저도 모르게 눈물이 흘러내립니다. 어찌 이렇게 분에 넘치는 칭찬을 하셨으며 감개가 절절하셨단 말씀입니까. 아, 제가 어떤 사람이기에 권세나 이권을 좇지 않고 스스로 초연히 세상의 풍조에서 벗어나겠습니까. 다만 보잘것없는 제 마음이 스스로 그만둘 수 없어 그런 것이었을 뿐입니다. 더욱이 이런 책은 마치 문신을 새긴 야만인이 선비들의 징보관(草甫冠)을 쓴 것과 같아서 변덕이 죽 끓듯 하는 정치판에 있는 사람들에게는 적합하지 않으므로 저절로 청량(淸凉) 세계에 있는 사람에게 돌아가기 마련입니다. 어찌 다른 의도가 있겠습니까. 이번에 이 그림을 가지고 연경에 들어가서 장황을 한 다음 친구들에게 구경을 시키고 제영을 부탁할까 합니다. 다만 걱정스러운 것은 그림을 구경한 사람들이 제가 정말로 속물에서 벗어나 권세와 이권의 밖에서 초연하다고 생각할까하는 것입니다. 어찌 부끄러운 일이 아니겠습니까. 당치 않은 일입니다. …
(하략)

희망이 없는 유배객 추사를 흠모하는 이상적에게서 학예를 생명처럼 아끼는 그의 인품을 이미 눈치챘거니와 인용한 위의 글만 보더라도 이상적이야말로 〈세한도〉를 그리게 하는 영감을 주기에 충분한 인물임을 알 수 있다. 추사에게 보낸 그런 책은 아무나 보는 것이 아니므로 마땅히 추사가 봐야 한다는 것이나, 어찌 자기가 권세와 잇속을 싫어하겠느냐는 역설은 추사를 감동시키고도 남는 말이다. 또한 추사가 그려준 〈세한도〉를 청나라 연경으로 가지고 가 그곳 지식인들에게 보여줄 것인데 그들이 자기를 속물에서 벗어난 사람으로 오해라도 할까 봐 걱정이라는 대목은 이상적의 겸손한 인품을 단적으로 말해주는 대목이다.

이상적은 〈세한도〉를 연경으로 가지고 가 장황(표구를 하거나 족자를 하는 등의 일)을 하여 친구들에게 보이고 제영(감상문)을 받겠다고 했다. 이상적이 연경에 들어가자 중국 친구들이 서로 연락을 취하여 모였다. 그들은 회포를 풀기 위해 잔치를 하기로 하고 1845년 1월 13일 오찬의 집에 17명이 모였다. 장악진, 오찬, 조진조, 반준기, 반희보, 반증위, 풍계분, 왕조, 조무견, 진경

용, 요복증, 주익지, 장수기, 장목, 장요손, 황질림, 오준 등이었고, 이들 모두가 〈세한도〉에 대한 제영을 시나 산문으로 썼다.

4. 추사의 학예일치와 〈세한도〉의 문경(門徑)

〈세한도〉는 대한민국 국보 제180호로 지정되어 있다. 그렇다면 '〈세한도〉는 왜 국보인가?' 라는 질문을 먼저 해볼 필요가 있다. 조선시대 문인화의 대표적인 작품으로 알려져 있는 〈세한도〉는 학문과 예술이 일치하는 학예일치를 보여준다. 여기에는 함부로 흉내 낼 수 없는 문경(門徑)이라는 경지가 흐른다. 문경이란 어떤 경지에 도달하기 위해 거치는 과정을 말한다. 즉 〈세한도〉에는 명나라 동기창으로부터 원나라 황공망, 예찬, 그리고 청나라 왕시민, 왕원기, 왕휘에 이르는 문경이 흐르는가 하면 역시 청나라 포산(浦山) 장경(張庚)의 문경이 흐른다. 추사는 특히 장경을 통해 중국 화론의 흐름을 섭렵하면서 산수화의 문경을 세워나갔다. 산수화의 대가 장경의 그림에는 원대 화가들의 풍모가 있고 그것이 〈세한도〉에 흐르고 있다는 평가를 받는다. 따라서 〈세한도〉는 명나라, 원나라, 청나라의 문경을 모두 흡수하고 있다는 결론에 이른다.

조선시대에 그림은 민간이나 궁중의 직업 화가들이 그린 그림과 문인들이 취미로 그린 그림으로 나뉘었다. 송나라 소식(소동파)은 문인이 그린 그림을 사인화(士人畵)라고 불렀고, 명나라 동기창은 문인화(文人畵)라고 불렀다. 문인화는 사물의 형상을 묘사하는 데 중점을 두기보다는 작가의 마음을 표현하는 데 중점을 두었다. 그림은 곧 시였다. 시라면 작가의 인품과 학식과 감정과 사상이 접목되기 마련이다. 그러므로 흔히 김정희의 세계를 '학예일치'라고 표현한다. 그런데 학예일치라는 말은 추사 이전에는 학문과 예술이 분리되어 있었다는 의미를 내포하고 있다.

그림에 대한 조선사회의 편견은 천박에 가까운 것이었다. 학문과 그림을 감히 대조할 것도 못 되지만 그림은 사람의 정신을 흐리게 하는 것, 즉 완물상지(玩物喪志, 좋아하는 것에 정신이 팔려 원대한 이상을 잃게 된다는 경멸조)로 취급했다. 그와 같은 인식 때문에 지식인들은 속으로는 서화 창작을 하고 싶어도 뛰어들 수도 없거니와 감상하고 느낌을 표현하는 것조차도 자유롭지 못했다. 조선사회는 18세기 후반부터 청나라 지식인들과 인적 교류가 넓게 이루어지면서 북학의 조류가 밀려들었음에도 재주를 억눌러 감추며 느낌에 대한 표현을 자제한 것이다.

추사는 그런 답답한 현실을 꼬집었고 청나라의 보편적인 학예일치를 강조했다. 추사에게 그림은 학문이었고 경학과 조금도 다를 바가 없었기 때문이다. 그는 학문의 최고 경지에 도달하는 것이 과연 무엇인지를 연구했다. 그것은 경학과 시, 서화를 비롯한 추사의 학문 전반에 걸쳐 있는 가장 중요한 방법론이었다. 훈고학에 있어서도 조선 대부분의 지식인들과 추사의 생각은 달랐다. 추사는 한나라의 경학을 높이 평가했고, 한나라의 유학자를 높이 받들어야 하며 그들의 훈고학을 열심히 배워야 한다고 주장했다. 조선은 당시 고증학이나 훈고학을 비판적인 시각으로 바라보았다. 청나라 지식인들이 훈고학에 매몰되어 경전보다 그것들을 앞세운다고 여긴 탓이었다.

추사가 훈고학을 열심히 배워야 한다고 주장한 것은 그것이 성인의 도를 향해 가는 문경(門徑)이라고 믿기 때문이다. 문경이란 어떤 경지에 도달하기 위해 거치는 과정을 말한 것이다. 예를 들어 추사는 시론에서 가장 높은 경지에 이른 시인으로 두보를 꼽았는데 두보의 시를 배우려면 당장 그의 흉내를 내는 게 아니라 먼저 청나라 대가들의 시를 배우고, 명나라로 거슬러 올라가 배우고, 원나라로 올라가 배운 다음 당나라 두보 시를 배워야 한다고 주장했다. 글씨에서도 문경을 강조했다. 왕희지의 글씨에 도달하려면 먼저 청나라 대가들의 서법을 익힌 다음 그들을 통해 명나라 것을 배우고 다시 원나라를 거쳐 당나라 왕희지의 것을 배워야 한다는 것이다.(추사가 한석봉이

존재와 사유

나 이광사 같은 조선의 대가들을 무시하는 발언을 한 배경에는 그런 생각이 깔려 있었다고 본다)

　문경을 주장한 추사의 생각은 현재 것을 소화하면서 과거로 올라가라는 주장이다. 현재 것에는 과거의 맥이 흐르고 있고, 그것을 따라 올라가다 보면 자기만의 세계를 구축할 수 있다는 것이다. 유명한 누군가의 것을 쫓는 아류가 아니라 자기만의 새로운 세계를 창조하라는 주문인데, 주지하다시피 추사체가 바로 그런 문경을 거쳐 완성된 글씨였다. 그림도 마찬가지였다. 추사는 그림에서 크게 두 가지에 관심을 갖고 있었다. 묵란화(수묵으로 그린 난)와 산수화였다. 이 두 분야에도 전혀 다른 문경을 설정해야 한다고 믿었다. 묵란은 묵란의 문경이 있어야 하고, 산수화는 산수화의 문경이 있어야 한다는 것인데 〈세한도〉는 산수화의 연장선상에 있다.

　추사는 옹방강에게 시와 글씨와 경학을 배웠고 그림은 배우지 않았다. 옹방강의 시문집 『복초재시집』에 그림을 읊은 시가 많이 등장하지만 그림에 대한 이론은 없었던 탓이다. 대신 옹방강 주변 사람들인 주학년, 장심, 주위필 등과 그림을 주고받으면서 영향을 받았고, 그들을 통해 청대 화단의 흐름을 이해할 수 있었다. 그중에는 옹방강의 제자 섭지선이 보내준 『백운산초화고』라는 화집이 있었는데, 그것은 청나라 건륭시대 왕잠이 원나라 때 필법을 모방하여 그린 화첩으로, 추사는 이것으로 원나라 화법의 기초를 닦게 되었다.

　정작 추사가 그림에 대한 문경을 찾은 것은 포산(浦山) 장경(張庚)이라는 인물이었다. 추사는 비로소 장경을 통해 중국 화론의 흐름을 섭렵하면서 산수화의 문경을 세워나갈 수 있었다. 산수화 대가 장경의 그림에는 원대 화가들의 풍모가 있었다. 그런데 결정적인 것은 장경이 가지고 있는 『국조화징록』이었다. 청대화가들의 전기집인 문제의 책 『국조화징록』에는 청나라 초기부터 건륭 연간에 이르기까지 활동한 무려 450명의 화가들에 대한 전기가 들어 있었다. 이것을 통해 추사는 중국 화단의 정보를 습득했고 추사의 화론을 정립하기에 이른 것이다.[2] 그렇게 장경을 통해『국조화징록』을 탐독하면서 빠져든 추사의 열정은 열화와 같은데 왕시민, 정수, 양지, 왕휘, 왕원기, 황정, 이선, 장종창, 금농, 석도제, 석보하 등의 화론에 찍힌 붉은 도장(지금으로 치면 밑줄 긋기)이 그것을 말해주고 있다. 장경과『국조화징록』에 대한 추사의 천착은 대하가 흐르듯 끝이 없고 그는 이를 바탕으로 산수화 문경의 길을 완성하게 된 것이다.

5. 〈세한도〉의 유전과 손재형(孫在馨)

『논어』자한편의 "歲寒然後知松栢之後彫(세한연후지송백지후조)"에서 제목을 딴 〈세한도〉는 문인화 중 산수화로 분류된다. 헌종 10년(1844) 6월, 추사가 제주도 유배 5년 차 되던 해에(당시 59세) 제자 우선 이상적의 변함없는 절개에 보답하기 위해 그렸다. 추사는 10여 년의 유배를 마치고 철종 2년(1851) 초에 풀려나 서울 강상(용산 한강변으로 추정)에서 서화를 가르치며 5년 정도를 살다가 1856년에 세상을 떠났다. 제자 우선은 추사보다 10년 정도 더 살다가 1865년에 죽었다.

그 후 〈세한도〉는 어디론가 자취를 감추었다가 50여 년이 지난 다음 1900년대에야 모습을 드러냈다. 이상적의 제자 김병선(역관)의 아들 김준학이 소장하고 있었다. 김준학에 따르면 〈세한도〉는 이상적으로부터 그의 제자 김병선에게 전해졌다. 김병선은 이상적의 뒤를 이어 조선의 대표적인 역관이 되어 청나라에 이름을 날린 인물이었다. 그리고 김병선의 아들 김준학의 출현은 〈세한도〉의 유전 과정에서 중요한 의미를 지닌다. 현재 〈세한도〉의 장황(두루마리 형) 상태가 김준학에서 완성된 것으로 보기 때문이다. 김준학은

---

2   현재 추사의 흔적이 남아 있는『국조화징록』은 2종이 전해오고 있다. 그중 하나는 표지에 추사가 예서체로 쓴 제첨과 기록이 남아 있다.

1914년 2월경에 두루마리 형태로 장황을 했고 그 후 〈세한도〉는 주인이 여러 번 바뀌면서 다시 자취를 감추었다가 1930년대에 가서야 경성제대 교수인 후지쓰카 지카시에게 넘어가 있음이 밝혀졌다. 일본인 후지쓰카는 추사를 연구하면서 추사와 관련된 많은 자료를 수집한 인물이었다. 추사의 일대기를 정리한 허영환은 저서 『영원한 묵향』을 통해 민규식(일제강점기 평양감사 민영휘의 아들)으로부터 후지쓰카가 입수했을 것이라고 보고 있다.

그리고 1943년, 김정희 작품의 수집가인 소전(素筌) 손재형(孫在馨)은 김정희의 〈세한도〉를 찾기 위해 후지쓰카를 만났다. 손재형은 원하는 대로 값을 줄 테니 〈세한도〉를 양도해달라고 사정했다. 후지쓰카는 거절했다. 그리고 2차 대전이 막바지로 접어들 무렵 후지쓰카는 일본으로 돌아갔다. 그때 〈세한도〉는 후지쓰카 품에 안겨 일본으로 떠났다. 1944년 여름, 손재형도 후지쓰카를 찾아 일본으로 갔다. 일본에 폭격이 시작되고 있었다. 후지쓰카는 노환으로 누워 있었다. 손재형은 문병 겸 날마다 그를 찾아가 〈세한도〉의 양도를 졸랐다. 소용없는 일이었다. 여름이 가고 가을도 가고 겨울이 왔다. 12월 어느 날 다시 손재형이 그를 찾아갔다. 후지쓰카는 마지못해 맏아들에게 이다음에 자신이 죽고 나면 〈세한도〉를 손재형에게 넘겨주라는 말을 했다. 손재형은 그 말을 믿을 수도 없거니와 도무지 포기할 수가 없어 자리를 뜨지 못한 채 간절한 눈빛으로 후지쓰카를 바라보았다.

손재형의 간절함에 감동된 후지쓰카가 결국 마음을 돌렸다. 후지쓰카는 선비가 아끼는 예술품을 값으로 따질 수 없는 일이므로 어떤 보상도 받지 않겠으니 잘 보존만 해달라[3]는 부탁을 하면서 〈세한도〉를 손재형에게 넘겨주었다. 손재형이 〈세한도〉를 넘겨받고 난 다음 3개월쯤 지났을 때 후지쓰카 가족들이 공습을 피해 집을 떠나 있던 사이에 폭격이 그 집을 불태워버렸다.(1945.3.10) 〈세한도〉 외에 후지쓰카가 지금까지 수집한 추사의 많은 자

---

3   유홍준, 『완당평전 1』, 학고재, 2002, 405~406쪽.

료들도 모두 불타버렸다. 포화 속에 목숨 걸고 일본으로 건너간 손재형의 끈질긴 노력과 후지쓰카의 배려로 〈세한도〉는 그렇게 살아남아 한국으로 돌아왔다.

천신만고 끝에 〈세한도〉를 찾아낸 손재형은 3년 이상 그 일을 아무에게도 발설하지 않았다. 그렇게 긴 시간 농안 숨 고르기를 한 다음 1949년 7월 정인보와 이시영(초대 부통령)에게 보이고 발문을 받았다. 그해 9월에는 오세창을 찾아갔다. 오세창은 역관 출신이었고 삼일만세운동 발기인 33인 중 한 사람이다. 서예와 전각에 조예가 깊었고 한국 미술사를 정리하는 데 족적을 남긴 인물이다. 손재형으로부터 〈세한도〉를 찾게 된 내력을 들은 오세창은 마치 황천의 친구를 일으켜 세워 악수를 하고 있는 듯하다고 감격하면서 "감탄하노라. 만일 생명보다 더 국보를 아끼는 선비가 아니었다면 어떻게 이런 일을 할 수 있겠는가. 잘하고 잘하였도다."라고 손재형의 노고를 극찬했다. 오세창은 몇 달 동안 〈세한도〉를 감상하고 난 후에 그 사연을 발문으로 남겼다.

그 후 〈세한도〉는 손재형에서 이근태로 옮겨졌다가 다시 미술품 수집가 손세기를 거쳐 그의 아들 손창근에게 정착되었다. 이와 같이 어렵게 모국으로 돌아온 〈세한도〉는 1974년 대한민국 국보 제180호로 지정되었고, 마지막 소장자 손창근이 국가에 기증(2020.12.8)함으로써 국민의 품에 안기게 되었다.

6. 시로 읽는 〈세한도〉

국내외를 막론하고 그림을 시로 풀어낸 경우는 많다. 반 고흐의 그림, 샤갈의 그림, 피카소의 그림, 뭉크의 그림, 그리고 한국의 화가 이중섭의 그림, 박수근의 그림 등 유명한 명화로 일컬어지는 그림을 시로 풀어낸 시인이 부지기수이다. 그러나 〈세한도〉의 경우와는 전혀 다른 양상을 띤다. 전자는 단지 그림에 대한 감상으로 시를 썼다면 〈세한도〉는 그림 이상의 의미를 함축하고 있기 때문이다.

또한 한국 비교문학계에서 시와 그림의 상관성에 관한 연구가 오래전부터 활발하게 진행되어왔다. 시와 그림의 비교 연구를 가능하게 하는 까닭은 그림을 주제로 하는 시 창작과 시집 출판이 활발한 탓이다. 지금까지 알려진 시인과 시를 살펴보면 문학과 비평사에서 나온 시집『반 고흐』,『이중섭』, 이승훈의『샤갈』, 박의상의『흔들리는 중심』, 최명숙의『천국보다 낯선』, 허영환의『붓 한 자루로 세상을 얻었구나』, 박희진의『문화재, 아아 우리 문화재』등이 있다. 그 외에도 수많은 시인들이 명화를 대상으로 시를 썼다.

그런데 이런 시집들은 하나의 개별 작품 제목을 표제로 채택한 것일 뿐, 〈세한도〉처럼 한 권의 책으로 엮어낼 만큼의 분량은 못 된다. 〈세한도〉에 대한 시는 현재까지 줄잡아 백수십 편이 넘으며(앞으로 또 얼마나 많은 시가 창작될 지는 미지수이다.), 〈세한도〉를 쓴 시인만 해도 백여 명에 이른다. 이미『시로 그린 세한도』(과천문화원, 2009)가 출판되었고 여기에는 53명의 시인이 쓴 〈세한도〉 시 63편이 수록되어 있다. 참여한 시인으로 이근배, 오세영, 서정춘, 유안진, 정희성, 조정권, 정호승, 황지우, 곽재구, 도종환 등이 이름을 올렸다. 이 글에서 채택한 작품은 8편이다. 과천문화원에서 펴낸『시로 그린 세한도』에 참여한 시인 가운데 유안진, 허영환, 허만하, 이근배, 유자효, 박현수, 박희진 등의 시를 선별했다. 그리고 필자(박정선)의「아, 세한도」를 곁들였다. 시인들이 〈세한도〉를 시로 풀어낸 것은 단순히 〈세한도〉가 국보급 그림이라는 것에 이유가 있는 것만이 아니다. 추사의 지고한 예술혼은 물론 고증학(북학의)에 대한 시대정신이 빚어낸 혼을 투영하자는 것이다.

서리 덮인 기러기 죽지로

그믐밤을 떠돌던 방황도
오십령(五十嶺) 고개부터는
추사체로 뻗친 길이다
천명(天命)이 일러주는 세한행 그 길이다
누구의 눈물로도 죽지 않는 얼음장 길을
닳고 터진 앞발로
뜨겁게 녹여 가라신다
매웁고도 어린 향기 자오록한 꽃 진 흘려서
자욱자욱 붉게 뒤따르게 하라신다

                          ─ 유안진, 「세한도 가는 길」 전문

추운 겨울 당한 후에야
송백(松柏)의 푸르름을 알게 된다고
참솔가지 몇 개로 깨우쳐주는구나

어린아이 장난인가
귀양살이 울분인가
맵고 찬 절조(節操)를 표상한 것인가

비바람 눈보라 찬 세상을
유전(流轉)에 유전(流轉)을 거듭한 너
오늘도 참솔가지 몇 개로

썩은 세상을 후려지고 있구나

                          ─ 허영환, 「참솔가지 몇 개로」 전문

투명한 외로움처럼 수식으로 번득이는 산방산 서쪽 벼랑 쳐다보던 눈길로 용머리 해안에 서서 물마루 바라보기를 춘하추동 아홉 해 견디다 못한 지팡이가 앞서는 다시 나들이 길.

동짓달 새벽하늘에 반짝이는 서릿발 걷어 먹을 갈았네. 우선. 그립네.

존재와 사유

매운 바람 소리 달리는 내 마음 마른 풀잎 같은 먹물에 묻혀보았네. 세한도.
— 허만하, 「용머리 바닷가 바람 소리」 전문

뼈가 시리다/넋도 벗어나지 못하는/고도의 위리안치/찾는 사람 없으니/고여 있고/흐르지 않는/절대고독의 시간/원수 같은 사람 그립다/누굴 미워라도 해야 살겠다/무얼 찾아냈는지/까마귀 한 쌍이 진종일 울어/금부도사 행차가 당도할지 모르겠다/삶은 어차피/한바탕 꿈이라고 치부해도/귓가에 스치는 금관조복의 쓸림 소리/아내의 보드라운 살결 내음새/아이들의 자지러진 울음소리가/끝내 잊히지 않는 지독한 형벌/무슨 겨울이 눈도 없는가/내일 없는 적소에/무릎꿇고 앉으니/아직도 버리지 못했구나/질긴 목숨의 끈/소나무는 추위에 더욱 푸르니/붓을 들어 허망한 꿈을 그린다
— 유자효, 「세한도」 전문

1

바람이 세다/산방산(山房山) 너머로 바다가/몸을 틀며 기어오르고 있다/볕살이 잦아지는 들녘에/유채물감으로 번지는/해묵은 슬픔/어둠보다 깊은 고요를 깔고/노인은 북천을 향해 눈을 감는다/가시울타리의 세월이/저만치서 쓰러진다/바다가 불을 켠다

2

노인은 눈을 뜬다/낙뢰(落雷)처럼 타버린 빈 몸/한 자루 붓이 되어/송백의 푸른 뜻을 세운다/이 갈필(葛筆)의 울음을/큰 선비의 높은 꾸짖음을/산인들 어찌 가릴 수 있으랴/신의 손길이 와 닿은 듯/나무들이 일어서고/대정 앞바다의 물살로도/다 받아낼 수 없는/귀를 밝히는 소리가/빛으로 끓어 넘친다/노인의 눈빛이 새잎으로 돋는다
— 이근배, 「세한도－벼루읽기」 전문

소나무 두 그루와 잣나무 두 그루에/덩그런 집 한 칸/그것밖에 아무것도 보이지 않는 속에 역력히 어려 있는 추사의 신운(神韻)

권세에 아부하고/이익에 나부끼는 풍진 세상의/엎치락뒤치락도/절해(絶

海)의 고도(孤島) 이곳에는 못 미친다

　일년이 하루 같은 추사의 귀양살이/겨울의 매서움도/그의 가슴 안에서는 봄바람 일게 하고/시들 수 없는 기개를 드높일 뿐/추운 겨울에/소나무와 잣나무는 돋보이듯이/도저한 가난에/오히려 가멸(富)이 깃들듯이/보기만 해도 마음 흐뭇해지는/옷깃이 여며지는 추사의 얼굴/군살이라고는 한 군데도 안 남았다/머리카락도 모조리 빠졌건만

　백설의 나룻에/칠같이 빛나는 두 눈을 보라/조선의 빼어난 산수의 정기가/그에게 모여 광채(光彩)를 내는구나
— 박희진, 「세한도운(歲寒圖韻)」 전문

1

　어제는/나보다 더 보폭이 넓은 영혼을/따라다니다 꿈을 깼다/영원히 좁혀지지 않는 그 거리를/나는 눈물로 따라갔지만/어느새 홀로 빈들에 서고 말았다/어혈의 생각이 저리도/맑게 틔어오던 새벽에/헝크러진 삶을 쓸어 올리며 나는/첫닭처럼 잠을 깼다

　누군 핏속에서/푸르른 혈죽을 피웠다는데/나는/내 핏속에서 무엇을 피워낼 수 있나

2

　바람이 분다/가난할수록 더 흔들리는 집들/어디로 흐르는 강이길래/뼛속을 타며/삼백 예순의 마디마디를 이렇듯 저미는가/내게 어디/한적으로 쓸 반듯한/뼈 하나라도 있던가/끝도 없이 무너져/내리는 모래더미 같은 나는/스무 해 얕은 물가에서/빛 좋은 웃음 한 줌 건져내지 못하고/그 어디/빈 하늘만 서성대고 다니다/어느새/고적한 세한도의 구도 위에 서다/이제/내게 남은 일이란/시누대처럼/야위어가는 것
— 박현수, 「세한도」 전문

　아무것도 보이지 않아 오래도록 바라본다

밝아오는 새벽처럼 점점 보이는 세계
설한의 허공을 가르며 천천히 드러나는 선,
메마른 갈필(葛筆) 붓 끝을 따라 비어 있는 집 한 채와
나무 네 그루가 보인다

차갑게 얼어붙은 절망을 향해
푸른 깃발을 흔들어준 사람이 있었다
기척 없는 집 저 뻥 뚫린 봉창으로
더운 입김을 불어넣어준 사람
세상인심도 사랑도 안개와 같고 이슬 같은 것인데
아름답다, 우선(藕船)!

우선을 향해 붓을 든 추사,
처음으로 손끝을 떨었으리라
눈물 머금은 채
나뭇가지에 듬성듬성 솔잎을 다는 손,
임금을 향한 것보다 더 떨었으리라
소나무,
한창 피는 봄, 여름에야 무엇이나 푸른 것
소나무 가지에 솔잎이 무성해서는
우선(藕船)이 아니다

추사 평생의 목마른 결정체
세한도 말씀하신다
어딜 가나 소나무야 노상 있는 거라고
세한도 말씀하신다
소나무 아무 때(時)나 없는 거라고
한겨울 잎 푸른 나무 네 그루
설한의 바람 속에 잘도 서 있다

　　　　　　　　　　　　　　　— 박정선, 「아, 세한도」 전문

〈세한도〉에는 움직이 전혀 없다. 을씨년스러운 이미지에서 시인들은 불멸의 생명을 찾아내고 있는 것이다. 유안진, 허영환, 이홍섭, 허만하, 오세영, 신현정, 유자효, 송수권, 이근배, 박희진, 박현수, 박정선 등 12편의 시는 〈세한도〉를 가까이서 관찰한다. 유안진의 "서리 덮인 기러기 죽지로/캄캄한 그믐밤을 떠돌던 방향도/오십 고개령 고개부는/추사체로 뻗친 길이다"라는 것이나 "천명이 일러주는 세한행 그 길이다"라는 것이 인생 오십이면 지천명이라는 것과 맞아 떨어진다. 추사 나이 55세에 유배를 떠나 59세에 〈세한도〉를 그렸고, 추사 일생의 모든 것이 〈세한도〉라는 그림 하나로 표현되는 것을 말하고 있다. 그런 추사의 삶을 통해 화자는 맵지만 순수하고 어린 향기 어린 꽃진을 흘리면서 추사처럼 살고 싶은 새로운 길을 얻어낸다.

허영환의 시는 화자와 〈세한도〉의 일 대 일 대응이다. 〈세한도〉에 나타난 나무의 솔가지가 무척 빈궁하다. 한겨울에 솔가지가 무성할 리가 없기 때문이다. 첫 연 "추운 겨울 당한 후에야/송백(松柏)의 푸르름을 알게 된다고/참 솔가지 몇 개로 깨우쳐주는구나"는 고난 중에 추사 곁에 남아 있는 사람이 과연 몇이란 말인가, 라고 화자 스스로에게 묻고 있다. 갈수록 썩어가는 세상이기에 추사가 더욱 그립다는 심정을 묘사하고 있다.

허만하의 「용머리 바닷가 바람 소리」는 추사의 고독이 한겨울 얼음장처럼 가슴에 닿는다. "용머리 해안에 서서 물마루 바라보기를 춘하추동 아홉 해를 견디다 못해 지팡이가 앞서는 다시 나들이 길/동짓달 새벽하늘에 반짝이는 서릿발 걷어 먹을 갈았네. 우선, 그립네./매운 바람 소리 달리는 내 마음 마른 풀잎 같은 먹물에 묻혀 보았네"는 아픔이 가슴 깊숙이 저며 온다. 얼마나 그리웠을까. 가족이, 벗이 그리고 고마운 우선이. 그래서 먹을 갈았고 우선을 향해 〈세한도〉를 그린다. 마른 풀잎 같은 먹물은 갈필을 말한다. 먹물을 최소한으로 묻혀 마치 스치듯 그리는 〈세한도〉의 기법이다. 너무 그립고 고독한 절대고독이 진한 물감처럼 배어난다. 추운 겨울 중에서도 가

존재와 사유

장 엄동설한인 동짓달, 그것도 새벽하늘에 반짝이는 서릿발을 걷어 먹을 가는 건 목마른 그리움을 뼛속으로 느끼게 하고도 남는다. 그리고 "우선. 그립네./매운 바람 소리 달리는 내 마음 마른 풀잎 같은 먹물에 묻혀 보았네. 세한도."의 시구는 마치 연인을 그리워하는 그리움으로 배어든다. 추사의 편지를 받은 것 같은 착각에 빠져들게 한다.

유자효의 "까마귀 한 쌍이 진종일 울어/금부도사 행차가 당도할지 모르겠다", "귓가에 스치는 금관조복의 쓸림 소리"가 아프다. 까마귀는 불길한 징조를 상징하고 금부도사가 사약을 들고 올지도 모른다는 불안을 암시하고 있다. 그런 가운데서도 아침마다 등청하면서 입었던 금관조복 스치는 소리가 그리워진다. 원수 같은 사람도 그리운 위리안치, 흐르지 않는 절대고독의 시간은 한 시가 천년이라고 화자는 탄식한다.

이근배의 시 둘째 연 "낙뢰처럼 타버린 빈 몸/한 자루 붓이 되어/송백의 푸른 뜻을 세운다/이 갈필의 울음을/큰 선비의 높은 꾸짖음을/산인들 어찌 가릴 수 있으랴"는 마치 불덩이 낙뢰에 타버린 것처럼 추사는 자신의 모든 것을 불태웠고 한 자루 붓이 되어 송백의 푸른 뜻을 세웠다. 그리고 목마른 갈필의 울음으로 〈세한도〉에 살아 있어 주체성마저 잃고 사는 세상을 꾸짖음으로 다가온다. 그런 고고한 지조와 절개와 혼을 산인들 어찌 가릴 수 있겠는가. 첫 연의 "노인은 북천을 향해 눈을 감는다", 둘째 연 첫 행의 "노인은 눈을 뜬다" 그리고 둘째 연 마지막 행의 "노인의 눈빛이 새잎으로 돋는다"는 추사가 절망에서 모든 것을 끝내고 다시 소생하는 그의 영혼을 말해준다. 절망은 추사를 죽이지 못한 것이다.

박희진의 "도저한 가난에/오히려 가멸(富)이 깃들듯이/보기만 해도 마음 훈훈해지는"이라는 시행은 강한 패러독스이다. 그럴지도 모른다. 도저한 가난을 뛰어넘으면 오히려 훈훈해지는 경지에 도달할 수도 있으리라. 이것은 대상에 대한 화자의 안타까움이며 대상에 대한 화자의 연민이다. 마지막 연 "백설의 나룻에/칠같이 빛나는 두 눈"이 추사의 선비정신과 올곧은 절개를 뼛속 깊이 보여주고 있다.

　박현수의 작품 첫 연 중 "누군 핏속에서/푸르른 혈죽을 피웠다는데/나는/내 핏속에서 무엇을 피워낼 수 있나"와 둘째 연의 "내게 어디/한적으로 쓸 반듯한/뼈 하나라도 있던가/…(중략)… 어느새/고적한 세한도의 구도 위에 서다/이제/내게 남은 일이란/시누대처럼/야위어가는 것"이라고 끝을 맺는다. 지금까지 작품들이 시적 대상인 〈세한도〉와 거리가 무척 가까웠다면 박현수의 작품은 대상과의 거리가 먼 작품이다. 그래서 더 깊이 음미할 수 있고, 또 그 음미가 더 깊이 뼛속으로 스며들 수 있다. 화자는 앞으로 남은 일이란 시누대처럼 야위어가는 것이라고 했다. 시누대는 가는 대이다. 그리고 대는 절개의 꽃이다. 야위어가는 것은 자기를 다듬는 방법이며, 다듬어낸 결과이다. 또한 박현수 시인이 〈세한도〉를 대상으로 시를 창작한 것은 당연한 것이다. 즉 박현수가 〈세한도〉를 접한 이상 시를 쓰지 않고는 배겨낼 수 없다는 말이 되겠다. 신춘문예를 통과한 작품이라면 수백 명 가운데 찾아낸 보석일 뿐만 아니라 그의 시적 능력이 이를 말해주고 있다.

　박정선의 「아, 세한도」는 제자 이상적의 지고지순한 절개를 부각시켰다. 추사는 바다 건너 제주도에서 위리안치를 당했다. 그리고 제자 우선이 그에게 생기를 불어넣어주었다. 종종 진귀한 책을 부쳐준 것은 바로 추사의 호흡이었기 때문이다. 3연의 "우선을 향해 붓을 든 추사,/처음으로 손끝을 떨었으리라/눈물 머금은 채/나뭇가지에 듬성듬성 솔잎을 다는 손/임금을 향한 것보다 더 떨었으리라"에서처럼 추사는 제자 우선을 향해 붓을 들었을 때 뜨겁게 손을 떨었을 것이다. 떨림은 전혀 가식이 없는 순수 그 자체인 탓이다. 인간과 인간 사이에 천심이 통할 때 비로소 인간에게 떨림이 이는 탓이다. 〈세한도〉가 시인들 가슴을 울린 것도 다름 아닌 이 떨림 때문이다.

존재와 사유

7. 맺는말

  자크 브로스는 『나무의 신화』를 통해 나무에 대한 숭고미를 말하면서 나무는 인간의 신앙적인 대상이었다고 역설했다. 그만큼 나무와 인간은 원시부터 불가분의 관계를 맺으며 살아왔고 인간의 영혼과 나무는 직결되어 있었다. 그러나 도시화가 이루어지면서 인간이 산으로부터 멀어지게 되고 나무와도 멀어지게 되었다. 나무와 인간의 거리가 멀어지게 된 데는 도시의 광물적 현상이 그 자리를 차지한 탓이다. 따라서 근현대사회에서 나무는 예술을 통해 인간과 상징적으로 만난다. 나무는 물론 시로 표현되기도 하지만 주로 그림으로 그 형상을 보여주는 게 보편적이다. 그리고 조선시대 문인화의 대표적인 작품으로 평가받는 대한민국 국보 제180호 〈세한도〉는 우리나라 나무 그림 가운데 상징성이 가장 특별한 작품이다.

  〈세한도〉는 황량한 여백에 싸늘한 고독이 회오리친다. 집 앞마당에 우뚝 서 있는 두 그루 소나무는 세한을 견디느라 안간힘을 쓰고 있다. 한 그루 노송은 더 늙은 노송을 부축하듯 서 있다. 추사와 우선의 형상으로 짐작된다. 집 뒤편에 있는 잣나무 두 그루 역시 추사와 제자 우선이라고 생각할 수 있다. 오두막 같은 집에는 마치 숨구멍처럼 뻥 뚫려있는 둥근 봉창이 있다. 그곳을 통해 추사는 우선으로부터 부쳐오는 책과 연경 소식을 기다리는 것처럼 보인다. 우선은 청나라 지식인들 세계인 연경 소식까지 빼놓지 않고 전해주었기 때문이다.

  그러므로 〈세한도〉에는 피보다 진한 인간(김정희)과 인간(이상적)의 뜨거움이 녹아 있다. 또한 추사의 증조할아버지 대부터 왕실의 일원이 된 가문은 추사까지 4대째 내려와 몰락한 가문의 영락(榮落)이 대하처럼 흐르고 있다. 따라서 오세창이 손재형으로부터 발문을 써달라는 부탁을 받고 무려 석 달 동안이나 〈세한도〉를 바라보았던 것은, 〈세한도〉는 눈으로 보아서는 그 안에 함축되어 있는 인간의 이야기와 추사의 학문과 예술의 경지를 쉽사리 말할 수 없다는 것을 보여준다. 그러나 이 귀중한 국보는 손재형이 아니었다면 타국에서 자칫 잿더미가 될 뻔했다. 손재형의 줄기찬 노력에 감동하여 보물을 양도한 후지쓰카의 인품은 높이 살 만하다. 더욱이 후지쓰카는 1930년대 말경에 〈세한도〉를 그림 부분과 서문을 영인했으며 우리는 후지쓰카 덕에 지금까지 영인본을 손쉽게 감상할 수 있었나. 제주도 대정읍 적거지나 중앙박물관에 소장되어 있는 그림은 후지쓰카가 영인한 것이기 때문이다. 그리고 또 한 사람 마지막 소장자 손창근은 지금까지 소장해온 진본을 드디어 국가에 기증했다. 이제는 누구나 진본을 감상할 수 있는 기회를 마련해 준 것이다.

　대한민국 국보 제180호 〈세한도〉는 추사의 일생 가운데 가장 고통스러운 유배 시기에 탄생하여 추사의 일생만큼이나 어려운 유전 끝에 모국의 품으로 돌아왔다. 그야말로 〈세한도〉는 역경이 빚어낸 역경의 소산이다. 그러나 더욱 중요한 것은 〈세한도〉는 그림을 그리자고 그린 것이 아니라 인간과 인간 사이의 아름답고 숭고한 지조와 절개를 그려낸 것이라는 사실이다. 이것이 곧 〈세한도〉가 지니는 예술이 가치이며 불멸의 영혼성이다. 그러므로 추사 김정희는 〈세한도〉와 함께 영원히 부활한 것이다.

존재와 사유

사유의 결정체 몽테뉴의 『수상록』

— 몽테뉴론

1. 모럴리스트 몽테뉴의 사유 방법

몽테뉴의 『수상록』을 탐닉하지 않고서는 사유한다고 말할 수 없다. 또한 몽테뉴의 『수상록』을 애독하지 않고서는 에세이를 말할 수 없다. 불멸의 고전 『수상록』 작가 미셸 드 몽테뉴(Michel Eyquem de Montaigne, 1533~1592)는 16세기 이래 에세이의 비조(鼻祖)로 인식되어 있다. 1580년 처음 몽테뉴가 지금 우리가 알고 있는 『수상록』을 출간하면서 붙인 제목이 곧 '에세', 즉 에세이였다. 또한 '에세이'라는 말을 처음 사용한 사람도 몽테뉴였다. '에세'는 프랑스어로 '시험, 시도, 경험'을 의미하며[1] 자신의 책에 『에세』라는 제목을 붙인 것은, 다름 아닌 자신을 향해 스스로 질문을 던지면서 그 질문에 대한 사유를 담았다는 '집필의도'를 표현하기 위해서였다.

---

[1] 영어의 '에세이(assay)'는 프랑스어 '에세(essai)'가 어원이다. 프랑스어 '에세(essai)'는 시금(trials of metals: 광석을 분석하다), 시험(testing), 계획(attempt)의 의미를 가진 단어이며, 이 말은 '계량하다, 음미하다'의 뜻을 가진 라틴어의 엑시게레(exigere)에 그 어원을 두고 있는 프랑스어 'essa'에서 온 것이다.

몽테뉴는 심지어 "내가 이 책을 써도, 많은 사람들이 읽지도 않고 오래가지도 못할 것"이라고 했음에도(물론 겸손이지만) 그의 책이 지금까지 불멸의 고전으로 애독되고 있는 까닭은 몽테뉴의 아우라, 즉 꾸밈없는 태생적인 순수함에서 우러나온 사유 때문이다. 그것은 다름 아닌 인간의 존엄성이다.

그는 평등주의자였고 정의감이 깅한 모럴리스트였다. 프랑스는 16세기 르네상스 당시 인문주의를 표방하면서 인간의 존엄에 대해 눈을 뜨기 시작했다고는 하나, 아직까지 신 중심에서 벗어나지 못한 상태였다. 몽테뉴는 인간에 대한 진정한 성찰이 무엇인지를 놓고 골몰했다. 도대체 인간다운 인간은 무엇인가, 인간이 인간답게 살기 위해서는 어떻게 해야 하는가, 무엇이 인간의 자유를 억압할 수 있는가에 대하여 고심하면서 궁극적으로 인간의 자유를 억압하는 요소들을 글을 통해 배격했다. 즉 개인과 사회, 종교와 과학, 교육과 형벌, 남녀 평등, 자연과 문명, 권력과 평등, 삶과 죽음에 이르기까지 깊은 사유에 빠졌고, 그와 같은 사유를 모아놓은 것이 곧 『수상록』이다.

따라서 그는 평등사상, 정익감, 현실에 바탕을 둔 실증수의 등 여러 가지 사상의 원초적인 존재로 현대 평등사상의 원천이 되어주었다. 뿐만 아니라 몽테뉴의 사상을 응집하고 있는 그의 에세이는 르네상스 시대의 신 중심 사고를 인간 중심 사고로 전환했다는 점에서, 서구 철학의 근간을 이룬 서양 근대정신의 시발점으로 평가 받고 있다. 특히 파스칼, 셰익스피어, 루소 등에게 커다란 영향을 끼쳤으며, "인간은 바람에 흔들리는 갈대다. 그러나 생각하는 갈대"라는 파스칼의 『팡세』는 몽테뉴의 영향을 받아 탄생한 또 하나의 고전이라는 것은 새삼 강조할 필요가 없다.

당시 최고의 귀족 신분으로 최고의 지식과 부와 명예를 한몸에 지닌 그는 공적 활동은 화려했으나, 자신의 사생활은 매우 엄격했다. 사생활은 겉치레가 아니라 미덕이 필요하다고 본 탓이었다. 그러므로 몽테뉴의 에세이는 '가장 보편적인 인간상'을 제시하기 위한 자기 자신의 끝없는 성찰 기록의 전범으로 존재한다. 그는 죽는 날까지 사유한 끝에 '나는 무엇을 아는가?' 그리고 '자기를 아는 자는 남의 일을 자기 일인 양 혼동하지 않는다'는 생각에 도달했다. 다시 말해 "나는 무엇을 아는가?"라는 자문 끝에 "자기를 아는 자는 남의 일을 자기 일인 양 혼동하지 않는다."는 답을 얻어낸 것이다.

즉 인간은 성찰과 자제를 통하여 정신적 독립을 얻을 수 있으며, 자신을 가장 잘 아는 사람은 곧 자신이라고 보고 "나는 나를 심판하는 나 자신의 법률과 법정을 갖고 있다. 나는 어느 곳보다도 자주 그 법정에 출두한다."는 고백을 피력했다. 이것은 스스로 자신의 심판관이 되는 법을 배운다는 것으로써, 자기 자신에 대한 엄격함과 타인에 대한 이해와 관용이 무엇인지를 보여줄 뿐만 아니라 세상의 다양성에 대한 존중을 보여준다.

이와 같은 성찰은 끝없는 자기반성이며, 얻어낸 답은 낮아지는 지혜를 터득하는 것이다. 주지하다시피 인간에게는 인정받고 싶은 욕구가 존재하는 바, 아주 작은 것 하나라도 자신이 우월하다는 자만심에 찬 교만이 호시탐탐 인간을 유혹하게 마련이며, 몽테뉴에게는 그것이 원자폭탄보다 더 무서운 위협이었다. 성서에 부자가 천국에 들어가기란 낙타가 바늘귀로 들어가는 것보다 더 어렵다는 알레고리는, 인간은 자신을 높이기는 쉽지만 낮추기는 어렵다는 것을 내포한다. 그만큼 가진 자(부, 명예, 지식)들이 교만과 우월감에서 벗어나기가 어렵다는 것을 은유한다.

몽테뉴는 끝까지 자신을 낮춤으로 그와 같은 유혹을 견제할 수 있었다. 『수상록』 서문에 "다만 나의 친척들이나 친구들이 내가 세상을 떠난 후에 이 책에서 나의 모습이나 감정을 찾아볼 수 있도록 하기 위해" 쓴 책이라고 하거나, "독자들이여, 나 자신이 곧 이 책의 소재인 것이다. 내가 이토록 경박하고 부질없는 일을 저지른 셈이니, 독자들에게는 소일거리조차 못 될지도 모르겠다."라고 지나칠 정도로 겸손을 드러낸 것은 겉치레가 아닌 진정한 겸손인 탓에 불멸의 사유로 빛날 수 있었다.

불멸의 사유로 빛나는 그의 철학은, 그가 철학을 즐겼다는 것을 증명해준다. 사실 그는 가장 철학자다운 철학자이면서도 철학자임을 자처하지 않았다. 남에게 자랑하거나 드러냄을 목적으로 하지 않고 오로지 자신의 내면으로 즐기는 그의 사유는, 마치 여성이 한 땀 한 땀 섬세하게 수를 놓는 것처럼 아주 구체적인가 하면 인간의 심리를 세포조직까지 분해하는 것처럼 매우 치밀한 탐구적 측면을 보여준다. 뿐만 아니라 점점 뜨거워지는 쇠의 열기처럼 차츰차츰 사유의 오묘한 세계로 독자를 끌어들인다. 눈앞에서 활활 타오르는 불꽃이 아니라 멀리 봉화처럼 타오른 불꽃으로 다가온 것이다. 어떤 문제를 판단하기에 앞서 이해하려고 애쓰며, 인간의 가장 높은 지혜와 행복은 '남과 자신에 대한 의무'를 정확하게 아는 것이라고 강조한 것도 교만을 경계하기 위한 최선의 노력이라는 것을 알 수 있다.

> 그대가 비굴하고 잔인한지, 성실하고 경건한지를 아는 자는 그대 자신밖에 없다. 남들은 그대의 기교를 볼 뿐 그대의 본성은 보지 못한다. 그러니 그들의 판단에 얽매이지 말라. 그대의 양심과 판단을 존중하라.
> ―「교만에 대하여」, 『수상록』 중에서

2. 몽테뉴의 태생과 사상적 배경

그가 지향하는 평등사상과 정의감은 태생적인 그의 순수한 인간성에서 나온 것이지만 무엇보다도 아버지의 영향이 컸다. 몽테뉴는 1533년 프랑스 보르도시에서 떨어져 있는 남프랑스 페리고르 '몽테뉴성'에서 태어났다. '몽테뉴'라는 이름은 귀족의 칭호이다. 몽테뉴성은 포도주 생산으로 부를 쌓은 그의 증조부가 '몽테뉴'라는 귀족 칭호와 함께 사들인 영지로 알려져 있다. 그의 아버지 피에르 에켐은 부유한 귀족 상인으로 명망을 얻었으며 보르도 시장을 역임했다. 진보주의자인 그의 아버지는 몽테뉴의 양육을 어릴 때부터 아주 특별하게 한 것으로 유명하다. 몽테뉴가 유아기일 때 일부러 가난한 농가 유모에게 맡겨 키웠는데, 그 이유는 몽테뉴가 장차 지배할 농민들에게 어려서부터 친밀감을 갖게 하기 위한 것이었다. 뿐만 아니라 몽테뉴가 말을 배우기 시작할 때부터 당시 지식인에게 필수적인 라틴어 교육을 위해 프랑스어를 전혀 모르는 독일인 학자를 초빙하여 라틴어를 가르쳤다. 그리고 어린 몽테뉴 앞에서 주변 사람들뿐만 아니라 동네 사람들까지도 라틴어만을 사용하도록 했다.(온 마을에 라틴어 사용이 유행할 정도였다.)

그 덕택에 몽테뉴는 6세 때부터 라틴어 고전을 읽어냈으며, 프랑스에서 일류로 손꼽히는 보르도시의 명문 기옌중학교에 들어갔지만 배울 게 없어, 석학들이 읽는 라틴 고전과 철학을 탐독했다. 툴루즈대학에서 법률을 공부하고, 21세 이른 나이에 보르도시 고등법원 고문관이 되었다. 불과 25세에 고등법원 평의원이 되었고, 나이가 든 다음에는 두 번이나 보르도 시장에 선출되었다.

그러나 몽테뉴는 난세를 살아야 했다. 16세기 프랑스는 문예부흥의 여파로 종교개혁이 일어나면서 신교와 구교가 내란으로 치달아 살육을 부른 전쟁이 몽테뉴가 죽을 때까지 30년간 계속되었다. 몽테뉴는 구교를 지지하고 있었으나, 신교도의 수령인 앙리 드 나바르와 매우 가까웠다. 따라서 신교의 수령 나바르 왕이 구교로 개종하면서 프랑스 국왕이 되는 데 막중한 역할을 했다.

그는 공직 생활 대부분을 왕실에서 보낼 정도로 왕실과 가까웠다. 사실 몽테뉴 가문은 예전부터 왕실과 가까웠는데, 그는 앙리 2세의 뒤를 이어 즉위한 병약하고 나이 어린 프랑수아 2세를 수행하는 일을 맡기도 하고, 프랑수아 2세를 이은 샤를 9세가 즉위하자 보르도 고등재판소 사절로서 종교분쟁을 중재하기 위한 여러 가지 역할을 수행했다. 38세에 샤를 9세 왕실의 봉직 목사가 되어 성 미셸 훈장을 받았고, 44세에는 나바르 왕실의 봉직 목사가 되기도 했다.

이와 같이 프랑스 왕조와 가까웠던 그는 화려한 궁정 생활이나 법률고문이나 시장이라는 직책을 수행하기보다는 태생적으로 은둔하여 명상하고 사색하는 것을 즐겼다. 그러나 사색가가 되어 글을 쓰는 일에 치중하게 된 데는 결정적인 이유가 있었다. 정신적인 지주였던 친구를 잃고 다시 35세 때 존경하는 아버지가 세상을 떠나자 충격으로 독서에 몰입하면서 본격적으로 사색에 빠지기 시작했다. 뿐만 아니라 부도덕한 정치 상황이 그를 은둔과 사색으로 내몰았다. 몽테뉴는 공직 생활을 하면서도 권력으로부터 거리를 두었다. 그리고 가톨릭 교도였음에도 신교도를 적대시하지 않았다. 당시 가톨릭은 전통적으로 기득권을 누리는 보수였고 신교는 가톨릭의 적폐를 청산하자는 개혁주의였다. 몽테뉴는 무능하고 부패한 기득권층인 보수 권력에 회의를 느꼈다. 즉 가톨릭이 신을 앞세우며 누려온 권력과 허구를 잘 알고 있었다. 이런 이유로 몽테뉴는 일반적으로 파벌이나 보수 권력에 가담하는 것으로 자기를 증명하려는 정치인들과 달리, 은둔하여 혼자 사유하며 글을 읽고, 글을 쓰는 데 치중했다.

또 한 가지는 50세에 다시 보르도 시장에 재선되었을 때 종교전쟁과 페스트가 만연한 상태에서 시장으로서 국왕 대리 역할을 하면서 겪어야 했던 고된 시련이었다. 따라서 그는 모든 것을 그만두고 일상의 대부분을 사색으로 보냈다. 그때 라틴 고전과 여러 가지 역사 철학을 읽으면서 자연스럽게 독후감을 쓰기 시작했다. 그것은 습관화되어 자신의 철학을 표현하는 중요한 계기가 되어 주었고, 결국 글로써 자신의 생각을 표출하면서 시대를 증명하기 시작했다.

따라서 그의 『에세이』는 「슬픔에 대하여」, 「나태에 대하여」, 「예언에 대하여」, 「고독함에 대하여」, 「상상력에 대하여」, 「우정에 대하여」, 「정치의 결함에 대하여」, 「이름에 대하여」, 「군마에 대하여」, 「언어의 허영됨에 대하여」, 「기도에 대하여」, 「나이에 대하여」, 「양심에 대하여」, 「실천에 대하여」, 「서적에 대하여」, 「영예에 대하여」, 「교만에 대하여」, 「도덕에 대하여」, 「분노에 대하여」, 「후회에 대하여」, 「인상에 대하여」, 「허영에 대하

존재와 사유

여」, 「세 가지 사귐에 대하여」… 등 주로 인간이 수정하고 반성해야 할 내용으로 '무엇무엇에 대하여'로 이어진다. 그 가운데 제3권 「세 가지 사귐에 대하여」의 "나는 그날, 그날을 살아간다. 그리고 좀 말하기가 거북하지만 나를 위해서만 살아간다. 내 의도는 거기서 그쳐버린다."는 고백은 부패한 권력에 대한 회의가 얼마나 컸는지를 말해준다. '나를 위해 살아간다. 내 의도는 거기서 그쳐버린다'는 것은 정치에 대한 무관심을 드러낸 것을 의미한다.

대신 책을 읽는 만족감을 최고의 희망이자 즐거움으로 표출해 보인다. 그는 태생적으로 외로움에서 즐거움을 찾았는데 "내 사는 자리가 외롭고 쓸쓸한 것은, 진실을 말하면 오히려 나를 뻗쳐서 밖으로 키워주기" 때문이며 "혼자 있을 때 더 즐거워서 국가와 우주의 일에 열중한다."는 것은 책을 읽는 행복감이 최상의 삶이라는 것을 말해준다.

> 나는 구두쇠들이 보물을 가지고 즐기듯, 책을 가지고 즐긴다. 왜냐하면 내가 읽고 싶을 때면 언제든지 그것을 즐길 수 있기 때문이다. 내 마음은 이것을 소유하는 권리에 포만 하도록 만족을 느낀다. 나는 평화로울 때든지 전시든지 언제나 책을 가지고 여행을 한다.
>
> …(중략)…
>
> 나는 젊어서는 남에게 자랑하기 위해 공부를 했었다. 그 다음에는 나를 만족시키기 위해서했다. 그러나 지금은 재미로 한다. 소득을 위해서 한 일은 결코 없다. 이런 종류의 가구(책자, 인용자)를 가지고 내 필요에 충당할 뿐만 아니라 몇 걸음 더 나아가서 나를 치장하려했던 낭비적인 헛된 심정은 오래전에 버렸다. 책은 그것을 택할 줄 아는 자들에게는 많은 유쾌한 소질을 가지고 있다.
>
> ─「세 가지 사귐에 대하여」, 『수상록』 중에서

3. 몽테뉴의 우정에 대하여

몽테뉴는 『에세이』 제1권 28장 「우정에 대하여」를 통해 사랑에는 육체라는 목표가 있고, 포만에 빠지는 성질이 있기 때문에 사랑은 향락에 의해서 소멸된다고 봤다. 그러나 우정은 그 반대로 정신적이며 그 실천으로 마음이 세련되기 때문에 욕구함에 따라서 기쁨이 온다고 보았다. 또한 "우정은 고매하고 숭고한 비상으로 그 향하는 길을 유지하며 사랑이 멀리 저 아래 길을 뚫고 가는 것을 경멸하며 내려다보고 있다."고 우정에 대하여 찬사를 멈추지 않았다.

이와 같이 몽테뉴가 우정에 대하여 찬사를 보내는 것은 일생을 통해 가장 존경하는 친구를 가리킨 것이다. 보르도시 고등법원 재임 시 몽테뉴는 같은 동료 에티엔 드 라 보에티(Etienne de La Boétie, 1530~1563)를 만나 교유하게 된다. 라 보에티는 몽테뉴보다 두 살이 더 많았다. 그는 법률가이면서 언어학자 겸 작가(대표작 『자발적 복종』)였다. 또한 가톨릭 신학자로서 가톨릭 금욕주의의 확고한 신념을 지닌 인물이었다. 그는 폭군에 대한 자유의 옹호를 위해 「임의의 예속」(1576)이라는 논문을 썼다. 그런데 신교도들이 이 논문을 '불온한 팸플릿 속에 끼워서 출판한' 것이라고 몰아 붙이며 제명해버리고 말았다. 그러나 몽테뉴는 "이 논문은 마땅히 권장할 만한 가치가 있는 대단히 높은 문장, 훌륭하고 속이 꽉 찬 작품"이라고 극찬을 했다.

결국 이 작품이 두 사람의 인연을 맺어주었다. 몽테뉴는 그를 알기 전에 먼저 이 논문을 읽어보고 난 후에야, 라 보에티의 이름을 알게 되었다. 그러니까 몽테뉴는 라 보에티의 건전한 사상과 뛰어난 문필에 반한 것이었고, 라 보에티의 독자로서 만난 셈인데[2] 사실 몽테뉴는 사귐에 있어 매우 까다로웠다. "나는 기질이 이렇게 까다롭기 때문에, 사람들과의 교제에 힘이 들

---

2 이 논문은 라 보에티의 유작으로 몽테뉴가 출판했다. 라 보에티가 죽으면서 유서에 그의 장서와 서류의 상속자로 몽테뉴를 지정했다.

고 상대할 사람을 주의해서 골라야 하며, 평범한 행동에는 불편해지게 된다."[3]고 고백했는데 그가 교제하고 싶은 사람은 점잖고 재능이 있다고 알려진 위인들이었다.

그의 이상은 그만큼 높았고 라 보에티와의 우정에 대하여 그는 "이런 행운은 3세기 동안에 한 번 이루어질까 말까 한 희귀한 우정이었다."고 술회할 정도였다. 그러나 라 보에티는 몽테뉴와 교유한 지 4년 만에 요절하게 되고, 라 보에티의 죽음은 몽테뉴에게 평생동안 치유하지 못한 깊은 상처를 안겨주게 되었다. 그리고 이것은 만약에 라 보에티가 죽지 않았다면 『에세이』를 쓰지 않았을지 모를 지경으로 몽테뉴를 사유의 세계로 몰입시키는 원인이 되었다.

> 행동에서건 사상에서건, 그가 있었더라면 모든 일이 잘 될 것 같아서, 그의 없음이 원통해지지 않는 것이 없다. 왜냐하면 그는 다른 모든 능력과 덕성으로 나보다 무한한 거리로 탁월했던 것과 아울러 우정의 의무에서도 그러했기 때문이다.
>
> …(중략)…
>
> 옛날 메난데르는 단지 친구의 그림자라도 만나볼 수 있는 자는 행복한 자라고 했다. 그것은 옳다. 그것이 경험에 의한 것이라면 그렇게 말할 만하다, 사실 내가 그 다음의 일평생을 비교해 볼 때, 하느님 덕택에 내 일평생을 편안하고 순탄하게 보냈으며, 이러한 친구를 잃은 것 외에는 심한 고통이 없었고, 그 대신 아무 다른 재미를 찾을 것 없이 내가 본성으로 가지고 있던 재미만을 얻어 왔지만, 사실 내 일평생을 이 인물과 함께 감미로운 사귐으로 지내며 누릴 수 있던 4년 동안의 세월에 비교해 본다면, 이 한평생이 구름과 안개에 싸인 컴컴하고 지리한 밤에 지나지 않았다. 내가 그를 잃은 날부터……
>
> ──「우정에 대하여」, 『수상록』 중에서

---

3   몽테뉴, 『수상록』, 손우성 역, 동서문화사, 1978, 902쪽.

4. 몽테뉴의 에세이와 사유의 미학

　최고 상류층 신분으로 최고의 지식과 부와 명예를 소유한 몽테뉴였지만 그는 고난의 시대를 살아야 했다. 개인적으로는 집안 내력인 신장결석으로 평생 고통을 받아야 했고, 시대적으로는 30년 동안 내란 전쟁에 시달려야 했다. 흑사병으로 국민이 마구 죽어가는 슬픔을 겪어야 했다. 또한 세상에서 가장 존경하는 아버지와 친구를 잃은 절망을 겪어야 했다.

　결정적인 것은 정신적 지주인 친구를 잃고 3년 뒤 아버지가 세상을 떠난 사건이었다. 친구에 이어 아버지가 돌아가시자 그는 모든 공직을 내려놓고 영지로 돌아가 성탑 4층 서재에 들어앉아 대부분의 시간을 독서와 사색에 바쳤다. 그리고 라틴 고전을 비롯한 서적들을 섭렵하면서 글을 쓰기 시작했다.

　우리가 알고 있는 『수상록』 즉 『에세이』는 1574부터 말년인 1588년까지 10년 동안 집필과 출판이 이어졌다. 1582년에 『에세이』를 약간 증보해서 제2판을 출판하고 1588년 다시 증보하여 제3판을 냈다. 『에세이』는 모두 3권으로 제1권은 57장, 제2권은 37장, 제3권은 13장으로 되어 있다. 신화와 고대 역사가 중심을 이루며 "세상에서 제일 중요한 것은 어떻게 하면 내가 정말 나다워질 수 있는지를 아는 일이다. 인생은 선도 악도 아니다. 어떻게 사느냐에 따라 선의 무대가 되기도 하고 악의 무대가 되기도 한다."는 그의 수상록은 주옥 같은 경구로 빛난다.

　따라서 그의 에세이는 출판할 때마다 인기가 높았다. 라틴 고전과 역사 철학을 탐독한 그는 고대나 중세 작가들의 고사(故事)를 전하기보다는 자신의 경험을 생생하게 풀어내는 것으로 인간의 삶을 분석했기 때문이다. 1580년에 출판된 『에세이』 제1권과 제2권은 모두 94장인데, 여기에 실린 글들은 여러 가지 일화에 짤막한 결론을 덧붙인 것으로 장의 길이가 짧고 비교적 객관적이다. 가장 흥미로운 것은 당시 몽테뉴를 사로잡고 있던 문제들, 예를 들면 모순과 야망, 고통과 죽음의 문제를 드러낸 점이다. 죽음에 대하여 많은 생각을 한 그는 인간이 죽음을 피할 수 없는 만큼 죽음에 대한 염려로 삶을 손해 볼 게 아니라 살아 있는 동안 생명에 고통을 가하는 모든 요소를 될 수 있는 대로 제거하려고 애써야 한다고 강조한다. 따라서 사색으로 죽음에 대한 공포를 희롱하며 가지각색의 죽음에 대하여 호기심을 증폭시킨다. 그는 모든 장소에서 모든 경우에 죽음에 대해 천착한다. 그는 죽어가는 사람을 안타까워하는 인간의 모습을 우습게 여긴다.

특히 제2권 제12장의 「레이몽 스봉의 변호」라는 글은 그의 『에세이』 가운데 가장 길기도 하지만 사상적으로 가장 많은 의미를 지닌 동시에 해석하는데 난이도가 가장 높은 내용이다. 이 글에서 몽테뉴는 그 유명한 명제 "나는 무엇을 아는가?"를 자문하기에 이르렀다.(그는 이 글을 자신의 초상을 주조시켜 거기에 새겨 넣었다.)

13장으로 된 제3권에서는 첫 번째 『에세이』가 호평을 받은 일, 외국인들과 맺은 우호 관계, 보르도 시장에 두 번이나 선출된 일, 그리고 흑사병이 창궐하는 동안 영웅적인 행동을 보여준 농부들에게 느낀 고마움과 애정 등을 서술했다.

이어서 1588년 이후에 쓴 『에세이』는 그의 사색이 더욱 예리해지고 더욱 대담해졌음을 보여준다. 그는 내전의 잔인함과 위선을 공격하고, 신교도뿐만 아니라 가톨릭 교도를 신랄하게 비난한다. 비록 종교와 법률에 자극받은 미덕이라 하더라도 우리 자신의 미덕이 아니면 노예의 도덕에 불과하다고 보았다. 또한 금욕주의에 대한 거부감도 더욱 날카로워졌다. 영혼의 자의성, 즉 감각적 인식에 형태와 색깔을 줄 수 있는 영혼의 자유는 인간의 무지를 보여주는 증거였지만, 이제 그것은 행복을 누릴 수 있는 인간의 능력으로 예찬된다. 우리의 행복과 우리의 불행은 오로지 우리 자신에게 달려 있으며 죽음은 삶의 목적이 아닌 삶의 끝이라고 선언한다. 따라서 몽테뉴는 질병을 통해 고통을 정신적 쾌락과 서로 의존하는 관계로 받아들이면서 고통과 쾌락을 조화시키는 법을 "신이 우리에게 생명을 주고 기뻐하셨듯이 나는 삶을 사랑하고 삶을 즐긴다."고 피력한다.

10년 이상 집필한 『에세이』는 이쯤에서 끝을 맺게 되며, 몽테뉴는 1592년 9월 13일, 59세의 나이에 지병으로 자기 방에서 미사를 참배하며 평화롭게 눈을 감았다.

몽테뉴는 평생에 걸친 사유를 통해 인간 정신에 대한 회의주의적 성찰을 제기함으로써 근대 인식론 등 인간 중심적인 지식 체계 형성에 대한 중요한 전기를 마련했다. 광신적인 종교 행태에 대해 신앙보다 인간의 이성을 앞세우며 인간 중심 도덕을 제창했다. 그는 권력자 앞이라도 자신의 확신을 올바르게 보여주었고 평민이든 누구든 인간의 가치를 인간 그 자체로 봤다. "학문이 우리의 한가한 이야기에 참여하고 싶다면 물리치지는 않는다. 대신 그것은 여느 때 버릇처럼 위세 있고, 쉬 범할 수 없는 풍채이고 명령조이고 번거로운 것이 아니라, 그 자체가 유순해야 한다."는 것은 학문에 대한 허영과 위선을 배제하는 내용이다. 그는 모순된 사상으로 가득 차 있는 고서를 섭렵하면서 현실성과 동떨어진 학문의 허황됨을 잘 알고 있는 탓이었다.

교육 방법에서도 독단적 권위를 비판하고 자유로운 교육방법을 주장한다. 일반적으로 알아듣지 못하는 라틴어를 휘두르며 학식을 자랑하는 학자들을 가장 무식한 자들로 취급했다. 교육 목적은 글을 배우는 데 있지 않고 사람을 만드는 데 있다고 보았다. 이와 같이 사물을 인간성이 풍부하게 실제적인 면으로 고찰해가는 생각은 후일 로크나 루소의 경험주의 교육론의 원류가 되었다.

이 모든 것은 몽테뉴의 순진하고 순수한 인간주의에서 연유하는 것으로서, 17세기 사람들은 그에게서 주로 회의주의적이고 '정직한 인간'을 보았으며, 특히 장 자크 루소와 후기 낭만파들은 그의 자화상과 자유분방한 문체에 매혹되었다. 또한 19세기의 생트뵈브는 자연스럽고 독자적인 그의 도

존재와 사유

덕성에 감동을 받았다. 그리고 20세기 독자들은 그의 도덕성과 자화상이 갖는 보편성에 깊은 인상을 받았다. 이런 이유로 앞으로도 몽테뉴의 에세이는 미래를 뛰어넘어 불멸의 고전으로 존재할 수밖에 없다.

제3부

독립운동가 이회영과 시대정신

동서 역사상에 나라가 망할 때 망명한 충신열사가 비백비천이지만 우당 가문처럼 6형제가 모두 결의하여 거국한 사실은 전무후무한 일이다. 그 미 거를 두고 볼 때 우당은 이른바 유시형이요. 유시제로구나. 진실로 6형제 의 절의는 백세청풍(百世淸風)이되고 우리 동포의 절호 모범이 되리라. 나 라가 해방이 되는 날 국가는 우당 가문의 재산을 돌려주어야 한다.

— 월남 이상재

이 땅에 전무후무한 그 이름, 우당 이회영,
대한민국 허공을 가르는 바람 한 줄기에도
돌멩이 하나, 풀잎 하나에도 고결한 그의 숨결이 흐르고 있다

도도(滔滔)하게 흐르는 강물처럼
수백 년 전 백척간두에 선 나라를 위하여 분투했던
백사 이항복의 애국정신을 이어받은 혈맥,
만대에 빛나는 대한공신(大韓功臣)의 후예로 태어나
조국의 운명을 부여안고,
먼 타국 땅을 눈물로 적시며
조국광복의 노래를 불렀던 세월

버리고 또 버리고, 목숨을 버리며,
눈물로 부른 그 거룩한 노래가
이 땅의 가슴에 유유히 흐르고 있다

태극기 휘날리는 한반도,
무궁화 피는 삼천리강산을 그리워하며
조국 해방을 위하여 날마다 먹고 마신 고난은
이제 이 땅의 위대한 유산으로 꽃피고 있다

거룩하여라, 조국을 위한 희생의 꽃
거룩하여라, 조국에 남긴 위대한 유산

우리는 잊을 수 없다, 영하 수십 도를 오르내리는 만주의 추위 속에
　남루한 옷을 저당 잡히고 추위에 떨면서, 아사 직전까지 굶고 또 굶으면
서
　오로지 조국 해방을 부르짖으며 눈 부릅뜨고
　하늘을 우러른 정신을
　길고 긴 세월 해방이 멀어질수록,
　더 뜨겁게 타올랐던 의지
　형장의 이슬로 사라지는 순간까지
　반드시 조국 해방이 오리라 굳게 믿었던 신념을
　우리는 결코 잊을 수가 없다

조국이여, 기억하라, 날마다 아침 해가 떠오르듯
날마다 새롭게 그 이름을 기억하라!

조국이여, 전하라! 산이 닳아 평지가 될 때까지
바다가 말라 육지가 될 때까지 조국이여,
그의 이름을 만대에 전하라!
　　　　　　── 박정선, 「그의 이름을 전하라 ─ 우당 이회영 선생 추모시」

존재와 사유

1. 들어가는 말

2015년, 우리는 광복 70주년을 맞았다. 그리고 여러 가지 새로운 일, 놀라운 일이 발생했다. 먼저 친일파 후손들이 국민 앞에 조상 대신 사죄하는 일이 벌어졌다. 정계에서는 새정치민주연합 홍영표 의원이 "나는 친일파 홍종철 자손입니다."라고 고백했다. 그의 조부 홍종철은 친일반민족행위 진상규명위원회가 밝힌 704명 중 한 사람으로 조선총독부 자문기구인 중추원의 참의였다. 해외 교민인 K 목사가 언론에 자신의 조상이 친일파였으며 대신 사죄하노라고 공개했다. 또 한 분은 국내의 일반 시민이었다. 그 많은 친일파들 후손 가운데 불과 세 사람이 조상의 과오를 대신해 사죄를 한 것이지만 이는 상징성이 매우 큰 것이었고 광복 70년 만에 이루어진 유의미한 일이 아닐 수 없었다.

그리고 전혀 예상하지 못한 일이 발생했다. 2015년 8월 1일 하토야마 유키오(1947~) 전 일본 총리가 서대문 형무소 추모비 앞에 무릎을 꿇었다. 1970년 12월 독일 빌리 브란트 총리가 폴란드에 있는 유대인 묘역 앞에 무릎 꿇고 인류 앞에 나치의 만행을 사죄했던 일을 연상케 했다. 하토야마 전 총리는 먼저 유관순 열사를 가두었던 감방을 찾아 헌화한 다음 광장에 있는 추모비 앞에 무릎을 꿇고 큰절을 했다. 역대 일본 총리는 말할 것도 없고 일본 정치인 가운데 그런 행위를 한 사람은 오직 하토야마뿐이었다. 반면 일본에서는 논란이 심했다. 특히 보수 우익들이 분노했다. 전 총리가 무릎을 꿇고 머리가 땅에 닿도록 큰절을 하는 것은 추모를 넘어 일본이 저지른 만행에 대하여 용서를 비는 것과 같기 때문이었다.

그의 행보는 거기서 그치지 않았다. 그는 계속 일본의 전 총리로서 과거 일본이 저지른 일에 대하여 일본에게 책임이 있다는 발언을 이어갔다. 2018년에도는 경남 창녕의 한국인 원폭 피해자 복지회관을 방문하여 피해자들에게 무릎을 꿇고 사죄했다. 한국 대법원이 일본 기업에 대한 강제 징용 배상 책임을 확정 판결한 이후에도 한국을 방문하여 한국 대법원의 판결을 엄중히 받아들여야 한다고 강조했다. 그리고 일제강점기 강제 징용과 관련하여 '굉장히 고통스러운 경험을 일본이 제공했다'면서 일본인들은 항상 사죄하는 마음을 갖고 있어야 한다고 덧붙였다.

2019년에는 거창에 방문하여 강연을 하면서 천황의 뜻을 받아들여 한일 과거사 인식을 적극 수용해 사죄해야 한다면서 나루히토 방한 제안을 주장하기도 했다. 위안부 합의안에 대해서도 일본의 책임을 강조했고, 지소미아 종료에 대해서도 "그 원점은 일본이 한반도를 식민지로 삼아 그들에게 고통을 준 데 있다"고 했다. 2019년 10월 11일 부산대학교에서 열린 강연(통일 한국의 미래와 평화전략)에서는 "전쟁 피해자가 더는 사죄하지 않아도 된다고 할 때까지 가해자는 사죄하는 마음을 가져야 한다. 폭력을 행사한 사람은 자신들의 행위를 잊어도 피해자는 그 아픔을 결코 잊을 수 없다."고 했다. 2019년 6월에는 부산 남구의 '국립일제강제동원역사관'을 방문하기도 했다. 그는 중국에 대해서도 마찬가지 입장을 취했다.

친일파 후손들이나 일본 전 총리 하토야마 유키오나 그들은 모두 일제강점기에 우리나라 국민들에게 고통을 준 가해자들의 후손들이다. 사실 그들 후손들에게는 잘못이 없다. 그런데 그들은 왜 조상 대신 사죄를 해야 했을까. 사실 모 언론사가 거물급 친일파 후손들에게 조상의 과오를 대신 사죄할 생각이 없느냐? 조상의 과거 행위를 후손으로서 어떻게 생각하느냐? 라고 물었지만 대부분 대답을 피했다고 한다. 물론 후손들 입장에서는 난처하기 짝이 없는 일이다.

그런데 그들은 조상들의 행위와 전혀 상관성이 없는 것일까. 해방 이후에는 그들의 행위가 과오였지만, 해방 전 일제강점기에 그들은 관료로서 또는 이런저런 지위를 누리며 국민을 지배했고 그것은 모조리 자손들에게 그 혜택이 돌아가는 것 아닌가. 친일파 후손들은 조상의 후광으로 좋은 환경에서 먹고 마시며 교육을 받을 수 있었고 불편한 것 없이 살 수 있었을 것이다. 그리고 좋은 직장을 얻어 오늘에 이르고 있다는 것은 조상을 떼놓고 생각할 수 없는 일이다.

입장을 바꿔보자. 그러니까 반대로 조상이 독립운동가였거나 일반 국민이었다면 그들이 오늘과 같은 지위를 누릴 수 있었을까. "나는 친일파 후손입니다"라고 고백한 홍영표 의원이 만약 할아버지가 조선총독부 자문기구인 중추원 참의가 아니라 일경에게 쫓기고 배고픈 독립운동가였다면 오늘의 홍영표가 가능했을까. 대한민국의 고위직 대부분을 차지한 그들이 과연 오늘의 지위를 누릴 수 있는 확률은 과연 얼마나 될까.

사실 고위직들 특히 정계에 수많은 친일파 후손들이 포진해 있고, 그런 탓에 친일파와 과거사 청산 문제를 두고 우리 국민은 두 쪽으로 갈라져 있다. 깊이 뿌리내린 이 문제 때문에 정치적으로 지지하는 정당에 따라 친일 문제를 보는 시각이 갈라진 것이다. 친일 그 자체를 너그럽게 봐주려는 것이 아니라 자신이 지지하는 정당 때문에 친일파론에 대하여 반기를 들거나 그들을 옹호하기도 한 것이다. 그들은 말한다. 그때 일본의 총칼 앞에 친일 안 할 자 있느냐고. 그리고 과거는 이미 흘러갔으니 미래만을 생각해야 한다고 주장한다.

일본 전 총리 하토야마 유키오가 일본의 중요 정치인으로서 우리나라에 사죄한 태도는 매우 중요하다. 그러나 그가 일본의 전 총리였고 일본인이기 때문만은 아니다. 비록 조국이 저지른 일이지만 잘못한 과거는 사죄해야 한다는 그의 냉철하고 이성적인 판단 때문이다. 하토야마는 자신의 조국 일본으로부터 논란에 휘말리면서도 양심에 따라 역사를 바로잡지 않고서는 올바른 미래를 기대할 수 없다고 생각했기 때문이다. 잘못 괴인 주춧돌 위에 쌓아 올린 건물이 온전할 리가 없기 때문이다. 그런 하토야마는 15세기 프랑스 칼레의 시민을 떠올리게 한다.

본래 노블레스(Noblesse)는 닭의 벼슬을 가리킨 것으로 로마 시대의 고귀한 신분을 상징한다. 혈통, 문벌, 업적 등에 있어서 일반 민중들과 달리 특별한 정치적·법제적 특권을 부여받은 사람이나 집단을 가리킨 것이다. 현대 사회에서는 제도적 지위가 높고 제도적 권력을 가진 사람을 말한다. 여기에는 정부 인사들을 비롯하여 학교, 언론, 기업도 포함된다. 그리고 오블리주(Oblige)는 노블레스들, 즉 제도적으로 상류층에 있는 사람들이 도덕적 양심과 도덕적 의무를 갖는 것을 말한다. 이것은 로마의 왕과 귀족들이 포에니 전쟁 때 평민들 앞에 보여준 솔선수범에 근원을 두고 있다.

고대 포에니전쟁(BC 264~146)은 로마가 일개 도시 국가에서 세계 제국으로 발전하는 전환점이 된 전쟁이었다.(로마와 카르타고가 지중해 지배권을 놓고 세 번이나 벌인 전쟁) 이때 로마의 귀족들은 자진하여 평민들보다 먼저 전쟁에 나가 목숨을 바치는 것을 최대 영광으로 여겼다. 또한 전쟁 경비를 충당하기 위해 귀족들이 앞다투어 돈을 냈는데, 이런 정신은 유럽 중세와 근대사회를 거쳐오는 동안 사회를 주도하고 이끌어가는 지도층들이 가져야 하는 도덕적인 리더십의 전형으로 자리 잡게 되었다.

그리고 15세기 칼레의 시민 6인이 노블레스 오블리주를 실현하는 역사를 남겼다. 영국과 프랑스는 장장 백년전쟁(1347~1453)을 치른 역사를 갖고 있다. 프랑스 칼레시는 좁은 해협을 사이에 두고 영국의 도버와 마주하고 있는 탓에 영국의 집중공격을 받게 되었다. 칼레시는 때마침 기근이 든 상태로 1년을 버티면서 영국군에게 대항했으나 결국 항복하고 말았다. 승전을 거둔 영국의 에드워드 3세는 칼레의 시민을 모두 죽이겠다고 선언했다. 그러자 프랑스가 영국에 수차례 협상단을 보내 사죄한 끝에 에드워드 3세로부터 한 가지 협상안을 얻어냈다. 즉 칼레의 시민 가운데 6인을 뽑아 보내면 그들을 칼레 시민을 대신하여 처형하겠다는 조건이었다.

소식을 들은 칼레 시민들은 순간적으로 살아났다는 것에 환호했으나 어렵기는 마찬가지였다. 과연 대표로 죽어줄 6인으로, 누구를 어떻게 뽑아야 할지 난감한 일이었다. 그런데 칼레시의 최고 부자, 외스타슈 드 생 피에르

존재와 사유

(Eustache de Saint Pierre)가 성큼 나섰다. 그걸 보고 칼레시의 고위층 관료들과 상류층 귀족 인사들이 따라 나섰다. 모두 일곱 명이었다. 한 명이 더 많았다. 다음 날 장터에 모여 제비뽑기를 해서 한 명을 탈락시키기로 했다. 다음 날 아침 모두 장터에 모였다.

그런데 가장 먼저 나선 피에르가 보이지 않았다. 그는 이미 목숨을 끊은 상태였다. 피에르는 일곱 명이 모두 명예로운 죽음을 해야 하는데 한 명을 탈락시키는 일은 있을 수 없다고 생각했던 것이다. 그렇게 해서 광장에 모인 6인은 에드워드 3세가 요구한 대로 목에 밧줄을 걸고 몸에는 자루 옷을 입고 사형장으로 향했다. 그러나 에드워드 3세는 임신한 왕비가 태아를 위해 선정을 베풀어달라는 요청으로 그들을 풀어주고 말았다. 결국 피에르 한 사람의 고귀한 희생이 칼레 시민을 살려낸 것으로 귀결된다.

생각해보면 일본을 대표해 사죄한 하토야마는 노블레스로서 오블리주를 실현한 인물이라고 할 수 있다. 그는 우리나라가 해방이 되고 난 이후 1947년에 출생했으므로 일제강점기를 살지 않았지만, 잘못된 과거의 일본을 바로 세우기 위한 애국적인 행동을 실현했기 때문이다. 그만큼 그는 범상한 정치인이 아니다. 그의 이력을 간략하게 살펴보면, 하토야마는 4대째 이어진 정치인이다. 그의 증조부 하토야마 가즈오(鳩山和夫)는 1890년대 제국의회에 참여했다(상원의원). 그의 조부 하토야마 이치로(鳩山一郎)는 민주당과 자유민주당을 창당했고, 이어서 총리(1954~1956)를 역임했다. 그리고 하토야마의 외조부인 이시바시 쇼지로(石橋正二郎)는 타이어 제조업체인 브리지스톤의 창업자로 대기업가였다.

하토야마 유키오는 1969년 도쿄대학을 나와 스탠퍼드대학에서 박사학위를 받고, 1981년부터 도쿄 센슈대학(專修大學) 교수로 재직하다가 참의원이었던 아버지 하토야마 이치로의 개인 비서를 맡았다. 그리고 1986년 홋카이도 지역구로 중의원 선거에서 당선하여 자유민주당 의원으로 정치 생활을 시작했다. 그때부터 계속 선거를 통해 의석을 지켰다. 그러나 1993년 하토야마는 가문의 전통을 깨고 자유민주당을 떠나 혁신 일본 신당을 창당한 호소가와 모리히로의 연립내각에 참여하여 1994년까지 함께했다. 그 후 새로 개편된 민주당에 합류하여 1999년 9월부터 2002년까지 민주당 대표직을 맡게 되었고, 2009년 오자와 이치로가 사임하자 또다시 당 대표에 선출되었다. 그리고 2009년 6월 민주당 아소 다로 총리가 사임한 이후 실시된 총선에서 당선되어 일본의 제93대 총리가 되었다.

조부를 이어 2대째 총리를 역임한 그는 일본의 전통적인 명문가 노블레스로서 일본 정계의 핵심적인 존재이고, 그의 행위는 일본은 물론이고 세계를 놀라게 했다. 결코 반성할 줄 모르는 일본, 특히 보수 우익들의 질타를 무시하고 유관순 열사를 향해 헌화하고 광장 추모비 앞에 무릎을 꿇은 것은 지금까지 이어온 가문의 모든 것을 내려놓지 않으면 할 수 없는 일이었다. 그야말로 도덕적 양심과 도덕적 의무를 보여준 오블리주를 실현한 행위라고 할 수 있다. 일본 보수 언론들은 그의 행위를 축소하여 파장을 줄이기 위해 개인적인 일탈 행위로 간주하려 애썼지만 세계는 일본을 대표한 위대한 행위라는 찬사를 아끼지 않았다.

식민지 지배의 역사에 있어 협력 없는 지배는 없다. 일본이 우리나라를 지배하는 데는 그들에게 협력하기 위해 앞다투어 나선 노블레스들이 있었다. "당시 일제의 총칼 앞에 친일은 어쩔 수 없는 선택이었다."고 말하는 친일파를 변호하는 사람들의 말과 전혀 반대로 친일은 자진해서 이루어진 일이었다. 다만 설득과 회유가 있었을 뿐이다. 일제가 총칼을 들이댄 것은 오직 독립운동가들에게였다. 그런가 하면 한국의 삼한갑족의 명문가, 백사 이항복의 후손으로 혈맥을 이어론 우당 이회영 가문은 한일병합이 이루어지자 곧바로 서둘러 나라 찾기에 돌입했다. 6형제의 전 재산과 가족들의 생명을 모두 바쳐 나라를 구하기 위해 나섰다. 한국의 노블레스 오블리주를 실

존재와 사유

현한 것이다.

그리고 우당 이회영 가의 가문 정신은 "지금 나는 무엇을 해야 하는가?"라는 질문과 함께 시대를 견인하고 있다. 우당 가문이야말로 로마의 노블레스 오블리주처럼 또는 칼레의 시민처럼 조국과 민족을 위해 누군가 일어서야 할 시대에 앞장서서 재산과 목숨을 모두 바쳤기 때문이다.

2. 명문거족의 두 가지 형태

조선 사람은 일본에 복종하든지 죽든지, 둘 중 하나만을 선택하라! 조선 총독부 초대 총독 데라우치 마사타케의 이 짧은 한 줄 명령은 당시 한국의 운명을 극명하게 보여주고도 남는다. 19세기 후반 한국 근대사는 한국인에게 천추의 한을 남긴 시대로 요약된다. 1868년 메이지 원년 이후 일본은 탈아입구(脫亞入口)론을 내세우면서 대일본제국을 명명하기 시작했다. 조선 역시 1897년 10월 11일 대한제국이라는 국호를 공포하고 고종은 황제로 격상하여 제국의 면모를 과시하기 시작했다. 그런데 왜 일본에게 당해야 했을까. 그것은 귀족들과 권력자들의 무책임한 국가관에서 비롯된 결과였다.

일본에게 나라를 약탈당한 것은 을사늑약부터였다. 박은식(1859~1925)의 『한국통사』를 보면 강제된 을사늑약에는 먼저 의친왕 이강, 영선군 이준용 등 일부 황족들과 민간단체로 위장한 일진회의 간부 송병준, 이용구 등의 기여가 컸다는 것을 알 수 있다.[1] 또한 박은식은 『한국통사』를 통해, 우리나

---

1 박은식, 『한국통사』, 김승일 역, 범우사, 1999 참조.(『한국통사』는 박은식이 한국의 근대사의 혼란기에서 일제에게 나라를 약탈당한 과정을 밝히면서 그 원인을 매우 구체적으로 밝혀놓은 책이다. 1915년 순한문체 원서인 상해본이 있고, 1975년 단국대 동양학연구소에서 간행한 『박은식전서』에 실린 상해본 영인본이 있다. 번역본으로는 상해간본을 토대로 재미 한국인 둘이 민족교육을 위해 하와이에서 번역 출간한(국민보사, 1917) 옛 한글체 『한국통사』가 있다. 그리고 박노경이 국한문체로 번역한 『한국통사』(달성인쇄,

라는 정권 쟁탈이 극심하여 사대부들 가운데 국가와 민족을 위하여 피 흘리는 자는 별로 없지만 정권 쟁탈과 정국 변화로 인해 죽이거나 죽은 자는 많으니 참으로 비통한 일이라고 통탄했다. 이것은 나라를 잃었을 때 사대부들의 항일투쟁을 찾아보기 힘들었던 것을 질타한 내용이다.

1910년 8월 29일, 한일병합 당시만 해도 일본은 대한제국을 병합하고 나서 그 공로를 다름 아닌 대한제국 집권당 노론의 영수들에게 돌렸다. 일본은 『매일신문』[2]을 통해 한일병합조약 제5조의 "일본 황제 폐하는 훈공(勳功)이 있는 조선인으로서 특히 표창에 적당하다고 인정된 자에게 영작(榮爵)을 수여하고 또 은급(恩級)을 부여한다."는 조약문에 따라 조선귀족령을 선포하고 일등공신 황족들과 대신 이완용과 한창수 등을 중심으로 76명에게 합방 공로 작위를 내렸다. 황족들에게는 후작 또는 백작을 내렸는데, 대원군 조카 이재완, 철종의 사위 박영효, 명성황후의 동생 민영란, 마지막 황제인 순종의 장인 윤택영 등이 이에 해당된다.

이완용, 한창수 같은 일등공신에게는 후작을 내리고 그 아래로는 자작과 남작을 수여했다. 나라를 망하게 하는 데 공로를 세워 최고 귀족 자리를 꿰찬 그들은 계속 부귀영화를 누리며 당당했다. 뿐만 아니라 일본처럼 독립운동을 천박한 행위로 간주하고 비웃었는데, 대부분 상민 출신들이 독립운동을 하고 귀족들이 독립운동을 천박하게 여긴 문제는 간단하게 풀이된다. 조선의 양반 신분은 사회의 주체 노릇을 하면서 상민들이 바친 녹을 먹으며 상민들이 지켜주는 나라에서 신분을 유지하는 것을 자신들의 특권으로 알았다. 특권만 있고 의무는 지지 않았다. 쉽게 말해 그들에게는 나라를 지키는 병역의 의무가 없었다. 주지하다시피 『징비록』에 보면 나라가 백척간두

1946)와 이장희가 번역한 『한국통사』(제3판, 1996)가 있다.

2 조선총독부는 영국인 베델과 양기탁이 운영하던 『대한매일신보』를 빼앗아 '대한'을 떼어버린 다음 조선총독부의 기관지로 만들었다. 이것은 '대한제국'을 빼앗아 '대한'을 제거해버리고 '조선'으로 되돌려놓는 것과 의미를 같이한다.

(百尺竿頭)에 걸려 있는 다급한 상황이라 유성룡이 성균관 유생들을 모아놓고 싸움터에 나가달라고 하자 이 핑계 저 핑계를 대면서 모두 피해버린 것을 발견할 수 있다.

이처럼 사회적으로 특별한 신분을 갖고 있는 사람들은 과거나 지금이나 명예와 문화와 물질적으로 특권을 누리면서 살아가게 된다. 그 특별한 혜택은 정치적이든, 경제적이든 납세와 병역의 의무를 진 국민들로부터 비롯된 것이다. 그러니까 그 고귀한 신분은 오로지 국민들로부터 얻은 것이다. 여기에는 국민을 책임지고 보호해준다는 약속이 전제되어 있다. 나라가 어려움에 처할 때야말로 이 약속은 절대적인 것이 된다. 따라서 고귀한 신분들은 목숨을 바쳐서라도 국민을 위해 헌신해야 하는 것이 도덕적인 사명이다. 이것을 일러 '노블레스 오블리주(noblesse oblige)'라고 말한다.

근대 조각가 로댕(1840~1917)으로 하여 세상에 모습을 드러낸 칼레의 시민 6인의 모습은 당시 그들의 처신을 잘 보여준 작품으로 유명하다. 오늘날 인구에 회자되는 칼레의 시민을 대표한 6인은 노블레스 오블리주라는 명예로운 상징어를 고전화시킨 장본인들이다. 그리고 한국에도 칼레의 시민 6인을 뛰어넘는 6인이 있었다. 우당 이회영 가문의 6형제가 그들이다. 칼레의 6인은 도시 전체에서 자발적으로 모였다면 우당 이회영 가문은 한 가문에서 6형제가 합심하여 나선 것이다. 우당 이회영과 그의 가문이 길이길이 빛나야 하는 이유가 바로 여기에 있다. 집권당의 노론 세력들이 일본 천왕으로부터 명예와 권력을 부여받고 기뻐할 때, 평소부터 일본에 항거하면서 다방면으로 항일운동과 국민교육에 헌신해온 우당 이회영은 형제들에게 중국으로 망명하여 나라를 구하자고 설득했다. 이때 자리에 앉아 있는 6형제들의 서열은 ① 이건영 ② 이석영 ③ 이철영 ④ 이회영 ⑤ 이시영 ⑥ 이호영 순이다.

나라가 한일병합의 괴변을 당하여 반도 산하 판도가 왜적에 속하고 말았는데 우리 형제들이 당당 명족(名族)으로서 대의소재(大義所在)에 영사(寧死)일지언정 왜적 치하에서 노예가 되어 생명을 구도하면 어찌 금수와 다르리요. 더욱이 세상 사람들은 우리 가문에 대해 말하기를 대한공신(大韓功臣)의 후예인 까닭에 국은(國恩)과 세덕(世德)이 일세(一世)에 관(冠)하였다고 일컫고 있소이다. 그러므로 우리 형제들은 국가로부터 동휴척(同休戚)할 위치에 있으니, 우리 형제들은 당연히 생사를 막론하고 처자노유(妻子老幼)를 인솔하고 중국 땅으로 망명하여 나라를 구하는 것이 옳은가 하오이다.

…(중략)… 고군분투하여 타년(他年)에 왜적을 파멸하고 조국을 광복하면 이것이 대한민족 된 신분이오. 일찍이 임진왜란 때 왜적과 혈투하시던 백사(白沙) 할아버님의 후손된 도리라 생각하는 바입니다. 바라건대 백중계(伯仲系) 각위(各位)께서는 이와 같은 내 뜻에 따라 주시기를 바라는 마음입니다."[3]

3. 삼한갑족(三韓甲族)의 가문 정신과 조국관

"나라가 한일병합의 괴변을 당하여 반도 산하 판도가 왜적에 속하고 말았는데 우리 형제들이 당당 명족(名族)으로서 대의소재(大義所在)에 영사(寧死)일지언정 왜적 치하에서 노예가 되어 생명을 구도하면 어찌 금수와 다르리오."라는 말은 일제에게 나라를 넘겨주고 일제로부터 치하를 받는 친일파들과 대비를 이루면서 그들을 더욱 부끄럽게 만든다. 즉 그들은 금수만도 못한 것이다. 우당 선생은 다시 말하기를 "더욱이 세상 사람들은 우리 가문에 대해 말하기를 대한공신(大韓功臣)의 후예인 까닭에 국은(國恩)과 세덕(世德)이 일세(一世)에 관(冠)하였다고 일컫고 있소이다."라며 가문 정신을 강조한다. 대한공신의 후예라는 말은 백사 이항복을 가리킨 것이며 국가로부터 은혜 입기를 백 년에 이르렀다고 강조한다. 그러므로 "우리 형제들은 국가로부터 동휴척(同休戚)할 위치에 있으니, 우리 형제들은 당연히 생사를 막론하

---

3 박정선, 『백 년 동안의 침묵』, 푸른사상사, 2011, 106쪽.

존재와 사유

고 처자노유(妻子·老幼)를 인솔하고 중국 땅으로 망명하여 나라를 구하는 것이" 옳다고 주장한다.

그리고 "고군분투하여 타년(他年)에 왜적을 파멸하고 조국을 광복하면 이 것이 대한민족 된 신분"이며 "일찍이 임진왜란 때 왜적과 혈투하시던 백사(白沙) 할아버님의 후손된 도리"라고 형제들을 설득했고, 형제들은 기꺼이 우당 선생의 뜻에 따라 재산을 처분하여 만주로 망명했다. 그리고 만주에 신흥무관학교를 설립하여 광복군을 길러냈던 것이다.

우당 선생의 가문은 조선 중기의 재상 백사 이항복을 필두로, 백사의 10 대손인 우당 선생의 둘째 형님 이석영 선생을 양자로 들인 영의정 이유원과, 우당의 부친 계선 이유승이 이조판서와 우찬성을 역임할 때까지 정승 반열에 오른 삼한갑족(三韓甲族)의 명문거족이다. 이는 우당 가문의 자랑일 뿐만 아니라 우리나라에 이런 가문이 있었다는 것 자체가 국가의 자긍심으로 기억되어야 할 일이다. 이항복(1556~1618, 명종 11~광해 10)은 고려 후기 대학자 익재 이제현의 방손 참찬공 몽량의 아들로 태어났다. 선조 21년 33세에 이조정랑에 임명되면서 벼슬길에 오른다. 선조 27년 임란 중 병조판서, 선조 28년에 이조판서, 선조 29년에 우참찬, 선조 29년부터 선조 31년 9월까지 병조판서를 역임하고, 선조 31년 우의정, 선조 32년에 좌의정, 선조 33년 우의정을 거쳐, 선조 33년 6월 45세에 영의정에 올랐다. 그 후 광해 9년인 1617년 12월 17일 인목대비 폐비 폐모에 대한 부당함을 상소(계모도 母인데 母를 내침은 패륜이라고 왕을 꾸짖음)한 일로 유배를 당하게 되고, 엄동설한에 63세 고령으로 철령위를 넘어가, 5개월 만인 1618년 5월 13일 유배지 북청에서 사망했다.

우당은 백사의 정신을 잇는 것이 당연히 나라에 대한 의무라고 본 것이다. 설사 대의를 이루려다 죽을지언정 일제의 노예가 되어 생명을 보존하려고 한다는 것은 대한공신의 명족으로서 있을 수 없는 일이라고 역설한다.

갑족이라면 얼마든지 나라가 망하면 망한 대로, 흥하면 흥한 대로 갑(甲)의 위치에서 갑으로 살 수 있음에도 우당 가문은 기꺼이 그 반대의 길을 선택한 것이다. 그리고 우리는 또 하나 중요한 사실, 우당 선생의 두 번째 형님 이석영을 주목해야 한다. 앞에서 잠시 언급한 대로 이석영은 영의정 이유원(우당 형제들의 당숙)에게 양자로 입양된 분이다. 귤산 이유원(1814~1888)은 대원군이 실각하고 고종이 친정을 시작할 때 영의정에 오른(1873.11.5) 인물이다. 이유원은 당시 서울 장안에서 세 손가락 안에 든 부자로 알려져 있었다. 양주에 아흔아홉 칸 별채를 소유하고 있었고 2만 석지기로 양주고을 들녘이 거의 이유원 소유일 정도의 재산가였다. 부자 이유원이 죽자 그 재산이 모두 양자 이석영에게 상속된 것은 당연한 일이다. 이석영은 아우들 가운데 특히 우당을 아꼈고, 우당은 청년 시절부터 이석영의 후원으로 항일운동과 상동청년회가 세운 상동학원의 교육사업을 운영할 수 있었다. 우당은 상동학원 학감으로 자금을 담당했기 때문이다. 당시 상동교회는 지식인을 길러내는 교육기관이었고 청년들이 꿈을 키우는 희망의 터전이었다. 그들은 상동청년회를 만들어 애국 활동을 진개했고 결국 신민회라는 이름으로 독립운동의 뿌리가 되어 투쟁했다.

일본과 친일파들이 비웃은 대로 항일운동을 하겠다고 나선 청년들은 대부분 서민들이었고 그나마 시골에서 올라온 가난한 사람들이 대부분이었다. 의기는 충천하고 가진 것은 없었다. 우당 선생은 그 일을 감당해야 한다는 사명감을 갖고 그들을 자기 집으로 데려다 먹이고 재우는 일부터 시작해 항일운동하는 데 드는 자본을 모두 떠맡고 나섰다. 그래서 일찍이 벼슬길을 버리고(고종이 내린 탁지부 판임관을 사양했다) 인삼농장, 삼림, 제재소 등을 운영했지만 일본의 방해로 번번이 실패했다. 이 모든 것은 이석영의 후원으로 가능했다. 우당은 그렇게 부자 이석영의 후원으로 독립운동을 전개할 수 있었고 정작 한일병합으로 나라를 빼앗기게 되자 거금이 필요하게 된다.

상동청년회는 '신민회'라는 독립운동 단체를 만들게 되고 각지에서 모인

존재와 사유

지도자들이 장차 운동 방향을 모색하게 된다. 국내에서는 일경의 감시 때문에 어렵다는 결론을 내리고 만주에 무관학교를 세워 광복군을 기르자는 데 합의한다. 신민회의 중심인 우당은 당연히 가장 중책인 자금을 맡게 된다. 둘째 형님을 믿은 것이다. 결국 6형제는 재산을 처분하여 40만 원[4]이라는 거금을 만들게 된다. 그러나 그 대부분 이석영의 재산이라는 것을 강조할 필요가 없다. 드디어 형제들은 1910년 12월 만주를 향해 대장정에 오르게 된다. 아흔아홉 칸 집과 명동성당 아래 금싸라기 땅 6천 평 집을 버려두고, 태어난 지 겨우 9개월 된 젖먹이 아기부터[5] 6형제 가족들을 합해 모두 60여 명이었다.(여기에는 이미 방면해준 노비 13명도 포함되어 있었다.)

4. 이회영과 원세개(위안스카이) 그리고 신흥무관학교

물빛이 오리 머리 색깔을 띤다 하여 압록수(鴨綠水)라고 부르는 2천 리 압록강은 꽁꽁 얼어붙었고 우당 가문 사람들은 죽음을 무릅쓰고 썰매로 압록강을 건넜다. 그리고 안동(단동)에서 목적지 유하현 삼원포 추가마을까지 우당 일행은 마차 수십 대를 몰아 영하 40도 추위를 뚫고 만주벌판을 달렸다. 어렵게 목적지인 추가마을에 입성했으나 원주민들은 일본 첩자들로 오인하고 추가마을에서 몰아내기 위해 관에 고발하여 군인들을 동원했다. 군인들이 당장 마을에서 나가달라고 명령했다. 그러나 군인들과 소통한 다음 오해

---

4 당시 서울역사가 18만 원이었고 한국에서 가장 큰 건물이었다. 쌀 한 가마에 3전이었다. 당시 40만 원은 현재 금액으로 환산하면 600억이 넘는 돈이라고 한다.

5 어린 여성 혁명가 이규숙 : 우당 선생의 장녀 이규숙은 태어난 지 불과 9개월에 어머니 품에 안겨 험한 만주 땅으로 망명했다. 초등학교 5년 때 밀정을 색출하여 처단하는 의열단 오빠들을 돕다 공안에 잡혀가 1년 동안이나 옥살이를 했다. 또 10대 때는 풍성한 치마 속에 폭탄이나 총을 감춰가지고 기차를 타면서 독립지사들에게 옮겨다주는 위험한 역할도 해냈다.

가 풀리자 쫓겨나는 것은 면했지만, 그럼에도 추가마을 원주민들은 우리 독립군이 정착할 땅을 단 한 평도 팔지 않겠노라고 버텼다. 땅을 사야 앞으로 살아갈 농사를 지을 수 있고 무관학교를 세울 수 있었다. 그런데 원주민들의 완강한 고집 때문에 차일피일 시간만 가고 있었다.

그때 중국은 신해혁명으로 청 왕조를 무너뜨리고, 원세개(위안스카이)가 손문을 제치고 총통이 되어 있었다. 푸른 하늘에 청천백일기가 휘날리는 것을 바라보며 우당 선생은 청년 시절 아버지(이조판서)와 친분을 쌓았던 원세개를 떠올린다. 원세개는 당시 주차조선총리교섭통상사로 12년 동안 조선에서 근무한 적이 있었고 조선의 고위층 관료들과 친분을 쌓았다. 우당은 급히 원세개를 찾아가 도움을 청한다. 우당 선생을 반갑게 맞이한 원세개 총통은 만약 땅을 팔지 않겠다고 거부한 자나 항일투쟁을 하는 한인들을 방해한 자는 엄벌에 처하겠다는 강력한 명령서를 해당 지역인 봉천성 도독(조이손)에게 보낸다. 원세개 총통의 도움으로 땅을 확보하게 된 우당 선생과 동지들은 서간도 합리하에 무관학교를 세우고 독립운동의 모체인 신민회 '新' 자에 흥할 '興' 자를 따 '신흥무관학교'라고 명명한다.

학교 부지 값이며 건설자금은 부자 이석영이 맡았고, 이외에도 이석영은 많은 땅을 사들여 한인들과 애국지사들의 살길을 마련해주면서 한인촌을 건설했다. 신흥무관학교는 개교하자마자 명문으로 떠올라 각처에서 애국지사들과 청년들이 찾아든다. 무술과 신학문을 함께 가르쳤다. 그러나 학교 설립 2년 만에 희대의 가뭄으로 위기에 처한다. 국내에서는 조선총독부가 신민회를 일망타진하기 시작하는 105인 사건이 전국을 휩쓸면서 독립자금이 일체 들어오지 못했다. 이석영이 학교를 지어주면 독립자금으로 학교를 운영해가기로 한 것인데, 자금이 끊어진 것이다.

이석영이 계속 금고를 열어 2백여 명 학생들의 양식을 대지만 점점 한계에 부딪쳤다. 우당은 고민 끝에 독립자금을 마련할 생각으로 서울로 잠입한다. 그러나 105인 사건으로 일경의 감시가 삼엄하여 좀처럼 자금을 구할 길이 없자 대원군 수제자로부터 사사받은 석파난(추사 김정희의 묘법)을 그려 팔기 시작한다. 고종과 밀통하면서 고종이 용돈을 절약하여 은밀히 보내주기도 한다. 우당은 이때 블라디보스토크에 있는 이상설과 연락하면서 고종의 북경 망명을 시도하는데, 이것은 대한제국 정부를 북경으로 옮기려는 거사였다. 그러나 불행하게도 고종이 갑자기 사망하면서 거사는 물거품이 되고 만다.

만주에는 계속 고난이 닥쳤다. 부자라는 것 때문에 만주의 왕으로 소문난 이석영 집에 50여 명에 달한 마적 떼가 습격하여 석영의 집을 쓸어간다. 또한 만주열이라는 전염병이 돌아 신흥무관학교 학생들과 교민들이 사정없이 죽어 나갔다. 결국 신흥무관학교가 존폐 위기에 처하게 되자 서간도 지역 한인들이 패물을 내놓고 옷을 팔고 머리를 잘라 팔고 신을 삼아 파는 등 있는 힘을 다하여 학교를 살려내면서 학교 운영이 한인회의 관리 체제로 넘어간다. 학교를 넘겨준 우당 형제들은 이때 각처로 뿔뿔이 흩어진다. 맏이 이건영은 나이가 많아 부모 제사와 조상 제사를 모시기 위해 장단으로 가고, 부자 이석영은 아들 둘과 아내를 데리고 천진으로 간다. 이시영은 전염병으로 아내와 아들 손자들을 잃고, 겨우 살아남은 아들(규준) 하나를 데리고 상해로 떠난다. 여섯째 이호영은 이석영을 따라 천진으로 갔으나 나중에 독립운동가들을 표적으로 삼는 괴한 습격으로 가족과 함께 목숨을 잃고 말았다.

우당은 북경으로 자리를 옮겨 새로운 운동을 펼쳐 나갔다. 우당의 집은 하루에도 3, 40명씩 애국지사들이 몰려들면서 운동 본부 겸 중국 전역으로 가는 정거장이 된다. 이때 우당은 아나키스트 동지들을 만나게 되면서 아나키스트 사상을 받아들인다. 삼일운동 이후 세운 상해 임정이 권력 다툼으로 심한 분파를 일으키면서 점점 독립정신을 잃어가자 우당은 분파 없는 순수한 아나키스트 동지들인 유자명, 이정규, 신채호, 김창숙 등과 함께한 것이다. 조선 대대로 성리학을 공부한 조선 명문가 출신이 이름조차 낯선 아나키스트가 된 것은 놀라운 일이 아닐 수 없다.

　그러나 아나키즘은 연합 공동체를 기본으로 한 평등사상과 인간 존중을 기본으로 한 것을 고려해볼 때 전혀 놀라운 일이 아니다. 우당 선생의 타고난 휴머니즘적 사고와 자유주의와 잘 맞아떨어지기 때문이다. 우당 선생은 그때 아나키즘을 조선의 대동계, 품앗이의 성격으로 이해했다. 그러나 우당 선생이 이것을 받아들인 가장 큰 이유는 권력에 대한 분파 배척에 있다 할 것이다. 사실 우당 선생은 권력을 두고 분파를 일으킨 임시정부에서 손을 떼고 말았다.

　독립운동 지도자들은 삼일운동을 전개한 다음 윌슨의 민족자결주의를 오해하고 곧 해방이 될 것으로 믿고 임시정부를 세우기 시작했다. 국내를 비롯하여 해외 독립기지마다 세워진 임정은 8개 이상이었다가, 결국 입지상 가장 적합한 상해로 결정하고 여기에 대표자 28명이 모였다. 그런데 곧 해방이 될 거라고 믿는 지도자들 간에 권력 싸움이 벌어지기 시작했다. 해방을 염두에 두고 미리 권력을 잡자는 생각이었다. 우당 선생은 독립운동 지도자의 원로로서 분파의 원인이 권력에 있으니, 지금 당장 임시정부를 세울 게 아니라 각지에 흩어져 있는 운동단체를 연합하는 연합 독립운동 단체를 만들어야 한다고 주장했다. 그러자 권력에 눈이 먼 사람들은 우당 선생을 향해 '왕실과 사돈을 맺었고 대대로 명족으로서 왕실과 가까웠으므로 왕조 체제를 부활시키려는 것'이라고 공격했다. 우당 선생의 장남 이규학의 아내 조계진이 왕족이었다. 조계진은 고종의 여동생 딸이면서 대원군의 외손녀였다. 선생은 그 길로 임정에서 손을 떼고 말았다. 그리고 임정은 우당 선생이 염려했던 대로 해방되는 그날까지 권력 다툼이 그치지 않았다.

　장준하의 고백이 그것을 말해주고 있다. 20대 초반 학도병으로 끌려간 장준하는 1944년 아무도 예상하지 못했던 해방을 1년 정도 앞둔 상태에서 50여 명의 동지들과 일군에서 도망쳐 임정을 향해 6천 리 길을 야행했다. 당시 중경으로 피신해 있는 임정에 들어선 장준하는 '셋집을 얻어 정부청사를 쓰고 있는 형편에 그 갈래는 의자보다도 많았다'고 한탄할 정도로 임정은 분파되어 있었다. 분파된 파들은 혜성처럼 나타난 이 젊은 청년 동지들을 서로 자기네 편으로 만들기 위해 찾아다니며 각자 자기네가 옳다고 선전하기 시작했다. 장준하는 생각다 못해 임정에 온 지 열흘 만에 단상에 올라 평생을 독립운동에 몸바친 원로 지도자들 앞에서 다음과 같은 선언을 한다.

> 요즘 우리는 이곳을 하루빨리 떠나자고 말하고 있다. 나도 떠나고 싶다. 오히려 오지 않고 여러분을 계속 존경할 수 있었다면 더 행복했을지 모를 일이다. 가능하다면 이곳을 떠나 다시 일군에 들어가고 싶다. 일군에 가면 항공대에 들어가 종경 폭력을 자원, 이 임시정부 청사에 폭탄을 던지고 싶다. 선생님들은 왜놈들에게 받은 설움을 다 잊으셨는가. 그 설욕의 뜻이 살아 있다면 어떻게 임정이 이렇게 분열할 수가 있겠는가. 우리가 이곳을 찾아온 것은 조국을 위하여 죽음의 길을 선택하러 온 것이지, 결코 여러분의 이용물이 되고자 이를 악물고 목숨을 걸고 헤매어 온 것은 아니다.[6]

다시 우당 선생의 이야기로 돌아가보면, 북경의 정거장인 우당 선생의 집은 한 달에 쌀 두 가마 이상 밥을 지어야 했는데, 결국 쌀과 부식을 외상으로 가져오기 시작하면서 3년 동안 주거래 가게에 집 한 채에 달한 외상값을 빚지게 된다. 가족들 옷이나 이불 등을 전당포에 맡기는 극빈 생활이 시작된다. 대책이 없자 우당 선생의 부인 이은숙 여사가 자금을 구해볼 양으로 국내로 들어와 고급 유곽의 기생들 옷을 짓는 일을 하면서 몇 푼씩 벌어 북경으로 보냈지만 영원한 이별이 되고 만다. 만주사변과 상해사변으로 일본이 중국을 석권해가는 와중에 우당은 중국의 학계와 정계의 핵심인물이면서 장개석 측근인 아나키스트 이석증과 오치이를 찾아가 한인 아나키스트 항일투사들에게 무기와 자금 지원을 부탁한다. 그들은 다시 만주군벌 장학량에게 연결하고, 장학량이 사리사욕이 없는 아나키스트 항일투사들이라면

---

6   장준하, 『돌베개-장준하 문집 2』, 사상, 1985, 207쪽.

믿겠다고 반기며 중국과 합작할 경우 자금과 무기뿐만 아니라 만주를 한인 자치구로 인정받게 만들겠다는 뜻밖의 조건을 제시한다. 만주를 한인 자치구로 얻게 된다면 제2의 조선 땅을 찾게 된다는 기쁨을 주체할 수 없는 우당 선생은 거사를 위해 직접 만주행을 택한다.

그리고 운명의 날인 1932년 11월 17일, 만주로 가기 위해 상해 황포강 수상부두로 나간다. 우당은 영국 선적 남창호를 타게 되고 느닷없이 일본 경비정이 쫓아와 남창호에서 우당을 체포한다. 대련 수상경찰서로 압송된 우당은 여순감옥에서 고문으로 순국한다. 그런데 더욱 불행한 것은 우당이 만주로 간 것을 일본 영사관에 밀고하여 체포에 일조한 사람이 다름 아닌 이석영의 둘째 아들 이규서라는 사실이다. 이규서는 망명 이후 추가마을에서 태어났고 당시 20세의 청년이었다. 석영의 아들 규서가 고급 밀정 옥관빈(일본에게 자금을 받아 제약회사를 운영하는 인물)과 한인회 회장 이용호에게 뇌사되어 정보를 준 것이다. 이렇게 하여 우당 선생은 여순감옥 고문실에서 향년 65세를 일기로 최후를 마쳐야 했고, 숙부를 밀고한 규서는 아나키스트 의열단 동지들이 심문 끝에 자백을 받아내고 즉석에서 처단했다.

5. 영웅은 그 최후가 비극적이지 않으면 안 된다

'영웅은 그 최후가 비극적이지 않으면 안 된다'는 오스카 와일드의 역설은 영웅들의 비극을 단적으로 말해주고 있다. 비록 훗날 만인으로부터 영웅으로 추앙받는다 하더라도 영웅들이 선택한 삶은 매몰차게 가문의 모든 것을 징수해버린 탓이다. 우당 선생이 순국한 후 형제들과 가족들의 처지는 어땠을까. 먼저 6형제의 행로를 보면, 맏이 건영은 선영을 모시기 위해 만주에서 장단으로 돌아가 해방을 보지 못한 채 죽었다. 셋째 철영 역시 일제 전성기인 1925년에 죽었다. 둘째 이석영은 자신의 분신처럼 사랑하는 아우 이

존재와 사유

회영과 하나밖에 없는 아들이 작은아버지를 밀고하여 죽게 한 죄의 비극 속에 홀로 남아 칠십 노구로 비지를 얻어먹다 혼자 죽었다. 한때 만주의 왕이라고 불릴 정도로 부자였던 이석영은 장례는커녕 빈민들의 시신을 버리는 공동묘지에 버려졌다. 6형제 중 살아남아 해방을 맞이한 사람은 오직 한 사람 이시영뿐이었다. 그러나 이시영 또한 초대 부통령을 역임했지만 중간에 사임하고 1년(1953) 뒤에 사망하고 말았다. 만주에서 전염병으로 아내와 아들, 손자들을 잃어버린 충격과 기나긴 망명 생활로 지친 몸이 더 이상 버티지 못한 탓이었다. 여섯째 호영은 선생이 상해로 떠나기 전날 밤 무려 5년만에 찾아와 형님과 하룻밤을 자고 헤어진 후 일본 첩자로 추정되는 괴한들에게 피살(1933)되고 말았다.

　이제 우당 선생의 직계가족을 보자. 우당 선생에게는 장남 규학, 장녀 규숙, 차남 규창, 차녀 현숙, 생 유복자 규동 등 3남 2녀가 있었다. 장남 규학(전 국정원장 이종찬의 부친)은 북경에서 사촌 이규준(이시영 아들)과 함께 밀정 김달하를 처단하고 상해로 피신하여 영국인이 운영하는 전차회사 검표원으로 일하면서 받은 월급으로 어려운 임정을 도왔다. 그리고 임정의 비밀연락을 하다 체포되어 고문으로 청각을 상실하고 평생 말을 듣지 못한 장애로 고통스럽게 살다 생을 마감했다.

　그리고 이규학의 아내 조계진은 누구인가. 조계진은 고종의 질녀로 대원군의 외손녀로 태어나 우당 선생의 며느리가 된 인물이다.(전 국정원장 이종찬의 모친) 조계진은 어린 두 딸을 북경에서 전염병으로 한꺼번에 잃어버린 아픔을 겪어야 했고, 시어머니 이은숙처럼 평생 삯바느질로 가족을 부양해야 했다. 차남 이규창은 밀정 이용노를 처단하는 데 합류했고 일본공사 유길을 암살하려 붙잡혀 2, 30대 청년기 13년을 고스란히 옥중생활로 보내고, 해방이 되어서야 세상에 나왔지만 몸은 이미 만신창이가 되고 말았다. 차녀 현숙은 7세에 엄마가 돈을 벌기 위해 한국으로 귀국할 때 생이별을 한 다음 언니 규숙을 엄마 대신 의지해 살다가 17세에 죽었다. 특히 두 자매는 한때

빈민구제원에 고아로 위장하여 맡겨지기도 했다. 중국 공안에서 1년간 옥살이를 했던 어린 혁명가 규숙은 남편 장기준과 함께 항일투쟁을 하면서 겨우 목숨을 부지했다. 국내에서 출생한 우당 선생의 막내아들 규동은 생 유복자가 되어 아버지 얼굴을 끝내 생면하지 못했다.

6. 맺는말

나라를 찾기 위해 모든 것을 버리고 만주 땅으로 떠난 6형제들은 목숨까지 바쳤다. 그런 만큼 그들이 이 땅에 남긴 애국관은 위대한 유산이 아닐 수 없다. 그러나 앞장서서 가문을 조국에 바친 우당 선생의 업적은 해방 이후에도 오랫동안 조명되지 않았다. 해방 이후 계속 수많은 애국지사들이 소개되었음에도 이회영이란 이름은 좀처럼 들을 수가 없었다. 초대 부통령을 지낸 다섯째 이시영은 귀에 익었지만 정작 모든 것을 주도한 그의 형 우당 이회영은 일반 국민들이 알지 못했다. 선생은 민주 서간도에 독립군 군사기지인 신흥무관학교 설립뿐만 아니라 망명 한인들이 사는 곳 처처에 학교를 세웠고 아직도 발굴해야 할 무궁무진한 진실이 숨어 있다고 김홍범(중국 매화구시 조선민족교육사) 총재와 조문기(조선족 민족사회학회) 부이사장은 흥분했다. 그들은 선생을 교육의 아버지라고 불렀다. 다행히 2000년을 전후하여 학계에서 논문과 평전이 상재되고 TV 방영을 통해 알려지기 시작했다.

이제는 우당 선생의 기념관에 대해서도 생각해볼 일이다. 명동성당 아랫길에 우당 거리가 조성되어 있고 집터 중간쯤이었을 언덕에 자그마한 기념비가 있다. 그곳에서 아래쪽을 내려다보면 YWCA 고층건물의 높다란 유리벽이 햇살을 받고 있는 것이 보인다. 우당 6형제가 망명길에 오르면서 버려두고 간 집은 당시 조선총독부가 접수해버렸다가 해방 이후 새롭게 들어선 건물이다. 안타까운 것은 선생의 생가에 기념관이 들어서야 옳지 않겠는가,

하는 생각이다. 월남 이상재 선생이 '나라가 해방되는 날 국가는 우당 가문의 재산을 돌려주어야 한다.'고 주장한 대로 한국은 우당 가문의 재산을 돌려주지는 못할망정 조국 광복을 위해 초개같이 버리고 간 6천 평 집터에 기념관을 세워 길이길이 애국정신의 산 교육장으로 만들어야 하지 않겠는가. 그런데 왜, 한국의 노블레스 오블리주를 실현한 이 유일무이한 교육장을 살리지 않는지, 로댕이 조각한 칼레의 시민 6인처럼 한국에 이렇게 위대한 유산이 있노라고 세계에 자랑할 만한 보물을 왜 묻어두고만 있는지, 답답한 일이 아닐 수 없다.

시대의 역경 앞에 우리 한국사가 부끄러운 것은 외세로부터 침략을 받았다는 것보다 그때마다 국가와 민족을 책임져야 하는 사대부들의 무책임하고 비겁한 태도였다. 명문거족은 이 부분에서 구분되어야 한다. 임진왜란의 침략 앞에 이항복이 있었다면 한일병합 앞에는 그의 후손 이회영 가문이 있었다는 사실이 중요하다. 명문이란 국가의 운명 앞에 조국을 위해 명예와 목숨을 버리는 민족정신으로 이어진다는 것을 이 가문이 보여준 것이다. 이럴 때 비로소 가문의 내력을 논함이 옳다.

일본이 비웃었던 대로 당시 항일투쟁의 불 속으로 뛰어든 항일의병 등 애국자들은 주로 하층민들이었고, 지도자들 또한 대부분 평민들이었다. 저동대감댁 넷째 도련님으로 호명되었던 청년 이회영은 당시는 나라의 국권이 존재했으므로 관계로 나가는 것이 온당했다. 그럼에도 관계 진출을 접고 심지어 왕의 지엄한 부름을 사양하고 20대부터 항일의병을 지원하면서 적극적으로 항일투쟁을 시작한 인물이다. 언제나 상황을 주도해가는 중심이 되어 모든 것을 이끌면서도 항상 뒤로 물러앉았던 것은 오로지 나라만을 생각하는 격조 높은 지도자의 정신을 보여준 것이다.

언제 어디서나 몸을 낮추기 좋아한 선생은 할 수만 있다면 그림자도 지워버릴 듯이 철저히 흔적을 지워나갔다. 술 한 모금 입에 댄 적이 없는 용의주도한 성품대로 한 걸음 걷고 흔적을 지우고 두 걸음 걷고 흔적을 지웠다. 항일투쟁에 대한 관련 기록 한 장, 메모 한 줄, 그리고 훗날 독립운동을 했다는 증거가 되어줄 그 흔한 기념사진(단체 사진) 한 장 남기지 않았다. 남긴 것이라고는 중국옷 대포를 입고 찍은 독사진 두어 장과 묵화와 전각, 단소와 통소 정도에 지나지 않은데, 그런 것에는 독립운동의 증거가 남을 리 없기 때문이다. 사실 선생은 혁명투사와 걸맞지 않다. 선생은 어느 모로 보나 성리학을 숭상한 선비였고 감성이 섬세한 예술인이었다. 선생은 통소와 양금 등 전통 악기를 연주했고 추사 김정희 체의 '삼전지묘법'이라는 고난도 석파난을 그렸다. 아내에게 자신의 이름 자 중 '영' 자를 딴 '영구'라는 이름을 지어주는 등 여성을 존중하는 페미니스트였다.

"백족지충 사이부도(百足之蟲 死而不倒)"라는 말이 있다. 발이 백 개 달린 벌레는 죽어도 넘어지지 않는다는 말로, 자기밖에 애국자가 없다고 떠들며 모두 우두머리만 되겠다고 설치는 것을 보다 못해 김구 선생이 즐겨 쓴 말이었다. 우당 선생은 바로 백 개의 발이 되려고 했을 뿐이다. 선생은 자기를 부인한 존재적 삶을 통해 "살아가는 이유를 아는 자는 도저히 견딜 수 없는 삶도 견딜 수 있다"는 것을 보여주었다. 그리고 지금 이 시대를 살아가는 우리에게 그와 같은 정신을 주문하고 있는 것이다. 시대는 과거나 현재나 미래나 언제든지 어떤 선택을 요구하게 마련이다. 시대는 흐르는 물과 같고 움직이는 생물과 같기 때문이다. 그리고 인간은 살아가면서 시대적 문제에 직면하지 않을 수 없기 때문이다.

존재와 사유

대한민국 건국과 1919년
— 임시정부 100주년에 생각하다

1. 대한 독립 만세와 대한민국

우리나라 국민은 역사상 잊지 못할 "대한 독립 만세"를 두 번 불렀다. 하나는 '吾等(오등)은 玆(자)에 我(아) 朝鮮(조선)의 獨立國(독립국)임과 朝鮮人(조선인)의 自主民(자주민)임'을 선언한 삼일만세운동이었고, 하나는 해방을 맞이한 만세였다. 유사 이래 이 기막힌 대한 독립 만세를 두 번 불러야 했던 우리나라는 삼한부터 '한국(韓國)'이라는 전통 명칭이 오늘에 이르고 있다. 그리고 헌법으로 "대한민국"이라는 국호는 1919년 3월 1일 삼일만세운동의 독립선언으로 건국된 임시정부(臨時政府)에 그 연원을 두고 있다. 먼저 한국이라는 우리나라 전통 명칭부터 살펴볼 필요가 있다.

고대 단군 왕검이 세웠다는 고조선은, 준왕 때 위만(위만조선)에게 망하게 되고, 고조선 준왕 세력이 중남부로 밀려 내려와 나라를 세우면서 한(韓)이라는 명칭을 사용한 것으로 본다. 이를 일러 '마한'이라고 부른다. 마한은 경기·충청·전라 지역을 포함한다. 이어서 진한·변한이 등장하게 되는데 진한과 변한은 경상도 지역을 포괄한다. 이들을 합해 삼한이라고 부르게 되고, 한국(韓國)이라는 명칭은 우리나라의 전통적인 명칭으로 자리 잡게 되었다. 이 과정을 간단히 정리해보면 우리 한민족은 고조선으로 시작하여 부여를 거쳐 고구려 · 백제 · 신라를 지나 고려로 통일되었다가 조선으로 내려왔다. 그리고 고종이 1897년 '대한제국'으로 국호를 바꾸었고 1919년 4월 11일 상해 임시정부에서 나라의 주권이 황제에게 있는 '제국'을 떼어내고 주권이 국민에게 있는 '민국'을 붙여 오늘날 '대한민국'이 된 것이다. 따라서 '대한민국'의 건국 연원은 1919년 4월 11일로 명시되어 있다.

대한제국 당시 우리 역사는 1910년 8월 29일 이완용을 비롯한 친일파들의 주도 아래 나라를 일본에게 넘겨주게 된다. 그리고 9년의 세월이 흐른 뒤, 1918년 11월 11일 제1차 세계대전이 종결되면서 미국 28대 대통령 우드로 윌슨(Woodrow Wilson, 1856~1924)이 민족자결주의를 선언한다. 내용의 핵심은 "각 민족의 운명은 그 민족이 스스로 결정해야 한다."라는 것이었다. 그러니까 민족의식을 지닌 한 집단이 독자적인 국가를 형성하고 자신의 정부를 선택할 수 있다는 사상이다. 물론 이것은 반드시 약소국의 해방과 독립을 위해서 발표된 것은 아니었으나 윌슨은 14개 평화 조항 가운데 민족자결주의를 전후 세계질서에 필요한 주요 목표로 상정했고, 연합국은 평화적 목적을 위해 이것을 받아들였다. 그 결과 오스트리아-헝가리 제국과 오스만 제국, 러시아의 식민지였던 발트해 연안지역의 약소국들이 각각 독립하게 되었다.

따라서 윌슨의 민족자결주의 발표는 당시 강대국의 지배를 받던 세계의 수많은 약소민족들에게 희망과 용기를 불러일으켜주었고 우리에게는 삼일만세운동이라는 거국적인 기폭제가 되어주었다. 우리나라는 그야말로 일본을 몰아낼 때가 왔다고 보았다. 미국 교민들은 이승만을 파리강화회의에 대표로 보내는가 하면 독립운동을 지원하기 위해 자금을 모금했고, 중국에서는 신한청년당이 조직되어, 김규식을 대표로 파리강화회의에 보내기도 했다. 그리고 일본에서 유학하는 조선 유학생들은 당해 12월 겨울

방학을 이용해 2·8독립선언을 계획했다. 그런데 갑자기 고종이 승하하는 일이 발생하게 되고 독립운동 지도자들이 3월 1일을 만세운동의 기일로 잡게 된다. 당시 일요일마다 교인들이 모이는 교회를 중심으로 전국적인 규모로 일을 추진하면서 고종의 인산날인 3월 1일을 거사 일을 잡게 된 것이다. 이렇게 하여 1919년 3월 1일 만세운동이 전국적으로 전개되었다.

"吾等은 玆에 我 朝鮮의 獨立國임과 朝鮮人의 自主民임을 선언하노라"

이 피맺힌 기미삼일독립선언문에 따라 우리 국민이 들불처럼 일어선 삼일운동은 우리나라뿐만 아니라 세계사적으로 위대한 혁명으로 기록되고 있다. 남녀노소, 빈부, 지위고하를 뛰어넘어 전 국민이 목숨 바쳐 외쳤던 만세, 심지어 기생들까지 검은 상복을 입고 거리로 나와 목숨 걸고 만세를 외쳤던 이 운동이 위대한 것은 대한민국 임시정부 수립, 곧 대한민국이라는 국가를 건국했기 때문이다.

그런데 1919년 임시정부 수립을 '대한민국 건국' 연원으로 보는 까닭은 무엇인가? 이것은 대한민국이라는 국호와 관련된다. 대한민국은 '대한'과 '민국'으로 나누어 그 의미를 분석해야 한다. 앞에서 언급한 대로 대한의 '韓'은 삼한시대부터 내려온 명칭이며, 민국은 국민의 나라, 즉 주권이 왕(황제)에게 있지 않고 국민에게 있다는 민주공화제를 의미한다. 고종이 청나라에 대항하기 위해 1897년 '대한제국'이라고 나라를 격상시켰으나 그것은 말그대로 제왕의 나라 '제국'이었다. 그리고 대한제국은 일본에 의해 1910년 8월 29일 막을 내리게 되었고, 드디어 1919년 3월 1일 만세운동의 독립선언에 의해 상해에서 대한민국 임시정부가 수립된 것이다.

그러나 북한과 일본은 아직도 1919년 대한민국 건국 연원을 인정하지 않고 있다. 그들뿐만 아니라 무슨 이유에서인지 우리 국민 가운데서도 우리의 건국 연원을 1948년이라고 주장하는 사람들이 등장한 적이 있었다. 1948년

8월 15일을 건국으로 보고 이를 기념하기 위해 '건국절'을 새로 제정하자는 것이었다. 그런데 제헌국회 당시 우리 정부는 대한민국 임시정부가 사용한 국호 '대한민국'을 그대로 사용했으며 연원 또한 1919년부터 계산하여 1948년 당해를 대한민국 30년이라고 표기했다. 이와 같이 1919년의 대한민국과 1948년의 대한민국이 똑같이 대한민국 국호를 사용한 것은 지극히 자연스러운 일이다. 1919년 4월 11일 상해에서 선언한 대한민국은 일본의 강점기 아래 남의 땅에서 '임시'라는 단어를 붙여 선언한 것이었다면, 1948년 8월 15일 선포한 대한민국은 일본이 패망하여 물러가버린 다음 우리 땅에서 '임시'를 떼어내고 선언한 것이기 때문이다. 차이라면 우리 땅에서 선언한 것과 어쩔 수 없이 남의 땅에서 선언한 것, 전자는 임시를 붙였고 후자는 임시를 떼어냈다는 차이가 있을 뿐이다.

2. 임시정부 임시의정원 설립 과정

대한민국은 엄연히 1919년에 건립되었으며 1919년 발표된 독립선언은 크게 두 가지 의미를 갖고 있다. '吾等(오등)은 茲(자)에 我(아) 朝鮮(조선)의 獨立國(독립국)임과 朝鮮人(조선인)의 自主民(자주민)'임을 선언한 것처럼 우리는 일제의 지배를 인정하지 않은 상태에서 '독립국'임을 선포했다. 이때부터 국내외에서 활동하던 지사들이 나라를 세우겠다는 꿈을 안고 상해로 모여들었다. 상해는 이미 대한제국의 군인 출신인 신규식이 망명하여 중국 혁명당 인사들과 교류를 맺으면서 국외의 독립운동 거점으로 자리 잡은 곳이었다. 그리고 1917년 상해에서 활동하던 지사들이 '대동단결선언'을 통해 민족의 대표기구를 수립할 것을 제안한 곳이기도 했다. 또한 상해는 다른 나라로 연결되는 교통도 편리할 뿐만 아니라 외국 조계가 모여 있어 일본의 감시로부터 비교적 안전한 곳이었다. 나라를 세우겠다는 희망과 기대에 부풀어 상해로 모여든 지사들은 삼일만세운동 이후 4월 초가 되자 천여 명이 넘었다. 그리고 1919년 4월 10일 상해 프랑스 조계에 대표 29명이 모여 임시정부를 세울 것을 논의하게 된다.

李會榮, 李始榮, 玄楯, 孫貞道, 申翼熙, 曹成煥, 李光, 李光洙, 崔謹愚, 白南七, 趙素昻, 金大地, 南亨祐, 李東寧, 趙琓九, 申采浩, 金澈, 鮮于爀, 韓鎭敎, 秦熙昌, 申鐵, 李漢根, 申錫雨, 趙東珍, 趙東祜, 呂運亨, 呂運弘, 玄彰運, 金東三[1](이회영, 이시영, 현순, 손정도, 신익희, 조성환, 이광, 이광수, 최근우, 백남칠, 조소앙, 김대지, 남형우, 이동녕, 조완구, 신채호, 금철, 선우혁, 한진교, 진희창, 신철, 이영근, 신석우, 조동진, 조동호, 여운형, 여운홍, 현창운, 김동삼)

이들은 임시의정원(국회 격)이라는 이름으로 의장, 부의장, 서기를 무기명 투표로 선출했다. 의장과 부의장은 각각 1인을, 서기는 2인을 선출했다. 의장에 이동녕, 부의장에 손정도, 서기에 이광수와 백남칠이 선출되었다. 이와 같은 절차를 거쳐 임시 국회격인 임시의정원이 설립되었다. 따라서 임시의정원은 입법기구로서 지금의 국회 역할을 했다. 임시의정원이 설립되면서 역사상 대한제국 이후 처음으로 의회정치와 정당정치가 시작된 것이다. 임시의정원의 성격은 대한민국임시헌장 제2조 "대한민국은 임시정부가 임시의정원의 결의에 의하여 此를 통치함"이라고 규정해놓았다. 국민을 대표하고 국민의 의견을 수렴하는 대표기구로 의정원을 두고, 그 의정원의 결의에 의해 정부를 운영한다는 것이다.

임시의정원을 설립한 임시정부는 조직과 운영을 위한 의정원법을 제정했다. 1919년 4월 25일 제정한 임시의정원법에 따르면, "각 지방 인민의 대표 의원인 의원들로 구성하며 의원의 자격은 대한국민으로 중등교육을 受한

---

1   국사편찬위원회, 『대한민국 임시정부자료집』 1(임시의정원 1), 2005, 19쪽.

만 23세 이상의 남녀로 정하고 의원의 선출은 인구비례에 따라 지방인구 30만 명에 1인을 선출한다."는 것을 원칙으로 삼았다. 이에 따라 의원은 경기, 충청, 경상, 전라, 함경, 평안도에서 6명씩, 황해도, 강원도 및 중령(中領), 아령(俄領), 미령(美領) 교민은 3인씩 선출했다. 의정원에는 각 위원회(委員會)와 분과(分科)가 설치뇌었다. 위원회는 전원위원회, 상임위원회, 특별위원회를 두었고, 전원위원회는 지금의 운영위원회와 같았다. 특별위원회는 의정원에서 특별한 사항을 처리하기 위해 설치했다. 그리고 5인을 위원으로 하여 8개 분과(제1과 법제, 제2과 내무와 외무, 제3과 재무, 제4과 군무, 제5과 교통, 제6과 예산·결산, 제7과 청원·징계, 제8과 교육·실업)를 두었다. 이외에 의정원의 개회 및 폐회, 의안에 대한 건의 및 의결, 방청인 퇴장 등의 규정이 지금의 국회법과 다르지 않았다.

1930년대로 들어서면서 임시의정원은 정당을 중심으로 조직 운영되기 시작했다. 1920년대 중반부터 정당을 조직하자는 움직임이 일어나면서 그 결과 1930년 1월 임정을 중심으로 활동하던 인사들이 '한국독립당'을 창당했다. 한국독립당은 임정을 옹호 유지하는 정당으로서 이들이 의정원을 구성하면서 의정원은 정당에 의해 운영되기 시작했다. 이후 한국독립당이 해체되고, 1935년 김구를 중심으로 한 '한국국민당'이 결성되어 의정원을 운영했다.

1940년대로 가면서 좌익 진영의 정당 및 단체들이 참여하면서 의정원의 운영과 모습이 달라지기 시작했다. 좌, 우익 양 진영의 정당 및 단체들이 참여하여 '통일의회'를 구성하게 되면서 의정원 의원 수가 대폭 확대되는 변화를 가져왔다. 기존 '한국독립당', 또는 '한국국민당'이 일당체제로 운영될 때 23명이었던 의정원 수가 좌익 진영의 정당 및 단체에서 23명의 의원들이 보선되자 총 46명으로 늘어나게 되었다. 당도 일당제에서 다당제로 바뀌었다. 그동안 의정원은 '한국독립당'만이 유일하게 참여한 가운데 일당제로 운영되어 왔으나, 여기에 '조선민족혁명당'을 비롯하여 '조선혁명자연맹',

존재와 사유

'조선민족해방동맹' 등이 참여하면서 다당제로 바뀌게 된 것이다. 다당제로 확장되면서 여당과 야당으로 나뉘게 되었다. 가장 먼저 생긴 '한국독립당'과 '한국국민당'이 여당으로, 후발주자인 '조선민족혁명당'을 비롯한 좌익진영 계열이 야당 역할을 담당하게 되었다. 다당제 성립과 여당과 야당이 존재한 의정원은 정상적인 의회정치의 꼴을 갖추게 된 것이다.

3. 대한민국 국호 결정과 정부 수립

1919년 4월 10일 임시의정원 설립과 함께 의장 이동녕의 사회로 제1회 의정원 회의가 열렸다. 이때 비로소 국호(國號)를 무엇으로 정할 것인가, 관제(官制)를 어떻게 할 것인가, 국무위(國務員)를 선출하는 문제, 그리고 헌법제정 등의 순서로 논의가 진행되었다. 가장 먼저 국호를 제정했다. 국호는 '대한민국'으로 하자는 제안(신석우)이 나왔고 재청(이영근)에 따라 가결되었다. 이렇게 하여 '대한민국'이라는 나라가 탄생하게 되었다. 두 번째 논의는 관제였다. 관제는 국가를 유지 운영하는 정부의 조직 구조를 말하는 것인바, 행정수반의 명칭을 무엇으로 할 것이며, 행정부서는 어떤 것들을 설치하느냐 하는 문제였다. 행정 수반 명칭은 '국무총리'로 정하고, 행정부서는 내무, 외무, 법무, 재무, 군무, 교통 등 6개 부서를 설치했다. 세 번째는 국무원(국무위원) 선출이었다. 국무원은 국무총리를 비롯하여 6개 행정부서의 책임자들로, 선출된 국무원은 아래와 같다.[2]

> 국무총리 : 이승만
> 내무총장 : 안창호, 내무차장 : 신익희
> 외무총장 : 김규식, 외무차장 : 현순

---

2   한시준, 『역사농단』, 역사공간, 2017, 181~182쪽.

법무총장 : 이시영, 법무차장 : 남형우

재무총장 : 최재형, 재무차장 : 이춘숙

군무총장 : 이동휘, 군무차장 : 조성환

교통총장 : 문창범, 교통차장 : 선우혁

국무원비서장 : 조소앙

네 번째는 헌법을 제정하여 통과시켰다. 헌법은 조소앙이 기초한 것으로 알려져 있다. 의정원 회의에서 신익희, 이광수, 조소앙 3인을 선정하여 헌법 초안을 심사하도록 하고, 3인 심사위원들에 의해 초안의 일부 내용이 수정되었다. 헌법의 명칭은 "대한민국임시헌장"이며 모두 10개조로 되어 있다. 이는 의정원 회의에서 그대로 통과되었으며 곧바로 공포되었다. 헌법을 제정 공포하면서, 임시정부를 수립하는 절차가 모두 마무리되었다.

이로써 1919년 4월 11일 국호를 '대한민국'으로 명명한 대한민국 임시정부가 수립되었다. 대한민국 임시정부는 '대한민국'이라는 국가를 유지하고 운영하는 정부를 가리키는 말이다. 임시정부가 수립되면서, 우리 역사에서 대한제국이 멸망한 이후 '대한민국'이라는 국가를 건국한 것이다. 이렇게 대한민국 임시정부가 수립되면서 우리는 역사적으로 대전환을 이루게 되었다. 당시 헌법인 대한민국임시헌장 제1조에 "大韓民國은 民主共和制로 함"이라는 내용이 그것이다. 대한민국 임시정부는 민주공화제 정부로 수립되었다는 것을 천명한 것이다. 따라서 수천 년 동안 지속되어온 전제군주제의 역사가 민주공화제의 역사로, 군주의 주권이 국민주권으로 바뀌게 되었고, 대한민국 임시정부는 국민주권과 민주공화제의 토대를 세우게 된 것이다.

헌법에는 '대한민국은 민주공화제로 함'이라는 것과 더불어 "대한민국의 主權은 大韓人民 全體에 在함"이라고 하여, 국가의 주권이 국민에게 있음을 명확하게 밝혀놓았다. 그리고 "대한민국의 立法權은 議政院이 行政權은 國務院이 司法權은 法院이 행사함"이라고 하여, 입법·행정·사법의 3

존재와 사유

권을 분리했다. 인민의 자유(신교, 언론, 출판, 집회, 거주 이전 등)와 권리(선거권, 피선거권, 노동권, 휴식권 등), 의무(납세, 병역, 교육)도 규정지었다. 한편 대한민국 임시정부는 1919년 4월 11일 대한민국 임시헌장을 제정 공포한 이래, 모두 5회에 걸쳐 헌법을 개정하게 되었다. 그리고 다섯 번의 헌법 개정은 정치적 상황에 따른 것으로, 민주공화제를 발전시킨다는 것이 쉽지 않음을 말해준다. 뿐만 아니라 헌법 개정과 함께 행정수반인 정부 지도체제 역시 다섯 차례 개정을 거쳤다.

1919년 4월 11일	대한민국 임시헌장을 제정 공포
1919년 9월 11일	대한민국 임시헌법
1925년 4월 7일	대한민국 임시헌법
1927년 4월 11일	대한민국 임시약헌
1940년 10월 9일	대한민국 임시약헌
1944년 4월 22일	대한민국 임시헌장으로 개정

행정수반인 정부 지도체제는 ① 국무총리 ② 대통령 ③ 국무령 ④ 국무위원제 ⑤ 주석 순으로 바뀌었다. 즉 정부 수립 당시 맨 처음에는 국무총리가 행정수반이었으나 1919년 9월 11일 임시정부 세 곳(국내 한성 임시정부, 노령 임시정부, 상해 임시정부)이 상해 임정으로 통합을 이루면서 헌법 개정에 따라 대통령 중심제로 개정하여 초대 대통령에 이승만을 선출했다. 그런데 이승만은 미국에 체류하면서 대통령 직을 수행하던 중 상해에 있는 국무원들과 갈등을 빚었다. 그런 일로 임시정부가 파행을 겪게 되자 의정원은 1925년 3월 이승만 대통령을 탄핵하고 박은식을 제2대 대통령으로 선출했다.

임정은 이승만 대통령을 탄핵한 이후 헌법을 개정하여 대통령제를 국무령제로 바꾸었다. 대통령이라는 명칭을 국무령(國務領)으로 바꾼 것이다. 이상룡(李相龍), 양기탁(梁起鐸), 안창호(安昌浩), 홍진(洪震), 김구(金九) 등 5명을 국무령으로 선출했다. 그러나 이들이 취임을 하지 않는 등 내각을 구성하는

데 어려움을 겪게 되자 임정은 다시 1927년 헌법을 개정하여 국무위원제(國
務委員制)를 채택했다. 국무위원제는 국무위원들이 공동으로 책임지는 집단
지도체제였다. 이 제도 역시 여의치 않게 되자 1940년 다시 단일 지도체제
로 바꾸어 '주석(主席)'이라 칭하고, 김구를 주석으로 선출했다.[3]

4. 대한민국 건국에 대하여

오늘날 우리나라 국민은 '대한민국' 건국에 대하여 무관심하거나, 건국을
1919년 4월 11일 선포한 임시정부와 1948년 8월 15일, 두 시기를 두고 명확
하게 구분하지 못하는 경우가 있다. 그러나 대한민국 건국의 연원은 명료하
게 구분할 수 있다. 1919년 임시정부와 1948년 제헌국회에 잘 나타나 있기
때문이다. 주지하다시피 1948년 제헌국회가 구성되었고, 제헌국회에서 대
한민국정부를 수립했다. 이때 이승만은 '국가의 재건과 부활'을 강조한 바
있는데, 이승만은 제헌국회가 개원되면서 국회의장으로 선출되었고 국회의
장으로서 제헌국회를 여는 개회사에서 다음과 같이 말했다.

> 우리는 민족의 公選에 의하야 신성한 사명을 띠고 국회의원 자격으로 이
> 에 모여서 우리의 職務와 權威를 행할 것이니 먼저 憲法을 제정하고 大韓
> 獨立民主政府를 再建設하려는 것입니다.
> 이 民國은 기미년 3월 1일에 우리 13도 대표들이 서울에 모여서 국민대
> 회를 열고 大韓獨立民主政府임을 세계에 공포하고 臨時政府를 건설하여 民
> 主主義의 基礎를 세운 것입니다.
> 이 국회에서 건설되는 정부는 즉 기미년에 서울에서 수립된 民國의 臨時
> 政府의 繼承에서 이날이 29년 만에 민국의 復活日임을 우리는 이에 공포하

---

3   위의 책, 183~189쪽.

존재와 사유

며 民國年號는 기미년에서 起算할 것이요.[4]

　이승만 의장이 언급한 요지는 크게 세 가지로 부각된다. 하나는 헌법을 제정하고 1919년에 세운 대한독립민주정부를 '재건설' 하자는 것이고, 둘째는 재건설하고자 하는 민국은 1919년에 수립하여 민주주의의 '기초'를 세운 것이며, 셋째는 제헌국회에서 건설할 정부는 1919년에 이미 수립된 임시정부를 '계승' 하는 것이며, 이것은 29년 만에 민국을 '부활' 하는 것이라고 밝혔다. 국호는 임시정부에서 사용했던 '대한민국'을 그대로 사용하되, 그 시점은 1919년부터 계산한다는 것이다. 그러니까 당시 국회의장 이승만은 제헌국회에서 새로운 국가를 세우는 것이 아니라, 재건설, 계승, 부활이라는 말로 1919년에 대한민국 임시정부가 건국한 대한민국을 그대로 잇는 것이라고 천명한 것이다. 따라서 국호를 '대한민국'으로 결정하는 과정을 비롯하여, 제헌국회에서 대한민국 정부를 수립하는 과정은 이승만이 제시한 대로 엄연히 이루어지게 되었다. 그리고 '제헌헌법'을 통해 대한민국 정부를 어떻게 수립하였는지에 대한 근거를 전문에 다음과 같이 밝혀놓았다.

　　유구한 역사와 전통에 빛나는 우리들 대한국민은 기미 3·1운동으로 대한민국을 건립하여 세계에 선포한 위대한 독립정신을 繼承하여 이제 민주독립국가를 再建함에 있어서 …(하략)…

　따라서 제헌국회에서 수립한 대한민국 정부는 1919년 4월 11일 건국한 대한민국 임시정부를 계승했다는 것이 명백해진다. 제헌헌법은 전문을 통해 '1919년 3·1운동으로 대한민국을 건립'하였고 이를 계승하여 민주독립국가를 재건한 것이라고 했다. '3·1운동으로 건립된 대한민국'은 대한민국

4　연세대학교 현대한국학연구소, 「國會開院式 開會辭」, 『雩南李承晩文書』 東文篇 15, 1998, 90~92쪽.

임시정부를 말한 것이며, '민주독립국가를 재건함'이라고 하는 '민주독립국가'도 대한민국 임시정부를 말한 것이다. 또한 대한민국 정부가 대한민국 임시정부를 그대로 이었다는 사실을 증명할 수 있는 대표적인 근거는 국호이다. 뿐만 아니라 대한민국 정부는 임시정부에서 사용하던 '대한민국'이라는 국호를 그대로 계승했다. 대한민국 정부에서 작성한 정부 문서에 '대한민국 30년'이라는 국호를 사용하였으며, 1948년 9월 1일 제1호 '관보(官報)'를 발행하면서 '대한민국 30년 9월 1일'이라고 명기했다. 동일한 국호를 사용하고, 국호의 시점도 1919년부터 계산하여 1948년을 '대한민국 30년'이라고 한 것이다.

이 모든 것은 국가의 뿌리인 정통성 문제로서, 우리나라 한민족의 정통성이 1919년 임시정부에 있음을 밝혀야 하는 두 가지 이유가 존재한다. 앞에서 언급했듯이 북한과 일본 때문이다. 1945년 일제강점기에서 벗어난 한반도는 1948년 38선을 경계로 남쪽에는 대한민국이, 북에는 김일성에 의해 조선민주주의인민공화국이 출발했다. 그리고 지금까지 남과 북이 서로를 인정하지 않고 대립관계를 지속해온 것은 민족의 정통성 문제 때문이다. 우리는 대한민국이, 북한은 조선민주주의인민공화국이 민족의 정통성을 이었다고 주장한 것이다. 그러나 우리 한민족의 정통성을 판단하는 기준은 김일성이나 그 누구도 아닌 대한민국 임시정부에 있다는 것은 역사적 흐름을 따져보면 쉽게 판단되는 문제이다. 즉 우리 한민족은 고조선에서 부여로, 삼국시대의 고구려 · 백제 · 신라를 거쳐 고려로, 조선으로 이어져 고종의 대한제국에서 대한민국 임시정부로 이어졌으며, 해방 이후 '임시'를 떼어낸 '대한민국'으로 정립되었기 때문이다.

그런데 만약 1919년 4월 11일 대한민국 임시정부의 대한민국 건국을 부정하게 된다면, 그러니까 대한민국 건국이 1948년이라고 한다면 우리와 북한이 대등한 위치에 놓이게 된다. 1948년 같은 해에 우리는 대한민국 정부를 수립했고, 북에서는 조선민주주의인민공화국을 만들었으므로 대한민국

존재와 사유

은 이승만이 세운 나라가 되며, 북한은 김일성이 세운 나라가 되기 때문이다. 사실 북한은 그들 뜻대로 김일성이 세운 나라로 만드는 데 성공했다. 그들은 김일성 혈통 자체를 신격화하여 국민에게 세뇌했기 때문이다. 따라서 북한은 오로지 김일성 유일체제를 위해 대한민국 임시정부의 대한민국 건국을 부정해왔던 것이다. 그리고 일본 입장에서는 대한민국 건국 역사가 일제강점기를 벗어난 해방 이후가 되어야 하기 때문이다.

또 하나 우리 민족의 전통성은 개천절에서도 찾을 수 있다. 우리가 해마다 건국기원절을 기념하는 날을 개천절이라고 부른다. 세상의 모든 나라에는 건국신화가 존재하며 우리나라는 단군신화에 바탕을 두고 있다. 그리고 그것을 기념하는 날을 개천절이라고 이르는데, 개천절을 국경일로 정한 것도 임시정부였다. 대한민국 임시정부는 정부를 수립한 직후 가장 먼저 국경일을 제정했다. 임시정부에서 제정한 국경일은 두 가지였다. 하나는 1919년 3월 1일 독립선언 발표를 기념하기 위해 제정한 삼일절이고, 하나는 건국기원절인 개천절이다. 개천절은 우리 민족이 국가를 세운 '건국'을 기념하기 위한 것으로 단군이 나라를 세운 음력 10월 3일을 기념일로 삼았다.

> 임시정부는 국무회의와 임시의정원 회의를 거쳐 국경일을 제정했다. 1919년 12월 1일 국무회의에서 관등(官等), 공문식(公文式) 국경(國慶), 국경일(國慶日) 명칭(名稱) 국무회의(國務會議) 세칙(細則) 및 역서안(曆書案)에 대하여 논의하고 법제국(法制局)으로 하여금 「국경안」과 「국경일 명칭안」을 기초하도록 지시했다.[5]

법제국은 국경일에 관한 안을 마련하였고, 이를 임시의정원에 제출했다. 임시의정원은 정부에서 제출한 「국경일안」을 심의 결정했다. 「국경일안」은 제7회 임시의정원 회의에서 다루어졌다. 제7회 임시의정원 회의는 1920년

---

5   국사편찬위원회, 『대한민국 임시정부자료집』 8(정부수반), 2006, 108쪽.

2월 23일부터 3월 30일까지 열렸고, 「국경일안」은 두 차례 독회를 거쳤다. 독회 과정에서 양력·음력을 둘러싸고 논쟁이 일어나기도 했지만 '독립선 언일'(양력 3월 1일)과 '건국기원절'(음력 10월 3일)을 국경일로 결정했다.[6]

대한민국 임시정부는 상해에서 매년 음력 10월 3일에 개천절을 기념했다.[7] 그리고 해방 이후 정부에서 이날을 국경일로 정하고 매년 양력 10월 3일 기념식을 거행하고 있다. 미국은 1776년 6월 대륙회의에서 독립을 선언하고, 이어 7월 4일을 독립기념일로 정하여 기념하고 있다. 당시 아메리카 역시 1776년 독립을 선언했으나 당장 독립된 것은 아니었다. 영국과 무려 6년 동안이나 독립전쟁을 치른 다음에야 영국 국왕이 1782년 12월 5일 의회연설을 통해 아메리카의 독립을 승인하게 되었다. 미국이 1776년 독립선언서를 발표한 것은 우리나라가 1919년 삼일만세운동 때 '삼일독립선언서'를 발표한 것과 같은 맥락을 취한다. 미국은 1782년 연합헌장을 만들어 13개 공화국을 한데 묶고 1787년 5월에 통일된 정부를 세우기 위한 제헌의회가 열리게 되었다. 제헌의회에서 만든 새 헌법에 따라 1789년 1월 총선가 실시되어 연방의회가 구성되었으며 초대 대통령으로 조지 워싱턴(George Washington, 1732~1799)을 선출했다.

우리나라가 해방이 되고 제헌의회가 구성이 된 1948년과 미국의 제헌의회가 열린 1787년과 의미가 같다 할 것이다. 그러나 미국은 독립선언서를 발표한 1776년 7월 4일을 독립기념일로 제정하여 그날을 국경일로 기념하고 있다. 그리고 프랑스는 이를 축하하기 위해 1876년 미국 독립 100주년이

---

6   조덕천, 「대한민국 임시정부의 국경일 제정과 '건국기원절' 기념」, 『대한민국은 언제 세워졌는가−대한민국 건립에 대한 역사적 법률적 국제정치적 이해』(대한민국 임시정부 수립 98주년 기념 국제학술회의 발표), 2017, 45~48쪽; 한시준, 『국사농단−1948년 건국론과 건국절』, 역사공간, 2017, 107~108쪽 재인용.

7   한시준, 앞의 책, 107쪽.

되는 해에 자유의 여신상[8]을 선물했다. 높이 46미터(아래 기단 높이 제외)의 거대한 자유의 여신상의 본 이름은 '세계에 빛을 비추는 횃불을 든 자유의 신상'이다. 발 밑에는 노예 해방을 뜻하는 부서진 족쇄가 놓여 있고 높이 쳐들어 올린 오른손에는 횃불을, 왼손에는 1776년 7월 4일이라는 날짜가 새겨진 '독립선언서'를 들고 있다.

5. 맺는말

사전상 '건국'은 '나라를 세움'이라고 하며 '수립'은 국가나 정부, 제도, 기구, 단체, 정책이나 사상, 계획 따위를 구상하여 세움이라고 한다. 따라서 나라는 '건국'한다고 말하고, 정부는 '수립'한다고 말하는 것이 옳은 표현이다. 1919년이 갖는 역사적 의미는 '대한민국'이라는 국호 아래 국가를 건국한 것이다. 대한민국이라는 국가가 건국된 직접적인 계기는 삼일독립선언이었다. 비록 미국 대통령 윌슨이 1차세계대전의 패전국에게 내린 철퇴였으나 민족자결주의는 우리에게 "吾等(오등)은 茲(자)에 我(아) 朝鮮(조선)의 獨立國(독립국)임과 朝鮮人(조선인)의 自主民(자주민)임을" 선언할 수 있는 기회를 제공해 주었다. 따라서 우리는 독립선언을 통해 '독립국'임을 천명할 수 있었고, 대한민국은 임시의정원을 통해 건국되었다. 그러므로 1948년 제헌국회에서 수립한 대한민국 정부는 당시 이승만 의장의 선언대로 처음으로 수립한 것이 아니라, 대한민국 임시정부를 계승, 재건한 것이 된다. 아울러 우리나라 역사에서 국민이 주권을 갖게 된 것과 민주공화제 정부를 수립한 것은 1919년이다. 임시의정원과 대한민국 임시정부를 수립한 것이 그것이다.

이와 관련하여 우리나라 역사에서 '국회'라는 이름이 처음 등장한 것은 1919년 임시의정원이었다. 1919년 4월 11일 제정 공포한 대한민국 임시헌

---

8   조각가는 프랑스의 프레데릭 오귀스트 바르톨디(Frederic Aguste Bartholdi, 1834~1904)

장 제10조에 "臨時政府(임시정부)는 國土恢復(국토회복) 후 만 1개년 내에 國會(국회)를 김集(소집)함"이라고 명시했다. 당시 임시의정원이 국회와 같은 역할을 하고, 독립 후 1년 내에 임시의정원의 명칭을 국회로 한다고 천명한 것이다. 이 '임시의정원'이 '국회'라는 명칭으로 정착되기까지 3년에 걸쳐 세 번의 개정을 거치게 된다. 해방 이후 1946년 2월에 비상국민회의(非常國民會議)로, 1947년 2월에 다시 국민의회(國民議會)로 명칭을 바꾸었다가 1948년 비로소 국회라는 이름을 갖게 되었다. 그런데 삼일만세운동과 임정이 수립된 지 100년이 되었으나 아직도 많은 국민들이 우리나라 건국 시기에 대하여 제대로 이해하지 못하고 있는 것이 현실이다. 여기에는 무관심과 잘못된 이해가 원인이겠으나 가장 큰 원인은 대한민국 국회가 그 연원을 제대로 정립하지 못하고 있기 때문이라는 지적이 지배적이다.

결론적으로 대한민국 정부는 임시정부가 사용한 연원을 그대로 사용했으며 그 시점도 1919년부터 계산하여 1948년을 '대한민국 30년'이라고 명백하게 표기했다. 1919년의 대한민국과 1948년의 대한민국은 동일한 국호를 사용한 것이다. 따라서 동일한 국호를 사용한 1919년의 대한민국과 1948년의 대한민국은 다른 국가라고 할 수 없다. 비록 남의 나라 땅(상해)에서 허름한 사무실 하나 얻어 세운 국가였지만 대한민국 임시정부는 엄연히 대한민국의 건국 연원이라는 사실을 거부하거나 간과해서는 안 된다. 대한민국은 1919년에 건립되었으며 대한민국의 역사는 1919년부터이기 때문이다. 아무리 작아도 7백 리 낙동강의 근원은 강원도 산골짜기에 있는 황지 못이다.

존재와 사유

고독한 사유로 배부른 농부 전우익

─ 비움과 나눔의 인간 에세이

1. 그 깊은 통찰이 다시 그리워지는 이유는

어느 날 등산가 한 사람이 산에 올라 고함을 질렀고 그 소리에 산사태가 났다면 누굴 탓해야 할까. 2014년 4월 세월호가 침몰하면서 대한민국도 함께 침몰한 상태에 놓여 있다. 세월호는 3년 동안 물속에 꼼짝없이 수장되어 있다가 2017년 여름 거짓말처럼 세상으로 올라왔고, 배 주인 유병언은 백골로 사라지고 말았다. 욕망과 허무 두 가지 양상을 보여준 유병언의 백골을 향해 그를 질타하다 생각해보니, 고작 한 사람 등산가의 고함소리에 무너져 내린 산의 허술함이 더 문제였다는 생각에 봉착했다. 유병언이 허공이나 지구 밖에서 무슨 짓을 한 게 아니었기 때문이다. 그는 엄연히 대한민국 제도권에서 욕망을 키웠고 대한민국은 욕망의 발판이 되어주었기 때문이다.

모든 원인은 욕망에서 비롯되었다는 것은 주지의 사실이다. 우리나라는 오래전부터 오로지 경제만을 부르짖으며 고속질주했고 그것이 국민성으로 자리 잡으면서 생각하기보다는 욕망하기, 배려하기보다는 출세하기에 몰입되어왔다. 총체적 원인이 여기에 숨어 있다는 것을 생각하기 전에 우리는 유병언 탓하기에만 열중할 뿐 정작 '우리'는 제외되어 있었다. 변화를 요구하는 엄중한 시대적 요청을 깡그리 무시한 것이다. 변화할 생각이 별로 없는 것이다. 이대로라면 얼마든지 제2, 제3의 세월호가 계속 출현할 수 있다는 것을 두려워해야 하는 현실에서 이미 고인이 된 농부 전우익(1925~2004) 선생의 통찰을 그리워하지 않을 수가 없다. 나 혼자만 잘 살기 위해 무슨 짓이든 서슴지 않는 대한민국, 생각이 부재한 대한민국과 잘 대비된 그의 삶이 우리에게 생각하기를 독촉하고 있기 때문이다.

그러니까 가난할 이유가 없음에도 가난하게 살았고, 나누면서 배려하면서 어떻게 사는 것이 과연 잘 사는 것인가에 골몰했던 그의 통찰이 절실하게 그립고 필요한 탓이다. 지금 우리를 향해 일침을 가하기에 딱 알맞은 생각 '혼자만 잘 살면 무슨 재미냐'는 선생의 독백이 세상을 또 한 번 후려치기를 바라는 염원에서, 선생의 삶을 되도록 자세히 묘사하기로 한다. 선생은 욕망을 비웃으며 살았고, 세상이 변화하기를 간절히 소망하며 살았고, 거기에 이 시대가 가야 할 길이 제시되어 있기 때문이다.

2. 생각을 호미질하는 사색가의 얼굴

생각하기는 곧 씨앗이라고 말할 수 있다. 그런데 씨앗들은 대체적으로 왜 그렇게 작을까. 성서에서는 가장 작은 것을 겨자 씨에 비유한다. 선생은 에세이집 『혼자만 잘 살믄 무슨 재민겨』를 통해 담배 씨, 도라지 씨, 좁쌀 등 작은 씨앗을 들먹인다. 거대하게 성장한 낙락장송 솔씨도 쌀의 오분의 일이 될까말까 하며, 수백 년 묵은 아름드리 느티나무 씨는 나뭇잎 뒤에 붙어 있는데, 산에서 살 듯하면서 나무를 좋아하는 선생도 아직 보지 못했다고 고백하기도 한다. 씨앗은 그만큼 귀한 탓이리라. 그렇다면 인간 정신의 씨앗 '생각하기'도 좀처럼 보이지 않는 인간의 정신 어딘가에 숨어 있을 것이다.

사람에게 있어 빵은 몸이고 생각은 정신이다. 빵은 눈에 보이는 현실이며, 생각은 눈에 보이지 않는 추상이며 관념이다. 사람은 이 두 가지를 병행해야 균형 잡힌 삶을 영위할 수 있다. 그러나 우리 사회는 언제부턴가 생각하기를 싫어하는 세상이라는 걱정이 그치지 않고 있다. 대표적인 예로 생각하기의 수맥인 책 읽기를 싫어하는 것이 엄연한 현실이다. '가을은 독서의 계절'이라는 서점가의 현수막도 국민을 독서로 이끄는 공익광고도 전설이 된 지 오래다. 길거리부터 가정까지 대한민국은 때와 장소를 가리지 않고 어딜 가나 마치 겸손한 사람들처럼 스마트폰을 향하여 고개 숙인 풍경뿐이다. 귀에는 이어폰을 꼽고 입은 다물었다. 길을 가다 길을 물어보려 해도 말을 붙여볼 방법이 없다. 한때는 책 읽는 공간이었던 지하철에서도 좌석에 앉아 있든 서 있든 모두 묵언기도를 하듯 일제히 스마트폰에 몰입되어 있다. 어쩌다 책을 든 사람은 오히려 시대에 뒤떨어진 것처럼 보일 지경이다. 이런 현상은 단순히 문화적 변화에 따른 유행만은 아니다.

우리나라 국민이 생각하기를 멀리한 것에는 매우 중대한 원인이 숨어 있다. 강줄기를 거슬러 올라가보면 반드시 출원지가 있게 마련이듯, 생각하기의 부재는 성급한 근대화 과정, 산업 경제개발의 역사적 맥락과 무관하지 않다. 그 성급한 역사적 맥락이 국민성으로 자리 잡으면서 우리는 지금까지 빠르고 부지런하고 억척스럽고 끈질긴 근면성만을 최고의 덕목과 가치로 자랑해왔다. 자본이 없는 나라에서 오로지 그것만으로 6, 70년대를 거슬러 오늘의 경제성장을 이루었다. 대신 생각하기가 거세되고 말았다. 농작물에서 좋은 열매를 얻자면 줄기 거름 '질소', 뿌리 거름 '인산', 열매 거름 '칼리'를 제때에 맞춰 공급해주어야 하는데 뿌리 거름과 줄기 거름을 무시한 채 열매 거름만 집중적으로 퍼부은 것이다. 그러니까 우리는 자율적인 생각보다 획일적인 생각으로 쏠렸고, 능동적으로 생각하는 것이 아니라 수동적이 된 것이다.

유명한 오리-토끼 수수께끼로 제기된, 오리 혹은 토끼 그림은 두 가지로 바라볼 수 있다. 하나는 오른쪽을 보고 있는 토끼처럼, 하나는 왼쪽을 향하고 있는 오리처럼 보인다. 레이먼 셀든은 이것을 오직 지각자만이 그 선의 형태가 어느 쪽으로 향하는지 결정할 수가 있는데 그것은 수동적이 아니라 능동적인 지각자만이 제대로 볼 수 있다고 강조한다. 이 훌륭한 지각은 사유와 통찰이 안겨주는 선물인데, 우리에겐 능동적인 생각하기가 그 누구도 이의를 달지 못할 경제라는 힘에 압사당했던 것이다.

사유와 통찰이 깊은 얼굴은 확실히 보편적이지 않다. 중국 송나라 때 시인 황산곡[1]은 얼굴을 강조하기를 좋아했던 것으로 유명하다. 물론 생김새를 말한 것은 아니다. 얼굴 속의 얼굴을 말한 것이다. 그는 사대부가 사흘을 독서하지 않으면 자신의 얼굴을 바라보기가 가증스럽게 된다고 했다. 사대부는 독서하는 것이 주업이고 독서는 다름 아닌 생각을 호미질하기인 탓이다. 사람의 얼굴이 밭이라면 사흘이나 놀려놓은 밭은 잡초가 우거져 보이기에 가증스러울 것은 당연하다. 데카르트의 코기토, "나는 생각한다 고로 나는 존재한다"는 사유체계가 바로 여기에 존재한다. 황산곡의 말대로 사람의 얼굴은 부모가 낳아준 생물학적 얼굴과 스스로 창조해가는 사유의 얼굴이 따로 있다.

우리는 사진으로밖에 볼 수 없지만 20세기 문인 G.K. 체스터턴[2]과 희곡작가 사뮈엘 베케트[3]의 얼굴이 독특(사색적)하기로 유명하다. 체스터턴은 코 밑 수염, 안경, 굉장히 짙은 눈썹, 굉장히 깊은 양미간의 주름이 조밀하게 붙어

---

1 송나라 때 시인. 자는 노직, 호는 산곡(山谷), 이름은 황정견(1045~1105)으로 소동파의 제자로 알려져 있다.
2 영국의 작가 겸 평론가(1874~1936). 역설과 위트가 풍부한 문체로 유명하다. 평론 『디킨스론』과 소설 『목요일의 사나이』 등이 있다.
3 아일랜드 출신 작가(1906~1989). 1952년에 출판한 희곡 「고도를 기다리며」로 노벨문학상 수상자로 선정되었으나 시상식 참가를 거부했고, 인터뷰도 거부했다. 소련 독재체제에 항거하다 투옥된 전 체코 대통령 하벨에게 『파국』을 헌정하기도 했다.

존재와 사유

있다. 그리고 상대를 예리하게 쏘아보는 눈, 이런 얼굴은 손끝만 대도 사유의 씨앗이 한 말쯤 쏟아져 나올 것만 같다. 베케트의 얼굴은 더하다. 코밑수염이 없고 안경은 착용하지 않았지만 능선처럼 그어져 있는 이마 주름과 골 깊은 양미간 주름이 체스터턴보다 더 깊다. 일자로 굳게 다문 입은 고대의 굳게 닫힌 성문처럼 함부로 열릴 것 같지 않다. 짙은 눈썹 아래서는 샘처럼 깊고 푸른 눈이 예리하게 빛나고 있다. 베케트의 얼굴에서는 사유의 씨앗이 두어 말쯤 쏟아질 것만 같다.

이런 얼굴이 서구의 사색가들에게만 있는 것은 아니다. 이미 고인이 됐지만, 한국의 농부 전우익 선생 얼굴이 그들에 필적한다. 경북 봉화군 상운면 구천리 산골 농부 전우익은 서구인 못지않은 체구와 풍모를 지녔다. 한 점 군살을 허용하지 않은 깡마른 타입에 큰 키와 큰 골격을 가졌고, 짙은 구릿빛 얼굴 윤곽이 매우 뚜렷하다. 계곡처럼 깊게 패어 있는 굵은 이마 주름 다섯 개는 베케트의 것을 훨씬 능가한다. 눈빛 역시 두 사람 못지않게 깊고 예리하다. 농사로 달련된 커다란 손은 잠시 숨을 가다듬게 한다. 코끼리 가죽처럼 거칠고 억센 손은 흙냄새가 코앞에 스친 듯하면서 대자연이 느껴진다. 한쪽 손만 해도 장정이 두 손 모아 힘껏 감싸 쥐어도 모자랄 것이다.

아무튼 이들의 공통점은 눈매가 깊고 예리하다는 것이다. 그런데 정작 이들의 눈 속은 촉촉함이 느껴질 정도로 우수에 젖어 있는가 하면 선하기 짝이 없다. 깊이 사유하는 눈은 궁극적으로 나는(인간이) 어떻게 살 것인가에 닿고 있기 때문이다. 차나무 뿌리가 맑은 물을 찾아 수백 미터 땅속 암반을 뚫고 들어가는 것과 같다 할 것이다. 세상을 바라보는 세계적 인식과 속 깊은 통찰이 뿜어내는 것, 그것이 곧 사색가의 분위기로 드러난 탓이다.

아무리 봐도 정론 직필을 날리는 논객쯤으로 보이는 전우익은 흙과 더불어 살아가는 전형적인 농부였다. 그는 농사를 지으면서 자연과의 교감과 자연에 대한 통찰과 사유를 지인들에게 편지로 알리는 재미로 살았다. 다만 농사짓는 이야기일 뿐, 아무런 꾸밈도 없고 더할 것도 덜어낼 것도 없는 수수한 편짓글이 한때 세상으로 하여금 생각에 잠기게 만든 『혼자만 잘 살믄 무슨 재민겨』라는 책이다.[4] 그는 1925년 일제강점기 때 경북 봉화 대지주의 가문에서 태어나 경성제대에서 공부한 경력을 갖고 있다. 그 정도라면 당시 엘리드로서 세인늘의 부러움 속에 한세상 거나하게 살기에 충분했을 터, 그럼에도 그는 조상들이 살아온 오래된 기와집에서 평생을 살았다. 아침마다 장작불을 때고 난 다음 잉걸불에 된장을 끓여 '혼자' 아침식사를 하면서 하루를 시작했다. 고추, 참깨, 들깨, 흰콩, 검은 콩, 양대, 줄양대, 매조, 차조, 황기, 당기, 팥, 율무, 수수, 강냉이, 우엉, 도라지, 산수유 등등 이름만 들어도 정감이 살아나는 우리나라 전통 농작물을 키웠다. 논농사만 빼고 밭에서 나는 것은 무엇이나 다 키웠다.

뭐니 뭐니 해도 세상에 창조적인 것은 농사밖에 없다고 강조한 그는 농사를 지어 지인들에게 나눠주는 재미가 곧 삶이었다. 그리고 나무를 찾아다녔다. 지리산, 덕유산, 설악산, 소백산 등 명산을 두루 돌았다. 사람들은 자기 말을 하고 싶은 입만 가지고 있을 뿐 들으려고 하는 귀가 없는 것이 아쉬운 탓이었다. 나무는 언제나 듣기만 하면서도 스승이 되어주었다. 나무가 인간의 스승이란 것은 석가모니와 보리수를 떠올리면 잘 이해할 수 있다. 불교의 초기 판본에서 대선각자로 묘사된 것은 석가모니가 아니라 보리수라고 알려져 있고, 가장 오래된 불교 유적들은 명상에 잠긴 석가모니를 그리는 것이 아니라 보리수라는 '나무'를 그리고 있기 때문이다.[5] 그는 다시 태어나면 나무를 공부하고 싶다고 했는데, 사실 산을 찾아 떠돈 것도 산 같은 사람, 나무 같은 사람을 만나고 싶어서였다. 『혼자만 잘 살믄 무슨 재민겨』에 서문을 붙여준 신경림 시인은 "그가 나무를 찾아다니는 건 사실이지만 사람

---

4   전우익, 『혼자만 잘 살믄 무슨 재민겨』, 현암사, 1993. MBC 느낌표 '책을 읽읍시다' 선정도서.

5   자크 브로스, 『나무의 신화』, 주향은 역, 이학사, 1998, 62~72쪽.

을 무척 좋아했다."고 썼다. 신경림 시인 말대로 그는 참깨, 들깨, 흰콩, 검은 콩 등 농사거리 외에도 나무토막으로 연필꽂이, 필통, 차받침, 향꽂이 등 소품을 만들어 싸 짊어지고 해남, 광주, 대구, 서울 등지를 돌며 지인들 책상에 슬며시 올려놓곤 했다.

그가 만난 지인들은 세상에 이름난 사람들부터 그렇지 않은 사람들까지 다양하다. 문단의 큰 별 신경림 시인을 비롯하여 법연 스님, 명진 스님, 현기 스님, 현응 스님, 정호경 신부, 유강화 신부, 이현주 목사, 장기수로 출소한 신영복, 김진계, 해직교사 정영상 같은 민주열사들이 있는가 하면, 이오덕, 권정생 같은 동화작가, 이철수 같은 판화가, 김용택 시인, 염무웅, 정지창 같은 문인 교수, 책을 대주는 종로서적 이철지 사장 같은 사람들이 있었다.(여기에 이름을 다 열거하지 못함을 용서하시라.) 그는 자기 말만 하려고 하는 사람에겐 다가가지 않았다. 높은 곳에 앉아 아래를 내려다보려고 하는 사람들도 기피했다. 부들을 베어 돗자리를 짜는 이야기에서 그의 사람 관을 엿볼 수 있다.

돗자리를 짜는 노끈으로 삼이나 칡넝쿨 껍질을 꼬아 만든 청오치를 썼다. 산으로 칡넝쿨을 걷으러 다녀야 했다. 칡은 본래 땅으로 뻗는 것인데 "칡도 올라가기 좋아하는 놈 있고, 끝끝내 땅 지키는 놈 있었어요. 노감으로는 땅을 긴 것을"[6] 쓴다. 땅으로 뻗은 것은 부드럽고 낭창낭창해 노끈 구실을 하지만 나무를 타고 올라간 것은 뻣뻣하게 굳어져 제 구실을 할 수 없기 때문이다. 그것들은 끈으로 쓸 수 없을 뿐만 아니라 거드름까지 피우는가 하면, 나무 꼭대기에서 꽃을 피워놓고 땅에 있는 칡을 향해 잘난 척을 하다가는 결국 나무를 고사시키고 마는 것인데, 선생은 그런 칡넝쿨을 높은 자리를 꿰차고 앉아 세상을 얕보면서 세상을 망치는 사람들과 동일하게 보았다.

부들 돗자리 짜기는 확실히 인간과 인간의 만남을 얽어짜기에 다름 아니

---

6   전우익, 앞의 책, 32쪽.

다. 알맞게 잘 마른 부들을 장만한 다음 제 분수대로 땅을 기는 칡넝쿨로 꼰 청오치 노끈으로 얽어짜야 좋은 돗자리가 되기 때문이다. 사람의 향기가 나는 사람들이 모여야 살 만한 세상이 되는 것과 흡사하다. 그런 생각을 하면서 부들 돗자리를 짜는 손놀림은 늘 행복했다. 한 시간에 한 치쯤 짜는데 완성품은 일곱 자쯤 짜야 하고 그만큼 짜자면 70시간이 걸린다. 그렇게 긴 시간을 공들여 짠 자리는 지인들 중 누군가에게 선물하기 마련이다. 누군가에게 주고 싶어 돗자리를 짜는 손놀림이야말로 사는 재미의 압권이었다.

3. 소유는 무겁고 존재는 가볍다

세상이 농부 전우익(2004년 작고)을 다시 기억해야 한다는 것은 서글픈 일이다. 선생이 지금 이 시대를 향해 "너 혼자만 잘 살면 무슨 재미냐"고 묻고 있기 때문이다. 그리고 여기에 대답할 수 없는 우리는 지금 이 시대를 이상한 시대라고 말한다. 남녀노소를 불문하고 대한민국 선 국민을 하나의 블랙홀로 빨아들여버린 사건, 2014년 4월 16일 발생한 세월호 참사는 해방 이후 우리나라가 겪은 핵사건 중 하나로 기록되고 말았다. 물론 인명피해 숫자로 치자면 한국전쟁과 비교할 수 없다. 그러나 한국전쟁은 우리가 만든 문제가 아니라 세계사의 이데올로기와 이해관계가 만들어낸 사건이었다면 세월호 참사는 우리가 만든 문제라는 데 문제가 있다. 모두에서 언급한 대로 어느 날 등산가 한 사람이 산에 올라 고함을 질렀고 그 소리에 산사태가 난 것 같은 어처구니없는 사건 앞에 국민들은 자다가 깬 것처럼 화들짝 놀랐다. 고작 한 사람 등산가의 고함소리에 무너져 내린 산의 허술함에 놀란 것이다. 유병언 그는 엄연히 대한민국 국민으로서 대한민국이라는 프레임 안에서 욕망을 키워나갔기 때문이다. 대한민국은 그의 발판이 되어주었고 그의 욕망은 창고마다 차고 넘쳐 남의 창고까지 빌려 채워나갔기 때문이다.

존재와 사유

그렇게 '저 혼자만 잘 살겠다'고 쌓아올린 바벨탑은 모래성도 아닌 쓰레기로 지은 지저분한 성이었다. 생물학적 얼굴밖에 갖지 못한 유 씨는 소유를 넘어 점유에 몰입했던 탓이다. 그런 병적인 욕망은 성인에 이르기 전에 거치게 되는 항문애적 성격이 우세한 탓이거니와 항문애적 성격이 우세한 개인이나 사회는 병들게 마련이라는 것이 프로이트의 생각이다. 인간은 이 항문기에 자기중심 에너지를 돈이나 물질적 자산뿐만 아니라 감정, 몸짓까지도 소유하고 지키려는 소유지향의 지배적 특성이 나타나게 되는데, 이쯤에서 굳어지게 되는 소유욕을 프로이트는 황금과 쓰레기로 규정지었다.

'지나치면 쓰레기가 되는 소유'와 그 반대의 존재는 무거움과 가벼움에 대응하는 반어적인 의미를 갖고 있다. 소유는 욕망으로 이어지는 무거움과 등식을 이루고, 존재는 비움과 가벼움과 등식을 이룬다. 오리-토끼 수수께끼에서 오리인 것도 같고 토끼인 것도 같은 그림처럼 유 씨는 소유와 존재를 분간하지 못했다. 분간할 수 있는 지각이 없기 때문이다. 지각이 없고 욕망으로 똘똘 뭉친 유씨는 당연히 우리를 대표한다. 우리는 내가 소유한 것이 곧 나의 존재로 치환되어 있다. 나를 지키는 것은 오직 소유밖에 없으며 내가 소유한 것을 잃는 날엔 나를 잃게 된다는 두려움에 지배되고 있다. 그래서 도둑이 두렵고 경제적 변동이 겁이 나 사회적 변화를 주시하면서 내 소유에 닥칠 수 있는 나쁜 가능성에 촉각을 세운 것이다.

4. 비우면 흘수선이 보인다

혼자만 잘 살면 무슨 재미냐고 스스로에게 묻는 대지주의 아들 전우익 선생은 땅을 혼자 힘으로 자작할 정도만 남기고 가난한 이웃들에게 거저 주다시피 분배하고 말았다. 내 새끼, 내 핏줄, 내 편이 아니면 손톱도 들어가지 않는 한국 사회에서 그는 "내 새끼들에게" 주려고 억척스럽게 지키는 대신,

나보다 더 가난한 이웃에게 나누어준 것이다. 수십만 부가 팔린『혼자만 잘 살믄 무슨 재민겨』의 책값이 들어오자 그것도 "재앙"이라고 겁을 내면서 사람들과 함께 나누었다고 한다. 그렇다면 선생은, 자식들 3남 3녀가 모두 가진 게 풍족하고 사회적 지위가 상당했거나 철밥통 직장을 꿰차고 앉았던 탓이었을까? 말도 안 되는 소리, 선생은 해방 이후 민청에서 청년운동을 하다가 사회안전법에 연루되어 6년간 옥살이를 했다. 출옥 후에는 다시 보호관찰 아래 거주 제한을 받으며 박정희 정권 내내 그렇게 제한된 범위 안에서 살아야 했다. 고향 외엔 출입이 금지됐고 고향 땅에서도 어딜 가든 신고를 해야 했다. 결국 자식들까지 연좌죄(1980년 1월 해제되기까지)에 꽁꽁 묶였다. 그다음 사정은 더 이상 언급할 필요가 없다.

거주 제한으로 한정된 공간에서 살아야 했던 그는 자연스럽게 농부가 되었다.『혼자만 잘 살믄 무슨 재민겨』에 율무 이야기가 나오는데, 고난과 맞설 줄 아는 것이 진짜 삶이라는 걸 의미한다. 율무가 보통 일 미터쯤 자랐을 무렵에 주로 태풍이 오는데, 태풍에 율무가 한꺼번에 쓰러지고 만다. 그러나 율무는 넘어진 아이가 훌훌 털고 용감하게 일어나듯이 비가 그치고 나면 거짓말처럼 멀쩡하게 일어선다. 거의 다 자랐을 땐 장정들 발로 이리저리 차도 끄떡하지 않는다고 한다. 쓰러졌다 벌떡 일어서는 건 농작물 중에 율무밖에 없다고 감탄한 선생은 사람(자식들)도 넘어질 때가 있지만 율무처럼 태풍에도 벌떡 일어날 줄 알고 발길에 걷어차여도 끄떡하지 않기를 바란 것이다.

자유롭게 명산을 찾아다닌 것, 지인들을 찾아다닌 것도 보호관찰에서 풀려난 다음부터였다. 1970년대 초쯤으로 짐작되는데, 세상을 뜨기까지 자유의 몸이 된 것이 불과 십수 년의 시간이었다. 그러니까 평생을 제한된 생활을 하면서도 그는 박해자든 가해자든 누굴 탓하지 않았다. 대신 동서고금의 철학서를 읽고, 「귀거래사」 시인 도연명과 노신의 책을 읽었다. 묵묵히 읽은 책이 사랑채에 쌓여갔다. 그렇게 모인 책 더미에는 당시로서는 구하기 힘든 희귀본도 많았다. 에드거 스노[7]가 쓴 저서도 여러 권 섞여 있었다. 스노는 미국인으로 기자 시절 서구 기자로는 최초로 중국 공산당 본부를 방문 취재하여 『중국의 붉은 별』을 썼고, 그 책은 서구 세계에 마오쩌둥이 알려지는 데 큰 역할을 한 바 있다. 한편 체 게바라 평전을 읽으면서 그에게 반했다. 하긴 그를 악마의 화신으로 믿었던 볼리비아 여성들도 반했었다. '전사 그리스도'라고 부를 정도로 인간 평등과 정의에 미친 체 게바라는 볼리비아 군에게 체포되어 차코의 라이게라(La Higuera)라는 시골 마을의 작은 학교에서 최후를 맞이하게 되었는데 '악마의 화신'으로 알려진 그를 가까이 보려고 그 학교 보조교사 홀리아 코르테스가 다가왔다. 체 게바라는 곧 죽을 상황에서도 그녀를 인자하게 바라보며 '그녀가 행하는 교육이 얼마나 중요한가'를 말해주었고 홀리아는 두고두고 "그는 공정한 사람이었어요. 그리고 고귀한 정신의 소유자였어요."[8]라고 증언하기를 서슴지 않았다. 그리고 또 한 여자, 처형 직전 체 게바라에게 마지막으로 마시고 갈 수프를 갖다 준 젊은 여교사 엘리다 이달고의 과감한 행위도 체 게바라의 진면목을 알아봤다는 증거였다.

그래서 좌익으로 몰렸는지 모르지만, 선생은 읽을 가치가 있는 책을 부지런히 읽었을 뿐, 이념이나 사상 따위엔 관심이 없었다. 그는 도연명의 귀거래사와 자제문(自祭文, 자신의 제문)을 읽으면서 자신과 닮은 것에 공감했고, 노신의 「광인일기」를 읽으면서 가장 뒤떨어진 약자 '아Q'를 통해 국민성의 개조를 말하려는 작가의 생각을 발견하고 기뻐했다. 그리고 민중이 피해자 의식에만 사로잡혀서는 안 된다는 것, 국민 개개인이 자기 자신을 가질 때

7   미국 신문기자, 저널리스트, 작가. 『중국의 붉은 별』이란 책을 출판하여 서구 세계에 마오쩌둥이 알려지는 데 지대한 역할을 했다. 나중에 문화대혁명으로 마오쩌둥에 대한 개인 숭배가 정점에 달하자 환멸을 느꼈다. 김산의 전기 『아리랑』 작가 님 웨일스와 결혼했다가 이혼했다.

8   장 코르미에, 『체 게바라 평전』, 김미선 역, 실천문학사, 2000, 683~686쪽.

중국의 미래가 있다는 노신의 의도를 읽으면서 무릎을 쳤을 뿐이다. 책 읽기를 좋아한 선생은 한국 책으로 김용준의 『근원수필』을 꼽았고, 외국 책으로는 노신과 도연명의 작품을 꼽으면서 도연명 평전을 쓰고 싶어 했는데[9] 생각해보면 도연명과 닮은 구석이 많다.

중국 학예의 전 역사를 통해 가장 완전하게 조화를 이룬 원만한 사람이라는 도연명 역시 전형적인 농사꾼이었기 때문이다. 신을 신발이 없을 정도로 가난했지만 가난을 자유로 승화한 자유인이었다. 선생은 우리 강토가 더 럽혀질까 두려워 비누 없이 세수를 하고 빨래를 했다. "물자가 너무 흔해요. 쓸데없이 많아요. 나만이라도 좀 덜 흔하게 살고 싶어요. 덜 먹고 덜 갖고 덜 쓰고 덜 놀고 이러면 사는 게 훨씬 단순할 텐데요. 쓰레기도 덜 생기고, 공해도 해결되고 풍요도 덮어놓고 좋은 것만 같지는 않아요."[10]라고 하면서 음식도 옷도 최소한만 먹고 입었다. 옷이나 신발은 지인들에게 얻거나 도시 사람들이 버린 것을 입고 신었다.

당시 고등교육을 받은 엘리트로서의 삶을 초개처럼 버린 전우익 선생처럼 도연명은 관리인 가문에 태어났지만 전혀 벼슬을 꿈꾸지 않았다. 다만 지방(팽택) 태수를 잠시 한 적이 있었는데, 그것도 중간에 그만두고 말았다. 하찮은 윗사람에게 아부하기를 죽기보다 싫어한 고집 때문이었는데, 그 유명한 「귀거래사」가 처음이자 마지막인 태수 자리를 박차고 나와 지은 작품이다. 도연명은 자연과 술을 벗 삼아 시를 지었지만 남긴 것은 고작 '술과 농촌'을 노래한 작은 시집 하나와 서너 편 산문과 자식들에게 보낸 그 유명한 편지[11] 한 편과 기도문 세 편과 후손에게 남긴 교훈이 있을 뿐이다.

9　선생이 돌아가시기 얼마 전 이산하 시인과 가진 인터뷰 기사문 중에서, 『문화일보』, 2003. 0.2.

10　전우익, 앞의 책, 신경림 서문 중에서.

11　태수로 있을 때 고향에 있는 자식들에게 머슴 소년을 보내면서 편지하기를 "머슴 소년을 학대하지 말고 잘 대해주어라. 그 아이도 누구의 아들이니라."라고 했는데 이 말은 아직도 중국인들이 가장 훌륭한 교훈으로 가슴에 새기고 있다.

존재와 사유

전우익 선생이야말로 고집으로 일관한 인물이다. 거주 제한을 받을 당시 바로 이웃인 안동에 가는데도 봉화경찰서에 가서 허가를 받아야 했다. 봉화 경찰서로 허가 받으러 가는 거리가 이웃 안동에 가는 길 몇 배였다고 한다. 그래서 신경림 시인이 "그냥 다니지. 허가 안 받고 다닌다고 시골에서 누가 뭐라 하겠느냐."고 하자 "안 되지요. 나만 지켜보고 있는 담당자가 심심해서 쓰나요."라고 하면서 일일이 허가를 받으러 먼 길을 갔다고 신경림 시인이 서문에서 밝히고 있다. 전우익 선생도 조촐하게 세 편의 작품을 남겼다. 문제의 책 『혼자만 잘 살믄 무슨 재민겨』(1993)와 『호박이 어디 공짜로 굴러옵디까』(1995), 『사람이 뭔데』(2002) 등인데, 이 책들은 사실 지인들이 우겨서 낸 것이다. 지인들 중에 신경림 시인이 앞장선 것으로 알려져 있다. 공자가 군자와 소인을 비교하는 이야기가 『논어』 곳곳에 나오는데 소인은 자기에게 "이로운지 해로운지"를 따지는 데 밝으며, 군자는 "옳은지 그른지"를 따지는 데 밝다고 한다. 도연명은 군자처럼 살았고 전우익은 도연명을 뛰어넘었다.

군자가 아닌 척, 군자로 살았던 전우익 선생이야말로 세속적인 명성 따위에 털끝만큼도 관심이 없었다. 그런데 어디선가 사람을 알아보고 찾아오는 사람들이 있었다. 사람들은 은근히 한 말씀 듣고 싶어 했지만 오로지 농부를 자처한 그는 누굴 가르치려 들지 않았다. 다만, 사람에게 세 가지가 필요하다는 말을 부탁했다. "평생 할 공부, 신나게 할 수 있는 일, 평생 함께 할 배우자가 있으면 좋다."[12]라고 했을 뿐이다. 무공해 농사를 짓는다고 해서 무공해를 먹어야 한다고 강조한 적도 없었다. "혼자만 건강하게 살면 무슨 재미냐"며 도시에 가면 유공해 식당 밥을 가리지 않고 잘도 먹었다. 먹기를 거부한 것이 한 가지 있기는 있었다. 우람한 수탉이 한껏 목을 뽑아 올리

---

12 1998년 성균관대학교 학생들이 찾아왔을 때 들려준 이야기 중에서, 이 내용은 1998년 『성균』 61호에 게재되어 있다.

며 우는 힘찬 울음소리가 사라진 것을 아쉬워하면서, 진짜 닭은 없어졌는데 달걀은 수백 수천 배 많아졌다고 한탄하면서, 죄수처럼 감옥에 갇힌 닭들이 쏟아낸 계란은 차마 먹을 수가 없다면서 거부했다. "혼자만 잘 살기"를 거부했고 "함께"를 소망하면서 묵묵히 밭을 매는 농부 전우익은 농사를 짓는 데도 흔해 빠진 세초제를 거부했다.

도라지는 결국 뿌리를 보자고 키운 것이고 그래서 사람들은 제초제를 쓰지만, 그는 숲처럼 우거진 풀밭에 앉아 호미로 꾸벅꾸벅 풀을 맸다. 부들 돗자리를 짤 때처럼 녹록지 않은 풀매기에서 쉽게 살지 않겠다는 생각을 호미질한 것이다. 그렇게 해서 늦가을이면 눈에 넣어도 아프지 않을 아주 작은 씨를 닷 되씩이나 받아내곤 했다.

욕망을 벗어나 자기로 존재하기 위해서는 자기중심주의와 아집을 버려야 한다고 에리히 프롬은 주장한다. 마음을 비우라는 것이다. 존재는 나 혼자가 아니라 나눔이고 베푸는 것이고 그래서 가벼워지는 것이기 때문이다. 욕망의 흘수선을 넘지 말라는 부탁이다. 물 위에 뜬 선박마다 적재함량의 기준인 흘수선이 그어져 있다. 흘수선이 물과 수평을 이루어야 안전하다. 흘수선이 물 밑으로 가라앉으면 과적이라는 위험신호이다. 선박에서 물과 경계를 이루는 흘수선은 곧 인간들이 추구하는 욕망의 경계선이기도 하다. 세월호가 적재함량을 초과하여 물밑으로 가라앉았듯이 인간도 소유지향이 강할수록 삶은 무거워지기 마련이다.

또한 그 흘수선은 주로 회색 페인트를 칠한다는데, 거기에 커다란 문제가 숨어 있다. 회색은 물 색과 구별이 쉽지 않아 멀리서 눈에 잘 띄지 않기 때문이다. 단속을 피하자는 것인바, 욕망은 꼼꼼하게 그런 꼼수까지도 부린 것이다. 그러므로 더 이상 욕망은 인간이 살아가는 동력이기도 하다는 논리를 밀어붙이지 말아야 한다. 혹자는 왜 역기능만 강조하느냐고 반발할지 모르지만 욕망이 인류에게 덕을 끼쳤다고 가르친 위대한 철학자는 아직 없다. 유 씨의 욕망이 끝내 백골로 나타났듯이 욕망은 허상을 실재라고 믿는 것에 불과한 것이기 때문이다. 그것을 얻으려고 수단과 방법을 가리지 않을 때 남을 이용하게 되고 조종하게 되고 권력자는 제도를 만들어 내기 때문이다. 욕망을 위해 생명선인 흘수선에 가차 없이 회색 페인트칠을 해 세상의 눈을 속이기 때문이다.

⊙ "나무와 산은 1년 사철을 두고 풍요와 가난을 고루 겪어요. 인간은 오직 한 가지 풍요만을 쫓다가 이 모양이 된 것 아니요. 더 값진 승용차와 집에 인생을 건 그들에게 세상을 바꾸자는 말이 먹혀들어 가겠는교."[13]

ⓛ '사색하는 사람'이 되자는 것은 간혹 사람들이 말하는 것처럼 인생을 필요 이상으로 어렵게 생각하자는 것이 아니다. 또는 각자가 자기 주관의 미궁(迷宮) 속에서 한평생 방황하자는 것도 아니다. 오히려 그와 반대이다. 인생을 사랑하고 사악한 편견으로부터 생을 보호하자는 것이다. 빵과 서커스만으로 만족하는 그런 인간이 되지 말자는 것이다. 말하자면 그릇된 주관이나 부정한 시대 정신으로 왜곡된 현실―어떤 범위의 소수에 의해서 약탈되고 독점된 현실을 진정한 원형대로의 현실로서 다시 회복하자는 것― 그릇된 수많은 사회적 신화가 우리의 전정한 의식과 희망을 왜곡하고 있는 이 시대에 우리의 투철한 사고를 바쳐서 진정한 공화국, 곧 진정한 인생을 찾자는 것이다. 인식의 길은 어디까지나 철저하지 않으면 안 된다. 그러지 못하면 각자의 입장을 변명하는 재료에 그치고 만다. 주위가 소란할 때일수록 낮은 목소리로 이야기를 하자.[14]

인용한 내용 ⊙은 세상이 변하기를 간절히 원하면서 선생이 마지막으로 남기고 간 말이다. 생각하기를 거부하고 오직 풍요라는 욕망을 향해 질주하는 우리를 향한 한탄이다. 사실 엄중한 질타이다. 아직도 우리는 강박적이고 모든 게 성급할 뿐 여유가 없고 생각이 부재한 탓이다. 모든 것에는 때가

13   이명재 기자와 전우익 선생의 인터뷰 기사문 중에서, 『동아일보』, 2002.10.22.
14   전우익, 앞의 책, 112쪽.

있기 마련이다. 선생이 말한 대로 자연은 일 년에 네 번 철을 두고 가난하기도 하고 풍요롭기도 하면서 때를 골고루 산다. 골고루 살면서 원만하고 알맞은 자기를 만들어낸다. 급하고 빠르게 달려온 우리가 흔히 만만디라고 일컬은 중국인들의 여유는 중국 대륙이 끝없이 넓어서가 아니다. 한국 사람들 눈에 답답할 지경으로 여유를 부리는 그 만만디의 근원은 공자 사상을 이어받은 맹자 생각과 노자 생각을 종합하여 중간을 취한 지사자의 중용에 있다고 한다. 적극적인 것으로 보이는 맹자의 생각과 노회(老獪)한 평화주의로 보이는 노자의 생각이 이른바 중용(中庸)이라는 철학 속에 용해되어 있는데, 중국 석학 임어당은 이 중용철학이 중국인들에게 일반 종교로 스며들었다고 한다. 그리고 중국 사람들이 지닌 평화주의적 사고 밑바닥에는 인생을 살아가는데 어느 정도 손해를 보는 것은 괘념치 않으면서 행운이 찾아오기를 기다리는 것이 더 좋다는 생각이 깔려있다는 것이다.

장자의 우화에 나타난 욕망의 사슬, 어느 날 장자가 활을 들고 조릉(雕陵)의 밤 숲에 들어갔다가 거대한 까치를 노리고, 까치는 버마재비를 노리고, 버마재비는 매미를 노리는데, 거대한 까치나 버마재비는 자기를 노리는 위험을 전혀 알지 못한 채 자기 욕망에만 몰입한 것처럼, 생각하기를 버리고 욕망에만 치우쳐가는 이 시대는 사실 텅 빈 허공이다. 그래서 선생이 독백처럼 남기고 간 말 "혼자만 잘 살믄 무슨 재민겨" 이 문장 한 줄이 다시 태풍처럼 세상을 휩쓸어야 한다. 결론적으로 사색한다는 것은 인용문 ㉡에서 선생이 가르쳐주신 대로 인생을 사랑하고 사악한 편견으로부터 생을 보호하자는 것이다. 이 시대에 우리의 투철한 사고를 바쳐서 진정한 공화국, 곧 진정한 인생을 찾자는 것이다.

5. 순박한 세상을 그리워하며

선생의 도라지 농사짓기를 보면 도라지는 씨를 뿌려놓은 채로 5년 정도 내버려두어야 밑이 굵어진다. 한겨울 땅속에서 완전히 얼어붙고 마는데도 봄이 되면 다시 살아나는 강한 식물이기도 하다. 꽃이 단아하고 깨끗하면서 순박해 사람의 선한 마음처럼 느껴진다. 그런데 조금만 방심해도 잡초가 우거져 어느 게 도라지인지 구분이 가지 않는다. 그래서 사람들은 제초제를 쓰라고 독촉했다. 제초제를 쓰면 잎이 말라버리고 말아 꽃도 씨도 볼 수가 없게 된다. 다만 뿌리만 살아남는다.

사실 도라지 농사는 뿌리를 보자고 키운 것이다. 따라서 사람들은 당연하게 제초제를 사용했다. 선생은 무성하게 우거진 풀밭에 앉아 호미로 꾸벅꾸벅 풀을 맸다. 꽃을 보기 위해서였다. 단아하고 순박하면서 어쩐지 애틋해 보이는 꽃이 보고 싶어 애써 풀매기를 하면서 생각을 호미질한 것이다.

농사짓기는 직접 체험이 아니더라도 자연의 창조라는 것은 상식이다. 또한 잡초는 창조를 방해하기 마련이다. 세상에 창조적인 것은 농사밖에 없다고 찬탄하는 선생은 농사짓기를 풀 뽑는 일이라고 강조했다. 곡식은 씨앗을 뿌려주어야 나지만 풀은 이미 뿌려진 씨앗으로부터 수없이 돋아난 탓에 "그걸 뽑아주지 않으면 곡식이 오그라지고 시들어 녹아버립니다. 부정적인 요소들이 얼마나 끈질기고 뿌리가 억센가를 말해주는 듯합니다. 끈질기고 노회(老獪)한 수구세력과의 대응은 그에 합당한 방법이 준비되어야 할 것 같습니다."[15]라고 하면서, 풀을 부정적인 역사의 유물이 미래로 향하는 전진을 가로막는 방해물로 상징했다. 끈질기고 노회(老獪)한 수구세력과의 대응은 그에 '합당한 방법'이 준비되어야 할 것 같다는 것은 곧 사유하기를 가리킨 말에 다름 아니다.

---

15 위의 책, 53쪽.

'사색하는 사람'이 되자는 것은 간혹 사람들이 말하는 것처럼 인생을 필요 이상으로 어렵게 생각하자는 것이 아니다. 또는 각자가 자기 주관의 미궁(迷宮) 속에서 한평생 방황하자는 것도 아니다. 오히려 그와 반대이다. 인생을 사랑하고 사악한 편견으로부터 생을 보호하자는 것이다. 빵과 서커스만으로 만족하는 그런 인간이 되지 말자는 것이다. 말하자면 그릇된 주관이나 부정한 시대 정신으로 왜곡된 현실—어떤 범위의 소수에 의해서 약탈되고 독점된 현실을 진정한 원형대로의 현실로서 다시 회복하자는 것— 그릇된 수많은 사회적 신화가 우리의 진정한 의식과 희망을 왜곡하고 있는 이 시대에 우리의 투철한 사고를 바쳐서 진정한 공화국, 곧 진정한 인생을 찾자는 것이다. 인식의 길은 어디까지나 철저하지 않으면 안 된다. 그러지 못하면 각자의 입장을 변명하는 재료에 그치고 만다. 주위가 소란할 때일수록 낮은 목소리로 이야기를 하자.[16]

선생은 사색하는 것을 인생을 사랑하고 사악한 편견으로부터 생을 보호하는 것으로 보았다. 그릇된 주관이나 부정한 시대정신으로 왜곡된 현실, 즉 어떤 범위의 소수에 의하여 약탈되고 독점된 현실을 진정한 원형대로 회복해야 한다는 것이다. 그릇된 수많은 사회적 신화가 우리의 의식과 희망을 왜곡한 탓이다. 그러나 인식의 길은 어디까지나 철저하지 않으면 안 되며 주위가 소란할수록 낮은 목소리로 이야기하자고 청한다. 이것이 바로 농부 전우익 방식의 사유체계다.

그러니까 선생은 "민주주의란 간판을 건 단체에 들어가기만 하면 금방 완전무결한 민주주의자가 된 것같이 여기는 것이 우리 실정 같아."[17]라고 하면서 민주주의를 신념도 없이 함부로 외쳐대는 걸 경계했다. 1990년 선생이 서울에 갔을 때 마침 8·15 민중집회가 연세대학교에서 열렸다. 그리고 다음 날 집회 때 뿌렸던 유인물이 길거리에 나뒹굴고 그것을 치우느라 학교에

---

16 위의 책, 112쪽.

17 위의 책, 106쪽.

서 트럭 몇 대를 동원했다는 말을 들었다. 선생은 그때 "그 쓰레기를 본 사람들과 치우는 사람들이 그 집회를 어떻게 평가할까요?"[18]라고 한탄했는데, 그런 생각은 2016년 겨울 광화문 광장 촛불집회의 세련되고 성숙한 시민 의식을 떠올리게 한다. 만약 촛불집회가 유인물을 쓰레기로 남길 정도로 미성숙했더라면 과연 어떤 평가, 어떤 결과가 나왔을까.

선생이 세상을 떠난 지 올해(2020)로 15년 차이다. 그런데 그를 다시 기억해야 하는 것은, 그를 다시 기억하고 싶은 것은 아직도 우리 사회가 선한 도라지꽃 같은 세상을 꽃피우지 못한 탓이다. 그는 지금도 경북 심심산골 봉화 땅 도라지밭에 앉아 잡초를 뽑고 있다. 선하고 순박한 도라지꽃이 보고 싶은 소망을 안고, 도라지 꽃이 피지 못하도록 방해하는 제초제를 사용하지 않은 채 호미로 잡초를 뽑고 있는 것이다. 씨를 뿌리지 않아도 억척스럽게 살아나는 잡초는 미래로 향하는 전진을 가로막기 때문이다.

---

18 위의 책, 107쪽.

프란치스코 교황과 중립의 의미

1. 낮아짐의 기쁨으로

2014년 4월 16일 한국사회는 세월호 사건이라는 대참사와 함께 충격 속으로 침몰하고 말았다. 그리고 4개월 만인 8월 14일 프란치스코 교황이 한국을 방문했다. 교황이 한국을 찾은 것은 요한 바오로 2세가 1984년과 1989년 2회에 걸쳐 방문한 이후 세 번째였고 햇수로는 28년 만이었다. 교황의 한국 방문은 전임 교황 베네딕토 16세 재위 때부터 한국가톨릭교회 차원에서 추진되어왔다. 당시 베네딕토 16세는 아시아 지역 교회 방문을 적극 검토하고 있었으나 고령에 따른 건강 문제로 사임하면서 이뤄지지 못한 채 2013년 3월 프란치스코 교황이 즉위했다. 그리고 이어서 프란치스코 교황이 한국을 방문하게 된 것이었다.

프란체스코 교황 즉위 후 아시아 최초의 방문국이라는 점에서 한국 각계에서 기대가 매우 컸다. 더욱이 프란치스코 교황은 역대 교황 중 가장 존경받는 인물이었다. 교황이라는 지위 때문이 아니라 일평생 실천해온 그의 낮고 검소하고 헌신적인 삶 때문이었다. 그는 주교 시절에도 손수 화장실 청소를 했을 만큼 낮음을 실천했고, 교황에 오른 후에도 지하철을 타고 다니면서 시민들과 이야기를 주고받은 것으로 유명했다. 그의 검소하고 낮은 자세 때문에 청와대에서도 국빈 방문 시 행해지던 행사 대부분을 축소해야 했고 동원되는 차량 등 의전도 크게 줄여야 했다.

그의 낮은 자세는 방문국에서 가장 먼저 실행하는 방명록에서부터 드러나기 시작했다. 그는 A4 용지 열 장 정도나 됨직한 상당히 넓어 보이는 하얀 백지 아랫부분 한 귀퉁이에 아주 작은 글씨로 "프란치스코"라고 썼다. 누가 봐도 글자가 너무 작았다. 기자가 그 이유를 묻자 교황은 '보잘것없는 낮은 존재인데 이름을 크게 쓸 수 없기' 때문이라고 했다. 꽃동네를 방문했을 때도 마찬가지였다. 꽃동네를 방문한 교황은 80을 바라보는 노구임에도 의자에 앉지 않고 선 채로 장애 아동들의 공연을 관람했다. 엄마를 잃은 장애 아이에게는 자신의 손가락을 입에 물려주는 형식으로 축복을 해주기도 했다.

한편으로는 너무 검소한 탓에 오히려 맞이하는 어려움이 따르기도 했다는 뉴스가 쏟아졌다. 시복식 미사에서 사용될 제의도 교황의 검소한 성품을 반영해 값싸고 얇은 천을 사용하여 소박하게 준비해야 했고, 수녀회 한국관구 수녀들이 무려 4개월에 걸쳐 대부분 수작업으로 디자인하고 제작했다고 한다. 또 프란치스코 교황은 평소 "사제들이나 수도자들이 고가의 최신형 차량을 타는 것을 보면 마음이 아프다. 고가의 비싼 차를 구입하기 전에 지금 이 순간에도 세계 각지의 어린이들이 얼마나 많이 굶어 죽어가고 있는지에 대해 생각해보라"고 하며 고급 차 이용을 지양해왔다고 한 대로 외국을 방문할 때마다 해당 국가에서 생산되는 차량 중에 중·소형급 차를 이용한 것으로 알려져 있었다.

이런 소식이 전해지자 한국 승용차 제조회사(현대자동차, 기아자동차, 한국GM, 르노삼성자동차)들은 과연 어떤 차가 선정될지 촉각을 세웠다. 해당 국가에서 파파모빌(교황 의전 차량)로 선정되면 세계가 주목할 것이고, 그것은 곧 판매 효과로 이어질 것이었다. 한편 한국에서 가장 작은 차를 탈 것이라는 말이 나오면서 국내 판매차 중 가장 작은 차인 경차 모델이 관심을 받기도 했다. 그런데 가장 작은 차는 경호에 불리한 점이 많아 소형이나 준중형급 정도에서 선정될 것으로 예상되었고, 최종적으로 방한에 사용될 의전 차량으로 기아 '쏘울'이 선정되었다.

그리고 방한준비위는 기아자동차 측에 방한을 이용한 마케팅을 자제할 것을 당부했고 기아자동차 측은 마케팅을 펼치지 않기로 약속했다. 그러나 교황 도착 장면이 뉴스로 나오는 장면에 자막으로 기아 쏘울이 계속 나왔고 기아차 쏘울은 전 세계적으로 방송을 탄 셈이었다. 그리고 교황의 퍼레이드에는 무개차로 개조한 '싼타페'와 '카니발'이 등장했다.

교황은 이미 2013년 브라질 방문과 2014년 서아시아 방문 때 파격적인 행보를 보인 바 있었다. 따라서 한국 방한 중에도 깜짝 놀랄 만한 행보를 보이지 않겠느냐는 추측은 어렵지 않았다. 예상했던 대로 서강대를 깜짝 방문했고, 헬기 대신 KTX으로 이동한 것 역시 신선한 이변이었다. 또 8월 15일 대전 월드컵경기장에서 치르는 성모승천대축일 미사에도 교황은 사전에 예고된 헬리콥터가 아니라, 고속기차 KTX를 탔다. 교황방한준비위원회 측은 대전의 날씨가 강풍과 소량의 비를 동반한 기후 상황이라 KTX를 사용하는 안을 선택한 것이라고 했지만 교황의 겸손한 생각 때문이었음이 나중에 밝혀졌다.

교황이 사용한 KTX는 임시 특별열차로 알려졌으나 실은 특별열차가 아닌 일반인이 타는 열차였다. 코레일은 전세 열차 할인 10%를 제외하고 특실 두 칸의 요금을 제값으로 받았다고 했다. 교황은 이때 생전 처음으로 고속열차를 타게 되어 매우 기쁘다고 했다. 열차에서 교황을 만난 승무원은 교황과 관련된 서적에 사인을 받는 행운을 누렸다며 자랑을 하기도 했다. 갑작스럽게 결정된 열차 이용이었는데도 대전역 대합실에는 100여 명의 인파가 나와 교황을 맞이했다. 그때 마중 나온 코레일 사장(최연혜)에게 교황은 "헬기 못 뜨게 어젯밤에 구름 불러온 사장님이시군요."라고 농담을 하기도 했다.

우리나라는 모나미 볼펜 선물을 하면서 그것까지도 교황의 검소한 성품에 맞추었다. 국내 기업인 모나미 측은 자사의 스테디셀러이자 대표 상품인 모나미153을 교황에게 증정했는데 여기에는 깊은 의미가 숨어 있었다. 즉 '모나미153'은 요한복음 21장 11절(시몬 베드로가 올라가서 그물을 육지로 끌어 올리니 가득히 찬 큰 고기가 153마리였다)의 의미를 담고 있었다. 모나미 측은 세상에서 하나뿐인 교황 전용판이라 금으로 만들려고 했지만 프란치스코 교황은 취임 당시 '어부를 상징하는 반지'를 은으로 만들 것을 지시했던 점을 생각하여 볼펜 금속 부위는 은으로, 나머지 부분은 세라믹 소재로 제작한 것으로 알려졌다.

2. 중립을 지키지 않은 교황

그렇게 세상으로부터 존경받는 프란치스코 교황이 한국을 방문한다는 소식이 전해지자 전 세계가 한반도를 주목했다. 종교 관련 뉴스와 보도 매체는 불교계와 이슬람교계까지 포함하여 폭발적인 반응을 보였다. 또한 이 소식은 외신에 꾸준히 보도되면서 뉴스 전문 채널들이 하루하루를 주시했다. 에콰도르 정부는 교황 방한을 기념해 대한민국 정부에 6천 송이 장미를 보내주기도 했다.(6천 송이 장미는 시복식 제단과 명동성당 내부를 장식하는 데 모두 사용되었다.)

교황은 전세기를 타고 8월 14일 오전 10시 30분 성남 서울공항에 도착했다. 방한 목적은 크게 두 가지였다. 과거 조선왕조 때 박해를 받던 인물들 가운데 윤지충 바오로와 123위 동료 순교자들의 시복식, 또 하나는 대전교구에서 열리는 아시아청년대회에 참석하는 일이었다. 사실 시복식은 가톨릭계의 매우 중대한 행사로 본래 바티칸에서 거행하는 것이었는데, 바티칸

이 아닌 외국에서 거행하는 것은 처음이었다.

그런데 교황 방한으로 하여 불편한 나라들과 불편한 사람들이 있었다. 교황이 이쪽저쪽 눈치 보기를 하지 않고 중립을 지키지 않은 채 거침없이 소신을 말하고 행동했기 때문이었다. 방문 주체국인 우리나라에서는 세월호 문제와 노란 리본 때문이었고, 일본은 위안부 할머니들 때문이었다. 미국은 위안부 문제로 일본과의 난처한 입장 때문에 불편했고 필리핀도 위안부 문제가 있었다. 북한은 사촌이 논을 사면 배가 아프다는 식으로 심통을 부렸다. 북한은 단거리 발사체 5발을 쏘며 예포 무력시위를 벌였다. 북한은 교황의 방문에 따른 무력시위라는 국내 보도와 관련하여 교황에 대해서는 아는 바도 없으며 알고 싶지도 않다면서, 하필이면 발사 예정에 있던 날에 방한한 교황이 잘못이라는 억지소리를 했다.

한국을 찾은 교황은 젊은이들과 소외계층을 향해, 그리고 세계 유일의 분단국인 우리나라를 향해 "일어나 비추어라"(이사야서 60장 1절)라는 희망의 메시지를 전하면서 소신대로 행보를 이어갔다. 교황이 보여준 행위는 그 이면에 "그러면 안 된다"는 메시지를 함의하고 있었다. 그러자 우리나라에서는 왜 교황이 남의 나라에 와서 그런 행동을 하느냐고 볼멘소리를 하는 사람들이 있었다. 종교행사를 하면 그뿐이지 왜 쓸데없이 선한 행위를 하느냐는 것과 마찬가지였다. 부도덕한 사람 앞에서 바른 행동을 하게 되면 상대적으로 그들의 부도덕이 더 명료하게 드러난 탓이었다.

그러면서 어이없게도 교황의 방문과 함께 '중립'이라는 단어가 등장했다. 중립은 어느 한쪽으로 기울지 않는다는 것을 겉으로 표현하는 행위를 말한다. 그래서 중립은 자칫 사람을 기회주의자로 만들 수 있고, 한편으로는 지혜로운 자로 만들 수도 있다. 만약 어느 한쪽의 이익을 위해 중립했을 경우 한쪽은 피해를 봐야 한다. 힘센 쪽과 힘이 약한 쪽의 관계에서 중립을 했을 때 분명 힘이 약한 쪽이 피해를 보게 마련이며 중립을 지킨 자는 힘이 센 쪽의 눈치를 본 것이 된다. 러일전쟁 당시 일본과 영국이 영일동맹을 맺을 때

존재와 사유

도 중립을 조건으로 들었다. 일본이 러시아와 전쟁을 하게 되면 영국은 중립을 지킨다는 동맹이었다.(그러다 여차하면 일본을 돕겠다고 약속했으므로 중립이라고 할 수 없음에도.)

그런데 중립이 중립다울 때가 있다. 강자와 약자 사이에서, 약자를 위해 중립을 할 때만이 중립은 가치를 지니게 된다. 말을 해야 할 때 침묵한 것은 중립이 아니라 몸을 사리는, 용기 없는 행위이다. 미국의 독립운동가 패트릭 헨리(1736~1799)가 버지니아 의회에서 미국의 독립을 외치며 연설(자유가 아니면 죽음을 달라)하던 중 말해야 할 때 말을 하지 않는 것은 죄악이라고 천명했던 것은 인류에 빛나는 명언이다.

한국에서는 극우 성향 보수파들이 교황에게 중립을 위해 가슴에 달고 있는 노란 리본을 떼달라고 요구했다. 그것은 당시 한국 사회가 노란 리본과 반노란 리본으로 나뉘어 있다는 것을 의미했다. 교황은 리본을 떼지 않았다. 교황은 인간의 고통 앞에서 중립할 수 없었다고 나중에 고백했다. 그런데 보수 논객으로 알려진 J씨는 이것을 두고 교황이 정치에 개입했다고 비판했다. J씨는 "이번 4박 5일 동안 교황이 와서 보여준 행동은 크게 두 가지다. 하나는 종교 제스처이고 다른 하나는 정치 개입이다."라고 공격했다. 그렇다면 위안부 할머니들을 격려하고 메시지를 준 것도 국제적 정치 개입이 된다. 일본 입장에서 보자면 교황이 중립을 지키지 않는 것이기 때문이다. 교황은 왜 그래야 했을까? J씨의 주장은 뒤에 가서 거론하겠지만 J씨의 말대로라면 교황은 위안부 문제에 있어서도 인간의 고통보다도 일본의 입장을 생각해야 한다는 주장이 된다.

교황의 행위에 대해 첨예하게 촉각을 세운 이유는 누구에게 어느 쪽에 유리하고 불리한가였다. 먼저 외국의 반응을 보자. 유럽권은 예외로 차분하게 지켜봤다. 교황의 행보에 대해 30년 전의 다른 교황들의 방한과 전혀 다른 소탈한 방문이라는 점을 강조하면서 교황의 파격적인 행보에 주목했다. 성악가 조수미 씨와 대중가수 인순이 씨가 출연하는 8월 15일 행사에 대해 소박한 식장이지만, 세계급 대우를 받는 가수들이 출연했다는 내용을 보도하기도 했다. 유럽권에서 파견된 기자들은 교황을 밀착 취재했고 나중에 귀국하는 비행기에도 동승하여 교황의 방한 소감이나 입장 등을 보도했다.

미국은 교황이 위안부 피해자들에 대해 어떤 발언을 할 것인지에 대해 일본 못지않게 촉각을 세웠다. 중국을 견제하기 위해 일본을 지지해준 미국이 일본의 위안부 논란을 포함한 문제들을 방관했다는 책임론에 휘말린 상황이라 교황이 공개적으로 위안부 문제에 대한 반응을 내놓을 경우 미국의 입장이 난처해질 것이었다. 일본은 위안부 당사국으로서 교황 방한이 발표되면서부터 예민해지기 시작했고 교황이 위안부 피해자들을 만나겠다는 내용이 발표되자 긴장했다. 교황의 발언에 의해 세계 여론이 위안부 문제로 환기되는 상황이 올 수 있는 탓이었다.

따라서 일본은 방한 마지막 날인 8월 18일 명동성당 미사에서 교황이 위안부 피해자 할머니들과 만나기로 되어 있다는 것이 큰 걱정이었다. 일본 극우 매체들은 한국이 억지로 위안부들과 만나게 하는 것이라고 주장하면서 대한민국이 미국과 일본을 국제사회에서 압박하기 위해 마련한 정치적인 쇼라면서 방한 자체를 폄훼했다. 그러나 바티칸 이외의 국가에서 최초로 시복식을 거행한다는 사실에 대해 더 이상 트집 잡을 명분을 찾지 못했다. 그러자 일본 우익들은 교황이 한국산 소형차를 탔다는 것을 두고, 바티칸 측에서 요청했다는 사실을 뻔히 알면서도 "경호 문제를 전혀 신경 쓰지 않은 몰상식한 행동"이라고 한국을 비난했다.

필리핀은 2014년 8월 12일, 일본의 강제 동원 위안부들에 대한 필리핀 정부 지원과 배상 소송이 대법원에서 무위 처리되는 일이 있었다. 이유는 중국과 군사적으로 대립하고 있는 일본에 밉보이면 안 되는 입장이란 것이 이유였다. 필리핀 대법원은 위안부 피해자들의 요구는 행정부가 다뤄야 할 외교 문제이므로 청구권 행사 요구 자체가 불가능하다며 위안부 피해자들에 대한 배상 절차 조력을 포기해버리고 말았다. 그러자 필리핀의 피해자 지원

존재와 사유

단체들이 "교황님이 한국 위안부 피해자들을 만나주셨다."고 홍보하면서 교황이 한국에서 방한 마지막 날 위안부 피해자들과 만나 거론한 내용뿐만 아니라 명동성당 측이 위안부 피해자 할머니들을 앞줄 좌석에 앉게 했다는 것을 선전하기도 했다. 그렇게 되자 필리핀 종교계는 종교가 상업화되어 간다는 비판을 면치 못했고 회의론과 개혁론이 거론되기에 이르렀다.

이제 우리 한국으로 돌아와보면 문제가 더 복잡해진다. 정작 당사국인 한국이야말로 심각했다. 교황은 태풍이었다. 태풍이 불면 피해를 입기도 하지만 불어야 할 필요가 있다고도 한다. 태풍이 바다나 강을 뒤집어 내면의 썩은 부분이 치유될 수 있도록 한다는 것, 그래야만 바다와 강이 생명을 유지해갈 수 있다는 것이다. 프란치스코 교황의 방한은 그런 태풍이었다. 우리 사회에 묻혀 있는 것들이 국가적으로 집단적으로 개인적으로 속속 드러나기 시작했다. 그런데 정작 그걸 인정하고 받아들이는 건 개인뿐이었다. 스스로를 다시 재점검하면서 새롭게 살아보고 싶은 결심과 각오가 새로운 희망으로 전환되었다. 그러나 국가와 집단은 달랐다. 교황을 향해 차마 입에 담을 수 없는 말을 함부로 뱉어내기도 하고 방해를 하면서 교황의 선한 행위를 비난하기에 바빴다.

교황의 행보 중 압권은 크게 두 가지로 압축된다. 첫째는 인간의 고통 앞에서 중립을 지키지 않았던 노란 리본이었다. 그는 확실히 중립을 무시해버렸다. 노란 리본이 그렇고 위안부 할머니들에 대한 관심이 그랬다. 가슴에 달아놓은 노란 리본을 떼는 것이 무엇에 대한 중립이었는지 모르지만 그것이 과연 중립을 지키는 일이었다면 위안부 할머니들에 대한 관심과 위로도 일본과 미국의 입장을 생각해 그러지 말았어야 했다.

두 번째는 어떤 로비도 불가능한 하늘(귀국할 때 기내)에서의 기자 회견이었다. 일본과 미국 측이 우려한 대로, 교황은 명동성당 미사에서 할머니들에게 일일이 손을 잡아주며 위로해주는 것을 마지막으로 방한을 마치고 바티칸으로 돌아갈 때 기내에서 세계의 기자들과 회견을 한 것이었다. 그러니까 원칙적으로는 귀국한 다음 바티칸에서 진행될 기자 회견이었다. 그런데 방한을 종료하고, 바티칸으로 돌아가는 비행기 안, 그 누구도 근접할 수 없는 하늘에서 방한에 대한 소감과 입장, 의사 등을 밝힌 것이다. 이유가 있었다. 2013년 브라질 방문 때 현지 언론에 의해 일부 보도가 왜곡되었던 논란을 겪은 것을 경험 삼아 세계 기자들을 하늘을 나는 기내로 동원한 것이었다.

기내 기자 회견에서 프란치스코 교황은 위안부에 대해 한국 국민은 침략의 치욕을 당하고 전쟁을 경험한 민족이지만 인간적인 품위를 잃지 않았다는 것, 할머니들을 만났을 때 그분들이 침략으로 끌려가 그들에게 이용당했지만, 인간적인 품위를 잃지 않았다는 생각이 들었다는 소회를 밝혔다. 뿐만 아니라 교황은 "할머니들은 이용당했고 노예가 됐다. 그들이 이처럼 큰 고통 속에서도 어떻게 품위를 잃지 않았는지에 대해 생각하게 됐다."는 감동을 언급했다. 이와 같이 교황이 직접 위안부 문제를 공식적으로 피력한 것은 매우 중요한 문제였다. 왜냐하면 위안부 문제는 곧 일본 침략 문제로 이어지는 것이고 이것은 세계적인 인권 문제로 확대될 가능성이 매우 큰 탓이었다.

3. 교황과 노란 리본

한국에서 교황 방문과 교황의 행보를 두고 촉각을 세웠던 것은 세월호 참사와 교황이 가슴에 달고 있었던 노란 리본 때문이었다. 그렇다면 교황이 노란 리본을 달기까지 방한 일정을 간략하게 정리해볼 필요가 있다.

방한 첫날(8월 14일) 성남 서울공항에 도착한 교황은 교황청 대사관에서 개인 미사를 드린 다음 청와대를 예방했고, 중곡동 한국천주교회를 방문했다. 둘째 날(8월 15일) 대전 월드컵경기장에서 성모승천대축일 미사, 대전 가톨릭대학교에서 아시아 청년 대표와 오찬, 충청남도 당진 솔뫼성지(김대건 신부 생가) 참배, 제6차 아시아청년대회에서 연설을 하는 등 바쁜 일정을 보냈다.

특히 둘째 날 대전 월드컵경기장에서 열린 '성모승천대축일 미사'에 세월호 참사 희생자 유가족들과 생존자들이 초대되었고, 교황이 미사 중 강론을 통해 세월호 참사 희생자 유가족을 위로한 일이 주목되었다. 그때 세월호 유가족들은 세월호 특별법 제정을 촉구하기 위하여 '세월호 십자가 순례단'이라는 이름으로 십자가를 등에 지고 도보 순례 중이었다. 그리고 십자가를 진 채 대전을 방문했다. 교황은 아직 구조되지 못한 실종자 가족들에게 직접 찾아뵙지 못해 죄송하며, 결코 잊지 않고 기도하고 있다는 위로의 편지를 발표했다. 편지에는 실종자 한 명, 한 명의 이름이 기재되어 있었다. 방한 일정 때 세월호 유족들과의 만남은 사실 처음부터 미리 일정에 계획된 것은 아니었다고 한다. 8월 18일에 MBC에서 방영된 다큐에 의하면 도보 순례를 하는 유가족들이 도보 중 교황을 만나고 싶다는 인터뷰를 했다. 그들은 인터뷰를 통해 성모승천미사 때 교황과의 만남을 원하며 단식 중인 유가족을 품어주기를 원한다고 했다. 그리고 교황으로부터 직접 세례를 받고 싶다고 했는데, 교황이 이를 받아들여 만남이 이루어진 것이었다.

그런데 프란치스코 교황은 15일 오전 대전 월드컵경기장에서 열린 성모승천대축일 미사에서 세월호 참사를 기억하기 위한 '노란 리본' 배지를 가슴에 달고 등장했다. 그렇다면 교황은 어떻게 노란 리본 배지를 달게 되었을까? 『오마이뉴스』는 8월 15일 충남 당진 솔뫼성지에서 자신이 달고 있던 노란 리본 배지를 교황에게 전달한 김현신 씨(28)를 통해 당시 상황을 담은 영상을 입수하여 공개했는데 그 내용은 다음과 같다.

> 김현신 청년은 교황이 아시아 청년 대회에 참석하기 위해 솔뫼성지에 마련된 대형천막에 들어섰다. 그리고 교황을 보자마자 "파파(교황을 지칭)"라고 큰소리로 외쳤다. 그리고 교황이 가까이 다가서자 김현신은 "세월호, 리멤버"라고 하며 자신이 달고 있던 노란 리본을 떼어 교황에게 내밀었다.

교황이 노란 리본을 받으며 "미(me)?"라고 김현신에게 물었다. 그러고는 통역을 맡은 신부에게 리본을 주며 자신의 가슴에 달아달라고 했다. 가슴에 노란 리본을 단 교황은 김현신을 향해 오른손을 들어 보이며 감사하다는 사인을 보냈다. 그리고 교황은 15일 오전 노란 리본을 달고 성모승천대축일 미사(대전월드컵경기장)에 참석했다. 그때부터 교황은 모든 공식 석상에 노란 리본을 달고 등장했다. 김현신 청년은 "요즘 (세월호 관련) 뉴스를 보면 너무 답답하기도 하고, 나조차도 세월호 참사를 잊은 채 일상을 즐기고 있는 모습을 보며 마음이 아팠다. 교황이 노란 리본 배지를 달게 되면 많은 사람들이 세월호 참사를 기억할 수 있을 것이라 생각"하고 교황에게 노란 리본을 전달했노라고 했다.

방한 셋째 날(8월 16일) 교황은 서소문 순교 성지 참배를 하고 광화문광장에서 윤지충 바오로를 비롯하여 123위 순교자 시복식을 거행했다. 교황이 한국 천주교 순교자인 윤지충 바오로와 동료 123위 시복미사를 집전한 것인데, 교황이 지역교회를 찾아 시복식을 집전하는 것은 매우 이례적인 일이었다. 아무튼 초기 한국교회의 순교자들 시복(신앙의 모범을 보인 고인을 복자品[福者品]에 올리는 의식) 미사는 수도 서울의 중심인 광화문 앞에서 진행되었다. 광화문 인근은 천주교 신앙 선조들이 옥고를 치렀던 형조와 우포도청, 의금부 등이 있던 곳으로 그때 희생된 천주교 신자들의 피가 배어 있는 장소인 탓이었다.[1] 이날 시복식에 참여하기 위해, 또는 교황 프란치스코를 보기 위해 광화문 광장으로 수십만 명이 모여들었다. 전국에서 버스 1천 7백여 대가 광화문으로 왔고, 시복미사 천주교 자원봉사자 5천여 명, 취재기자 2천 8백여 명, 경호를 위한 경찰 병력 3만여 명이 광화문에 운집했다.

넷째 날(8월 17일)은 충청남도 서산 해미성지에서 제6회 아시아청년 대회 폐막식 미사를 집전했다. 아시아청년 대회에는 총 23개 국가에서 2천 명의

---

1 광화문 외에 천주교 신자들이 대거 처형된 대표적 곳으로 서소문 순교성지가 있는데, 이곳을 통해 천주교 신자들은 순교의 영성을 되새기고 있다. 서소문 순교성지에는 한국 103위 성인 중 44위가 있고, 광화문에서 순교한 124위 중 27위가 거기에 속해 있다.

청년들과 4천 명의 한국 청년 신자들이 참석한 대규모 행사였다.

다섯째 날(8월 18일)은 방한 마지막 날이었다. 당일 9시 45분에 명동성당에서 한국의 7대 종교지도자들과 만나 '평화와 화해를 위한 미사'를 봉헌했다. 염수정 추기경은 교황 방한 이전인 지난 5월 29일 미리 7대 종단 지도자들과 만나 교황과의 만남과 명동 대성당에서 열리는 '평화와 화해를 위한 미사'에 초청한 바 있었다. 그 후 7대 종단 지도자들은 지난 8월 9일 교황 방한 환영 메시지를 발표하면서 한국의 평화와 다종교 지도자들의 화합을 꾀했던 것이다. 교황은 이날 미사에서 세계 유일한 분단국가인 한국에 평화의 메시지를 전달했다. 그리고 오후 1시에 귀국 비행기를 타면서 4박 5일의 방한 일정을 마쳤다.

4. 프란치스코 교황과 이호진 프란치스코

방한 중 교황의 행보는 감동의 연속이었다. 그 가운데서도 단원고 2학년 고(故) 이승현 군의 아버지 이호진 씨가 교황에게 직접 세례를 받은 일은 또 다른 감동이었다. 내력을 정리해 보면, 방한 둘째 날인 8월 15일 800km를 걸어와 만난 교황에게 승현이 아버지는 "I love you! I love you!"라고 인사를 하면서 그의 손에 입을 맞추었고 교황은 그의 머리에 손을 얹고 축복해주었다. 그때 승현이 아버지는 교황을 향해 "2천 리 180만 보를 한 발, 한 발, 기도하는 마음으로 내딛었습니다. 아직 교리를 다 배우지는 못했지만 세례를 받을 자격이 있겠는지요?"라고 물었고 교황은 "자격이 충분합니다."라고 대답했다. 그러자 승현이 아버지는 "교황님께 직접 세례받기를 원합니다."라고 간청했다.

승현이 아버지 이호진 씨가 교황을 만나게 된 경위는 다음과 같다. 이호진 씨는 8월 15일 교황이 대전 월드컵경기장 중앙제단 뒤에 있던 제의실 앞에서 비공개로 세월호 유족 10명과 15분 동안 만났을 때 세월호 특별법 제정을 촉구하기 위한 '세월호 십자가 순례단'이 자신들이 짊어졌던 십자가를 교황에게 전했다. 그리고 교황은 세월호 유족들이 준 십자가를 바티칸으로 가지고 가겠다고 약속했다. 이때 이호진 씨는 직접 세례를 요청했다. 사실 천주교에서는 일정 기간 교리 공부를 해야 세례받을 자격이 있다. 이호진 씨는 교리 공부를 하던 중에 세월호 참사가 났고, 공부가 중단되었다고 했다. 교황은 형식에 치우치지 않고 세례를 주겠노라고 허락했다.

그렇게 해서 이호진 씨는 8월 17일 오전 7시경, 주한 교황청 대사관으로 가 교황으로부터 직접 세례를 받았다. 교황에게 직접 세례를 요청한 용기에 모두 놀랐다. 2천 년 가톨릭 역사상 교황이 평신도에게 세례를 주는 일은 처음이었기 때문이다. 그러나 교황은 어린 자식을 잃은 아버지를 외면해서는 안 되겠기에 이례적인 결정을 내렸다고 했다. 혹시라도 한국에 머무는 동안 세례를 주지 못할까 봐 수행원들에게 직접 승현 아버지 연락처를 챙길 것과 일정을 조율하라는 당부까지 해두는 세심함을 보였다고 한다.

승현이 아버지는 이날 '이호진 프란치스코'라는 세례명을 받고 영적인 새 생명을 얻었다. 그리고 이호진 프란치스코는 8월 18일 가톨릭 신자로서 대한문 미사에 참석하게 되었다. 이때 승현이 아버지는 "하늘의 별이 된 세월호 참사 희생자들과 수많은 아이들을 기억해주시고 기도해주십시오."라고 다시 부탁했고, 교황은 꼭 그렇게 하겠노라고 거듭 약속했다.

그런데 세월호 유족들을 지지하는 교황을 종북 좌파로 몰아붙이는 사람들이 있었다. 이전부터 신자유주의에 반대하는 교황의 발언에 대해 좌파적이라고 공격하던 일부 보수 계층에서는 교황의 방한 기간 동안에 나온 발언 등을 놓고 "자본주의를 부정하고 사회주의 경제를 추종한다. 대한민국 내부는 비판하면서 북한 인권에 대해서는 침묵하는 이중적인 모습을 보인다." 는 등의 발언을 쏟아내기에 바빴다. 굳이 이들의 발언에 대해 생각해본다면 자본주의에 대한 교황의 평소 발언은 자본주의 자체를 부정한 것이 아니라 자본주의에 따른 병폐를 고쳐야 한다는 주장이었다. 방한 중 발언들도 이와 일치했다. 또한 그는 성직자답게 남북관계에 있어 일흔일곱 번이라도 용서하라는 성서의 말씀을 인용한 것을 두고, 일부에서는 무조건적인 평화를 외친다고 비판했고, 보수 논객 J씨는 거침없이 교황을 종북 좌파라고 비난을 퍼부었다. 모 언론에 보도된 그의 말을 대략 인용해보면 아래와 같다.

이번 4박 5일 동안 교황이 와서 보여준 행동은 크게 두 가지다. 하나는 종교 제스처이고 다른 하나는 정치 개입이다. 그는 늘 환하게 웃는 얼굴과 낮은 자세로, 세상 사람들을 대했고 장애인과 아이들을 여러 차례 안아주었다. 그러나 그는 만나서는 안 될 정치집단들을 만나 사회갈등의 불씨를 심었다. 사회적 약자로 변장한 용산 패거리들의 유족도 안아주었고, 빗나간 폭력집단이었던 쌍용자동차의 일부 나쁜 노조집단도 위로해주었고, 송전탑 설치 반대 집단, 제주해군기지 반대자들, 심지어는 자식의 주검으로 한밑천 장만하고 신분 상승까지 해보려는 세월호 유가족들을 격려하고 감쌌다. …(중략)…

세월호의 어느 유가족은 교황의 손을 부여잡고 "세월호 특별법을 관철시켜달라"고 하소연했고, 세월호 유가족 단체는 기나긴 편지를 써서 교황의 주머니에 넣게 했다. 자기들이 억울한 약자라 호소했다. 자기들이 요구하는 세월호 특별법을 정부가 들어주지 않으니 이를 들어주도록 해달라는 요지의 하소연이다. 자기들의 지나친 욕심을 추구하는 데 교황을 악용하는 나쁜 짓들을 하고 있는 것이다. …(중략)… 도대체 누가 세월호 유족의 처지를 어떻게 말해주었기에 교황이 세월호 유족의 처지를 매우 불쌍한 처지라고 생각했는가? 세월호 유가족은 지금 불쌍한 처지가 아니다. 세월호 유족만큼 국민으로부터 거국적인 위로와 지원을 받은 유가족은 없을 것이다.

그런데 그들은 심성이 불순하여 베풀어줄수록 양양해서 이제는 국민이 베풀어준 것에 대해 고마워하지도 않는 눈치다. 오히려 그런 국민의 주머니를 더 많이 털어 일생 동안 호강하고 병원 다니고 자녀들을 시험 없이, 학비 없이 대학 보내고, 의사상자로 지정되어 순국선열보다 더 높은 반열에 올라 개국공신 이상의 대우를 받으려고 끝없이 욕심을 부리고 있다. …(중략)… 이 나라에서 지금 그 누가 세월호 유가족을 약자라 생각하는가?

…(중략)… 천주교 신자 수는 우리나라에서 잘해야 3번째인 것으로 안다. 그런데도 국가가 어마어마한 국민세금을 써가면서 광화문광장이라는 상징성 있는 공간을 오직 천주교 행사에 내주고 엄청난 경찰력을 동원하여 질서를 유지하고, 대통령이 교황의 아래에 섰다. 도대체 이런 파행이 어떻게 해서 정당화할 수 있는 것인지 나는 아직도 이해할 수 없다. 결국 이런 무리한 파행을 자행한 목적이 좌익들은 그들의 욕심을 관철시키기 위한 수단으로 악용한 것이 아니었던가?[2]

5. 그가 남기고 간 것, 그리고 우리

프란치스코 교황의 한국 방문 4박 5일은 그야말로 감동의 시간이었다. 한국을 찾은 교황은 무엇보다 젊은이들과 소외계층을 향해, 그리고 세계 유일의 분단국을 향해 '일어나 비추어라'(이사야서 60장 1절)라는 메시지로 희망과 용기를 불어넣어주었다. 5일 동안 한국의 열여섯 곳을 다니며 사랑의 씨앗을 뿌렸다. 따라서 종교가 없는 무신론자나 타 종교를 가진 사람들, 그동안 신앙 생활에 회의를 느꼈던 사람들, 평소 가톨릭에 부정적인 생각을 가졌던 사람들조차 깊은 감명을 받았다. 아울러 기독교에 대하여 냉담했던 사람들과 그동안 신자이면서도 성당에 잘 나가지 않았던 사람들이 다시 성당에 나가는 현상이 벌어지기도 했다.

교황은 교황이라는 지고(至高)한 권위 대신 자신을 낮추면서 사람을 진심으로 섬겼기 때문이다. 청와대를 방문할 때 경호원들이 사람들을 제지하자 그들을 막지 말라고 당부했던 일은 예수를 향해 몰려드는 사람들을 제자들이 제지하려고 하자 예수께서 '그들을 막지 말라'는 것을 실행한 행위에 다름 아니었다. 그의 낮은 자세는 방문국에서 가장 먼저 실행하는 방명록에서

---

2   뉴스타운, '국민의 함성', 2014.8.20.

존재와 사유

부터 감동을 주었다. 넓은 백지 아랫부분 한 귀퉁이에 아주 작은 글씨로 '프란치스코'라고 쓰고는 '보잘것없는 낮은 존재인데 이름을 크게 쓸 수 없기' 때문이라고 한 겸손은 우리들로하여 부끄러움을 갖게 했다.

이와 같은 교황의 행위는 종교지도자로서 당연한 것이 결코 아니다. 지금까지 많은 교황이 존재했지만 프란치스코와 같은 교황은 아직 전무한 탓이다. 오히려 종교(어느 종교든)의 최고 지도자일수록 근접할 수 없는 위엄과 권위를 보이는 것이 현실이다. 더욱이 우리나라에서 보여준 행위 가운데 가장 두드러진 것은 약자를 위하여 중립을 지키지 않은 결연한 의지였다. 그는 기꺼이 세월호 유가족들을 보듬어주고 지지해주었다. 바티칸으로 돌아갈 때 세월호 십자가 순례단이 짊어졌던 십자가를 교황에게 전하니 교황은 그 십자가를 바티칸으로 가져가겠다고 했는데, 약속대로 출국하면서 그 십자가를 가지고 갔다. 교황은 18일 서울공항을 통해 출국할 때까지 가슴에서 노란 리본 배지를 떼지 않았다. 교황은 돌아가는 비행기 안에서 그때 '중립을 지켜야 하니 배지를 떼는 것이 좋지 않겠느냐'는 요구를 받았다고 하면서 "세월호 유족의 고통 앞에 중립을 지킬 수 없었다."고 했다.

그러나 교황의 한국 방문으로 하여 괴로웠던 사람들이 있었다. 교황의 말과 행보에 따라 시대가 안고 있는 문제점이 부각되기 때문이었다. 국제적으로는 위안부 문제였고 국내적으로는 세월호 문제였다. 그들은 각자 나름대로 교황의 언행에 촉각을 세웠다. 일본은 위안부 문제 때문에 교황의 행위를 축소 보도하려 애썼고, 국내의 일부 보수파들과 보수 논객 J씨는 교황을 좌익의 대변자라고 몰아붙였다. 이념은 아무리 숭고한 선도 용납하지 않았다. 용납이라니, 이념은 교황의 순수한 사랑조차도 이념으로 몰아붙이기에 바빴다.

J씨는 교황의 행위를 무리한 파행으로 간주하면서 "결국 이런 무리한 파행을 자행한 목적은 좌익들로 하여 그들의 욕심을 관철시키기 위한 수단으로 악용하도록 한 것"이라고 했다. 처음부터 교황 방한을 반대하는 개신교

일부도 물의를 빚었다. '로마 가톨릭 교황 정체 알리기 운동연대' 측에서는 8월 15일 대전 방문에서부터 교황 반대 집회를 연 것으로도 모자라 8월 16일 124위 순교자 시복식이 열리는 광화문광장에서 불과 6백 미터 정도 떨어진 청계 2가 한빛광장에서 맞불 기도회를 열었다. 그들은 "마리아는 사람이다."라는 구호를 내걸며 시위를 벌였다. 집회에는 3백여 명이 모인 것으로 알려졌다. 교황 방한을 반대하는 집단은 또 있었다. 반기독교 단체에서 반대 선언을 발표하고 나섰다.

한편으로는 가톨릭과의 화해와 개신교의 개혁과 쇄신의 계기로 삼자는 개신교 교단도 있었다. 이런 현상 때문에 교황의 행위는 같은 기독교인 개신교와 비교되기도 했다. 보다 못한 K 목사는 "신학적 또는 교리적으로 반대할 수는 있으나 이를 표현하는 방식은 더 성숙해야 한다. 교황은 가톨릭의 수장이자 한국을 찾은 손님이다."라고 시위대를 비판하기도 했다.

사실 선은 반드시 교황 같은 대성직자들만이 행하는 것도 아니다. 그럼에도 이념에 갇혀 선이 선으로 보이지 않고 미움으로 보인 것은 얼마나 불행한 일인가. 선을 선으로 보지 못하고 감동하지 못한 것은 색을 구별하지 못하는 색맹과 같다. 색을 모르니 색을 표현하는 방법을 알 수가 없다. 교황이 노란 리본을 방한 기간 동안 가슴에 달고 있었던 것은 세월호 희생자들을 뛰어넘어 범세계적인 인류에 대한 연민이었다. 따라서 교황이 한국에 남기고 간 것은 선에 대한 사표였다.

따라서 교황이 떠난 후 우리에게 남은 것은 자신을 낮추는 미덕과 약자를 위해 중립을 지키지 않는 용기에 대한 사유이다.

사람은 좀처럼 자신을 낮추기가 어려운 존재인 탓이다. 높이 올라가면 올라갈수록 그것은 더욱 어려워지게 된다. 따라서 어느 종교든 종교에서는 끊임없이 낮아짐을 역설한다. 나를 버려야 남을 배려할 수 있고 남을 위해 봉사할 수 있기 때문이다. 기독교에서는 예수의 탄생 자체를 낮아짐의 근원으로 삼고 있다. 하나님의 아들, 즉 성자 예수가 말의 처소인 마구간에서 태어

242

나 말의 먹이 통인 구유에 누인 것은 낮아짐의 상징성을 가장 잘 보여준다. 이런 이유로 일찍이 기독교 문화로 성장한 서구는 봉사 정신이 앞서갔고 인류를 선도해 갈 수 있었다. 개인적으로는 선교 의사인 슈바이처(1875~1965, 1952년 노벨평화상 수상)를 비롯하여 가난한 나라의 가난한 사람들을 위해 목숨 바쳐 봉사한 인물들이 부지기수로 배출되었다. 물론 한국도 기독교가 전파되면서 약자를 위해 자신을 희생한 수많은 사람들이 있었고 지금도 존재하며 앞으로도 영원히 존재할 것이다.

그런데 자기를 낮춘다는 것은 높은 지위에 있는 사람들이 행해야 할 일이다. 하나님의 아들인 성자가 마구간에서 태어나듯이 그래서 봉사와 희생정신이 전 인류에 전파되었고 인류를 선도해왔듯이 높은 사람들이 낮아짐을 실현한다는 것이 중요한 것은 그들의 행위는 곧 대중의 사표가 되기 때문이다. 그리고 높은 사람이 스스로 자신을 낮춘다는 것은 사회적 약자를 배려하고 섬기는 일에서 성립되며 그것은 인간의 귀천을 따지지 않고 누구나 평등한 존재라는 평등사상에서 출발한다. 그것은 물이 위에서 아래로 흘러내려 가듯 높은 위치에 선 사람들의 몫이라는 것을 교황은 몸으로 직접 말해주었다.

제4부

고독과 예술의 뜨거운 함수
그리고 질풍노도의 전방위적 글쓰기

1. 들어가기

작가 최화수(1947~2017)를 논한다는 것은 고민스럽지 않을 수가 없다. 단순히 고민에 그치는 것이 아니라 함부로 접근해서는 안 된다는 생각을 갖게 한다. 그가 남긴 방대한 저작물이 요구하는 독서량과 다각도의 분석이 예사롭지 않은 탓이다. 따라서 연구자의 풍부한 역량이 요구되는 것은 당연하며, 더욱이 조심스러운 것은 작고 이후로 맨 처음 조명한다는 것에 대한 부담이다. 작고 직후의 연구 작업은 어쩔 수 없이 통시적인 접근을 해야 하고 그러자면 어느 부분은 미진할 수밖에 없다. 그러나 누군가는 그 첫 삽을 떠야 하고, 주어진 일이라면 성실하게 최선을 다하는 것이 글 쓰는 자의 올바른 태도일 것이다.

최화수는 1947년에 태어나 2017년 71세로 생을 마감했다. 신문기자로서 문화의 아이콘(Icon)으로 통하는 그는 모든 장르를 뛰어넘어 전방위적으로 글을 썼으며 그의 글쓰기는 거침없는 질풍노도의 힘을 보여주었다. 따라서 최화수 작가는 커다란 산문가, 큰 에세이스트라고 불러야 한다. 그 안에 소설이 있고 수많은 예술과 예술인이 있고, 정치와 시사가 있고, 역사가 있으며 이 모두를 아우른 비평이 있기 때문이다. 이와 같이 방대한 저작물을 쓸수 있었던 것은 뛰어난 문재를 타고난 데다 기자라는 직업 탓이었다. 문화부 전문기자로 1970년대, 80년대를 관통한 그는 '전설의 문화부 기자'로 명명되기까지 오로지 예술 문화에 관련된 글을 쓰는 데 삶의 전부를 바쳤다. 그는 어떤 경우에도 현장에서 몸으로 부딪치면서 꼼꼼한 관찰 아래 사실을 바탕으로 글을 썼고 그의 펜 끝에서 나온 글은 제재를 불문하고 모두 문학으로 탄생되었다.

그가 장르를 뛰어넘어 전방위적으로 글을 쓰게 된 데에는 또 하나, 시대적 영향이 컸다는 사실도 무시할 수 없다. 1947년생인 최화수 작가는 한국의 고난도 현대사와 함께했기 때문이다. 한국전쟁을 대여섯 살 어린 시절에 겪었고, 청소년 시절에 4·19혁명과 5·16군사쿠데타를, 30대 중반에는 신군부의 5·18을 겪었다. 몸으로 한국의 현대사를 체험했다는 것은 글을 쓰는 작가에게는 더욱더 글을 쓸 수밖에 없는 이유가 되기에 충분하다. 실질적으로 그는 당시 언론 통폐합으로 인하여 국제신문에서 "10년 근속을 꼭 열흘 앞두고 문을 닫고야 말았다. 나로선 하늘처럼 믿고 있던 일터요. 그 직장을 떠난다는 생각은 꿈에서조차도 못했던 터라 그때 그 청천벽력이 지금까지도 도대체 믿어지지 않을 지경"[1]이라고 술회할 정도로 1980년 신군부의 탄생과 함께 직격탄을 맞은 장본인이다.

따라서 그는 다시 국제신문으로 돌아가는 날까지 1980년대를 패배 의식과 허탈 의식에 사로잡혀 있었다. 심지어 "나는 지금도 시골 고향을 떠나 도회지로 유학을 한 것이 근원적인 잘못이었음을 땅을 치며 통탄하고픈 심정"(위의 책)이라고 하면서 부산에서 고등학교를 졸업하고 대학으로 진학한 것이 두 번째 실수이며 대학을 졸업한 이후 고향의 팔순 노모에게 돌아가지

---

1   최화수, 『달 따러 가자』, 국제, 1986, 312쪽.

않고 다시 도시에서 직장을 얻은 것이 세 번째 실수라고 한탄을 금치 못했다.

그러나 최화수 작가는 긍정과 합리를 중시하는 매우 고상한 인격의 소유자였다. 오랜 세월 동안 함께 문화예술 분야의 일을 해온 봉생문화재단 이사장 정의화는 그를 일러 "언제나 상식적이고 합리적이었으며, 조용한 가운데 적극적으로 주어진 일을 처리하신 분"(『봉생문화』 2017년 가을호)이라고 회고했는데 이는 칸트의 보편주의와 통한다. '보통은 넓게 통하고 상식은 영원한 지식'이라는 말을 남긴 칸트는 합리성은 어떤 특별한 위대함이 아니라 상식과 보편성에 존재한다고 보았다. 세상에서 가장 어렵다는 책 『순수이성비판』의 입장도 보편성과 상식에 중점을 두었다는 것은 진리처럼 통하는 바, 이 상식과 보편성을 좋아했던 최화수 작가는 주변 사람들로부터 그런 이유로 존경을 받았다.

따라서 그를 그리워하는 사람들은 모두 같은 말을 하고 있다. 강기홍 작가는 "최화수와 형제의 인연을 이어온 지 반세기다. 그 긴 세월에 마음 상한 일이 단 한 번도 없었다."[2]라고 했고, 국제신문 조봉건 기자는 "뜨겁거나 부드럽거나 멋스러운 분"(『봉생문화』, 2017년 가을호)이라고 했는데, 조봉건 기자의 표현대로 그는 매사에 뜨겁고 부드럽고 멋스러운 사람이었다. 그런가 하면 "가족은 물론이고 주위 사람들, 모르는 사람들에게까지 털끝만큼의 민폐도 끼치는 걸 허락하지 않는 분이셨다. 작은 생명도 소중하게 생각하시고 배고픈 길고양이 사료까지 챙겨주시던 분이셨다."[3]라는 장녀 최수연 씨의 말대로 그는 심지어 가족에게도 민폐를 끼치는 것을 두려워할 정도로 세심한 성품이었다.

따뜻하고 부드러운 그는 너무나 가정적이었고 딸들에 대한 사랑이 남달

---

2   최화수, 『누부야, 누부야』, 세종, 2017, 214쪽
3   최수연, 「사랑하는 아빠를 추억하며」, 위의 책, 205쪽.

랐다는 것을 발견할 수 있다. "나에게는 두 딸이 있다. 내가 가진 전 재산이요, 내가 살아가는 이유의 전부이요, 내가 자랑할 수 있는 오직 한 가지뿐인 것이 바로 딸들이다. 큰 아이는 수연이요, 둘째 아이는 수정(똘랑)인데, 나는 이 딸자식들이 얼마나 좋았으면 우리 집안의 이름 항렬을 무시하고 나의 이름 끝 자 '수'를 그늘의 이름 첫 자로 정했겠는가."[4]라고 했는데, 그는 딸들을 자신의 전부로 여기고도 남았다.

그러나 따뜻하고 부드럽고 자유분방하면서도 그는 매우 고집스럽고 보수적이었다. 가족들의 증언에 의하면 젊은 시절 부인에게, 그리고 성장한 딸들에게 화장을 하지 못하게 말릴 정도였으며 아무리 밤늦게 귀가하더라도 저녁식사는 반드시 집에서 하는 것을 철칙으로 삼을 정도였다. 또한 하고자하는 일은 무슨 일이 있어도 끝까지 밀고나가는 고집을 가족들 그 누구도 꺾을 수가 없었다고 하는데, 그런 고집으로 주말에도 산을 오르며 쉬지 않고 취재를 하고 글을 썼다. 이를 두고 국제신문 박창희 대기자는 "그는 술을 좋아했지만 과음하지 않았고, 술에 취해도 취한 모습을 보이지 않았다."[5]고 회고하면서 술 취하지 않는 이유는 쓸 게 많았기 때문이었을 것이라고 했다. 그는 작가로서 기자로서 그렇게 부지런히 살면서 자신에게 엄격한 만큼 많은 저작을 남겼다고 할 수 있다.

2. 작가로서 최화수의 탄생

최화수 작가는 1947년 경남 밀양 초동면 금포리에서 4남 2녀 중 막내로 태어났다. 그가 태어날 때 아버지는 59세였고 어머니는 49세였다. 어머니가 고령에 자식을 얻었다는 사실도 놀랍거니와 어머니보다 아버지가 10년 연

---

4   최화수, 『달 따러 가자』, 124쪽.

5   『사하의 인물』, 부산광역시 사하구청, 2017, 230쪽.

존재와 사유

상이었다는 것도 예사롭지 않은 일이다. 여기에는 우리나라의 역사와 관련이 있다. 일제강점기 때 15세가 된 어머니는 정신대 강제 징발을 피하기 위해 "앞뒤 가릴 것도 없이 스물다섯 살의 10년 차이가 나는 노총각에게 시집을 간"[6] 탓이다. 최화수 작가 역시 늦은 결혼이었는데 서른두 살에 4년 연하인 오옥분 여사와 결혼했다. 결혼 당시 아버지는 80세였고 어머니는 70세였다. 큰형님의 아들인 장조카는 최화수 작가보다 나이가 더 많았다. 형제가 아무리 많아도 아버지 같은 형님이나 어머니 같은 누나와 친구처럼 어울려 지내기는 어려운 일이다. 따라서 최화수 작가는 작품을 통해 성장 시절은 물론 살아가면서도 고독했음을 드러낸다.

자신뿐만 아니라 연세가 많은 부모님 특히 아버지를 바라보면서 늘 아버지에 대한 연민을 갖고 있었음이 『달 따러 가자』에 7편이나 실려 있는 「아버지의 산」을 통해 몹시 아프게 묘사되어 있다. 더욱이 아버지는 그가 결혼하고 2년 만에 돌아가시고 말았다. 가문은 경주 최씨로, 아버지는 본래 경주에서 살다가 밀양으로 이사를 와 터를 잡았다. 부지런한 부모님 덕택에 고향에서 '최부자'라고 부를 정도로 비교적 윤택한 집안이었다. 형제들이 부산에서 유학을 했고 최화수 작가 역시 고향에서 중학교를 졸업하고 고교부터 부산에서 유학생활을 시작했다. 형님의 권유로 부산공고를 나와 부산대학교 상대 경영학과를 졸업했다.

그는 어려서부터 영민함을 보였던 게 확실하다. 가족의 증언에 따르면 어느 날 해인사의 모 스님이 7세쯤 된 어린 최화수를 보더니 장차 훌륭한 스님으로 키울 테니 맡겨달라고 사정을 했으나 부모님은 고령에 얻은 막내아들을 내줄 수가 없었다고 한다.(오옥분 여사가 시어머니로부터 들은 증언) 어려서 해인사 스님이 알아본 대로 영민함을 타고난 그는 고교시절부터 문학적 재능을 보이기 시작했다. 부산공업고등학교 시절 '부산문우회' 회원 활동을 하

---

6   위의 책, 58쪽.

면서 문학을 시작했다. 학생잡지 『학원』과 『국제신문』, 『부산일보』, 『민주신보』 등에 여러 가지 산문을 발표하면서 영남 학생문예 콩쿠르 등 문학 공모에서 다수의 입상을 차지했다. 대학교 재학시절에는 '간선문학동인' 활동을 하면서 부대문학상(부산대학교) 소설 부문에 당선했다. 이어서 장편 『오후가 길어지는 계절』(도서출판 영남, 1968)을 발표하면서 주변을 놀라게 했다. 그러니까 최화수는 대학 시절부터 이미 작가의 반열에 오른 것인데 여기에는 강남주 작가(전 부경대 총장)를 비롯하여 김창근 시인(동의대 명예교수), 정약수 수필가(부산대 명예교수) 등이 산 증인이다.

강남주 작가는 최화수가 부산대학교 학생일 때 대학원생이었고 부산대학 신문 편집을 책임지고 있었다. 그리고 최화수가 소설 부문에 응모를 했을 때 심사를 본 장본인이다. 또한 김창근 시인이 유고집 『누부야, 누부야』에 게재한 추모글을 보면 최화수 작가와 고교시절 백일장에서 운문과 산문부에 나란히 입상을 하게 된다. 그리고 인연은 대학까지 이어지면서 평생 문학도로서 도반의 길을 걷게 되었다.

> 예심 때 그의 작품을 읽으면서 놀랐던 기억이 생생하다. 노면 전차 차장의 일상을 다룬 그 소설은 당시 문예사조에서 언급이 잦았던 사실주의 소설의 수법을 그대로 닮고 있었다. 전차의 핸들 조작법이라든지, 전기의 작동 원리라든지…(중략)…
> 그런 강한 인상 때문에 뒤에 그에게 어째서 그런 소설을 쓰게 되었느냐고 물었던 일이있다. 그는 소설을 쓰기 위해서 실제로 현장인 전차 정비소를 찾았다고 했다.[7]

> 회고하건데 그와 나는 고등학교는 서로 달랐지만, 소위 백일장 시대의 대표주자들로 이미 꽤 알려진 터이어서 당시의 당돌한 부산문우회 시절부터 죽이 맞아 서로 만나온 사이였고, 그 한 결정적인 사건이 영남 학생 문

---

7   강남주, 「서문」, 최화수, 『눈 위에 서리친다』, 동방문화, 2006.

예 콩쿠르였다. …(중략)… 그와 나는 그 대회에서 각각 부문별 당선작을 냈던 것이다. 아직도 잊지 못하거니와, 그의 당선 수필의 제목이 「바다에도 가을이 오는 가」였고, 내 당선 시의 제목은 「화분」이었다. 그때가 정확하게 1962년 2월이었고, 그해 나는 졸업과 동시에 부산대학교로 진학하였는데 그도 한 해 늦게 졸업 후 부산대학교에 입학한 후 부대신문사에서 함께 근무하기도 했던 것인데, 이후 대학의 선후배들이 뜻 모아 길을 연 〈간선문학 동인회〉에 입회하여 오늘날까지 더불어 그 명맥을 이어가고 있거니와, 재학시절 그도 나도 부대문학상을 앞서거니 뒤서거니 수상하기도 하여 문학도로서의 자기수련의 발자취를 크게 남겼다.[8]

그와 나의 인연은 1960면 부산공업고등학교에 함께 입학하면서부터 시작된다. 그는 밀양 촌놈, 나는 양산 촌놈으로, …(중략)… 그때부터 교내 문예반 동아리 활동을 같이 하며 인연을 맺어 왔다. 학교 교지 등에 같이 문예작품을 발표하면서 문명(文名)을 떨쳤다. 그도 나도 주로 소설을 썼다. 그와 나의 인연이 더 끈끈하게 맺어진 것은 부산공고를 졸업하고 나서 또 같은 부산대학교에 지원을 해서 입학을 하면서이다. 그러나 전공 학과는 달랐다. 그는 상대 경영학과를 나는 문리대 영문학과를 지원했다. 둘 다 공고 체질이 아니어서 공고 계통을 이탈해서 전혀 다른 분야를 지원한 것이다. …(중략)… 그때 부산대학교에는 〈간선문학동인회〉라는 이름의 유일한 문학 서클이 있었다. …(중략)… 당시 인기를 끈 것은 부대신문사 주최의 부대문학상이었는데, 그 문학상 공모에서 내가 1963년 제1회, 그가 다음해 제2회로 소설 부문 당선자가 되었으니, 그때의 우리들의 기세와 인기가 어떠했을지는 상상에 맡긴다.[9]

그러나 최화수 작가에게는 여유롭게 소설 창작에 몰입할 수 있는 환경이 주어지지 않았다. 대학 졸업 후, 1970년 국제신문사에 입사하여 10년 동안 『국제신문』에서 기자 생활을 하던 중, 1980년 신군부의 등장으로 그해 10월

---

8   김창근, 「바다에도 가을이 오는데」, 최화수, 『누부야, 누부야!』, 222~223쪽.
9   정약수, 「최화수와 〈간선〉과 〈우리들의 산〉 그리고…」, 위의 책, 248~249쪽.

22일 제5공화국 헌법이 발표되면서 11월 14일 신문협, 방송협, 언론기관 통폐합에 직면하게 되었다. 이 조치에 따라 『경남일보』, 『신아일보』, 『서울경제』, 『내외경제』, 『국제신문』, 『영남일보』, 『전남일보』, 『전남매일신문』, 『시사통신』, 『경제통신』, 『산업통신』, 『무역통신』이 종간되었다. 또한 문공부 정기간행물 67종이 등록 취소되었다.[10] 당시 부산일보로 자리를 옮겨야 했던 분위기가 논픽션 에세이 『양산박(梁山泊)』에 잘 나타나 있다.

> 국제신문도 기독교방송의 보도프로를 종방하는 25일 폐간하게끔 돼 있었다. 동병상련의 두 회사 사람들은 서로의 얼굴을 쳐다보면서 멋쩍게 웃었다. 부산기독교방송의 누군가가 먼저 입을 뗐다.
> "당신들은 부산일보로 간다면서?"
> "기독교방송 보도부는 KBS로 간다면서?"
> 국제신문의 어느 기자는 고작 이렇게 대꾸할 따름이었다. 그들은 더 이상 아무런 말도 하지 않았다. 말 대신 소주잔만 묵묵히 기울였다.[11]

제5공화국 신군부에 대한 대학생들의 저항이 그치지 않았다. 그리고 1987년 1월 14일 서울대생 박종철 군이 경찰의 고문으로 죽음을 당하는 사건이 일어났다. 또 같은 해 6월 9일 연세대생 이한열 군이 최루탄에 맞아 죽음을 당하게 되면서 이 사건은 다음 날인 6월 10일 민주헌법국민운동본부 주최로 범국민규탄대회가 경찰의 원천봉쇄 속에서도 20개 도시로 들불처럼 번졌다. 이어서 6월 26일 전국 37개 도시에서 학생과 시민이 함께 하는 '평화대행진' 시위로 확대되었다. 이 여파로 당시 민정당의 대통령 후보 노태우는 6월 29일 드디어 대통령 중심 직선제 개헌을 선언하게 되었고, 김대중 사면 복권 등 8개항의 시국 수습을 위한 특별선언을 발표하게 되었다.

1987년 6월 29일 발표한 6·29특별선언과 함께 국민은 자유를 찾게 되었

---

10 한국정신문화연구원, 『한국사 연표』, 동방미디어, 2004, 686쪽.
11 최화수, 『양산박』, 지평, 1990, 49쪽.

다. 그리고 9월 17일 자유실천문인협의회를 확대하여 개편한 민족문학작가회의가 창립되었고, 때마침 제9차세계언론인대회(9.20~9.25)가 서울에서 5일 동안 개최되었다. 이와 같이 놀라운 변화와 함께 대통령을 국민의 손으로 뽑는 세상이 오면서 국제신문이 다시 복간되었다.(1988) 그는 8년 동안 부산일보 기자 생활을 정리하고 국제신문으로 돌아와 문화부장, 생활부장, 사회2부장을 거쳐 편집부 국장을 역임할 때까지 줄기차게 글을 썼다.

1982년 월간지 『신동아』 논픽션 공모에 「양산박」이 당선되었고, 최화수는 걸작 『양산박』으로 작가의 힘을 굳힌 다음 산으로 향했다. 그러니까 그가 산을 찾기 시작한 것은 제5공화국 정부가 단행한 언론 통폐합부터였다. 최화수는 당시 문화부 기자였고, 그는 이미 작가였다. 정치적으로 언론은 통제되어 있고 작가적 기자적 기질은 숨통이 막히기 마련이다. 또한 그의 체질이 "나는 체질적으로나 사고방식으로나 사무적이고 관습적이며 통제된 조직의 구성원으로선 도무지 적응을 잘 못한다."[12]라고 고백한 대로 그는 부자유한 관습과 인습에 얽매이기를 거부했다. 그러나 산에서도 "시기를 잘못 만난 탓인지, 내 모양이 그러해서인지 결코 내 가슴속의 산사람은 만나 볼 수 없었다."[13]는 것에서 그가 얼마나 방황했는지를 엿볼 수 있다.

그는 부산펜산악회(1982년 8월 29일 창립)를 비롯하여 산악회 활동에 마음과 몸을 다하여 열정을 바쳤다. 총 82호까지 낸 월간 『우리들의 산』(1985~1992)은 그의 심신은 물론 물질적인 투자까지 아끼지 않았던 일이다.(부인의 증언에 의하면, 주택부금도 털어 바쳤으며 사무실 월세로 보증금도 다 날아가고 말았다.) 그 다음 지리산에 대한 글을 쓰기 시작했다. 『지리산 365일』 전 4권은 국제신문에 연재한 글로 표제에 일 년의 숫자 365일을 넣은 것은 신문에 매일 한 편씩 연재했기 때문이다.

---

12 최화수, 『달 따러 가자』, 125쪽.

13 위의 책, 150쪽.

국제신문 문화부장 시절 그는 자청하여 '지리산 365일'을 기획시리즈로 잡아 매주 전면 기사를 채워나갔다. 그 당시에는 데스크를 보면서 기사를 쓰는 일은 거의 없었다. 최화수 기자는 달랐다. 매주 토·일요일에는 어김없이 지리산을 찾았고, 그 다음 주가 되면 전면 기사가 덩그러니 뽑아져 나왔다. 그에게 휴일은 취재하는 날이었다. 놀라운 투혼이었다.[14]

3. 에세이와 수필 그리고 최화수의 산문 성격

최화수 작가의 저작은 20권 이상이다. 각종 인터넷 사이트에 연재한 글까지 합하면 30여 권이 넘을 것으로 추정되는데, 그것의 90퍼센트 정도가 비소설이 차지하고 있다. 국제신문에 연재한 『지리산 365일』 전 4권 외에도 『지리산 반세기 – 역사산책』, 『지리산』, 『나의 지리산 사랑과 고뇌』, 『금정산의 생존전략』, 『금정산 재발견』, 『설악산』, 『달 따러 가자』, 『최화수의 문화기행』, 『부산문화 이면사』, 『눈 위에 서리친다 – 최화수의 세상 읽기』, 『르포 라이팅』, 『양산박』, 『인간탐구 김성곤』 등으로 이어진다. 이 가운데 작가 자신이 에세이라는 명칭을 붙인 산문집은 『달 따러 가자』와 『나의 지리산 사랑과 고뇌』이다.

그러나 최화수의 글은 소설(콩트 포함)을 제외하고 모두 에세이에 속한다. 분류하자면 서정성이 짙은 감성 에세이, 지리산의 자연현상에 대한 정보적 성격을 지닌 박물지 에세이, 인물이나 정치와 사회 현상에 대한 비평 에세이 등으로 분류된다.

첫째 서정성이 짙은 감성 에세이는 논픽션 『양산박』을 비롯하여 작자 자신이 말하고 있는 『달 따러 가자』, 『나의 지리산 사랑과 고뇌』와 『지리산 반세기 – 역사 산책』을 들 수 있다. 두 번째 박물지 에세이로는 최화수의 문학 가운데 가장 역작으로 꼽는 『지리산 365일』을 꼽을 수 있다. 이 책은 지리산

---

14 『사하의 인물』, 235쪽.(박창희 국제신문 대기자의 증언)

이라는 자연에 대한 백과사전 성격을 띠면서 인간과의 관계를 이야기하기 때문이다. 세 번째 비평 에세이에는『부산문화 이면사』,『최화수의 문화기행』, 인간탐구서『해강 김성곤』, 최화수의 세상 읽기의『눈 위에 서리친다』가 묶인다. 이 외에『금정산의 생존 전략』,『금정산의 재발견』,『지리산』은 인문지리 에세이로 자리매김을 하고 있다.

어떤 책이든 제목에서 짐작할 수 있듯이 최화수의 글은 산과 수많은 예술인들과 각종 예술문화에 대한 사유이다. 그런데 소설과 콩트를 제외하고 최화수의 글은 심지어 논픽션『양산박』까지도 르포르타주와 칼럼으로 인식되어왔으며, 이런 글을 잡문으로 취급해온 것이 사실이다. 물론 르포나 일반적인 칼럼이 덮어놓고 문학의 범주에 들 수는 없다. 다만 논픽션, 르포, 칼럼일지라도 글을 쓰는 방법에 따라 또한 글의 성격과 문체에 따라 평가가 달라지게 마련이다. 따라서 최화수를 일러 잡문을 쓴다는 말은 이제 수정되어야 하는데 최화수 작가 역시 잡문이라는 단어를 단호히 거부했다.

> "이제부터 잡문은 그만 쓰고, 소설을 쓰지 그래요." 후배 기자와 지인(知人) 몇 사람이 나에게 한 말이다. "잡문(雜文)이라니!" 나는 이 말을 들었을 때보다 더 슬펐던 적이 없다. 픽션(소설)만 값지고 논픽션과 르포르타주, 칼럼 등은 하찮은 글이란 말인가? 천만의 말씀이다. 소설 창작을 열망하는 나도 소설이 아닌 다른 장르의 글을 '잡문'으로 비하하는 것은 결코 받아들이지 못했다. 앞으로도 나의 그 신념에는 변화가 없을 것이다.[15]

그의 신념대로 '논픽션과 르포르타주, 칼럼'을 일률적으로 잡문이라고 하는 것은 잘못된 인식이다. 최화수 작가가 쓴 글은 에세이가 되기에 필요충분조건을 모두 갖추고 있기 때문이다. 소설이나 희곡은 의도적이며 조직적인 데 비하여 에세이는 직접 사유에 비치는 제재를 표현하는 행위로서 무엇

---

15 최화수,「작가의 말」,『7080 화첩』, 세종, 2013.

이든지 담을 수 있는 폭 넓은 용기이다. 그리고 무엇을 담느냐 하는 것은 작자의 선택에 달려 있는데, 이 '에세이'라는 말을 맨 처음 사용한 사람은 몽테뉴이다.[16] 몽테뉴는 인상 깊었던 자신의 일상사를 서술한 책을 『수상록(Les Essais)』(1580)이라는 표제로 1, 2권을 출간했다. 두 번째로 에세이라고 하면 경험론의 선구자 베이컨을 들 수 있다. 베이컨은 몽테뉴보다 2년 뒤에 『수상록(The Essays)』(1582)라는 표제로 책을 출판했다. 그런데 베이컨은 변호사, 하원의원, 검사장, 검찰총장, 대법관 등을 역임한 사람답게 오로지 사실에 근거한 경험적 귀납법을 주장했다. 직업의 영향으로 그의 에세이는 주로 외부적인 사회적 문제, 국가 정책, 또는 인간들의 행동, 추상적인 문제, 자연에 대한 관조, 우정, 결혼, 논쟁, 여행 등 여러 가지 분야를 단순히 개인적인 사색을 떠나 옛사람들의 문장을 인용해가면서 격조 높게 서술했다.

이와 같은 기준으로 에세이를 두 가지로 분류하기도 한다. 즉 명상적이고 주관적으로 사색하는 것, 자기 발견, 자기 고백을 '몽테뉴형 에세이'라고 하여 흔히 경수필이라고 부르는가 하면, 시사적 문제를 주로 객관적으로 귀납하는 베이컨 형을 중수필이라고 부르기도 한다. 그리고 최화수 작가는 『달 따러 가자』와 『나의 지리산 사랑과 고뇌』의 표지에 '최화수 산 에세이집'이라고 밝혀놓았다. 이와 같이 작가가 두 작품집에 '수필집'이라고 하지 않고 '에세이집'이라고 표현한 것은 수필과 에세이를 구분하자는 의미를 내포하고 있음을 짐작할 수 있다.

우리나라에서는 외국어 '에세이(essay)'를 수필로 번역한 것으로 알고 있는 것이 일반적이다. 이런 이유로 지금까지 우리 문학에서는 이 둘을 동일시하려는 견해와 따로 분리하려는 견해로 갈려져왔다. 먼저 동일시하려는 견해는 수필에서 다룰 수 있는 것을 에세이에서도 다룰 수 있고, 에세이에서 다룰 수 있는 것을 수필에서도 다룰 수 있다는 주장을 펼쳤다. 반면 분리하려

---

16 몽테뉴 이전에 그와 유사한 글을 쓴 책들이 없는 것은 아니었으나 에세이라고 명명하지는 않았기 때문이다.

는 견해는 수필이라는 말에 해당하는 영어의 미셀러니(miscellany)와 에세이 (essay)가 있으며 우리나라에서 흔히 통용되는 수필은 미셀러니에 속한 것들 이라는 주장이다. 이 외에 또 한 가지 생각은 에세이라는 말은 '평론'이라는 것과 '수필'이라는 두 가지 뜻을 갖고 있지만 에세이를 수필이라고 번역할 때는 평론 부분을 제외하고, 주관적인 내용의 글을 의미한다는 주장이다. 이 세 가지 견해는 나름대로 모두 타당성이 있다.

따라서 몽테뉴는 '나 자신이 바로 내 글의 재료가 된다.'고 말했는데 이는 미셀러니로서 우리가 말하는 수필을 의미한다. 그리고 알베레스는 '에세이 는 그 자체가 지성을 기반으로 하는 정서적 신비적 이미지로 구성된 문학' 이라고 했는데 이것은 곧 베이컨식의 글을 의미한다. 그렇다면 시사적이고 역사적인 문제를 주로 객관적으로 귀납하거나, 예리한 관찰력에서 우러나 는 지적인 비평정신과 사상 등으로 주관성과 객관성이 혼합된 최화수 작가 의 산문은 에세이라고 말하기에 매우 타당한 것이다.

4. 에세이 대표 작품과 페이소스

예술과 가난의 휴머니즘 『양산박』

최화수 문학의 백미는 단연 『양산박』이다. 『양산박』은 1982년 월간 『신동 아』 논픽션 공모에 당선된 작품으로 예술과 가난이 빚어내는 휴머니즘이 있 다. 일반적으로 논픽션 공모는 필자 개인사에 대한 수기(受記)인 데 비하여 최화수의 이 작품은 양산박의 역사와 풍경을 객관적으로 묘사하여 독특한 신선감을 주고 있다. 이 글은 200자 원고지 200매 정도의 중편소설 분량임 에도 양산박에 모여든 수많은 예술가들의 가난과 유머와 위트로 어우러진 다양한 삶을 보여준다. 에세이 『양산박』은 논픽션에 픽션을 가미한 문학으 로 양산박의 히스토리를 재연한 소설 형식에 가깝다. 당시 『신동아』 논픽션 공모 심사평에서도 찬사와 함께 그런 인상을 언급하고 있다.

> (梁山泊) 釜山이란 대도시에서, 자기의 아이덴티를 잃어가는 문학인들이
> 술집에 모여 서로의 체온을 확인하는 과정이 감동적이다. 더구나 그 포장
> 마차는 실제이 소설가 부부가 꾸려나가는 것으로, 메말라가는 인정을 덥히
> 는'장소'로도 활용된다. 이 '장소'야말로 황폐한 시대에 몰린 인간군들이
> 매몰된 인간성을 되찾고자 애쓰는 곳 같이도 보인다. 그리고 그것은 작가
> 가 말하고 있는 것처럼 金東里의 '蜜茶苑' 시대의 현대판 같기도 하다. 다
> 만 픽션 같은 부분이 더러 눈에 띈다.[17]

> 본선에 올라온 14편의 작품을 읽으면서 느낀 것은 곳곳에 숨은 인재들이
> 많다는 것과 함께 각박한 세태 속에서도 뜨거운 인간애로 어려운 길이지만
> 신념을 갖고 옳게 살아가려는 사람들이 많다는 사살이었다. …(중략)… 실
> 명소설 같은 '梁山泊'은 釜山 예술인들의 기개와 낭만, 이상이 흥미롭게 그
> 려진 작품이다. 픽션 같은 이 작품이 감동을 주는 것은 아마도 오늘의 각박
> 한 새태 때문일 것이다.[18]

주점 '양산박'은 가난한 예술인들을 도우려는 부산일보 문화부 기자들에
의해 탄생하여 1대, 2대, 3대를 거쳐 소설가 윤진상에 의해 정착하게 되었
다. 제4대 양산박 운영자가 된 윤진상이 문을 연 것은 1980년 11월 15일이
다. 서울, 대구, 울산, 마산, 진주, 제주도 등 전국 각처의 예술인들이 마치
꽃향기를 따라 날아드는 벌 떼처럼 예술의 향기를 따라 모여드는 양산박은
장르와 연령을 초월하고 사회적 지위를 초월하여 모이는 곳으로 주인이 따
로 없다. 양산박을 운영한 소설가 유진상 역시 "양산박의 주인은 내가 아닙
니다. 부산에서 예술 하는 모든 사람들 모두의 것"[19]이라면서 양산박의 언어

---

17 최일남, 「심사평」, 최화수, 『양산박』, 85쪽.
18 유민영, 「심사평: 記錄性과 文學性」, 위의 책, 87쪽.
19 위의 책, 81쪽.

존재와 사유

와 소음과 노래가 좋아 양산박 문을 열고 닫는 일을 할 따름이라고 했다.

양산박은 가난한 예술가 정용해로 인하여 태동하게 되었다. 정용해를 돕기 위해 부산일보 문화부 기자 박정인, 정학종, 이윤택, 박창호 등과 임명수 시인이 작전을 개시한 것에서 시작되었다. 정용해는 전쟁이 끝나자 사회로 돌아와 음악실 플레이어, 음악 서적 보급, 부산시향의 단무장과 같은 주로 음악과 관계되는 일을 했다. 그는 음악을 사랑하며 음악처럼 살고자 했으나 현실은 좀처럼 허용하지 않았다. 나이가 많아지자 다른 일을 할 수 없게 되어 맥주홀에 나갔다.

이것을 보다 못한 부산일보 기자 네 명과 임명수 시인이 일인당 2만 원씩 모아 10만 원을 가지고 정용해에게 포장마차라도 해서 생계를 꾸려가도록 하기 위해 일을 진행하면서 정용해를 설득했으나 정용해는 펄쩍 뛰었다. 정용해가 끝까지 거부하자 기자들과 임명수 시인은 내친김에 포장마차를 직접 운영하여 수익금으로 그를 돕기로 한다.(물론 정용해는 그런 도움도 끝까지 사양했다.) 그러나 기자들에게는 시간적으로 한계가 있어 한 달 동안 운영하던 끝에 제2대 양산박 주인을 찾기로 한다. 새로운 주인을 찾되 양산박은 반드시 계승해야 한다는 취지 아래 계승자의 조건을 "첫째 포장마차로 생계를 해결해야 할 만큼 지독하게 가난한 사람이어야 할 것, 둘째 원만한 인격자로 누구에게나 공평하게 친근감을 줄 수 있어야 한다."[20]고 전제한다.

그리고 여기에 알맞은 계승자로 소설가 윤진상을 적격자로 선정했으나 윤진상 역시 정용해처럼 노발대발 화를 내며 거절하고 만다. 결국 양산박은 무명화가 이모 씨가 맡게 되었으나 7개월 만에 물러나고, 다시 국악인 모 씨에게 넘겨졌으나 역시 얼마 가지 않아 그만두게 되었다. 결국 윤진상이 맡게 되면서 부산일보 문화부 기자들의 소망대로 부산의 문화예술 사랑방으로 자리 잡게 되었다. 작품『양산박』에 등장하는 이름들을 순서대로 정리해

---

20 위의 책, 39쪽.

보면 아래와 같다.

양산박 4대 계승자 윤진상, 영화감독 김사겸, 영화 조감독 鄭아무개, 樂山 金廷漢(당시 원로 소설가), 부산일보 문화부 기자 팀의 이진두, 김시한, 김철하, 김순 기자들, 아동문학 팀의 강기홍, 김상남, 김문홍, 배익천, 최만조, 정한나, 이근숙 작가들, 사진작가 주정이, 시인 김의암, 음악실 경영자 조영석, 시조시인 김영수, 만화가 안기태, 소설가 신태범, 부산시향 단무장 박문기, 작곡가 안일웅, 요가협회장 장종수, 맥주홀 지배인 정용해(왕년의 해병용사로 전쟁 중에 썼던 '진중 시' 「해병묘지」가 1978년 해병기념관에 영구소장 전시된 영광을 안은 주인공이다.), 다시 부산일보 문화부 기자팀의 박정인, 정학종, 이윤택, 박창호 기자들, 시인 임명수(양산박 터줏대감), 시인 이아석, 소설가 조갑상, 화가 김인환, 연극인 허영길, 연극인 이용길, 기독교방송국 보도부 기자 최연근, 기독교방송국 여자 아나운서 신성은, 소설가 정종수, 무용가 김현자, 화가 오영재, 시인 이진명, 시인 천상병, 영화감독과 배우들인 임권택, 고영남, 정일성, 김원두, 김호선, 정인협, 김추련, 안성기, 부산문화방송국의 김양화, 동명극장의 노승철, 무용가 손처란, 국제신문 문화부장 조필규, 부산일보 문화부장 허창, 소설가 유익서, 소설가 서동훈, 소설가 이동철, 부산 소설가들인 최해군, 윤정규, 김성종, 김광수, 시인 김영준, 목마동인 그룹의 강남주, 원광, 신진, 이문걸, 조남순 등이다.

물론 이외에도 양산박에 드나들었던 문화 예술인들은 이루 헤아릴 수 없을 만큼 많으나 에세이 『양산박』은 이들을 중심으로 이야기를 전개해 나간다. 이 가운데 굵은 줄기는 양산박의 태동과 관련된 부산일보 문화부 기자들이며 소설가 윤진상의 삶이다. 그리고 양산박 창업 멤버 가운데 한 사람인 임명수 시인의 삶도 상당 부분 차지한다. 또한 양산박이 태동하게 된 동기를 제공한 정용해의 삶이 있으며, "허무로 가득 찬 사나이"라는 부제로 밀다원 시대에 밀다원에서 음독자살한 박운삼을 닮은 신태범의 이야기가 있고, 광복동 사람이라면 다 아는 이진명(명문학교만 다닌 천재로 알려져 있는 인물)의 기이한 삶도 짧지 않게 곁들여져 있다.

피천득은 수필(에세이)은 단순한 기록에 그쳐서는 독자의 흥미를 유발할 수 없으며, 거기에는 유머와 위트가 있어야 한다고 했다. 수필(에세이)에서 가장 많이 사용하는 골계적 용어로 유머와 위트를 강조한 것이다. 당연히 유머와 위트가 풍부한 문학은 그만큼 문학 미적 성취가 높게 마련이다. 따라서 유머와 위트의 성격을 분석해보면, 유머는 성격적이고 기질적이라면 위트는 지적이다. 유머는 부드럽고 객관적이며 위트는 날카롭고 주관적이다. 유머는 자연적이고 위트는 기술적이다. 또한 유머는 동료에 대하여 선의를 가지고 그 약점, 실수, 부족함을 다 같이 즐겁게 시인하는 공감적 태도이기도 하다.

최화수의 『양산박』은 이런 조건을 모두 갖춘 감성 에세이 문학이다. 또한 최화수의 『양산박』은 정교할 정도로 깔끔하면서도 물 흐르듯 유려한 문체로 빛난다. 문체는 곧 스타일(style)을 말하는 바, 문체에 관련한 글로 유명한 루카스(Frank Laurence Lucas, 1894~1967)는 "산문에서 언어를 효과적으로 사용하려면 무엇보다도 명료함과 간결함으로 사실을 열거하는 능력이 필요하다."[21]고 강조한다. 즉 격조 있는 산문은 문체가 좌우한다는 주장인데 최화수는 『양산박』에서 이를 유감없이 보여주었다.

산과 고독의 함수 『달 따러 가자』

에세이집 『달 따러 가자』(1986) 역시 산을 배경으로 하고 있다. 7편의 연작 「아버지의 산」부터 시작하여 작품의 대부분이 산과 관련한 이야기가 전개된다. 이글은 1980년대에 쓴 글이며 당시 언론 통폐합에 따른 문제로 이제 막 40대에 접어든 최화수 작가가 가장 고독할 때였다. 직장이라는 현실

---

21   F.L. 루카스, 『좋은 산문의 길, 스타일』, 이은경 역, 메멘토, 2012, 26쪽.

문제도 문제이거니와 민주주의를 말살하는 과격한 시대를 자유분방한 젊은 작가가 쉽게 용납할 수 없는 일이었다는 것은 어렵지 않게 추측할 수 있다.

당시 유치부 정도인 어린 두 딸을 향하여 "나의 시작이요, 나의 끝인 내 사랑하는 딸 최수연, 최수정! 너희들이 이 아비의 심정을 이해할 날은 아직도 *까마득하게 멀리 남아 있으리라. 그러나 그 까마득한 날도 언젠가는 다 가오겠지."[22]라고 퍼낸 독백은 당시 얼마나 고독했으며 방황했는지를 잘 보여준다. 뿐만 아니라 자신의 고독의 프레임 안에 소년시절 느꼈던 아버지를 그려넣기도 한다. 곧 추억 속의 고독했던 아버지가 자신의 자화상으로 떠오른 것이다.

앞의 2부에서 언급한 대로 아버지가 59세 얻은 막내아들이 고등학교에 다닐 때 아버지는 70대 노인이었다. 부산에서 유학하는 아들이 고향에 내려왔다가 부산으로 떠날 때마다 조금이라도 더 오래 아들의 뒷모습을 보기 위해 높은 산등성에 올라서서 바라보던 늙은 아버지를 나이 40이 되어 산을 찾으면서부터야 떠올리게 된 것이다. 자신의 고독으로 인하여 비로소 떠올리는 아버지에 대하여 "여생을 얼마 남겨두지 않았던 아버지의 가슴속에는 그때 무엇이 자리하고 있었을까?"(「아버지의 산 1」)[23]라고 회상하는데, 아버지는 늘 혼자였기 때문이다.

아버지보다 십 년 아래인 어머니는 아직 할 일이 많았다. 십 리쯤 떨어진 시장으로 고구마를 쪄서 내다 팔기도 하고, 홍시를 함지박 가득 이고 가 팔기도 했다. 또 딸네 집을 다니러 가는 등 겨울철이면 낮 동안에는 주로 집을 떠나 있고 밤에는 물레를 돌리거나 고구마를 묻어놓은 광 속이나 부엌에서 혼자 일을 하는 탓에, 늘 혼자 있어야 하는 아버지는 겨울이면 더 춥고 쓸쓸할 수밖에 없었다.

---

22 최화수, 『달 따러 가자』, 319쪽.

23 위의 책, 53쪽.

존재와 사유

이미 7순으로 접어든 노후의 아버지에게는 산에 널어놓은 마른 가지 끝의 목화를 따는 것만이 어머니와 함께 할 수 있는 유일한 일이었다. 때때로 아버지는 어둠이 짙게 물들어도 목화 따기를 그만두려고 하지 않았고, 어머니와 함께 있는 산 위의 그 시간을 조금이라도 더 연장하려고 했다.[24]

— 「아버지의 산 2」

'달 따러 가자'라는 표제 또한 아버지가 서 있었던 산등성이에 대한 추억의 연장이다. 「달 따러 가자」는 아동문학가 윤석중(1911~2003)의 동시 제목으로 일제강점기에 지어진 노래이다. 작가가 50여 편 작품 가운데 하필이면 「달 따러 가자」를 표제로 삼은 것은 산과 달의 신비로운 어울림을 의미한다. 즉 산등성이에서 달을 바라보는 느낌을 다시 재현해보고 싶은 욕구라고 할 수 있다. 작가는 소년시절 소를 먹이러 산에 올라갔고, 해가 질 무렵 산 저편에서 댕기머리 소녀가 망태를 메고 장대를 들고 산으로 올라가면서 이 노래를 부른 것이다.

그때 소년은 소녀의 노래에 취해 어두워질 때까지 산을 내려올 줄 몰랐다. 그리고 이제 어른이 되어 산에 오를 때마다 늘 그 소녀의 노래를 떠올리게 되고 자신도 마치 달을 따러가는 동심을 안고 산을 오른다는 것이다. 따라서 작가는 30여 년 전 어린 시절 동요 〈달 따러 가자〉를 생각하면서 지금은 달에 대한 신비감이 사라지고 없지만 그럼에도 불구하고 "누가 산에는 왜 가느냐고 묻는다면 서슴지 않고 달 따러 간다."[25]라고 말하겠는 것이다.

분신 같은 산 10년, 『나의 지리산 사랑과 고뇌』

『나의 지리산 사랑과 고뇌』는 작가가 PEN산악회 5년과 『우리들의 산』 5년을 합해 10년 동안 경험한 갖가지 고충과 추억을 쓴 글이다. 목차를 보면

---

24 위의 책, 55쪽.

25 위의 책, 40쪽.

「치밭목, 그리고 칠선계곡」, 「오봉리, 그리고 1,258봉」 등 산의 지명과 특정지역으로 되어 있으나 내용은 "達宮의 아침 공기는 감꽃이나 찔레꽃처럼 달고 상큼했다." 같은 유려한 문장으로 시작되거나 소설 같은 흥미를 유발하는 에세이다.

> 達宮의 아침 공기는 감꽃이나 찔레꽃처럼 달고 상큼했다. 1989년 5월 7일 일요일 오전 5시 30분, 나는 지리산 깊은 골의 아침 공기를 가슴 가득 들이켰다. 그리고 바로 눈앞의 般若峰에서 흘러내리는 지맥을 뒤덮고 있는 신록(新綠)이 솜사탕처럼 부풀어 올라 내게로 쏟아져 내리는 것을 확인했다.[26]

> "아이구, 좋다. 저엉말 조오타!"
> 싸리봉의 톱날 같은 능선에 올라서니 이곳이 천상인지, 무릉도원인지 구분조차 되지 않았다. 우리들은 마치 몽유병자처럼 아름다운 자연 경관에 몸도 마음도 붕붕 떠다녔다. 그리고 우리들의 입에선 그저 쉴 새 없이 "좋다, 조오타"라는 감탄이 비명을 흘리듯이 터져 나왔다.
> "좋수나, 조오타"라는 말은 어젯밤 치밭목산장에서 느닷없이 나타난 둥근달을 지켜볼 때부터 잠자는 시간을 빼놓고는 지금까지 계속 되었다.[27]

> 어제 배낭을 꾸릴 때 초등학교 2학년짜리 딸년인 똘랑이(둘째 수정이−인용자)가 내게 거침없이 쏘아붙였다.
> "난 아빠 마음 다 안다. '다 때려치워뿌리고' 지리산에 가서 살고 싶은 거지?"
> 옆에 있던 제 에미가 꼬마의 말을 잽싸게 받았다.
> "자알 한다! 어린아이 입에서 저런 소리가 나오게 하다니."
> "아빠, 진짜 '다 때려치워뿌리고' 지리산에서 살 거야?"[28]

---

26 최화수, 「般若峰, 그리고 피아골」『나의 지리산 사랑과 고뇌』, 지평, 1992, 57쪽.

27 최화수, 「치밭목, 그리고 칠선계곡」, 위의 책, 19쪽.

28 위의 글, 위의 책, 21쪽.

그때 나는 사진기자와 함께 산장 휴게실로 무심코 들어섯다. 순간 수염을 잔뜩 기른 咸선생이 벼락 치는 소리를 내질렀다.

담배를 끄고 들어와. 밖에서 끄고 들어오란 말이야!"

나는 깜짝 놀랐다. 담배를 물고 산장으로 들어선 사람은 내가 아닌 다른 사람이었다.

咸 선생과 한 시간 가량 이야기를 나누는 동안 나는 그가 벼락치듯 고함을 내지르는 것은 서곡(序曲)에 지나지 않는다는 것을 알 수 있었다. 그는 날이 갈수록 오염되고 병들어가는 노고단을 자연의 원상 그대로 보존하고 복구하기 위해 자신의 신명을 바친다는 일념 밖에 없었다. 노고단을 어지럽히는 사람에게는 누구를 가릴 것 없이 그는 날카롭고 준열하게 꾸짖었고, 모든 등산객들을 감시 감독하느라 온 신경을 곤두세우고 있었다.

"소리가 싫어요. 기계소리는 특히 질색입니다. 등산하는 놈들이 무슨 기타며 카세트 라디오를 들쳐메고 오는지 아무리 생각해도 이해가 안가요."[29]

지리산 '박물지' 대표 에세이, 『지리산 365일』

최화수의 에세이 『지리산 365일』은 1989년 『국제신문』에 220회 연재한(매주마다) 글을 1990년부터 91년에 걸쳐 4권의 단행본으로 출간한 책이다. 『지리산 365일』은 지리산에 대한 기록문학이다. 기록문학이란 말 그대로 현장에서 보고 듣고 느낀 것을 사실적으로 묘사하는 것을 말한다.

그런데 이와 같은 르포를 문학이라고 말할 수 있는 이유는 무엇일까. 예를 들면 뉴스처럼 일기예보나 어떤 사건을 사실대로 전달하는 따위는 문학이 될 수 없다. 그러니까 완벽하지 않는 르포가 기록문학으로서의 조건을 갖춘다고 볼 수 있다. 완벽한 르포는 필자의 생각이 개입될 수 없다. 대신 르포가 문학이 되기 위해서는 어떤 사실과 정보를 분석하되 필자의 견해가 개입되는 경우를 말한다. 따라서 기록문학은 사실적이면서도 새로운 발견이 있어야 하고, 그 발견 하나하나에 인간의 삶에서 우러나오는 감동이 깃

---

29 최화수, 「般若峰, 그리고 피아골」, 위의 책, 69쪽.

들어 있어야 한다.

그리고 최화수의 지리산에 대한 글은 감성적이다. 즉 산이 갖는 모든 자연환경을 비롯하여 산과 사람의 관계가 펼쳐지기 때문이다. 지리산의 역사와 마을, 지리산 산길을 따라 골짜기마다, 능선마다 깃들어 있는 인간과 산의 스토리가 전개되며, 민족신앙과 고유문화가 살아 있고, 한국전쟁에 따른 민족의 애환이 있고, 근현대의 유명인들, 지리산을 지키는 인물들, 마을 사람들의 삶, 고승들의 발자취가 있다. 『지리산 365일』 제1권은 그 첫 장을 「역사의 恨 서린 우리의 산」이라는 주제로 무게 있게 열어간다. "우리가 여기 있기 전 지리산은 거기 있었다. 그 뒤 우리가 그 산 자락에 기대고부터 지리산은 늘 우리와 함께 있었다."로 시작되는 문장은 강하게 혹은 부드러운 필치로 물이 흐르듯 이어진다.

> 부산의 산악계 지도자인 성산(成山) 씨는 1955년 여름 처음으로 지리산을 찾아간 이래 1981년까지 무려 200회 지리산 등정 기록을 세웠다. 그런데 그는 이렇게 말한다.
>
> "지리산에 스무 번쯤 가게 되면 이산을 죄다 아는 것처럼 우쭐해지지요. 그러나 50번, 60번으로 점차 등정 횟수가 늘어갈수록 '지리산에 대해서 모르는 것이 너무 많다'는 것을 알게 됩니다."
>
> 지리산은 깊숙이 발을 들여놓을수록 이 산이 안고 있는 무궁무진한 세계를 지각하고 인간으로서 큰 한계를 느낀다는 것이다. …(중략)… 지리산에는 마한(馬韓) 시대의 전투 이래 고려 말기의 왜구 침입, 임진왜란의 민족수난, 동학농민전쟁, 항일의병활동, 여순반란, 6·25전쟁의 아픈 상흔을 간직하고 있다. 그러나 지리산은 민족의 한만을 안고 있는 것은 아니다. 아니 태고 이래 의연히 서 있는 이 산으로선 혈전투도 바람처럼 흘러간 한때의 역사, 삽화에 지나지 않는다.[30]

---

30 최화수, 『지리산 365일』 제1권, 다나, 1991.

5. 비평 에세이 대표 작품

예술 비평, 『부산문화 이면사』

『부산문화 이면사』는 한마디로 정리하면 '부산 예술 문화 연구사'의 개척이었다. 부산 예술 문화의 뿌리가 어떻게 내려졌으며 그 줄기와 가지는 어떻게 뻗어갔는지를 묘사한 이 책은 부산이 개항한 이후 '부산은 문화의 불모지'라는 불명예를 달고 있는 부산에 대하여 작가가 개탄하며 쓴 글이다. 더욱이 '문화의 불모지'라는 말은 다른 사람이 아닌 부산 사람, 그것도 지식인들 입에서 거침없이 나왔기 때문이다. 따라서 최화수 작가는 작가의 말에서 이 책을 쓴 이유를 부산 문화에 대한 "부산 사람들의 관심을 끌자는 데 목적"이 있다고 밝혔는데 그는 문제의 핵심을 부산 사람들의 무관심에서 찾은 것이다.

이 책을 집필한 것은 1990년쯤인데 당시 부산에 아직까지 미술관이 없다는 것, 이 한 가지만 보더라도 부산 문화에 대한 자체적인 연구사업이 전무하다는 것을 말해준다며 분개할 정도로 개탄을 금치 못했다. 작가의 말대로 그때까지도 '부산의 문화사 연구'에 대한 정리는 어느 누구도 손댄 적이 없었다. 미술관이 없으니 미술사도 없을 뿐만 아니라 문학사, 음악사, 연극사, 무용사 등 모든 예술 분야의 연구가 미개척 상태였다. 이 책에는 문학, 음악, 미술, 연극, 영화, 사진을 총망라하여 91편의 삽화가 전개된다. 1부와 2부로 나누어 1부에서는 '문화 이면사'의 스토리를, 2부에서는 '예술인들'에 대한 비평을 전개했다.

한편 이 책은 제2의 『양산박』이라고 할 정도로 가난한 예술인들에 대한 극적인 애환이 그려져 있다. '사'의 범위를 포괄하여 예술문화의 전문 에세이로서 감동이 풍부한 문학적 성취도가 높다 할 것이다. '꽃씨 같은 시인'으로 명명하는 동시 작가 최계락, 요절한 천재 문인 김민부의 삶, 산호 동인

장세호 시인, 천재 화가 이중섭의 삶, 요산(樂山) 김정한의 절필 문제 등은 소설 같은 감동을 준다. 이 가운데 굶어 죽을 위기에서도 그리고 또 그리는 화가 이중섭의 예술과 가난을 통하여 예술이 인간의 삶 위에 존재한다는 것을 보여준다.

> 52년 부산에서 참담한 생활을 하는 가운데 이중섭은 양담배갑의 은박지를 모아 은지화를 그리기 시작했고. 이 그림들은 막걸리 한 사발과 교환되기도 했다. 이런 가운데서도 그의 창작열은 놀라웠다. 판잣집 시루에서 콩나물처럼 끼어 살면서도 그림을 그렸고, 부두에서 짐을 부리다 쉬는 참에도 그렸고, 다방 한 구석에 웅크리고 앉아서도 그렸고, 대폿집 목로판에서도 그렸고, 캔버스나 스케치 북이 없을 때는 합판이나 맨종이 답배갑 은지에도 그렸고, 물감과 붓이 없을 때는 연필이나 못으로 그렸으며, 잘 속과 먹을 것이 없어도 그렸고 부산, 제주도, 통영, 전주, 대구, 서울 등을 전전하면서도 여전히 그렸다.[31]

6. 인간 탐구, 『해강 김성곤』

해강 김성곤은 경북 의성군 춘사면 효선리 농가에서 13명 형제 가운데 장남으로 태어나, 가난한 청소년들을 위한 복지사업에 평생을 바친 인물이다. 해강은 국내 최초로 문구 제조업체인 국제아스피공업사(아피스만년필)를 창립하여 기업의 이윤을 모두 사회에 환원했다. BBS(Big Brothers and Sisters movement) 운동을 시작으로 한국아동복지회와 한국청소년복지회를 설립했다. 해강아동관도 건립했으며 장학금과 함께 해강아동문학상을 제정하여 꿈을 심어주었고 각종 문화단체를 지원했다. 뿐만 아니라 해강노인관을 건립하여 노인복지에도 헌신을 아끼지 않았다.

---

31 최화수, 「이중섭의 가난」, 『부산문화 이면사』, 한길재, 1991, 44쪽.

1980년 9월 22일 김성곤이 초대 이사장이 되면서 '한국청소년복지회'는 전문적인 사회복지사업을 위해 보건복지부 법인설립인가를 받았다. 따라서 한국청소년복지회는 국내 최초로 민간인이 설립한 전문복지사업기관이 되었다. 복지사업은 청소년뿐만 아니라 노인복지도 겸했다. 사업 내용은 청소년 문제를 예방하고, 푸른 꿈 키워주기 운동으로 영세한 편모 가정, 편부 가정, 소년소녀 가장 가정, 불우한 환경으로 학비가 어려운 아이들을 지원했다. 노인들도 마찬가지로 영세한 가정의 노인들, 독거노인들을 지원했다. 노인교실을 운영하여 노인들에게 생활정보를 제공하기도 하고, 노래교실, 스포츠댄스, 요가, 건강 강좌 등을 매주 3회씩 열었다. 영세가정 노인을 위하여 '어르신 생신 합동잔치'를 개최하기도 했다.

이와 같이 해강은 부산에서 민간인 최초로 아동과 청소년을 위한 복지사업을 정착시켰는데 최화수 문화 전문 기자가 사회복지가 해강 김성곤을 탐구한 것은 자연스러운 일이다.

7. 정치와 사회 비평 『눈 위에 서리친다』

최화수 작가는 '최화수의 세상 읽기'라는 제목으로 국제신문 재직 시 300편 칼럼을 썼다. 1995년 편집국 부국장일 때부터 쓰기 시작하여 2년간 40편을 썼고, 2001년 3월부터 2006년 3월까지 만 5년 동안 260편을 썼다. 매주 화요일마다 게재한 칼럼은 모두 300여 편에 이른다. 그리고 2006년 이 가운데 100편을 가려 뽑아 『눈 위에 서리친다』는 제목으로 출간했다. 이 글은 정치와 사회현상에 대한 냉철한 비판을 담아낸 글인데 이 글에 대하여 전 부경대 총장 강남주 작가(시인, 소설가)는 서문에서 다음과 같이 평가하고 있다.

최화수 씨의 칼럼은 톡톡 쏘는 맛으로 덧칠 돼 있지는 않다. 읽어보면 안다. 겨울의 난들판에 서서 겪어야 하는, 귀를 에는 바람을 닮지도 않았다. 뾰족하고 날카로워서 서슬이 시퍼런 글을 쓰는 필객은 아니라는 뜻이다. 그러나 분명히 밝혀둬야 할 일이 있다. 그의 글이 말초 신경 자극적이거나 표피적인 것은 아니지만, 그런 글과는 비교할 수 없는 무게와 깊이를 간직하고 있다는 점이다. …(중략)…

그의 글을 읽으면 사실을 해석하는데 광범위한 지식을 동원하고 있음에 놀란다. 가신성(可信性)이 높아 공감이 상당한 깊이를 갖는다. …(중략)… 그의 칼럼은 놀리적인 사실조사 충실하기 때문이다. 그렇게 조사한 것을 바탕으로 글을 쓰기 때문에 비판의 정확성이나 수위를 적당히 높인 것은 많다. 그러나 비아냥거리거나 깐죽거리는 경박함이 없다. 그런 태도가 그의 인간적인 모습이다.

이 글은 "겹치고 겹친 부도덕, 서민 허리에 눈 폭탄"이라는 키워드를 시작으로 글이 전개된다. 표제어 '눈 위에 서리친다'는, 힘겨운 일에 다시 힘겨운 일이 겹친다는 설상가상(雪上加霜)의 다른 말이다. 당시 헌정 사상 처음으로 열린 국무위원 내정자 '인사청문회'를 바라보는 시각이다. 국정 난맥상의 눈 더미를 치워야 할 일부 장관 내정자는 눈을 치우기보다 '눈 위에 서리친다'는 것과 같다는 것이다. 당시는 노무현 정부였는데, 노무현 대통령이 신년 메시지에서 던진 증세 문제가 온 국민의 마음을 들쑤셔 놓았다고 비평한다. 비판 대상이 된 문제는 세금, 부동산 등 주요 경제정책이 널뛰기를 한다는 것, 정부와 여당, 정부 부처 사이에도 엇박자라는 것, 주요 정책 발표가 '붕어빵에 붕어가 없어도 된다'는 식의 논리를 편다는 것, 아파트 값을 잡는 문제 '8·31 부동산 종합대책' 문제, 일자리 문제 등을 비판하는 글에서 정부가 "국민에게 신선한 기대감을 안기는 대신 눈 위에 서리친다."[32]고 비판한다.

32　최화수, 『눈 위에 서리친다』, 동방문화, 2006, 317쪽.

8. 최화수의 소설 문학과 소설 쓰기

최화수 문학의 본령은 소설이었다. 그러나 그의 소설 쓰기는 우여곡절을 겪었다고 할 수 있다. 앞의 2부에서 설명한 대로 최화수 작가는 대학 재학시절 소설가로 출발했다. 그는 부산대학교 재학 중, 부대문학상 소설 부문에 당선되어 장편소설 『오후가 길어지는 계절』을 펴냈다. 그러나 소설 쓰기가 계속 이어지지 못한 채 대학 4학년 때 모 일간지 신춘문예 공모에 소설로 최종심에 올랐던 것을 마지막으로 오랫동안 밀려나게 되었다. 대학 졸업과 동시 군복무를 해야 했고, 제대 후 신문기자로 뛰어야 했다. 그리고 10년 후 (작가로서는 다행이라 해야 할지 알 수 없으나), 1980년 제5공화국 정책인 언론통폐합 이후 그는 신문이나 잡지의 기사 대신 논픽션과 소설을 다시 쓰게 되었다.

당시 언론통폐합으로 국제신문 기자들이 부산일보로 합류하게 되었고 그때 최화수 작가는 신동아 논픽션 공모에 부산의 예술가 본거지인 논픽션 『양산박』이 당선되어 작가로 부상하게 되었다. 그리고 소설 쓰기는 1980년대 붐을 이루었던 무크지 운동에 참여하여 「지평」(1983, 창간호), 「전망」(1984, 창간호), 「토박이」(1984, 창간호) 등에 작품을 발표했다. 첫 번째 소설집 『아버지의 목소리』는 무크지에 발표한 작품을 모은 것이다. 그는 무크지 활동으로 '부산소설가협회'와 '부산문인협회' 회원이 되기도 했다.

그럼에도 불구하고 최화수 작가의 소설은 에세이에 비해 저조한 편이다. 대학재학 중일 때 펴낸 장편 『오후가 길어지는 계절』이 있으나 증언과 약력에만 나타날 뿐 안타깝게도 책은 보이지 않는 형편이다. 첫 소설집 『아버지의 목소리』(1990) 역시 마찬가지다. 따라서 2013년에 펴낸 소설집 『7080 화첩』이 유일하게 접할 수 있는 작품이며 부산문인협회에서 발간하는 월간지 『문학도시』와 부산소설인협회지에 실려 있는 단편이 현재로서는 전부이다. 다행히 콩트집 『우아한 그대』(1987), 『사랑의 랍소디』(1990) 2권은 그대로 현존하고 있다. 최화수 작가는 소설 쓰기를 언제나 소망하면서도 그의 저작물 가운데 가장 먼저 출판된 것은 첫 에세이집『달 따러 가자』(1986)였다. 그 뒤를 이어 계속 에세이집을 쏟아냈다. 인간탐구서『해강 김성곤』(1987),『최화수의 문화기행』(1987), 그리고 "뿌리 깊은 나무"의 인문지리지『한국의 재발견』에 부산, 경남, 지리산, 낙동강에 관련된 부분을 집필했다. 1992년 두 번째 에세이집『나의 지리산 사랑과 고뇌』를 펴냈다.

그다음부터 지리산 계열의 글들이 이어졌다. 1989년부터 1991년까지『지리산 365일』전 4권 출판을 비롯하여, 1993년 한국의 자연『지리산』, 1994년 대하르포『지리산 1994』,『지리산』(상·하권), 1997년 방일영 문화재단 연구저술 지원에 따라『지리산 반세기』, 산에 대한 글은 계속되어 '산중미인'이라고 칭하는 설악산과 부산의 진산으로 치는 금정산으로 이어졌다. 1994년『설악산』이 나오고, 1995년『금정산의 재발견』이 출간됐다. 1991년 관훈클럽 신영연구기금 저술지원에 따라『부산문화 이면사』가 나왔고, 2006년 국제신문에 게재한 칼럼 300편에서 100편을 가려내어『눈 누이에 서리친다』를 냈다. 2007년에는 한국언론재단 연구저술 지원으로 르포르타주 가이드북『르포라이팅』를 출간했다.

공저로는 2007년부터 2009년까지 게재한『조선통신사 옛길을 따라서』(1~3권), 2009년『부산 길 걷기 가이드북』, 1985년부터 1992년까지 펴낸 산악회지 형식의『우리들의 산』이 있다.『우리들의 산』은 최화수 작가가 발행인으로 매호마다 100면 안팎으로 4천여 부를 통권 82호까지 내어 비매품으로 보급했다. 최 작가 스스로 "발행인 겸 편집인을 도맡았던 나는 이 책자 제작에 참으로 엄청난 열정과 시간을 쏟아 부어야만 했다."(『7080 화첩』, 작가의 말 중에서)는 고백대로 마음과 몸뿐만 아니라 막대한 비용까지 모두 도맡아야 했다. 이렇게 하여 최화수 작가가 출간한 작품은 20여 권에 이른다. 이외에도 인터넷 사이트에『최화수의 아침산책』,『지리산 산책』,『지리산통신』,『지리산 일기』등의 글을 시리즈로 물밀듯이 썼다. '작가의 말'에 의하

존재와 사유

면 이것도 200자 원고지로 환산하여 1만 장이 넘는다.

그에게는 좀처럼 소설을 쓸 기회가 주어지지 않았다. 2002년 논설주간을 맡게 되면서부터 동아대학 문예창작 겸임교수가 되었고 논설고문일 때는 초빙교수가 되면서 강의를 위한 공부에 집중하기 시작했다. 그 후에도 시간강사로 출강하면서 마음대로 소설에 집중할 수 있는 기회를 갖지 못했다. 2013년 부산문인협회에서 주는 부산문학상(소설 부문)을 받으면서 앞으로는 소설만 쓰기로 마음먹었다는 소감을 밝혔으나 끝내 꿈을 이루지 못한 채 펜을 놓고 말았다.

어쩔 수 없이 실종된 작품들은 앞으로 다른 연구자들에 의해 발굴되기를 기대하면서 현존하는 소설집 『7080 화첩』을 살펴보면, 표제에서 알 수 있듯이 70년대와 80년대의 풍경을 회화한 작품이다. 단편 「운명의 덫」, 「환청」, 「보리밭 변주곡」, 「나무꾼」, 「일장하몽(一場夏夢)」, 「동행」, 「나는 노래를 못해요」, 「갈대와 억새」, 「러브레터」, 「장날」 등이 실려 있는데, 갑자기 풍요로워진 물질세계와 정신세계의 간극이 마치 화첩처럼 그려져 나간다. 따라서 시대적 배경과 공간적 배경 그리고 주제가 비슷함을 보이는데 이 가운데 '운명의 덫'을 제외하고는 대부분 산과 기자, 혹은 고향과 아버지, 가족 등이 소재로 차용되고 있다. 따라서 최화수의 소설문학은 그의 에세이와 무척 가까운 제재로 되어 있으며 에세이적 성격을 보여주는 경향을 띤다.

9. 콩트집 『우아한 그대』와 『사랑의 랍소디』

콩트(Conte)는 인생의 한 단면(에피소드)을 예리하게 포착하는 문학이다. 주로 기상천외한 발상을 바탕으로 한 가벼운 내용의 짧은 이야기로 손바닥에 쓸 수 있는 정도라 하여 장편(掌篇)소설이라고도 한다. 따라서 바늘보다 더 뾰족한 그 무엇으로 꼭 찌르는 것, 기발한 착상에 의해 한순간의 모멘트를 포착하고, 그것을 예리한 판단력과 압축된 구성, 재치와 기지, 유머, 풍자가 있는 해학적인 필치로 표현하되 예상을 뒤엎는 결말을 이루어야 한다.

콩트는 19세기 후반에 프랑스에서 발달한 양식으로 모파상, 알퐁스 도데, 이반 투르게네프 등이 대표적인 작가로 분류된다. 그리고 외국에서 콩트는 도덕적이거나 알레고리로 되어 있는 경우가 많다. 그들은 콩트를 작품의 분량으로 따지지 않고 오히려 위와 같이 도덕적이거나 알레고리적 특성에 두고 있다. 『걸리버 여행기』 같은 작품을 콩트로 분류하는 이유도 거기에 있다. 모파상이 자신이 쓴 모든 단편소설을 콩트로 부른 것도 이와 마찬가지인데 19세기 이후부터는 서구에서 짧은 소설을 가리켜 콩트로 바뀌는 경향을 보였다.

우리나라는 1950년대 후반부터 정비석의 『소설작법』에서 콩트라는 말이 나타났다. 일본으로부터 수입한 장편(掌篇), 즉 손바닥 소설이라는 용어 대신 사용하기 시작했으며 계용묵, 이무영 등이 대표적인 작가였다. 1950년대에 쓴 이무영의 「낚시질」, 「월급날」, 「가락지」 등을 시작으로 1979년 조세희의 아주 짧은 소설집 『난장이 마을의 유리병정』, 1985년 김동야의 콩트집 『유리구슬』, 1989년 강무창의 콩트 선집 『사랑굿 한마당』, 1996년 최성각 콩트집 『택시 드라이버』, 1997년 성석재 콩트집 『재미나는 인생』 등이 짧은 소설로 분류된다. 잡지에 실린 콩트는 1996 『작가세계』 봄호에 최성각, 하창수 등이 '초 단편'이라는 이름으로 5편의 콩트를 실었고, 1997년 가을호에는 무려 17편이 게재되었다. 『문학사상』에서도 1996년 8월호와 다음해 1997년 8월호에 각각 7편씩 초 단편소설을 실었는데 장편(掌篇) 또는 엽편(葉篇)으로 불리는 콩트는 서구에서 수입해온 명칭이지만 한국문학에서 이미 고유한 장르개념을 확보하고 있었다.[33]

최화수의 콩트집 『사랑의 랍소디』와 『우아한 그대』에 실린 콩트는 53편이

---

33   한용환, 『소설학사전』, 푸른사상사, 2015, 421쪽.

며 전형적인 콩트문학으로서 위의 조건을 완벽하게 갖추고 있다. 따라서 최화수가 이야기꾼이라는 것을 증명해주고 있다. 작가의 말에서 최화수는 "이 콩트집은 이 세상의 삽화들을 춤추는 모습으로 지켜본 것", "이 콩트를 지은이의 체험담이라고 생각하거나 하지 않거나는 읽는 사람의 자유에 속한 일"이라고 말하고 있는데 그만큼 흥미로운 이야기라는 것을 암시한다.

10. 마지막 남긴 글 – 유고집 『누부야, 누부야!』

최화수 작가가 마지막 남기고 간 글은 부산의 원도심을 구성하고 있는 남포동, 광복동, 동광동을 중심으로 형성된 문화 사랑방 이야기를 부산문인협회가 발행하는 월간지 『문학도시』에 연재했던 글이다. 표제의 '누부야'는 최화수 작가의 친누나가 아니라 작품 속 인물이다. 본문 94면의 제목 「'먼구름'의 18번 그냥 갈 수 없잖아」에 나오는 칠순 노처녀 이행자 여사를 이르는 말이다. 이행자 여사는 부산시 중구 동광동 백산기념관 뒤편에 있는 주점 '부산포' 주인이다. 그리고 제목에 표기된 '먼구름'은 아버지로부터 받은 조국의 흙 한 줌과 명주 태극기를 한평생 가슴에 품고 살다 간 독립운동가 한형석의 호이다.

이 글은 먼구름 한형석을 중심으로 전개되는데, 그의 호 '먼구름'은 중국에서 지은 아호 원운(遠雲)을 우리말로 풀어 쓴 것이다. 2006년 부산근대역사관에서 발행한 『먼구름 한형석의 생애와 독립운동』을 보면 한형석 가문의 독립운동사가 구체적으로 기술되어 있다. 한형석은 1910년 2월 21일 부산 동래 교동에서 한흥교(韓興敎)의 둘째 아들로 태어났다. 한형석이 스스로 "하필이면 그렇게도 운 나쁜 해를 골라 세상에 나타났는지 모를 일"[34]이라고

---

34 부산근대역사관, 『먼구름 한형석의 생애와 독립운동』, 부산근대역사관, 2006, 132쪽.

한탄한 대로 1910년 3월 26일 안중근 의사가 순국했고 그해 8월 조선은 일본제국의 식민지로 전락해버리고 말았다. 한형석의 조부 한규용(韓奎容)은 한학자이면서도 일찍이 개화되어 담뱃대 공장을 경영했다. 조부는 개화된 인물로 시대를 앞서갔다. 『황성신문』을 창간호부터 최종호까지 모아둘 정도였으며, 아들 한흥교의 상투를 싹둑 잘라버리고 일본으로 유학을 보내기도 했다. 한형석의 아버지 한흥교는 일본 강산(岡山)의학전문학교를 졸업하고 의사가 되었다.

그러나 한흥교는 부친의 기대와 달리 조국으로 돌아오지 않고, 독립운동을 하기 위해 중국에서 손문이 이끄는 혁명군 적십자사의 일원이 되었다. 중국에서 의사로 일하며 돈을 벌어 독립운동자금을 대고 있다가 부친의 유인(거짓 위독 전보)으로 고국으로 귀국하게 된다. 동래에서 '대동병원'(현 대동병원의 전신)이라는 이름으로 개원을 했는데 이는 부산 최초의 병원이었다. 그러나 일제의 감시로 인하여 2년 만에 병원을 그만두고 다시 중국으로 건너가게 된다.(병원은 형제들에 의해 계속 유지됨.) 한형석은 7세 때에야 어머니와 함께 중국으로 건너가 아버지와 함께 살게 된다. 아버지는 북경 경사(京師) 전염병 의관으로 지위가 높아져 있었고 보수도 많아 독립운동자금을 지원하면서 어렵지 않게 생활할 수 있었다. 한형석은 북경에서 고급 중학교를 졸업하고 의과대학에 진학하라는 아버지의 뜻을 거부하고 음악과 연극 쪽으로 길을 잡았다. 상해에서 신화예술대학을 졸업하고 중학교 교사 자격증을 취득한 후 중국에서 음악 활동과 항일연극 활동을 하면서 광복군에 참여하여 항일투쟁을 전개했다. 군가〈광복군제2재대가〉, 〈압록강행진곡〉, 〈조국행진곡〉, 〈국기가〉 등)를 짓고 가르쳤다. 이때 오페라 항전가곡 〈아리랑〉을 공연하여 처음으로 우리 민족의 노래 아리랑을 중국에 알려 큰 반향을 일으켰다.

해방이 되자 고국을 떠난 지 30년 만에 귀국했다. 정부에서 요직을 제의했으나 뿌리치고 고향 부산으로 내려왔다. 1960년 부산대학교에서 초빙했는데 음악이 아니라 중국어를 담당했다. 상해에서 음대를 졸업했으나 당시

존재와 사유

국교가 맺어지지 않아 학력증명서 등 관련 서류를 제출할 수 없어 공식적으로 인정받을 수 없었다. 고향 부산에서 그는 사재를 털어 아동극장과 야학을 세웠다. 서울중앙방송국 촉탁 방송위원을 했고 부산문화극장장과 자유아동극장 대표, 상록합창단 단장 등 많은 부산지역의 문화예술 발전에 많은 이바지를 했다.

먼구름 한형석은 그렇게 부산 예술 발전을 위해 헌신하면서 부산 예술인들과 어울려 자주 '부산포'를 찾았다. 주점 부산포는 한형석, 오제봉, 김종식, 천재동 등 문화 예술계 원로들이 자주 찾는 단골집이었다. 여기에 모이게 되면 먼구름 한형석은 〈그냥 갈 수 없잖아〉를 즐겨 불렀는데 노랫말을 독특한 서체로 써서 액자를 해 부산포 벽에 걸어놓았다. 먼구름 한형석은 1996년에 세상을 떠났다. 그런데 임종 직전 독립운동가들이 묻히는 국립묘지에 묻지 말 것을 유언했다. 일본 앞잡이들(친일파)이 묻혀 있어 가지 않겠다고 하여 양산 솥밭산 공원묘원에 잠들었다.

이와 같은 내용을 참고해보면, 책의 제목인 '누부야, 누부야!'는 이행자 여사보다는 먼구름 한형석에 대한 그리움이라고 해석할 수 있다. 그러니까 독립운동가 먼구름 한형석의 고독을 이해하려고 애쓴 이행자 여사의 정신을 높이 산 것이 아닌가 하는 짐작이다. 그러나 본인에게 그 이유를 물어볼 수 없으므로 어디까지나 추측일 뿐인데, 최화수 작가는 『문학도시』에 이 글을 연재하면서 탈고와 함께 출판할 계획을 세우고 부산문화재단에 창작지원금을 신청하여 선정되었다. 그리고 책 제목으로 먼구름의 18번 〈그냥 갈 수 없잖아〉를 염두에 두고 미리 '누부야, 누부야!'로 선정해 두었던 것이다.

이 글을 『문학도시』에 연재하게 된 것은 최화수 작가가 김동리의 소설 「밀다원 시대」를 『책 권하는 사회』에 발표하면서 비롯되었다. 2016년 5월호 『문학도시』에 김동리 소설 「밀다원 시대」에 대한 글을 게재하게 되었고, 그때 원고 하단의 "왜 또 「밀다원」을 읽어야 하는가?"라는 제목 아래 부산에서 활동하는 재부 예술인들이 "밀다원 시대 축제"를 특정 작가의 특정 작품만 가지고 할 게 아니라 1970년대와 1980년대 재부 예술인들이 모여 울분을 토해냈던 '양산박' 문화도 재현해야 한다고 주장했다.

6·25 피난시절 부산 원도심에는 전국의 문화예술인들이 대거 몰려들었다. 김동리의 '밀다원시대'가 그리고 있는 것은 그때의 한 편린(片鱗)에 불과하다. 피난지 부산에서 더 극적인 삶과 작품활동을 한 소설가를 꼽는다면 김동리보다 이호철(李浩哲)이다. 황순원, 조병화, 박인환, 이봉구, 이형기, 오상원 등의 문인, 이중섭, 김환기, 하인두 등의 화가, 오태균, 윤용하 등 음악가 등등 많은 예술인들의 애환도 함께 점철돼 있다. 한국전쟁에 따른 임시수도 부산의 문화예술 발자취를 되살리는 축제는 특정 작가의 특정 작품을 뛰어넘어 보다 포괄적인 체제를 갖추는 것이 더 좋지 않을까? 또한 지난 1970~80년대 군사정권 시절, 부산의 많은 문화예술인들이 몰려와 울분을 토해내며 아픔을 달래던 광복동의 포장마차 〈양산박〉을 재현하는 축제 한마당은 어떨까? 그것이 특정 작가나 작품을 기리는 축제보다 더 바람직하지 않겠느냐는 일부의 주장도 제기되고 있다.[35]

그 후 '부산 원도심 문화사랑방 이야기'는 2016년 7월호부터 게재하여 2017년 4월호를 끝으로 총 10회를 연재했다. 편집부에서 처음에 계획하기는 2017년 6월호까지 총 12회였으므로 2회분을 남겨놓고 그만 붓을 놓았으나, 그는 전설의 문화기자답게 또한 부산의 작가답게 대한민국 절체절명의 운명을 짊어졌던 부산 밀다원 시대를 재조명하는 마지막 소임을 마치고 떠났다. 따라서 이 작업은 그의 생애 가운데 커다란 의미를 갖는다. 김동리가 1950년대의 밀다원 시대를 단편소설로 썼다면 최화수는 밀다원 시대를 21세기까지 폭넓게 조명했기 때문이다. 따라서 김동리는 1950년대에 한정되었고, 최화수는 1950년대부터 2000년대까지를 통시적으로 아우른 것이다.

추모하는 글에는 가족들을 비롯하여 부산문인협회 김검수(시인) 회장의

---

35 부산문인협회, 『문학도시』 5월호, 세종, 2016, 107쪽

「그리움을 떨쳐버릴 수가 없습니다」를 시작으로 아동문학가 강기홍의 「그립고 그리운 아우」, 소설가 강인수의 「추억의 파편 몇 가지」, 시인 김창근의 「바다에도 가을이 오는데」, 소설가 박정선(『문학도시』 주간)의 「인간은 누구나 집을 짓되 완성하지는 못한다」, 시조시인 우아지(『문학도시』 편집장)의 「하늘의 한 집에 최화수 선생님 들다」, 소설가 유익서의 「어디 친구였을 뿐이겠는가」, 시조시인 임종찬의 시조 「낙엽」, 수필가 정약수의 「최화수와 '간선'과 '우리들의 산' 그리고…」 등이 실렸다. 무엇보다도 가족들의 글이 가슴을 아프게 하는데, 부인 오옥분 여사의 글은 부부의 이별이 얼마나 안타까운 것인지를 실감하게 한다.

> 그날 이후 저의 생활은 아무런 의미가 없어지고 말았답니다. 일요일 성당 미사에 당신과 같이 다녔는데 혼자 있는 내 모습이 초라하고, …(중략)… 현관 앞에 우두커니 선 채로 당신을 기다리고, 당신 자리에서 자리 지키며 혼자 자고 있는 폴짝이(애완견-인용자) 모습이 불쌍해서 울고 모든 게 눈물투성이랍니다. 보이소, 자꾸 생각나고 너무너무 보고 싶은데….[36]

11. 맺는말

1970년대와 1980년대를 관통하여 문화부 전문기자로 명성을 쌓은 최화수 작가는 기자이기 전에 뛰어난 문재를 발휘한 작가였다. 그 힘으로 그는 1970년 국제신문 기자로 시작하여 2017년에 작고할 때까지 47년 동안 쉬지 않고 글을 썼다. 제재를 불문하고 예술과 문화, 예술과 인물, 산과 역사, 정치와 사회 등을 총망라한 그의 글에는 부산의 예술혼과 예술사가 숨 쉬고 있다. 생전에 책으로 출판한 것만 해도 20여 권에 이르며 인터넷 사이트와

---

[36] 오옥분, 「보이소 부인」, 최화수, 『누부야, 누부야』, 201쪽.

여러 잡지에 게재되어 있는 미발표 작품까지 합하면 그 수를 짐작하기 어려울 정도이다.

소설집 『7080 화첩』이나 에세이집 『달 따러 가자』 등에서 보여준 대로 그는 '고독과 예술의 뜨거운 함수' 관계를 품고 있었다. 먼저 개인사로 보면 고령의 부모로부터 막내로 태어난 그는 항상 부모에 대한 그리움으로 가득했다. 형제들도 비교적 단명한 편이어서, 큰형은 49세에, 큰누나는 50대에, 둘째 형은 72세에, 셋째 형은 60대에 돌아가셨다. 다만 누나 한 사람이 80대까지 살았다. 따라서 형제들과의 정을 쌓을 시간도 없었거니와 성장기에도 부모 같은 형이나 누나들과 아기자기한 정을 나눌 처지도 되지 못했다. 두 번째는 기자 생활 10년여 만에 맞이한 언론통폐합에 따른 충격이 그를 고독 속으로 몰아넣었다. 더욱이 그는 사고방식으로나 체질적으로 사무적이고 관습적이며 통제된 조직의 구성원으로서는 도무지 적응을 못하는 성격이었다. 따라서 시대가 누르는 압박을 피하여 산을 찾기 시작했고 그것으로 1980년대를 극복했다고 할 수 있다.

발레리(Paul Valéry)는 "일반적으로 행복한 국민은 혼이 없다. 그들은 혼을 그다지 필요로 하지 않는다."고 했는데, 사실 어떤 경우든 고독과 글쓰기는 하나의 쌍처럼 짝을 이루게 마련이다. 그리고 최화수 작가는 고독을 짊어지고 오히려 그것이 제공하는 힘으로 작가로서 기자로서 자신의 삶을 충실하게 살아냈다고 할 수 있다. 그는 기자로 활동하면서 예술인들이 모이는 곳은 어디든지 찾아다녔으며, 예술인들의 이야기는 그의 펜 끝을 통해 또 다른 예술작품으로 태어났다. 참담할 지경으로 가난한 화가 이중섭이 "판잣집 시루에서 콩나물처럼 끼어 살면서도 그림을 그렸고, 부두에서 짐을 부리다 쉬는 시간에도 그렸고, 다방 구석에 웅크리고 앉아서도 그렸고, 대폿집 목로 관에서도 그렸고"[37] 언제 어디서든 쉬지 않고 그림을 그렸듯이 그는 예술

---

37 최화수, 「이중섭의 가난」, 『부산문화 이면사』, 44쪽.

존재와 사유

이 있는 곳은 가리지 않고 몸으로 부딪치면서 필력을 날렸다. 그의 글은 르포나 칼럼도 사실과 논리로만 전개되는 것이 아니라 유려한 문장과 개성이 강한 문체로 예술성을 자랑한다.

따라서 몸으로 부딪쳐가며 쓴 그의 산문은 대부분 에세이로 정리되며 이것은 다시 정서적으로 감성이 짙은 페이소스 계열과 지리산에 대한 박물지와 정치와 사회를 비평한 비평 계열로 분류된다. 또한 최화수를 작가의 반열에 올려놓은 것은 걸작『양산박』이다. 이 작품이『신동아』논픽션 공모에 당선됨으로써 주점 '양산박'은 비로소 예술가들의 아성으로 이름을 갖추게 되었고 전국적인 명소로 부상하게 되었다. 무엇보다도 중요한 것은 시대적 가난을 안고 오로지 예술을 위해 살아가는 예술인들의 휴머니즘이 오늘날 예술가들의 혼으로 전수되어 오는 데 기여했다는 사실이다.

또 하나의 걸작은『부산문화 이면사』이다. 부산 예술 세계와 예술인들의 삽화로 이루어진 이 책은 제2의『양산박』성격을 지니면서도 그것을 뛰어넘는다.『양산박』과 동시대의 배경을 갖는 이 책은 부산 예술의 뿌리가 일목요연하게 보여주면서 예술인들의 갖가지 운명과 우여곡절과 예술과 인간 관계는 무엇이며 인간은 왜 예술을 하는지를 사유하게 한다. 그리고 이 책이 갖는 가장 중요한 의미는 부산의 예술사에 혼을 불어넣어주었으며 부산 문화사의 개척을 이끌었다는 데에 있다 할 것이다.

최화수의 역작『지리산 365일』은 지리산 백과사전적 성격을 지닌 전무후무한 지리산 박물지 에세이로 높은 가치를 지니고 있다. 지리산이 갖고 있는 자연현상의 모든 것, 산의 생존과 속성, 인간과 산, 산과 예술과 철학, 인간이 산을 찾는 이유에 대하여 모든 것을 사유할 수 있다. 정치, 사회, 인물에 대한 비평에세이는『눈 위에 서리친다』,『최화수의 문화기행』,『해강 김성곤』을 대표작으로 들 수 있다. 작가는 이 책들을 통해 우리나라 정치와 사회현상을 보여주면서 반성을 촉구하기도 하고, 사회복지사업가 김성곤의 삶을 통해 인간이 어떻게 사는 것이 가장 잘 사는 것인지를 조명하고 있다.

그가 남긴 저작에 비해 소설이 저조한 것은 아쉬운 일로 남는 부분이다. 따라서 그는 가슴속에 늘 소설 창작을 꿈꾸고 있었고, 나이를 먹어가면서 연륜에 걸맞게 소설의 재미에 빠졌던 것이 확실했다. 2013년 부산문학상을 수상하면서 "소설 쓰는 재미에 푹 빠졌다. 앞으로는 소설만 쓰면서 살겠다."는 당선 소감을 말했으나 모든 것을 다 이룰 수 없는 것이 인간의 한계라는 것을 보여주고 말았다.

그는 부산광역시 사하구에서 생을 마감했다. 이사를 많이 다닌다는 것은 서민들이 겪는 괴로운 애환이다. 그는 "하도 이사를 다니는 것이 지긋지긋하여 80년부터는 옮겨 다녀도 괴정동 한 동네 안에서만 하기로 작정을 했다."(『달 따러 가자』, 45쪽)고 했는데 그의 말대로 계속 사하구를 떠나지 않고 그곳에서 30년을 살다 떠났으며 사하구에서 발행한 『사하의 인물』(2017.12)에 '사하의 인물'로 이름을 올렸다. 뿐만 아니라 "자랑스러운 부산대인물", "금정의 인물", "지리산을 빛낸 인물"로 이름을 올렸다.(지리산 국립공원에서는 2017년 가을, 그의 책과 유품을 전시하여 그를 기렸다.)

최화수 작가는 자유분방하나 보수적이었고, 타자에게 따뜻했으나 자신에게는 엄격했다. 그는 냉철한 정신으로 평생 예술의 혼을 찾아 헤맸으며 그가 남기고 간 것은 '예술정신'이라는 위대한 유산이다. 그것은 부산이라는 지역과 대한민국을 뛰어 넘어 인류의 모든 예술가들에게 전도되어야 할 소중한 우리의 자산임에 틀림이 없다. 이 위대한 유산을 이 글에서는 주마간산(走馬看山) 격으로 살폈다. 변명하자면 주어진 시간이 문제였다고 할 것이나 당연히 능력 문제라고 해야 할 것이다. 그러나 방대한 작품과 그것을 생산한 최화수 작가의 세계를 한꺼번에 연구하기란 불가능한 일이다. 앞으로 부분별로 심도 있는 연구가 이루어져야 하는 바, 부디 훌륭한 연구자가 많이 나와 최화수 작가의 진면목을 깊이 있게 조명해주기를 기대한다.

존재와 사유

생래적 해양문학가의 정체성

─옥태권, 한국 해양문학의 중심에 서다

1. 본격 해양문학을 위한 사유

지상에서 아직까지 인간이 죽음을 면제받았다는 말은 없다. 공평하게도 인간은 태어난 이상 그 누구도 죽음을 면제받을 수 없기 때문이다. 따라서 죽음에 대하여 하이데거는 삶에서 놓여난 자유라 했는가 하면 레비나스는 인간의 자유를 제거하는 폭력이라고 했다. 하이데거가 말하는 자유는 삶으로부터의 해방을 말한다면 레비나스의 자유는 삶에 대한 단절을 말한다. 어떤 쪽이든 예술가의 죽음은 삶의 끝이 아니다. '인생은 짧고 예술은 길다'는 히포크라테스의 명언은 사람은 죽어도 예술은 남는다는 것 이상의 의미를 함축하고 있다. 예술가는 사후에도 그가 남겨놓은 예술로 하여 예술이 계속 창조된다는 말이 된다. 그것은 다름 아닌 씨앗 또는 싹의 논리로써 후진들이 그의 발자취를 이어가기 때문이다.

해양문학가로 명명되는 옥태권(1961~2016) 작가는 2016년 10월 12일 55세로 별세했다. 그가 별세했을 때 언론 보도마다 "해양소설가 옥태권 별세"라는 제목을 달았다. 그것만 보더라도 옥태권은 해양문학가라는 것이 확실하다. 그는 스스로 "해양소설은 내게 있어 하나의 업(業)"이라고 할 정도로 해양문학에 몰입했다. 등단작 「항해는 시작되고」에서 "배라는 것은 가라앉을 때까지 떠다니는 것이며, 또한 배라는 것은 건조될 때부터 가라앉을 운명"이라는 키워드를 부각시킨 것도 결과적으로 자신의 문학적 삶을 은유한 것이라고 보기에 알맞다. 자신의 정신세계에 '바다'라는 거대한 환경을 설정하고, 해양문학으로 시작하여 해양문학을 위하여 살다 갔기 때문이다. 그는 또한 『해양소설의 이해』(2006)에서 "내 복잡한 운명선에 두 개나 걸쳐 있다는 역마살"과 가지 않은 길에 대한 대책 없는 추종 그리고 낭만적 동경의 결과로 선택한 것이 바다였다면 그 대가로 부여받은 것이 해양소설이라고 했다.

인간에게는 배경과 환경이 존재한다. 배경은 둘러친 병풍처럼 '나'의 주변을 드리우는 그림에 불과하다. 환경은 '나'와 이모저모로 관계를 맺는 것을 말한다. 그는 환경적으로 해양성을 품고 있었다. 1961년 바다가 있는 경남 거제면 명진리에서 태어난 것, 바다를 대상으로 하는 한국해양대학을 나왔다는 것, 그리고 해양대학 출신으로서 상선(범양)에 승선하여 3년간 태평양을 항해했다는 이력은 해양문학가로서의 환경을 조성하기에 충분하다. 더욱이 문학적 소양을 타고난 그에게 바다는 상상력을 생산하는 모태와 같은 공간이었다는 것은 의심할 여지가 없다.

바다라는 공간은 육지와 육지를 가르는 차단적인 공간이면서 다시 육지와 육지를 연결하는 매개체 역할을 하는 공간이다. 따라서 바다라는 공간은 외연(extension)과 내연(intention)으로 나누어 생각할 수 있고, 외연은 밖이라는 의미로 연장(延長)을 의미한다. 내연(내포)은 안으로 확장되는 의미를 갖는다. 바다의 외연은 눈에 보이는 항해의 공간으로서 항해의 목적과 항해로 인해 확장되는 범위를 담지한다. 그리고 내연은 잉태에 따른 생산적 의미를 갖는다. 이런 이유로 그리스 철학 시대부터 바다라는 공간에 대한 생각이 상당히 복잡하게 전개되어 왔고, 플라톤은 사물이 존재할 수 있는 '모태'와

존재와 사유

같은 개념으로 바다에 대한 공간을 명명했다. 그리고 바다를 모태로 상징하는 것은 문학의 전유물이 되기에 이르렀다. 원형적 상징에 있어 바다는 달의 생성과 소멸에 따라 조금과 사리라는 주기를 되풀이하며, 이것이 여성에게 매달 발생하는 생리적인 문제와 유사하다고 본 탓이다.

이와 같은 바다의 이중성은 인간의 삶을 은유하며 작가들의 상상력을 자극하기에 충분하다. 옥태권은 선원으로서 바다 생활을 하면서 이와 같은 바다를 잉태하게 되었고, 1994년 33세에 3년 「항해는 시작되고」로 국제신문 신춘문예에 당선되어 소설가가 되었다. 그런데 옥태권은 신춘문예라는 어려운 관문을 통과했으므로 이제부터 소설가로, 더욱이 해양소설가로 질주해도 된다고 생각하지 않았다. 신춘문예 당선 직후(34세) 그는 동아대학교 국문과 학부에 들어가 학사를 마치고 다시 동대학원에서 국문학을 공부하여 「한국현대해양소설 연구」라는 논문으로 박사학위를 취득했다. 그리고 다시 공부하게 된 동기를 다음과 같이 밝히고 있다.

> 운 좋게도 신춘문예로 등단을 하여 해양소설가로서의 포부를 다지고 있던 즈음 '해양문학'에 대한 세인의 관심이 높아지면서 '해양문학 세미나'가 개최되었는가 하면서 '해양문학상'까지 제정되어 천군만마라도 얻은 느낌이었다. 그것도 잠시, 세미나나 해양문학상에서 '해양문학의 진정성'이 왜곡되고 있다는 인상을 지울 수가 없었다. 혼자만이라도 그것을 바로 잡아야겠다는 일념으로 서른네 살의 나이로 다시 국문학 공부를 시작했다.[1]

물론 겸양의 말이지만 그는 운 좋게 신춘문예에 당선된 것이 아니었다. 동료 작가들의 전언에 의하면 그는 신춘문예에 당선되겠다는 일념으로 소설을 공부하면서 여러 번 고배를 마셨다. 최종심에서 떨어질 때마다 설욕을 다졌는데 첫아이가 태어나자 이름을 '예하'라고 지었다. '예하'는 해마다 신

---

1   옥태권, 『해양소설의 이해』, 전망, 2006, 7쪽.

춘문예 당선 작품을 모아 출판하는 출판사 이름이다. 그는 결국 아이 이름을 신춘문예 당선 작품집을 만드는 출판사 이름을 따서 지어놓고 도전한 끝에 신춘문예에 당선되는 꿈을 이루었다.

그의 말대로 1931년대 동아일보에서 브나로드 운동(1931~1934)의 일환으로 실시한 소설 공모에 심훈의 장편『상록수』가 당선되면서 농촌문학 붐이 일었듯이 우리나라는 1990년대 중반경부터 해양문학이 붐을 이루었다. 각종 세미나와 문학상이 제정되기 시작했다. 부산시 주최로 '한국해양문학상' 공모제, 해양수산부 산하 해양문화재단의 '해양문학상' 공모제, 여수시의 '여수해양문학상' 등이 있는가 하면 해양대학과 부산일보가 주최하는 해양문학상 공모제 외에 다수의 해양문학상 공모제가 생겨 문학도들의 가슴을 설레게 하고 있다. 그러나 옥태권 작가의 염려대로 해양문학의 본 모습이 무엇인가 하는 물음에 봉착하기도 했다.

이와 같은 현실을 안타까워하는 그는 해양문학다운 해양문학을 해야 한다는 일종의 사명감을 갖고 본격 해양문학을 꿈꾸게 된다(여기서 '본격 해양문학'이라는 언급은 다만 해양문학다운 해양문학을 추구하는 것을 의미한다). 동아대학 대학원에서 해양문학을 전공한 것도 그렇거니와 모교인 한국해양대학 해사수송학부에서 문학과 현대소설, 해양문학과 해양문화 등을 강의한 것도 모두 해양문학과 연관을 갖고 있다.(부산해양고등학교 교사를 거쳐 부일전자디자인 고등학교 수석교사를 지내면서) 해양문학 전문지인『海洋과 文學』의 편집주간, 한국해양문학가협회 회장, 부산작가회의 이사, 부산소설가협회 회장 등을 역임하면서 본격적인 해양문학을 위해 다각도로 활발한 활동을 펼쳤다.

그가 남긴 저작을 보면 해양소설 중단편을 모은 소설집『항해를 꿈꾸다』(고요아침, 2005)가 있고, 일반소설 중·단편을 모은 소설집『달콤 쌉싸름한 초콜릿 이야기』(산지니, 2007)가 있으며, 공저인『말하는 유물』(문학수첩, 2013)과 이론서『해양소설의 이해』가 있다. 이외에 〈부산일보 인터넷 신문〉에 연재한 성장소설『열일곱 살 비상구』가 있으며 역시 부산일보에 연재한『옥태권 문학 뒤집기』가 있다.

그리고 소설집『항해를 꿈꾸다』에 들어 있는 중편 「오나시스에게 독배를」과『달콤 쌉싸름한 초콜릿 이야기』에 들어 있는 중편 「논개는 없다」는 국제신문에 연재했던 작품이다. 부산지역 작가 33명이 공동으로 집필한 작품집『말하는 유물』은 부산을 중심으로 주변 지역의 유적지 또는 유물 등을 소설로 보여준 작품이다. 여기에서도 옥태권은 바다를 선택하여 반구대 암각화의 고래를 묘사했다. 작품 첫 장에 나오는 "아베는 늘 말했다. 제대로 된 사냥은 바다에서 하는 것"이라는 문장이 돋보인 것은 그가 바다를 대상으로 문학을 사냥했기 때문일 것이다.

2. 해양소설에 나타난 작가적 성향

작가는 시대와 무관할 수 없다. 작가는 역사와 현실을 관통하는 예리한 사유로 문제를 바라보는 사람들이기 때문이다. 한국전쟁의 전후 문제 작가로 대표되는 손창섭, 오상원, 장용학의 소설이 실존주의 소설로서 전범을 보여주었듯이 어떤 특징적인 시대를 경험한 작가들의 작품에서는 반드시 그 시대적 특징이 나타나게 마련이다. 1961년생인 옥태권 작가는 1980년대에 들어와 20대 청년기를 살아야 했다. 한국 역사에서 1980년대는 제2차 신군부시대로 먼저 광주 민주화운동을 군대를 동원하여 폭력으로 말살한 공포의 시대였다. 또 하나는 자본의 극대화 시대로 제2의 정경유착이 불러온 부정부패가 깊게 뿌리내린 시대였다. 군부독재의 무소불위 권력 아래 부정부패가 만연한 현실에서 작가는 작품을 통해 그것을 비판하거나 불만을 해소할 수밖에 없다.

옥태권의 작품도 예외 없이 그와 같은 갈등을 그려내려고 노력하는 흔적을 보인다. 그러나 소설집『항해를 꿈꾸다』해설에서 구모룡이 "옥태권 소설은 현실에 대한 회의적 시각에도 불구하고 보편적 인간이 지켜야 할 윤리와 질서 그리고 삶의 진정성을 전제하고 있다."고 했듯이, 옥태권 작가가 불만을 되도록 긍정적으로 보여준 것은 옥태권이라는 작가의 태생적인 따뜻함에서 발생하는 긍정의 힘 탓으로 봐도 틀리지 않을 것이다. "따뜻한 사람, 순수한 사람, 힘든 일 앞장서서 추진하는 진취적인 사람"(고금란 소설가, 부산소설가협회장), 또는 "사랑밖에 모른 사람, 남을 배려하는 사람, 음악을 무척 사랑한 사람, 만능 기획자, 터프한 생김새와 반대로 꽃을 좋아하는 남자"(박정애 시인)라는 동료 문인들의 증언이 그것을 뒷받침해준다 할 것이다. 뿐만 아니라 나여경 소설가는 "고인이 투병 중일 때 편지를 받았는데 '난 괜찮다. 주변 사람들이 슬퍼하는 모습을 보면 그게 더 마음이 아프다. 위로하지 말라'는 내용이었다."(부산일보 부음 기사 중에서)고 전했다.

그와 같은 작가적 성향은 해양소설 모음집 『항해를 꿈꾸다』에 실린 작품에서 선명하게 드러난다. 등단작 「항해는 시작되고」(1994, 국제신문 신춘문에 당선)를 비롯하여 중편 「오나시스에게 독배를」, 단편 「꽤 생각 있는 기계의 우울」, 「선장의 의자」, 「항해하는 여자」, 「자존심」, 「갑판 위의 사람들」이 있다. 아직까지 배는 남성의 전유물로서 소설의 시점은 당연히 남성들로 구성되게 마련이다. 그러나 「항해하는 여자」를 통해 여성 시점도 보여준다. 또한 사물인 기계를 서술 주체로 삼기도 하는데, 이것은 지금까지의 해양문학에 대한 기대지평을 벗어나 새로운 세계를 확장하려는 시도라 할 수 있다.

해양대학 기관과를 졸업하고 범양상선에서 3년간 항해를 한 경험을 갖고 있는 옥태권의 해양소설은 모두 상선을 소재로 한다. 상선과 어선은 모두 바다를 대상으로 하되 목적이 다르다. 어선은 말 그대로 바다를 대상으로 한 어로 행위가 목적이며 상선은 화물을 싣고 항구로 이동하는 교통수단에 해당된다. 따라서 상선에서는 항해 도중에 태풍을 만나는 황천항해라든지, 해상강도를 만나는 위기라든지, 조지프 콘래드의 「청춘」처럼 예기치 않은 화재가 일어나는 등등의 사건이 있다.

존재와 사유

그러나 지금까지 해양소설은 대부분 어선을 바탕으로 하는 것이 고전으로 굳어져왔다. 어선은 바다에서 고기를 잡는 어로 행위를 하기 위해서 항해하는 시간보다 바다에 떠 있는 시간이 많을 수밖에 없다. 또한 어선은 어로 행위의 고된 노동을 통해 삶의 핍진성을 보여주는 탓에 해양소설로서의 기대지평은 어선에서 살아나게 마련이다.

「오나시스에게 독배를」을 제외하고는 비록 타락한 세계일지라도 대부분 작품이 날카롭지 않게 표현한다는 것은 시대를 극복하려는 의지로 볼 수 있다. 즉 부정에 대한 불만을 직접적이 아닌 간접적인 방법을 사용한 탓이다. 그런데 「오나시스에게 독배를」은 부정을 향해 복수로 정면 가격하는 방법을 사용하는 것이 다르다 하겠다.

이 작품은 '오나시스'라는 제목에서 보여주듯이 미국의 해상 재벌 이름을 차용하여 유산자와 무산자의 거리를 배치한다. 재벌 오나시스로 상징한 선주는 척결의 대상, 경멸의 대상이며, 온갖 비리와 부도덕으로 점철된 선박업자에게 최후의 독배를 마시게 하여 파멸시키는 이야기이다. 우선 이 작품의 시간적 배경은 1970년대와 1980년대의 수출입으로 상선이 호황을 누리던 시대이다. 당시는 조선업이 최고조로 성장하는 시대였고, 경제성장은 곧 부정부패의 열매라는 말이 유행할 정도로 정경유착으로 타락한 현상을 비판한 내용이다.

선박회사 제세상선의 '글로벌스타호' 1등 항해사 김인화는 민서린과 애인 관계이며, 글로벌스타호의 사장 박중석은 온갖 비리로 부를 축적하는 부도덕한 사업가일 뿐만 아니라 여비서들을 닥치는 대로 농락하는 파렴치한이다. 박중석의 비서였던 민서린은 박중석의 계략에 의하여 농락당한 후 그의 후처가 되기에 이르고, 박중석은 김인화에게 선상에서 일어난 살인죄를 뒤집어씌워 제거하려고 하다가 김인화의 반격에 오히려 파멸에 이르게 된다. 박중석이 저지른 비리의 근거를 앞에 놓고 산업자원부와 해양수산청에서 제세상선을 거취를 거론하게 된다. 즉 제세상선의 공중분해와 법정관리를 놓고 양쪽에서 의견을 조율하기에 이른 것이다. 김인화는 그동안 박중석의 손아귀에서 "박중석 당신은 모른다. 내가 당신을 안은 것은 당신 박중석이 아니라 내 영원한 연인 김인하였음을."이라고 독백하며 이를 갈고 있는 민서린을 구해내고, 두 사람은 먼바다 에게해로 가 투신자살하는 것으로 최후를 함께한다.

「선장의 의자」에서는 세관 검색에 대한 비리가 표출된다. 배가 입항하면서 받는 검색에서 뇌물을 주기 위해 선원들의 부식비에서 돈을 모으는 불합리한 일을 선장인 '나'는 용납할 수가 없다. 그것은 회사는 어떤 일이 있어도 손해를 봐서는 안 되고, 선원들이 먹을 것을 덜 먹어야 하기 때문이다. "권력이라는 이름 앞에 너무나 무력하게 길들여진 우리 시대의 굴절된 모습이 진한 아픔으로 다가왔다." 이 작품에서 작가를 대리한 선장은 부정한 방법으로 돈을 벌려고 하는 회사와 그것에 순응하는 선원들 사이에 놓여 있다. 선장이 부당한 회사의 지시를 거부하고 선원들의 안전과 착취를 막는 쪽을 선택하는 것, 이러한 선택은 가장 선장다움이라고 믿는다.

「항해는 시작되고」의 제목은 곧 S호의 위험한 항해를 암시하는 말이다. S호는 일본에서 20년이 넘은 중고선을 인수해온 배다. 오인환은 S호의 공무감독이다. 사장은 무서운 음모를 꾸민다. 공무감독인 오인환을 따돌리고 배를 수리하여 출항시킨다. 오인환을 따돌리고 배를 수리한 것은 배의 수리가 아니라 배를 침몰시키는 장치를 한 탓이었다. 배가 출항하고 난 사흘 뒤에 오인환은 사장의 음모를 알게 된다. 보험 계약 기간이 6개월이나 남았는데 재계약을 했다는 것과 여러 가지 정황으로 미루어 오인한은 거액의 보험금을 노리고 사장이 선원들과 함께 배를 수장시킬 목적이라는 것을 알고 선장에게 급히 귀항하라는 전보를 친다. 선박에는 배의 균형을 잡기 위해 선체 맨 밑바닥에 물을 채워두는 공간이 있다. 이것을 밸러스트 탱크라고 한다. 만약 탱크 격벽이 절단되어 있을 경우 물이 다른 곳으로 이동하면서 배가 균형을 잃게 되어 침몰하게 된다. 다음은 공무감독 오인환이 선장에게 보낸

존재와 사유

내용이다.

> 선장, 다음 내용 숙지 후 그대로 시행 바람. 선저에 있는 발라스트 탱크의 격벽을 조사하기 바람. 만일 절단이 되어 있을 경우 탱크와 탱크 간에 발라스트 워터가 이동되어 선체의 복원력이 상실될 것임. 선원 전체의 생명과 직결된 문제이니만큼 사실 확인 즉시 귀향토록 바람. 입항 전까지 회사와는 연락을 취하지 않는 것이 좋을 듯함.[2]

여성 시점을 사용한 「항해하는 여자」는 여성이 상선에 승선한 내용이다. 부부 동승제도가 생기고, 선영은 1등 기관사인 남편과 함께 상선에 승선한다. 선영이 여성으로서 처음 배를 타는 이야기답게 선상의 질서와 식사에서 침실까지 모든 생활 규칙이 상세하게 묘사되어 있다. 즉 상선의 선상 생활을 공부할 수 있는 친절한 교과서라고 할 수 있다. 상선의 규칙, 사관 선원과 일반 선원 간의 수칙, 위계질서, 식사 등에서 일상생활이 어선과 다르다. 고급 선원과 보통 선원은 식사를 하는 식당부터 다르다. 고급 선원들도 1등 항해사와 1등 기관사 이상은 살롱사관이라 부르며 그 이하는 메스살롱사관이라 부른다. 또 살롱보이라는 것이 있는데 사관들의 시중을 드는 선원이다. '살롱'이라는 말은 식사를 하는 식당에서 연유한 것으로 보인다. 중세 유럽의 사교계를 살롱이라고 했던 것에서 연유한 것으로, 보다 우아하고 문화적인 분위기를 말한 것이다. 사관 선원들은 그만큼 분위기 있는 곳에서 식사를 한다는 말로 이해할 수 있다.

배 타는 남편에 대한 불만을 가졌던 선영은 선상 체험을 하면서 남편에 대한 인간적인 이해와 사랑을 회복하게 된다. 그 결정적인 계기는 태풍이 몰려오는 상황에서 발전기가 고장이 나는 일이 발생한 데 있다. 태풍 중에 기관이 멈춘다는 것은 곧 침몰을 의미한다. 선원들이 공포에 질리고 선영의

---

2   옥태권, 「항해는 시작되고」, 항해를 꿈꾸다』, 고요아침, 2005, 124쪽.

남편이 발전기를 원상복구를 하게 되는데 "기술이든 아니면 요행이든 남편이 아니었으면 꼼짝없이 물귀신이 될 뻔했다"는 이야기를 듣고 선영은 남편의 존재에 대하여 새롭게 인식하게 된다.

「자존심」은 옥태권 해양소설의 일곱 편 가운데 기존의 기대지평이 가장 잘 살아난 작품이라고 할 수 있다. "세상의 어떤 향기도 오랜 항해 동안에 맡게 되는 흙냄새만큼 매혹적이지 못하다는 걸 선원이라면 누구나 알고 있었고……."라는 문장에서 보여주듯이 Y호는 바다에서 항해를 계속하는 서사로 이어진다. 또한 태풍을 만나 황천항해 과정이 묘사되어 있다. 물론 태풍에 대한 공포는 작품마다 언급되어 있으나 직접적인 묘사는 이루어지지 않았다. 종교 문제를 부각시키는 이 작품은 선장이 독실한 불교 신자인가 하면 선원들 일부는 독실한 기독교 신자들로, 선장과 기독교 신도인 선원들 사이의 갈등을 보여준다. 사건의 발단은 선상 종교행위를 금지하는 선장의 조처와 이에 반발하는 기독교 신자들이 대립하는 데서 비롯된다. 서술자의 입장에서 보면 사실 선상에서 일부 선원들이 벌이는 지나친 종교행위도 문제적이다. 결국 선장은 이들에게 징계를 가하게 되고, 그럴수록 일부 기독교인들은 소리 높여 기도를 하면서 선장과 맞서는 태도로 일관한다. 그런데 갑자기 태풍을 만나 황천항해에 직면하게 되자 결국 선장도 신 앞에 굴복하는 심리를 보여준다.

「갑판 위의 사람들」은 1. 챔피언 조타수 박두석 씨 편, 2. 기관장 우문걸 씨 편, 3. 살롱 우리 뭉치와 쪼인트 선장 편 등 네 가지 유형의 인물을 서술한 연작식 형태를 취하고 있다. 복싱 챔피언 출신의 조타수 박두석, '우리 뭉치'라는 별명을 가진 살롱보이, 기관장 우문걸 씨 등을 통해 선원들의 선상생활을 구체적으로 묘사한다. 이 소설의 에피소드는 소설의 재미와 웃음을 선물하는데, 역시 인간애가 특징이며 이를 통해 작가의 따뜻함이 짙게 드러난다.

『오나시스에게 독배를』에서 김인화가 선주 박중석을 응징하고 애인 민서린과 함께 에게해에 투신하여 함께 정사함으로 두 사람이 끝까지 함께한 것은 작가의 태도가 윤리의식에 매우 경도되어 있음을 보여준 사례라고 할 수 있다. 또한 「선장의 의자」에서 선장이 선장답다는 것은 곧 선장은 선원들을 지켜주어야 한다는 윤리의식을 말하고 있다. 선장인 '나'의 의지와 나를 선장으로 믿어주는 선원들 간의 신뢰를 통해 그 답을 찾으려 하는 합리성을 보여준다. 「항해하는 여자」에서도 작가는 선영이 남편에 대한 신뢰를 회복하게 하여 인간에 대한 신뢰와 믿음을 강조한다. 「자존심」도 마찬가지로 극한 상황에서 작가는 선상의 공동체란 무엇이며 인간의 자존이란 무엇인지를 부각시켰다. 「항해는 시작되고」에서 주인공이 선원을 죽음으로 내모는 선주의 음모에 대항하는 것은 작품 말미에 "머릿속으로 태평양 바닷물이 가득 들어차 출렁거렸다. 마치 몸 전신에 퍼져 있는 실핏줄까지 온통 푸름으로 젖어드는 것 같았다."는 고백대로 작가의 내면에 마치 태평양처럼 출렁거리는 푸른 정신이 살아 있는 탓이다. 이와 같이 옥태권의 작가적 성향은 인간에 대한 긍정과 신뢰로 표상되는데, 이를 일러 평론가 구모룡은 다음과 같이 말하고 있다.

옥태권은 「오나시스에게 독배를」 제외하고 부정의 세계관에 의해 형성되는 성격을 창출하지 않고 있다. 대부분 소설에서 보이는 그의 입장은 타락한 세계일지라도 지켜져야 할 선험적 윤리와 질서가 있다는 것이다. 무엇이 그가 이러한 입장을 갖게 하였을까? 이는 순전히 작가론에 해당하는 문제이며 여기서 분명한 답을 하기는 어렵다. 승선체험이 만든 무의식일까, 아니면 그에게 내재한 그 어떤 윤리적(종교적) 아비튀스일까? 어느 경우도 다 해당될 것이다.

단편 「고래 사냥」은 『말하는 유물』에 게재되어 있는 작품이다. 옥태권을 비롯하여 33인 작가가 공동으로 집필한 소설집 『말하는 유물』(문학수첩, 2013)은 부산일보, 부산박물관, 부산소설가 협회가 함께 만든 작품이다. 부산지역의 30여 가지 유물들이 부산소설가협회 작가들에 의해 살아 있는 유물로 탄생한 것이다. 2012년 6월부터 부산일보가 기획하여 2012년 일 년 동안 한 주에 한 편씩 총 30여 회에 걸쳐 연재했다. 작가들은 각자 부산박물관에서 추천한 유물 가운데 관심이 가는 유물을 선택하여 그에 따른 자료를 탐독했을 뿐만 아니라 문화재 전문가의 자문을 받아가며 작품화했다. 신석기시대부터 한국전쟁 직후 부산이 임시수도로 기능하던 시대까지의 유물이 대상이 되었다. 동삼동 출토 신석기시대의 고래 뼈, 가야시대의 철갑과 뿔잔, 신라시대의 범어사 삼층석탑, 고려시대의 만덕사 치미, 조선시대의 한글이 새겨져 있는 분청사기, 왜란 당시의 처참함이 남아 있는 동래읍성의 인골들, 하층민과 여인들까지 힘을 합쳐 만든 거대한 유제시루, 대한제국시대 채용신이 그렸다는 병풍, 한국전쟁 당시 영도에 있었던 대한도기에서 화가들이 직접 그린 그림접시 등이다. 이와 같이 유물을 대상으로 한 작품집 『말하는 유물』은 옥태권의 작품 「고래 사냥」을 시작으로 작가들의 작품이 이어진다. 문학수첩에서 책이 출판되었을 때, 당시 이 사업을 기획했던 부산일보의 이싱헌 기자(당시 편집 2팀장)와 김영한 기자의 글에서 그 내막을 구체적으로 알 수 있다.

    그때 문득 '시간'이란 단어가 떠올랐다. 역사의 수레바퀴와 개인의 일상이 만난 절묘한 '시간'. 1년 전 부산일보 문화부장이란 직책을 맡아 머리 싸매고 연재물을 기획하던 중이었다. 엉뚱하게도 동삼동 패총에서 발굴된 1,500점의 조개 팔찌가 떠오른 것도 그때다. 먹고사는 것과 하등 관계없는 조개 팔찌를, 그것도 집단의 소용 범위를 넘어 대량 생산했던 신석기인들이 떠올랐다. 수공예 장인 집단의 존재, 바다 건너 일본 규수와의 교역, 그리고 생존을 넘어선 아름다움을 통해 그들을 원시인이란 굴레에서 벗겨내고 싶었다. 유물은 말이 없지만, 인간의 손길이 깃든 유물은 그렇게 말을 건네고 있었다.
    신석기시대부터 근현대에 이르기까지 유물과 소설을 만나게 한 『말하는

존재와 사유

유물』은 그런 몇몇 단상에서 시작되었다. 소설가에겐 유물(역사)과 소설(허구) 사이의 긴장을 부탁했다. 픽션과 논픽션의 경계 지점에 높다랗게 세워진 담장 위를 아슬아슬하게 거닐어달라고 주문했다. 쉽지는 않았지만, 이 책이 그 결과물이다. 그 과정에서 소설가 정태규 형의 와병 소식을 들어야 했던 건 유감이다. 쾌유를 빈다. 부산일보, 부산소설가협회, 부산박물관, 부산시, 하나은행, 그리고 문학수첩에 이르기까지 많은 이들의 보살핌으로 이 책이 나올 수 있었다. 인간과 시간을 감싸는 건 틈(闖)이다. 이 책을 통해 그 틈을 느낄 수 있다면 다행이겠다.[3]

유물들은 박물관 유리 뒤에 갇혀 있을 뿐이었다. 난해한 용어와 낯선 한자는 또 다른 벽이었다. 하지만 가만히 귀를 기울이니 얘기들이 하나둘 쏟아졌다. 놀랍고 흥미로운 이야기들이었다. '동삼동 패총 출토 고래 뼈'는 원시인으로만 여겼던 신석기인들의 고래잡이 기술을 말해주었다. '만덕사지 출토 치미'는 고려 때 그 땅에 얼마나 큰 절이 있었는지를 전해주었다. '동래성 해자 인골'은 구멍 뚫리거나 예리한 상처가 나 있어 동래성 전투의 치열함을 고스란히 느끼게 했다.

부산지역 유물들이 조용히 읊조리던 이야기들을 들어보려는 시도가 '말하는 유물' 기획시리즈였다. 지난해 6월부터 7개월간 30차례에 걸쳐 부산일보에 실렸다. 작업에는 부산일보와 부산소설가협회, 부산박물관, 하나은행, 부산시가 동참했다. 이번에 출판사 '문학수첩'에서 전체 시리즈를 단행본으로 엮어 출간했다. 한 도시 유물을 모티브 삼아 연작식 소설을 쓰는 것은 국내 첫 작업이었다. 박물관 속 유물에서 이야기를 끌어내는 작업을 통해 부산을 더욱 의미 있는 도시로 만드는 시도였다. 뿐만 아니라 부산 역사도 더욱 풍부하게 하자는 뜻이었다. (……)

부산소설가 협회 옥태권 회장은 "유물 자료나 설명이 모티브였지만 당대 생활상이나 용어 지형까지 고려하자니 보통 까다로운 것이 아니어서 작가마다 수개월씩 매달려 있어야 했다. 특히 오늘날 독자의 눈높이에 맞춰야 한다는 부담감이 컸다."고 말했다.[4]

3   이상헌 기자, 『말하는 유물』에 붙이는 글, 『부산일보』

4   김영한, 「본보 시리즈 소설로 재탄생, 말하는 유물 출간」, 『부산일보』, 2013.4.10.

이론서『해양소설의 이해』는 해양공간에 대한 인식과 서사 전략을 논의의 초점으로 삼고, 대부분의 해양 소설이 갖는 서사 전략이 크게 두 가지로 분류된다는 것을 밝혔다. 첫째는 공간을 기반으로 하는 전략으로써 출항에서 입항까지의 귀향 형과 해양 관련 정보 제시형이 있고, 둘째는 체험을 기반으로 하는 전략으로써 해양공간과 부쟁형, 그리고 선원들 간, 또는 선박 내부의 갈등으로 요약된다고 보았다. 그러나 이것들은 독립되지 않고 서로 조합되는 경우가 많다는 것도 밝히고 있다.

제1장 '해양문학과 해양소설의 개념' 아래 관습적 개념으로서의 해양문학, 장르론적 개념으로서의 해양문학 그리고 근대성과 해양소설의 범주로 해양소설과 근대성, 해양소설의 범주를 다루었다. 제2장에서는 '해양소설의 예비적 고찰' 아래 해양소설 문학의 가장 핵심이라고 할 해양소설의 구성 요소와 해양서사의 기본 구성을 다루고 있다. 즉 해양의 공간, 해양공간과 관련된 행위와 행위자를 매우 심도 있게 분석했다. 제3장은 '해양소설의 공간 인식'이라는 범주 아래 '일탈적 공간 인식'과 '일상적 공간 인식'을 분석했다. 일탈적 공간 인식은 죽음과 공포로서의 공간 인식, 그리고 도피와 구원으로서의 공간 인식을 보여준다. 두 번째 일상적 공간 인식은 노동 현장으로서의 공간 인식, 축소된 사회로서의 공간 인식을 분석했다. 마지막 제4장에서는 '해양소설의 서사 전략'을 연구하는 장이다. 공간을 기반으로 하는 전략과, 체험을 기반으로 한 전략으로 나누고 '공간을 기반으로 한 전략'에서는 출항에서 입항까지의 귀향 형과 해양 관련 정보 제시형을 분석했다. 두 번째 '체험을 기반으로 한 전략'에서는 해양공간과의 투쟁형, 선원 또는 선박 내부의 갈등형으로 나누어 분석하고 있다.

3. 옥태권 해양문학과 지평의 전환

해양문학에 대한 기대지평은 지금까지 고정되어 있다는 생각을 갖게 한다. 바다에 대한 선험적인 체험이 우선 그렇거니와 해양문학 하면 가장 먼저 떠올리는 것이 허먼 멜빌의『모비딕』, 헤밍웨이의『노인과 바다』이다. 에이헙 선장이 말향고래를 잡기 위해 사투를 벌이는 극적인 순간, 그리고 노인 어부가 고래에 버금가는 큰 고기를 잡는 투쟁을 연상하는 것이다. 이외에도 조지프 콘래드의「청춘」에서 주인공 말로가 겪는 치열한 표류 등을 떠올리게 마련이다.

따라서 해양문학에 대한 독자의 기대지평은 어김없이 바다에서의 극한투쟁을 연상하는데,『항해를 꿈꾸다』의 해설에서 구모룡이 "그의 해양소설은 모험과 도전 그리고 낭만과 비참이 함께하는 기존의 해양소설의 기대 지평을 일정 정도 벗어나 있다."라고 한 대로 옥태권의 해양소설은 독자들에게 '친숙한 기대지평'에서 벗어나 있다고 할 수 있다. 그러니까 옥태권 해양소설은 '해양성이 조금 결여된 건 아닌가?' 하는 우려를 낳을 수도 있는데 옥태권 해양소설은 바다라는 거대함을 보여주기보다는 선원들과 선상의 다양한 스펙트럼을 보여준다. 이것은 기존의 해양문학의 기대지평을 깨는 동시에 새로운 지평을 만드는 지평의 전환이라고 볼 수 있다. 해양문학도 시대의 변화와 환경에 따라 문학 텍스트도 새로운 형태로 나타나며 독자들의 지평에 대한 전환도 새롭게 나타날 수 있기 때문이다.(물론 독자들이 수용할 수 있다는 것을 전제로 함) 독일 수용미학의 이론적 기초를 다진 야우스는 이미 주어진 기대 지평과 새로운 작품의 출현에서 생겨나는 거리감이 인식됨으로써 새로운 작품이 일단 독자의 내부에 이루어져 있는 경험을 부정하거나 의식화함으로써 새로운 지평의 전환이 이루어진다고 한다. 즉 이미 형성되어 있는 친숙한 지평을 완전히 새로 바꾸게 되는 것이 아니라 새로운 지평과 융합한다는 것이다.

앞장에서 살펴본 대로 「자존심」은 황천항해의 극한 상황으로 하여 기존의 기대지평이 가장 잘 살아난 작품이다. 다음으로는 「항해하는 여자」와 「선장의 의자」를 꼽을 수 있다. 「항해하는 여자」는 선상생활을 구체적으로 묘사하는 과정에서 선원들의 삶을 피부로 느끼게 할 뿐만 아니라 긴 시간을 통해 항해의 지속성을 보여주고 있다. 「선장의 의자」는 선장과 선원들 간의 신뢰와 선원들의 애환을 극대화하여 배라는 물리적 공간에서 총책임자인 선장의 윤리의식과 선원들 간의 공동체 의식을 보여준다. 물론 「갑판 위의 사람들」도 배라는 공간에서 네 사람 선원들의 행위가 전개된다. 그러나 항해에 초점이 맞춰지지는 않는다.

「오나시스에게 독배를」의 불안과 애증, 애욕 등의 복잡하고 상반된 감정과 또는 인간의 본능적인 욕망과, 「항해는 시작되고」의 인간성이 결여된 문제의 선주가 선원들을 태운 채로 배를 수장시켜 거액의 보험금을 탈 계획을 꾸미는 탈인간화, 「갑판 위의 사람들」에서 보여주는 개성적인 인물들의 군상, 「꽤 생각 있는 기계의 우울」에서 기관의 기계를 서술자로 선택하여 기계의 고단함을 묘사하는 작품은 해양소설에 대한 기존의 지평을 새롭게 만들어 내거나 융합하기에 충분하다. 따라서 이러한 옥태권의 해양소설은 고통과 불안 애증 등의 복잡하고 상반된 감정과 본능으로 이루어진 인간의 실질적인 삶의 양상에 접근함으로써 행동 간의 괴리를 극복하려는 욕망에 철학적 사유의 바탕을 둔, 실존적인 문제의식에 가깝다고 볼 수 있다.

4. 해양문학 외 작품

일반 소설을 모은 『달콤 쌉싸름한 초콜릿 이야기』에는 「글 써주는 여자」, 「남자의 눈물」, 「달콤 쌉싸름한 초콜릿 이야기」, 「길 찾기」, 「화이트 크리스마르 선물」, 「세상은 아침에 고분고분하다」, 「부탁」, 「논개(論介)는 없다」 등

8편이 실려 있다. 이 작품을 두고 작가는 「작가의 말」에서 다음과 같이 밝히고 있다.

> 연전에 발간한 첫 창작집이 작가로서의 정체성과 바다에 대한 부채감 혹은 의무감의 소산이었다면, 이번 창작집의 화두는 '사랑'이다. 진부하고 낡은 주제이긴 하지만, 인류가 삶을 유지하는 한 영원히 탐구하고 재생산해야 할 주제임은 준명하다. 단적으로 말해 삶이란, 죽음을 회피하기 위한 몸부림일지도 모른다. 그런 삶에 의미를 부여하는, 가장 치열한 형태의 삶이 곧 사랑이 아닐까.

작가의 말에서 알 수 있듯이 표제작 「달콤 쌉싸름한 초콜릿 이야기」는 주인공 종국의 어머니를 통해 한국전쟁 당시 한국의 가슴 아린 쌉싸름한 맛을 보여준다. 치매 증상이 있는 종국의 어머니는 어린시절 미군들에게 얻어먹은 초콜릿 맛을 기억하면서 자꾸 달콤한 초콜릿을 달라고 조르지만 종국은 가족들에게 절대로 그걸 주어서는 안 된다고 당부한다. 그러나 결국 어머니에게 초콜릿을 먹게 하고 마는데 "내가 소싯적에 쪼꼬래또가 얼매나 묵고 싶었던지…… 양놈이 가슴 한 번 만지게 해주믄 쪼꼬래또를 준다캐서……" 라며 어머니는 달콤한 초콜릿 맛 속에 숨어 있는 아프도록 쌉쓰름한 과거를 말한다.

이 밖에도 책으로 출간되지 않은 글들이 많은데, 『부산일보』 지면에 13회 연재한 「옥태권의 문학 뒤집기」는 지금까지 전해 내려오는 고전의 내막을 뒤집어 진정한 진실을 분석하는 내용이다. 그 외에 〈부산일보 인터넷신문〉에 『열일곱 살 비상구』라는 성장소설을 연간 39회 연재했다.

(1) 「옥태권의 문학 뒤집기」(부산일보 13회 연재)
　　제1회: 단군의 아버지 환웅이 첩의 자식에 무당이라고?(2009.1.3.)
　　제2회: 환웅의 무리 3,000명과 의자왕의 궁녀 3,000명(2009.1.11.)

제3회: 백일기도, 100일 동안 할 필요 없다(2009.1.17.)

제4회: 구지가(龜旨歌), 무엇에 쓰는 노래인고?(2009.1.24.)

제5회: 허황옥은 원조 페미니스트?(2009.2.1.)

제6회: 백수광부, 그는 정말 미쳤는가?(2009.2.8.)

제7회: 향가가 시골 노래라고?(2009.2.25.)

제8회: 삼대목의 또 다른 이름은 만요슈(萬葉集)?(2009.2.21.)

제9회: 처용은 아립인?(2009.2.28.)

제10회: 청산별곡은 자기방어기재적 노래?(2009.3.7.)

제11회: 쌍화점은 남녀상열지사?(2009.3.4.)

제12회: 단오(端午)는 여성의 날?(2009.3.21.)

제13회: 남녀상열지사(男女相悅之詞)와 문학을 보는 관점 (2009.3.28.)

(2) 『열일곱 살 비상구』(부산일보 인터넷에 39회 연재)

『열일곱 살 비상구』는 부산일보의 온라인 공론장을 지향하는 붐(Boom, Busan Opinion and Observation) 페이스북과 연동되는 신개념 연재소설이다. '붐'은 부산일보 온라인 신문 부산닷컴 내에서 다양한 분야의 전문가와 기자 블로거들이 펼치고 있는 '의견난장'이다. 『열일곱 살 비상구』는 청춘이 시작되는 고교 1학년생의 성장 과정을 그린 소설로, 작가는 이것을 성장소설이자 어른 동화라고 했다.

최근 얼리 어댑터(Early adopter)란 말이 가끔 사람들의 입에 오르내리곤 한다. 말 그대로 신제품이 나오면 남보다 먼저 써 보지 않으면 안달이 나고 좀이 쑤시는 족속들을 일컫는다는데, 나 또한 그 몹쓸 병에 걸린 환자 중의 한 명이다. 소설쟁이와 얼리 어댑터, 도저히 어울릴 것 같지 않지만 자타가 다 그렇다고 하니 인정치 않을 수 없다. 비교적 이른 시기에 IT 환경에 젖어 들다 보니, 블로그를 활용하고 트위터와 페이스북을 접하게 되면서, 인터넷에 소설 연재를 한 번 해볼까 하는 생각을 가지게 되었고 실제로 시도를 해 본 적도 있었다. 그런데 여러 여건상 만족한 성과는 거두지 못했다.

존재와 사유

그러다가 얼마전 페이스북 친구들로부터, 페이스북 소설을 시도하면 어떻겠느냐는 제안을 받게 되었고, 겁도 없이 약속을 하다 보니 여기까지 오게 되었다.

— 옥태권, 「연재를 계획하면서」 중에서

5. 맺는말

옥태권 작가는 비교적 빠른 나이인 33세에 등단하여 타계할 때까지 20여 년간 작품 활동을 했다. 그러나 많은 작품을 남기지는 못했다. 여기에는 두 가지 원인이 있다. 첫 번째는 등단하고 다시 대학에 들어가 공부하는 데 무려 10년을 바쳤으며, 두 번째는 작품 창작에만 집중하는 전업 작가가 아니라 삶의 현장에서 직업을 갖고 작품을 써야 하는 이중고를 감수해야 했던 탓이다. 그럼에도 불구하고 옥태권은 한국 해양문학의 중심에 서 있다는 것은 부인할 수 없는 사실이다. 그러니까 한국 해양문학가의 첫머리에 천금성, 두 번째는 김성식, 세 번째는 옥태권이 그 뒤를 이었다고 능히 말할 수 있다. 물론 옥태권 작가가 해양문학만 고집한 것은 아니다. 해양문학 외에도 8편 이상의 일반소설 중단편을 창작했다. 그리고 신문에 중편소설 「논개는 없다」(『국제신문』)와 성장소설 『열일곱 살 비상구』(〈부산일보 인터넷 신문〉)를 연재했다.

그럼에도 옥태권을 해양소설가라고 믿는 것은 그의 문학 정신이 생래적으로 해양문학에 있기 때문이다. '해양문학에 대한 부채와 의무감'을 갖고 있었다고 고백한 대로 옥태권 작가는 해양문학다운 해양문학을 추구했다. 그것은 현장성이 살아 있는 해양문학과 한국 해양문학에 대한 미래를 염려했다는 것을 암시한다. 옥태권의 『해양소설의 이해』를 보면 해방 이후 1960년대부터 우리나라에도 해양문학을 하는 작가들이 나오기 시작하여 1990년대에 전성기를 이루었다. 그 가운데 선원 작가는 소수에 불과하다. 또한 작

품의 공간적 배경이나 성격도 갯가이거나 섬이거나 그것의 주변적인 이야
기에 불과하다.

따라서 옥태권이 남다른 이유는 태평양을 누빈 선원으로서 바다를 직접
체험하고 해양문학으로 입문했다(『국제신문』 신춘문예)는 것과 해양문학을 학
문적으로 접근했다는 사실을 들 수 있다. 그와 같은 경력은 해양문학에 대
한 정체성을 확립하는 데 큰 힘으로 작용했기 때문이다. 물론 간접체험으로
도 바다에 대한 투쟁과 모험을 얼마든지 쓸 수는 있다. 또 그러한 작가가 수
없이 많음에도 어쩔 수 없이 해양문학은 선원으로서 직접 바다를 접한 체험
을 객관화시키는 능력을 지닌 작가를 신뢰할 수밖에 없기 때문이다. 또한
경남 거제면 명진리에서 태어나 바다를 곁에 두고 성장한 옥태권 작가는 해
양문학적인 환경을 생래적으로 지녔다고 할 수 있다. 그렇다면 바닷가에서
난 사람은 누구나 해양문학을 할 수 있는 것일까? 바다를 접한 지역에서 출
생했다는 것만 가지고는 해양문학적인 환경을 가졌다고 말할 수는 없다. 그
것은 어디까지나 배경에 불과할 뿐이며 배경과 환경은 전혀 다른 의미를 갖
기 때문이다. 배경은 장본인과 관계를 맺지 않을 수도 있으나 환경은 관계
를 맺는 성격을 말한다. 예를 들어 해양문학을 쓰기 위해 잠시 어떤 배에 편
승했다면 그것은 작가의 환경이 형성되었다기보다는 일종의 목적문학을 위
한 것이라고 봐야 한다. 환경은 잠시 일부러 만드는 것이 아니라 되어진 것
이어야 한다. 따라서 옥태권의 해양문학적 환경은 가슴으로 품은 것, 즉 생
래적으로 되어진 것이다.

비록 작품의 숫자는 적지만, 작품의 숫자가 그 작가를 평가하는 잣대가
될 수는 없다. 옥태권의 작품을 정독하다 보면 각종 용어와 상선의 구조, 선
원들의 선상 생활, 선상의 규칙과 관련된 모든 것을 공부할 수 있는 교과서
라고 할 수 있다. 그리고 중요한 것은 옥태권의 해양문학이 기존의 기대지
평을 새롭게 하는 '지평전환'을 보여준다는 데 있다. 해양문학이라면 가장
먼저 떠오른 것이 낭만적이거나 공포적인 선험적인 체험의 바다에 이어, 기

존의 문학작품을 통해서 본 황천항해, 극한 어로행위 등이다. 즉 바다는 낭만적이거나, 또는 거칠고 무서운 이미지가 그것이다. 따라서 모험소설로 묶인 허먼 멜빌의『모비딕』, 헤밍웨이의『노인과 바다』, 조지프 콘래드의「로드집」,『청춘』등이 보여준 투쟁적인 바다가 그것이다. 그러나 현대 해양문학은 기존의 그와 같은 고착화된 기대지평을 전환할 필요가 있다는 것을 옥태권의 해양소설이 보여주고 있다 할 것이다.

더욱이 해양문학의 제재가 매우 한정적인 현실에서 옥태권의 작품은 해양문학의 다양성을 보여주었다. 그의 작품은 바다와 배라는 물리적 공간을 친숙하게 느끼게 하는 인상을 줄 뿐만 아니라 제재와 주제를 다양하고 폭넓게 확장시키는 시도를 한 것이다. 지금까지 해양문학은 반드시 황천항해가 존재해야 하고, 바다에서의 극한투쟁이 해양문학이라는 관념을 바꾸어, 바다라는 공간을 보다더 자유롭게 느낄 수 있게 해 준 것이다. 따라서 옥태권은 해양문학의 길을 새롭게 닦아놓았다고도 할 수 있다.

톨스토이는 인생을(혹은 창작을) 저마다 집 짓기라고 하면서 집을 짓되 집을 완성한 자는 없다고 했다. 옥태권 작가도 어쩔 수 없이 여기에 해당된다. 작가는 더욱이 남다른 집을 지으며 살아가는 존재들이다. 어떻게 하면 최상의 집을 지을 수 있는지에 대하여 고심하게 마련이다. 그는 시간 제약을 극복해야 하는 교사라는 직업의 틀 안에서 많은 갈증을 느꼈을 것으로 추측할 수 있다. 그럼에도 최선을 다해 창작에 몰입했고 자신의 정신세계를 문학에 바쳤다. 문단 활동도 남다른 부지런함을 보였다. 해기협회『海技』편집장을 비롯하여 국내 최초 해양문전문지『海洋과 文學』편집주간 및 회장, 부산소설가협회장을 역임했다. 교육인적자원부의 교육과정 심의위원을 지내기도 했다. 그리고 해양문학 연구자로 대학 강단에 서서 계속 발전하고 싶어 했는데 그 꿈을 미처 이루지 못한 채 떠났다.

옥태권은 안타깝게도 한참 소설을 써야 할 50대에 펜을 놓아버렸다. 그러나 옥태권 작가의 해양소설은 한국 해양문학사에 소중한 유산으로 남았다.

데이너의『범선항해기』가 허먼 멜빌의『모비딕』을 낳았듯이 그가 남긴 작품의 영향으로 장차 한국 해양문학을 세계적으로 끌어올릴 작품이 탄생할 수도 있다는 기대를 해보는 것은 또 하나의 희망이 아닐 수 없다. 옥태권 작가 사후에 그에 대한 연구는 이 글이 처음이다. 주지하다시피 맨 처음 연구 작업은 조심스럽기 짝이 없을 뿐만 아니라 황무지를 개척하는 것과 마찬가지인바, 여러 가지로 미흡할 수밖에 없다. 더욱이 주어진 시간이 촉박한 관계로 심층적인 접근을 하지 못한 것이 아쉽다. 앞으로 유능한 연구자들이 나와 이 글에서 빠진 것, 그리고 부족한 부분을 알차게 채워줄 것으로 믿는다.

제5부

해양문학의 양태와 문학적 상상력

― 해양문학 어떻게 읽고 어떻게 쓸 것인가

1. 바다의 공간적 의미와 문학적 인식

물의 모임인 바다는 지역과 지역을 가르는 차단적인 공간이면서 다시 지역과 지역을 연결하는 매개체 역할을 하는 공간이다. 따라서 그리스 철학시대부터 이 공간에 대한 생각은 상당히 복잡하게 전개되어왔으나, 플라톤은 사물이 존재할 수 있는 '모태'와 같은 개념으로 바다를 명명했다. 그리고 물의 모임인 바다를 모태로 상징하는 것은 문학에서 비롯되었다. 원형적 상징에 있어 바다는 달의© 생성과 소멸에 따라 조금[1]과 사리[2]라는 주기를 되풀이하며, 이것이 여성에게 매달 발생하는 생리적인 문제와 유사하다고 본 탓이다. 또한 바다라는 공간은 외연(extension)과 내연(intenion)으로 나누어 생각할 수 있고, 외연은 밖이라는 의미로 연장(延長)을 의미한다. 내연(내포)은 안으로 확장되는 의미를 갖는다. 바다의 외연은 눈에 보이는 항해의 공간으로서 항해의 목적과 항해로 인해 확장되는 범위를 담지하며, 내연은 잉태에

---

1 조수가 가장 낮은 때로, 매달 음력 7, 8일과 22, 23일에 일어난다.
2 조수가 가장 많이 밀려오는 때로, 매달 음력 보름과 그믐에 일어난다.

따른 생산으로서 생성되는 확장을 의미한다.

이와 같은 바다의 이중성은 인간의 삶을 은유하며 작가들의 상상력을 자극하기에 알맞다. 왜냐하면 외연과 내연에서 일어나는 무수한 일들과 거기에서 파생하는 인간 문제는 끝이 없기 때문이다. 그런데 바다는 인식에 따라 긍정의 바다와 부정의 바다로 드러나게 되며 이는 서구와 우리나라와 비교할 때 양극적인 차이를 보여왔다. 바다의 외연적 확장성은 이른바 서구의 바다 비단길이라고 할 수 있는 경제적 욕망과 연관된다. 즉 16세기 유럽에서는 포르투갈, 에스파냐, 네덜란드, 영국, 프랑스 등이 강력한 해상무역의 제국으로 등장했다. 그 이전의 해외무역은 주로 지중해를 경유해 동방으로 연결하는 육로에 의존했으나 16세기 무렵 지브롤터 해협과 대서양의 해상무역로를 발견한 강대국들은 신세계를 개척하는 사업에 열을 올리면서 탐험의 시대가 열렸다. 이들은 모두 국익을 위하여 전쟁을 불사하면서 바다로 진출했고, 결국 바다는 거대한 부를 제공하면서 국가의 운명을 결정짓는 승패(전쟁)의 장이 되기도 했다.

바다를 대상으로 하는 문학 역시 바다에 대한 선구적인 인식과 함께 움직이는 성격을 지녀왔다. 일찍이 바다에 대한 인식에 있어서 서구와 우리나라는 안과 겉처럼 확연히 달랐다. 그들은 긍정적인 진출의 공간으로 바다를 바라보았다면, 우리는 집단무의식에 갇혀 부정적인 차단의 공간으로 여겼다. 또한 서구는 미래를 지향하는 원대한 꿈을 펼치는 공간으로 보았다면, 우리는 조선시대 양반 중심주의 유교적 관념에서 "고기 배 따 먹는 놈은 백정에 버금간다."(김열규 외, 『해양과 인간』)고 할 정도로 천민 집단의 생활무대로 취급했다. 뿐만 아니라 정치적으로는 죄인들을 육지와 격리시키는(유배) 차단의 절대공간이었다.

이러한 인식의 차이로 해양문학 역시 바다를 꿈의 세계, 진출의 길로 인식한 서구에서 앞장서 왔으며 그들은 부지런히 명작을 남겼다. 즉 데이너의 『범선 항해기』, 콘래드의 「청춘」, 다윈의 『비글호 항해기』, 멜빌의 『모비딕』, 헤밍웨이의『노인과 바다』(1954년 노벨문학상 수상), 데릭 월컷의『오메로스』(1992년 노벨문학상 수상) 등은 해양문학으로서 전범(典範)을 이루고 있다. 우리나라 해양문학은 궁색하게도 최남선의「海에게서 소년에게」를 효시로 보며, 1970년대에 가서야 선장 출신 천금성(소설가, 1941~2016)과 김성식(시인, 1942~2002)이 본격적인 해양문학의 장을 열었다. 김성식은 1970년 시「청진항」이『조선일보』신춘문예에 당선되면서 시작(詩作) 활동을 펼쳤으며 4권의 해양시집을 남기고 2002년 세상을 떠났다.[3] 천금성은 "한국 해양문학을 일으켜 세운 작가로서 사실 그가 없는 한국 해양문학은 상상할 수 없는 현실이며, 그가 원양어선을 타고 나중에 선장이 되어 10여 년간 어업에 종사한 것도 실제 문학 창작을 위한 기도로 보아진다."[4]고 할 정도로 해양문학에 대한 열정을 불태웠다.

저 광활하게 펼쳐진 바다(The Sea 혹은 Ocean)가 우리 문학에서는 六堂의「海에게서 소년에게」말고는 아직도 전인미답의 원시림으로 남아 있으며, 그래서 얼마든지 도전하여도 얼마든지 소재가 무궁무진한 처녀림이라 확신해 마지않았던 것입니다. 그런데 문제가 있었습니다. 바다를 쓰려면 바다를 알아야 하지 않겠습니까? 도대체 '산림 감시원'이나 '벌목꾼'이 되겠다고 한 주제에 어떻게 바다를 파악하며, 묘사할 수 있을 것입니까? 바다를 파악하기 위해서는 바다로 나갈 수밖에는 없지요. 그것 말고는 정답이 있을 수 없지 않습니까? 그리하여 일상적인 곳에서 탈출하기 위해, 저 끝없는 유랑과 미지의 낭만, 한없이 퍼덕일 방종의 무대인 바다로 직접 나아가기로 작정했던 것입니다. 바다로 나가기 위해서는 어떤 식으로든 선원이 되어야 했습니다.[5]

---

3   김성식 시인 사후 2007년『김성식 시 전집』이 도서출판 고요아침에서 나왔다.

4   구모룡,「『모비 딕』, 천금성 그리고 한국 해양문학」,『海洋과 文學』2005년 여름호, 도서출판 전망, 2005, 24쪽.

5   위의 책, 21쪽 재인용.

천금성의 고백에 '살림 감시원이나 벌목꾼이' 되겠다는 말이 나오는 것처럼 천금성은 서울대학교 농대 임학과를 졸업했다. 그리고 다시 선원이 되기 위해 한국원양어업기술훈련소 어로학과를 수료하고 2등 항해사 자격을 취득하여, 원양어선을 타고 인도양으로 떠났다. 인도양에서 조업을 하면서 단편 「영 해발 부근」(해발 0미터라는 의미)이라는 작품을 썼고 당선 소감까지 첨부하여 『한국일보』 신춘문예(1969)에 보냈는데 정말 당선이 되었고, 그 이후 다작의 해양문학을 집필했다.[6] 이 가운데 특히 천금성 작가를 가장 영예롭게 한 것은 '해군소설'이라 할 것이다. 해군은 2002년 10월 22일 "해군을 소재로 집필활동을 한 소설가 천금성(千金成 · 61) 작가를 제4호 명예해군으로 위촉하고 해군증을 수여"했기 때문이다.

> 천 씨는 '지금은 항해 중' '바다의 꿈' '은빛 갈매기' 등 다수의 해양소설과 해양드라마 '남태평양의 3천 마일'의 시나리오 집필, 해양 다큐멘터리 '오대양을 가다'의 제작 참여를 통해 국민들의 해양의식을 고취했으며, 또한 2001년 순항훈련함대와 2002년 림팩훈련에 동승한 체험을 각각 『해기(海技)』 2월호'와 『신동아』 9월호'에 게재, 바다와 해군력의 중요성에 대한 국민적 관심을 제고했다.[7]

이와 같이 본격적인 한국 해양문학의 첫머리에 놓인 천금성과 김성식이

---

6 「영 해발 부근」 외에 장편 『허무의 바다』, 『엉뚱한 바다』, 『막다른 바다』, 『은빛 갈매기』, 『적도제』, 『표류도』 등의 장편을 비롯하여 수많은 작품을 발표했으며, 해군소설을 발표했다. 해군소설을 쓰기 위해 2001년 원양순항함대와 2002 림팩 훈련함대에 편승하여 인도양과 태평양을 1년간 항해했다.

7 윤원식, 『국방일보』, 2002.11.4. 천금성은 본격 해군소설 『가블린의 바다』 상 · 하권을 냈으며, 해군으로부터 제4호 명예 해군증을 받았다. 제1호는 강동석(한국인 최초 요트로 태평양을 단독 횡단), 제2호는 서정대(해군교육사령부에 자진 출강하여 강의한 공로), 제3호는 오진근(방송작가)이 받았다. 이 외에도 작가 최인호(『해신』), 문창재(『바다로 세계로』 연재), 최규봉(언론인, 팔미도 등대작전 KLO 부대장), 조용근(천안함 재단 이사장), 김정환(현대중공업 전무이사), 황규호(한국해양소년단총연맹 총재, SK해운 사장) 등 해군 발전에 공을 세운 인사들에게 명예 해군증을 수여했다.

선장이었던 만큼 우리나라 해양문학의 양태는 원양어선 내용이 주종을 이루면서, 한편으로는 원양어선과 상선을 표적으로 삼는 해적(해상강도) 사건을 다룬 소재가 자주 등장했다. 그 외에 연안을 중심으로 한 문학이 있고, 특별히 해전사(海戰史) 문학이 있다.

해전사 문학은 아직도 해양문학보다는 전쟁문학으로 인식하는 것이 일반적이기는 하지만, 해전사 문학이야말로 가장 치열한 해양문학으로서 바다라는 공간 성격을 가장 잘 보여준다고 할 수 있다. 물론 전쟁은 일어나지 말아야 하지만, 전쟁문학은 전쟁이 일어난 다음에야 쓰게 마련이므로 동양보다 서구에서 큰 전쟁이 일어난 탓에 해전사 문학 역시 서구가 앞장섰다.

인류사에 기록된 해전사는 기원전 800년경으로 추정되는 호메로스의 서사시 『오디세이』의 트로이 전쟁부터 시작하여 오늘날 수십 건에 달한다. 그 가운데 유명한 해전을 연대순으로 열거해보면, 트로이 전쟁(기원전 850~800), 살라미스 해전(기원전 480), 레판토 해전(1571), 에스파냐 무적함대와 영국군 해전(1588), 한산도 해전(1592, 이순신), 트라팔가 해전(1805, 넬슨), 러일전쟁(1904, 도고), 대서양 해전(1941, 독일 잠수함 작전), 인천상륙작전(1950.9., 맥아더), 그리고 연평도 북한계선(NLL)에서 벌어진 제1연평해전(1999.6.15.)과 제2연평해전(2002.6.29.) 등을 들 수 있다.

주지하다시피 이들은 대부분 문학을 중심으로 영화, 연극, 음악(오페라) 등 다양한 예술로 재현되었다. 대표적으로 〈트로이 전쟁〉, 〈임진왜란과 이순신〉, 〈트라팔가와 넬슨〉, 〈러일전쟁과 도고〉, 〈인천상륙작전과 맥아더〉 등이 유명하다. 그리고 가깝게는 제2연평해전이 소설과 영화로 재현되었다.

해전사로 유명한 소설은 일본의 도고 헤이하치로 제독의 러일전쟁 대승을 쓴 시바 료타로의 『대망』을 들 수 있다. 우리나라에서는 일제강점기 시대 신문 연재물로 쓴 단재 신채호[8]와 이광수[9]를 비롯하여 현대작가 김훈[10], 박성부[11], 조정우[12], 김탁환[13], 정찬주[14] 등 여러 작가들이 '이순신'을 썼으며, 김훈의『칼의 노래』와 김탁환의『불멸의 이순신』이 가장 잘 알려져 있다. 김훈의 작품은 이순신의 전투 중 가장 명예롭고 가장 슬픈 최후를 그려 문학적인 완성도를 최대한으로 끌어올렸다는 평가를 받았고, 김탁환의『불멸의 이순신』은 드라마로 방영되면서 널리 알려졌다. 천금성은 전쟁을 바탕으로 한 작품은 아니나 해군소설『오션 고잉(Ocean Going)』을 썼다.

　제2연평해전은 2002년 북한 함대가 북한계선을 월경하여 우리나라 제2함대 소속 참수리 357호를 공격한 데서 발발했다. 제2연평해전을 소설로 쓴 작가는 필자(박정선)와 해군 출신 최순조, 선장 출신 천금성, 해군 장교로 예편한 김종찬,『박정희 다시 살아나다』를 펴낸 다니엘 최 등 5명이다. 필자가 쓴 작품은 중편으로, 오로지 그 처절했던 31분간의 전투 상황을 묘사했다.[15] 천금성과 김종찬은 2003년『해양과 문학』창간호를 통해, 천금성은

8　단재(丹齋) 신채호(申采浩)는 1908년 원 제목『수군제일위인 이순신전(水軍第一偉人李舜臣傳)』으로『대한매일신보』에 연재(1908.5.2~8.18.)하고, 한문을 모르는 일반 민중과 부녀자들을 계몽하기 위해 순국문판『리슌신젼』을 역시『대한매일신보』에 연재(1908.6.11~10.24.)했다. 신채호가 이 작품을 쓴 목적은 국민들에게 국권회복을 위한 애국심을 배양하려는 것이었으며, 1907년 10월 번역한 양계초(梁啓超)의『이태리건국삼걸전(伊太利建國三傑傳)』을 필두로, 한국 역사상의 삼걸(三傑)인 을지문덕(乙支文德)·최영(崔瑩)·이순신(李舜臣)을 뽑아 저술한 소설이다. 판본으로 아세아문화사 영인본인 역사·전기소설(전10권)과 단재 신채호 기념사업회에서 간행한『단재신채호전집(전4권)』으로 된 국한문본이 있다.

9　이광수는『이순신』을 1931년 6월『동아일보』에 연재했다. 그리고 1991년 연재 100주년을 기념하여 우신사에서『이순신』을 발간했다.

10　김훈,『칼의 노래』, 생각의나무, 2001.

11　박성부,『이순신』(상, 하), 행림출판사, 2004.

12　조정우,『이순신 불멸의 신화』, 새시, 2014.

13　김탁환,『불멸의 이순신』, 민음사, 2014.

14　정찬주,『이순신 7년』, 작가정신, 2016.

15　박정선,「참수리 357호」(아, 연평도), 2008년 제2회 해양문학상 대상(해양수산부 산하

「교전수칙」이라는 단편을, 김종찬은 「함 대령의 분노」라는 단편을 발표했다. 다니엘 최는 앞에 언급한 자신의 단편 모음집 『박정희 다시 살아나다』에 「제2의 연평해전」이란 제목의 단편을 실었다. 최순조는 장편으로 제1연평해전, 제2연평해전을 모두 다루었을 뿐만 아니라 참수리 357호 대원들의 개인사와 전사한 대원 유가족들의 애통한 심정을 인터뷰한 내용까지 실었다.

이와 같이 해양문학의 범위와 깊이는 가늠하기 어려울 정도로 넓고 깊다. 그리고 바다라는 특별한 공간성 때문에 일반적인 접근이 제재를 받게 마련이다. 따라서 대부분 해양문학의 공통점은 자전적인 특성을 보이는데, 이 부분에서 중요한 문제는 바다라는 공간의 현장감과 리얼리티에 대한 부담이다. 이런 문제 때문에 선원이나 선원에 준한 작가들 외에는 처음부터 창작에 대한 의욕을 느끼지 못하거나 기피하게 되는 것이 현실이다.

이 글에서는 간략하게나마 세계적인 명작을 통해 해양문학의 양태를 살펴보면서 우리나라 제2연평해전과 임진왜란의 이순신을 중심으로 한 해전사 소설(전쟁소설)이 무엇인지에 대해 생각해보기로 한다. 다음으로는 소재적 측면에서 독도와, 동중국해 대륙붕 한일공동개발 구역, 즉 JDZ로 잘 알려진 제7광구를 영토적인 측면에서 분석하면서 해양 작품의 창작과 바다에 대한 체험 문제에 대하여 생각하기로 한다. 바다라는 공간이 제공하는 소재를 활용하는 방법론은 다양하며 그것은 해양문학에 있어 관건이기 때문이다.

문화재단) 수상.

2. 해양문학의 특성과 주제의식

명작을 통해서 본 해양문학

인류사에 불멸의 이름으로 존재한 고대 그리스 호메로스의 『오디세이』를 제외하고, 근현대로 들어와 해양문학의 전범으로 알려진 작품은 데이너의 『범선항해기』(1840), 허먼 멜빌의 『모비딕』(1851), 다윈의 『비글호 항해기』(1860), 콘래드의 「청춘」(1886), 1952년 노벨상을 수상한 헤밍웨이의 『노인과 바다』, 1989년 노벨상을 수상한 데릭 월컷의 『오메로스』가 연대순으로 이어진다.

먼저 리처드 헨리 데이너는 범선시대 작가로, 『범선항해기』는 데이너가 1834년 범선 필그림호의 선원으로 승선하여 2년 동안 남미 최남단을 도는 항해를 하고 그 경험을 쓴 작품이다. 이 작품은 대서양과 태평양을 무대로 항해한 체험을 마치 리포트(report)처럼 썼으며, 해양 환경과 바다의 특성과 선상생활의 구체성이 뛰어나, 후일 『모비딕』의 작가 허먼 멜빌에게 지대한 영향을 끼친 것으로 알려져 있다. 사실 데이너는 정식 선원 생활을 했던 것은 아니다. 하버드대학 재학 중 배를 탔으며 2년간 항해를 마치고 다시 대학에 복학하여 법학을 공부한 다음 변호사가 되어 법률가로 활동하면서 이 작품을 썼다. 작품에는 당시 제도적으로 아무런 보호 장치가 없는 선원들의 구타를 동반한 혹독한 노동 현실과 선상생활의 열악함이 세밀하게 묘사되어 있는데, 당시 함께 일하면서 인간 이하의 폭력과 열악한 선상 생활에 시달리는 흑인 동료들(선원들 대부분이 흑인들이었다)을 잊지 않았으며, 그때 체험으로 흑인 노예들을 법적으로 구제하는 일에도 커다란 관심을 기울였던 것으로 알려져 있다. 특히 이 작품은 허먼 멜빌에게 지대한 영향을 끼쳤다는 점에서도 의의가 있다.

항해기로는 찰스 로버트 다윈의 에세이 『비글호 항해기』야말로 아직까지 전무한 박물지의 전문도서로 꼽힌다.[16] 물론 박물지로 고대 로마의 플리니우스(Plinius)와 중국의 장화(張華), 그리고 근세의 프랑스 뷔퐁(Buffon, 1707~1788)을 들 수 있다. 이 가운데 뷔퐁은 다윈보다 102년 먼저 태어난 사람으로 진화론사의 선구자로 인정받고 있다. 그러나 다윈은 진화론으로 인류사에 혁명적인 공헌을 했을 뿐만 아니라, 150년이 지난 지금까지도 세계적으로 꾸준히 읽힌다는 데 변별성이 있다. 다윈은 생물학, 해양학, 지질, 고생물, 지구물리학, 인류학, 기상학, 고고학자일 뿐만 아니라 뛰어난 문필가였다. 따라서 이 책은 과학 전반을 뛰어넘어 위대한 문학작품으로 인정받고 있다. 실질적으로 다윈이 말년에 "나의 최초의 문학적 작품이 성공해서 어떤 다른 책보다도 나를 기쁘게 해 준다"라고 술회할 정도였는데[17], 책이 출판되었을 때 지인들에게 나누어 주려고 산 책값으로 출판사에 적지 않은 빚을 질 정도였다고 한다. 다윈은 1831년 말경부터 비글호를 타고 5년 동안

---

16 『비글호의 항해기』가 나오기까지 과정은 다음과 같다. 항해를 시작한 다윈은 곧 자기가 관찰한 지질학적 사실을 가지고 책 한 권 정도는 쓸 수 있다고 생각했다. 그러나 항해가 끝나갈 무렵 우연히 자신의 일기를 보게 된 비글호의 피츠 로이 함장이 책으로 만들자는 말을 할 때까지는 자신의 일기를 발표한다는 생각은 하지 않았다. 1839년 『어드벤처호의 1826~1836년까지의 남아메리카 조사와 비글호의 세계일주－조사항해담』이라는 책이 3권 4책으로 런던 헨리 콜번사에서 나왔다. 1권은 'P. 파커 함장 지휘하에 1826년부터 1830년에 걸친 1차 탐험보고서'이며, 2권은 '로버트 피츠 로이 함장 지휘 아래 1831년부터 1836년에 걸친 2차 탐험보고서'이다. 이때가 다윈이 승선한 5년간의 기간이다. 4책은 앞의 두 권에 대한 부록이다.
　　실질적으로 다윈이 쓴 것은 세 번째 권으로 「1832~1836년 찰스 다윈의 일지와 관찰」이라는 부제가 붙어 있다. 즉 그가 항해 중에 기록한 내용과 정리한 원고에 기초를 두고 있다. 다윈이 쓴 책은 앞의 두 권과 달리 큰 관심을 불러일으키게 되어, 같은 해에 『비글호가 찾아간 여러 지역의 지질학과 박물학 연구 일지』라는 제목으로 두 번이나 다시 인쇄했을 뿐만 아니라 1940년에도 다시 인쇄했다. 그동안 일기는 단어의 숫자가 과학적 사실이 추가되면서 내용이 추가되면서 1845년 판을 거치면서 『영국해군 피츠 로이 함장 지휘하에 세계일주한 '비글 호가 찾아간 지역의 박물학과 지질학 연구 일지』라는 제목으로 나왔으며 이것을 『비글호 항해기』로 알려졌다. 그리고 1860년에 개정판이 나왔고, 오늘날 우리가 읽은 것은 바로 이 개정판이다.

17 찰스 다윈, 『비글호 항해기』, 장순근 역, 전파과학사, 1993, 15쪽.

남아메리카를 비롯하여 태평양, 인도양, 대서양을 거쳐 세계를 일주하면서 각양각색의 섬과 자연현상을 기록했다. 이때 다윈이 기록한 관찰기록은 생물학, 고생물학, 광물학, 지질학, 지형학뿐만 아니라 일반 해양학, 암석학, 기상학, 고고학, 항공공학, 지구물리학, 지구화학 등 자연과학의 모든 분야에 걸쳐있으며, 이것이 『비글호 항해기』가 세상에 나온 지 150여 년이 지난 오늘날까지도 애독되고 있는 이유라고 할 수 있다. 그러나 가장 큰 이유는 『비글호 항해기』가 진화론으로 이어진 탓이다. 다윈은 동부 태평양에 있는 화산섬 갈라파고스 제도에서 거북과 도마뱀을 관찰하면서 생물이 진화한다는 사실을 알아냈으며 5년 동안 항해를 마치고 돌아와 20년 후에『종의 기원』(1859)을 통해 진화론을 펼쳤다. 그리고 이 위대한 업적은 인류의 지식을 발전시키면서 『종의 기원』을 발간한 이후 생물이 진화한다는 것이 진리로 받아들여졌기 때문이다.

　　이 거북은(육서거북-인용자) 물을 대단히 좋아해서 엄청난 양을 마시고 진흙 속에서 뒹군다. 샘은 보다 큰 섬의 가운데 지역의 상당히 높은 곳에 있다. 그래서 아래쪽에 사는 거북들은 목이 마르면 먼 길을 가야 한다. 따라서 샘에서 넓고 잘 닦인 길이 사방으로 해안까지 벋어나간다. 스페인 사람들이 그 길을 따라 올라와서 물을 발견했다. …(중략)… 목을 길게 빼고 샘 가까이 오는 거북들과 양껏 들이키고 돌아가는 거북들의 모습은 장관이다. 거북들이 샘에 오면, 누가 보든 상관하지 않고, 물속에 머리를 눈 위까지 박고 물은 한입 가득히 분당 6회 정도 게걸스럽게 들이킨다. …(중략)… 나는 개구리의 방광은 생존에 필요한 수분을 저장하는 곳으로 믿고 있다. 육서거북도 마찬가지로 생각된다. 샘에 왔다간 이후 얼마 동안은 거북의 방광이 액체로 불룩하나, 크기가 점점 줄어들고 덜 순수해진다고 한다. 주민들은 저지대를 다니다가 묵이 마르면, 이를 이용해서 방광이 가득 찼으면 그 내용물을 마신다. 내가 한 번 본 바로는 그 액체는 상당히 투명했으며 아주 약간 쓴맛이 있었다. 그러나 주민들은 언제나 가장 좋다는 심낭의 물을 마신다.

저지대에 살고 있는 훨씬 많은 도마뱀들은 1년을 통틀어서 물 한 방울도 맛보기 어렵다. 그러나 가끔 바람에 부러지는 즙이 많은 선인장 가지를 먹는다. 몇 번 선인장 조각을 던져주자 서로 빼앗아 물고 가는 모양이, 마치 배고픈 개가 뼈다귀를 하나 놓고 하는 것과 같았다. 먹이를 대단히 꼼꼼히 먹으나 씹지는 않는다. …(중략)… 몇 마리 위를 열었는데, 식물성 섬유와 여러 가지 나무의 잎들, 특히 아카시아 잎으로 가득 차 있었다. 고지대에서 이 도마뱀들은 시고 매운 과야비타 열매를 먹고 사는데, 이 도마뱀들과 거북들이 함께 먹고 있는 것을 본 적이 있다. …(중략)… 이 도마뱀의 살코기를 익히면 하얗게 되는데, 식성이 좋은 사람은 이 고기를 좋아한다. 훔볼트는 남아메리카의 적도 지역의 건조한 지대에 살고있는 도마뱀 고기는 좋은 요리가 된다고 이야기했다. 고지대 습기가 있는 지역의 도마뱀 들은 물을 마시나, 그렇지 않은 도마뱀들은 물을 마시러 건조한 저지대에서 높은 곳까지 올라간다고 주민들이 이야기한다. 우리가 갔을 때에는 암컷의 몸속에는 크고 긴 알들이 많았는데, 이들은 굴속에 알을 낳는다. 주민들은 그들을 양식으로 하려고 찾고 있다.[18]

조지프 콘래드는 선원으로서 영미문학사상 해양문학을 통해 인간 드라마를 그린 작가로 알려져 있다. 폴란드 태생인 그는 1886년 29세에 영국에 귀화하여 선장으로 바다를 항해하면서 많은 해양문학을 생산했다. 대표작은 『로드 짐』으로 알려져 있으나, 단편 「청춘(Youth)」에서 해양문학의 진수를 보여주었다. 작품은 콘래드 자신의 자전적 성격을 띠며, 이 작품은 한 젊은 장교가 지휘관이 되어 처음으로 승선한 경험을 그린 작품으로 지칠 줄 모르는 청춘의 패기와 희망을 보여준다. 당시 서양인들에게는 동양이 미지의 세계였던 바, 주인공 '말로'는 20세 청년으로 아직 구경해보지 못한 동양에 대한 아름다운 환상에 사로잡혀 방콕행인 낡은 상선 주디어호 2등 항해사로 승선한다. 그리고 갖은 고초를 겪으면서 배가 화재로 타버리고, 승무원들은 세 척의 보트에 나누어 타고 자바섬을 향해 노를 젓는다. 그와 같은 극한 상

---

18 위의 책, 495쪽.

황에서도 2등 항해사 말로는 꿈을 포기하지 않고 누구보다도 맨 먼저 동양에 닿겠다는 열정으로 27시간 만에 '꽃처럼 향기롭고, 죽음처럼 고요하고, 무덤처럼 어두운, 신비로운 동양'에 닿는다. 이 작품은 청춘이 구가할 수 있는 바다에 대한 낭만으로 가득 차 있다. 작가는 바다를, 꿈을 향해 도전하며 방황하는 '청춘'과 동격으로 본다. 한편 이 작품은 당시 서구인들이 동양에 대한 관심이 얼마나 컸는지를 잘 보여준다.

콘래드가 「청춘」을 쓴 것은 '팔레스타인호'에서의 체험을 옮긴 것으로 자전적인 작품이다. 콘래드는 1880년 2등 항해사 자격을 딴 후 1881년 4월 425톤짜리 상선(범선) 팔레스타인호를 타고 극동지방을 항해했는데, 강풍을 만나 배가 기선과 충돌하면서 이때 상당수 승무원들이 하선한다. 그러나 콘래드는 하선하지 않고 멀리 동인도까지 항해를 계속했다. 항해 중 배에 실려 있는 석탄에 불이 붙어 배가 전소되면서 승무원들이 구명보트를 타야 했다. 구명보트를 타고 13시간을 표류한 끝에 콘래드는 수마트라 앞바다의 한 섬에 발을 딛게 된다. 그 후 이 경험을 쓴 것이 단편 「청춘」이다.

허먼 멜빌의 『모비딕』은 19세기 중반 미국의 주요 산업이었던 포경업을 소재로 한 리얼리즘 소설로 에세이 성격을 띠고 있다. 이 작품은 1851년 멜빌이 32세에 집필했으며, 멜빌이 『모비딕』을 집필할 당시 포경 도시로 유명한 뉴베드퍼드는 포경선의 전성기를 맞아 1820년부터 고래잡이 배들이 모여들기 시작했다. 항구는 한때 3백 척의 포경선과 만여 명의 선원들이 북적거려 1인당 소득이 세계에서 으뜸인 도시로 유명세를 누렸다. 그러나 1860년대 들어 석유가 나오면서부터 고래기름을 대신하게 되자 고래잡이가 몰락하고 말았다.

따라서 책이 출판되었을 당시 이 작품은 몇몇 소수의 독자들만 읽는 데 그치고 말았다. 이 소수의 독자는 유행이나 어떤 선전과는 상관없이 스스로 양서를 판단할 능력을 갖춘 사람들이었지만, 멜빌은 당시 무명작가로 세인의 기억에 어필되지 못한 채 생을 마감했으며 미국 문학사에 겨우 한 줄 정도 언급되는 정도였다. 그런데 사후 70년 만인 1919년 그의 탄생 100주년을 맞아 극적인 일이 일어나게 된다. 연구자 칼 반 도렌(Carl Van Do)과 레이먼드 위버(Raymond Weaver)가 『모비딕』에 대한 논문을 발표하기 시작하면서 멜빌이 부활하게 된 것이다. 그로부터 멜빌은 19세기 미국이 낳은 가장 위대한 작가 중 한 사람으로 추앙받기 시작했다.

이 작품은 멜빌을 대리한 화자 이슈마엘(Ishmael)에 의해 서술된다. 모비딕에게 한쪽 다리를 잃은 에이헵 선장은 복수를 다짐하며 포경선 피쿼드호를 타고 모비딕, 즉 백경을 찾아 나선다. 몇 달 동안 대서양, 인도양, 태평양을 헤맨 끝에 일본 열도 부근에서 백경을 발견하게 되고, 사흘 동안 발견할 때마다 백경의 등에 작살을 꽂지만 백경은 작살을 맞고도 유유히 바다를 누빈다. 에이헵은 집요하게 "피가 들끓고 있어! 이 사람의 맥박으로 갑판의 판자가 진동하고 있다! 자아 보라구!"[19]라고 할 정도로 끝까지 백경을 찾아 헤맨다. 그리고 다시 백경을 만나 마지막 사투를 벌인다. "그 튼튼한 하얀 성벽(城壁) 같은 머리가 배의 덕판 오른쪽을 때려 사람도 목재도 모두 비틀거렸다. 어떤 자는 엎드린 채 고꾸라졌다. 작살 잡이의 머리는 떨어진 용의 머리처럼 그 황소 같은 목 위에서 떨렸다. 부서진 구멍으로부터는 바닷물이 격류처럼 밀려 들어왔다."[20] 이와 같이 위기 상황에서 선원들의 만류에도 에이헵은 백경을 향해 작살을 던졌고, 찔린 고래는 달아났으며 밧줄은 불이 붙은 듯 홈을 달리다 엉키고 말았다. "에이헵은 그것을 풀기 위해 몸을 굽혔다. 훌륭하게 풀렸다."[21] 그러나 에이헵은 풀린 로프에 목이 감겨 바다로 수장되고 만다. 에이헵뿐만 아니라 배도 고래의 습격을 받아 배와 선원들 모두 침몰하는 비운을 맞는다. 살아남은 건 서술자인 '나' 이슈마엘뿐이다.

---

19 허먼 멜빌, 『백경』, 봉현선 역, 혜원, 1995, 426쪽.
20 위의 책, 547쪽.
21 위의 책, 548쪽.

그러나 작품은 복수심에 불타오른 인간이 바다의 거경과 전쟁을 벌이지만 백경에 대한 신비를 노래하는 서사시적 경향을 보이는가 하면, 시대에 대한 풍자와 끝없는 대양의 엄숙함이 마치 시처럼 묘사되는 낭만을 보인다. 이 낭만성은 금빛 태양 아래 짙푸른 바다 위로 유유히 떠도는 말향고래의 아름다움으로 표현되며, 제79장 「대초원」에서는 말향고래에게 신비성을 부여한다.

> 이 거경의 머리의 혹을 만지고 얼굴의 윤곽을 알아본다는 것은 아직 어느 인상학자도 공상학자도 시도하지 못한 일이다. …(중략)… 부분적으로 말하면 말향고래가 나타내는 외관 중에서 아마도 머리의 정면이 가장 당당한 풍모를 나타낸다는 것은 명백한 사실일 것이다. 그야말로 숭엄하다. 사색에 잠긴 위인의 이마는 서광이 비치기 시작한 동녘 하늘과도 같다. …(중략)… 그러나 대 말향고래의 경우 이마에 깃들인 높고 위대하며 신성한 위엄은 무한 거대한 것이어서 그것을 정면에서 올려다보는 사람은 다른 어떠한 생물에서 보는 것보다도 훨씬 강렬하고 신성하며 외경스러운 느낌을 받을 것이다. …(중략)… 만약 앞으로 문화가 높고 시적인 어느 민족이 옛날의 즐거운 5월제의 신들을 다시금 생각하여 오늘날의 이기주의적인 하늘 아래 신들이 사라진 언덕에 다시 생명 있는 것을 모시려고 한다면 그때는 대말향고래에게 주피터와 같은 왕위가 주어져서 모든 것을 주제하게 될 것이다.[22]

따라서 『모비딕』에 대한 해석은 철학적으로, 사회학적으로, 정신분석학적으로, 종교적으로 다양함을 보인다. 이것은 그만큼 이 작품이 갖고 있는 의미가 다양할 뿐만 아니라, 철학적으로, 사회적으로, 정신분석학적으로, 종교적으로 깊다는 것을 말해 준다. 그리고 작품의 경향으로는 크게 자연주의와 상징주의에 대한 견해가 두드러진다. 자연주의로 보는 견해는 고래의

---

22 위의 책, 337~339쪽.

생리와 활동, 그리고 고래 잡는 기술과 고래를 잡은 다음 처리 과정 등을 기술하는 데 작품의 상당한 분량을 할애한 탓이다. 분량이 많다는 것은 그만큼 묘사가 세밀하다는 것을 말해준다. 이 세밀한 묘사는 과학적이며, 과학적인 정확성 탓에 『모비딕』은 문학작품을 뛰어넘어 고래에 대한 전문도서, 박물지로도 완벽성을 보인다.

작가는 작품이 시작되기 전부터 고래에 대한 '어원'과 '문헌'을 소개한다. 먼저 '어원'에서 ① "WHALE : 스웨덴, 덴마크어로 haval, 이 동물은 덴마크 어의 hvalt가 아치형 또는 둥근 천장의 모양을 가리키듯이 둥그스름하고 뒹구는 모양에서 명명되어짐.—『웹스터 사전』"이라든지 ② "WHALE : 보다 직접적으로는 네덜란드 어와 독일어의 Walw-ian은 굴리다, 뒹굴다의 뜻임.—『리처드슨 사전』"[23]이라고 소개한다. ①에서 덴마크어 hvalt은 아치형 또는 둥그스름하고 뒹구는 모양이라거나, ②에서 Walw-ian은 굴리다, 뒹굴다의 뜻이라고 설명한 것은 작품에서 묘사할 거경(巨鯨)의 형태와 성격을 선행적으로 강조하려는 의도에서 비롯된 것으로 볼 수 있다. 또한 '문헌'에서는 먼저 구약성경 「창세기」의 "하나님은 거대한 고래를 창조하시다", 「욥기」의 "거경이 그 몸체 뒤에 빛나는 길을 남기니 심연은 백발을 머리에 이었는가 하고 이상하게 여기다", 「요나서」의 "이제 신께서 거대한 물고기를 마련하시어 요나를 삼켜버리게 하셨다", 「시편」의 "배는 그 위를 달리고 그대가 만드신 거경은 그 속에서 뛰놀다", 「이사야서」의 "그날 여호와는 단단하고 강한 칼로 질주하는 뱀과 같은 거경, 아니 구불구불한 뱀과 같은 거경을 처벌하시고 또한 바다에 있는 용도 죽여주옵소서"를 비롯하여 고금의 각종 문학작품과 역사철학 등, 기타 문헌에 나오는 거경에 대한 내용을 50여 곳에서 발췌해 게재한 분량이 18면에 달한다.

---

23 위의 책, 8쪽.

멜빌은 특히 말향고래[24](백경)의 특징을 과학적이고 감각적으로 분석한다. 지육(피부), 눈, 코, 귀, 입, 꼬리, 색깔 등을 매우 구체적으로 묘사하는데, 먼저 지육은 고래의 피부라고 부르며, 피부가 큰 말향고래는 백 통이나 되는 막대한 기름을 산출한다. 그러나 이것은 피부의 전체 양이 아니라 불과 4분의 3을 차지할 뿐이다. 따라서 피부의 일부만 가지고서도 호수를 이룰 만한 액체를 산출하는 셈이 되는데 가령 10통을 1톤으로 치면 피부 4분의 3에서 나온 양은 10톤에 이른다. 또한 지육의 표면은 고래가 갖고 있는 신비함 가운데서도 무시할 수 없는 것이다. 표피에는 종횡무진으로 달리는 선이 이리저리 무수히 교차하는데, 이는 마치 "훌륭한 이탈리의 선판화 같은 모습이기도 하고, 만약 피라밋의 벽에 그어진 인형(印形)을 상형문자라고 한다면 상형문자 같기도 하다"[25]고 묘사한다. 또한 고래는 표피를 벗겨보면 기다린 모포 조각처럼 벗겨지는데, 이는 마치 인디언들이 머리에서부터 뒤집어 쓰고 발밑에까지 늘어뜨린 망토와 같은 것으로 "고래는 몸이 그토록 훌륭한 모포로 싸여있는 탓에 어떤 날씨, 어느 때, 어떤 바다, 어떤 조류에서도 쾌적하게 살 수가"(302~303쪽) 있다.

제74장 「말향고래의 머리-비교론」에서는 고래의 머리에 대한 분석이 따른다. "말향고래의 머리에는 어떤 수학적 균형이 잡혀 있다.", "그 정수리의 희고 검은 무늬는 그 연륜과 경험의 풍부함을 나타내면서 한층 더 위엄을 보이고 있다.", "머리 옆의 훨씬 뒤쪽의 아래쪽에 턱의 모서리 께를 자세히 관찰하면, 가까스로 눈썹이 없는 어린 망아지의 눈과 비슷한 눈을 볼 것이다."[26] 제76장 「큰 망치」에서는 코, 눈, 귀를 설명하는데, "고래에게는 외면

---

24 향유과 고래로서 수컷의 몸길이는 최대 20미터, 암컷은 13미터이다. 등은 회색이며 배는 담적색을 띤다. 머리는 몸 전체 3분의 1을 차지하며, 이 거대한 머리로 배를 뒤집기도 하는 힘을 발휘한다. 피부에 3~4톤가량의 향유를 갖고 있어 19세기 포경선들이 이 고래를 잡는 데 혈안이 되었다.

25 허먼 멜빌, 앞의 책, 302쪽,

26 위의 책, 323쪽.

존재와 사유

에 나타난 코는 없고, 다만 굳이 코라고 지적하자면 — 그것은 물 뿜는 구멍으로, 머리 꼭대기에 뚫려 있는 것이다. 또 그 눈과 귀는 양쪽에 있는데 몸의 안쪽으로부터 3분의 1이나 뒤로 물러선 곳에 붙어 있다는 것을 알 수 있다. 그러니까 말향고래의 머리의 앞부분은 한 개의 기관도 없고 아무런 돌출부도 갖지 않은 부드러운 평면의 벽이 되는 셈이다."[27]

제86장 「꼬리」에서는 말향고래의 꼬리에 대한 구조를 매우 섬세하게 과학적으로 묘사한다. 촉각이 모두 꼬리에만 집중되어 있는 것 같은 말향고래는 자기네들끼리 싸울 때는 머리와 턱으로 싸우지만, 사람과 만났을 때는 꼬리를 무기로 한다.

> 그 전체는 유착된, 빽빽하게 한 조직인 것처럼 보이지만, 이것을 절단하면 분명히 다른 세 개의 층 — 상, 중, 하로 분리되어 있음을 알 수 있을 것이다. 상부와 하부층의 조직은 길게 수평으로 뻗어 있고, 극히 짧은 가운데의 조직은 바깥의 두 층 사이에 열십자 형으로 달리고 있다. 이 삼위일체 적인 구조가, 그중에서도 특히 꼬리를 강력한 것으로 만들고 있다. 옛 로마의 성벽 연구가라면 이 가운데 층부를 봄으로써 이상하게도 이와 비슷한 저 경탄할만한 고대의 유적에서 항상 돌과 교착하여 놓여있는 얇은 기와 층 — 그것이 바로 그 석조 물을 강력하게 받쳐주는 중요한 원인이 되고 있음을 생각해 낼 것이다.[28]

상징주의라는 생각은 책의 맨 첫 장부터 그 의미를 부여한다. 멜빌은 책 표지 다음 장에 "너새니얼 호손에게 그의 천재에 대한 나의 찬양의 표시로서 이 책을 바친다."고 쓴다. 이것은 '악이 인간의 외적 환경보다는 마음속에 존재한다고 생각했던 너새니얼 호손의 상징 표현'에서 심오한 도덕적 진리를 발견했기 때문이라는 평가이다. 사실 이 작품의 주제는 엄밀히 말해

---

27 위의 책, 329~330쪽.

28 위의 책, 363쪽.

에이헵 선장의 복수라고 하기에는 뭔가 허전함을 느끼게 한다. 단지 인간이 고래를 대상으로 한 복수를 말하기 위해 이토록 심오한 철학을 동반한 긴 글을 쓸 필요가 없기 때문이다. 따라서 에이헵 선장의 집요한 복수 뒤에 감춰진 것은 무엇이며, 인물들을 성서의 인물들 이름을 차용한 것은 어떤 의도인지를 아는 것은 주제를 찾기 위한 매우 중요한 일이 아닐 수 없다. 또한 작품이 시작되는 첫 장에서 "내 이름은 이슈마엘(추방자, 방랑자라는 뜻)이라 부른다."로 시작하는 서술자 이슈마엘은 방랑자라는 의미에서 구약성경의 인물 이스마엘을, 거경에 대한 복수로 불타는 선장 에이헵은 구약성경 열왕기 상(18~22장)에 나오는 이스라엘 왕 아합(Ahab)[29]을, 서술자로서, 관찰자 역할을 하는 이슈마일에게 충고한 일라이저는 선지자 엘리야를 대신한다. 그리고 작가는 작품에서 "일라이저(구약성서의 예언자 엘리야와 같은 이름. 엘리야는 에이헵의 적"[30]이라는 설명을 붙이는데, 이런 장치가 상징주의를 한층 더 높여 놓았다고 할 수 있다.

이외에도 『모비딕』에 대한 해석은 선과 악, 자연과 인간의 대결, 문명과 야만성, 신과 인간과 현실과 영원성에 대한 천착 등 다양하다. 그러나 어떤

---

29 아합은 유일신 하나님만을 섬기는 이스라엘의 왕이다. 그러나 정치적 이익에 따라 이방신 바알(이스라엘민족이 가장 경계하는 미신)을 섬기는 시돈 왕국의 공주 이세벨과 결혼한다. 따라서 하나님만을 섬겨야 하는 성전에서 바알신의 제사를 드리는 등 하나님을 배신하는 행위를 저지르게 된다. 하나님의 지시를 받는 선지자 엘리야가 간곡히 충고를 하지만 아합은 충고하는 엘리야를 죽이려고 한다. 아합은 나봇이라는 사람의 포도원을 욕심내고, 아내 이세벨이 나봇을 죽이고 포도원을 아합에게 차지하게 만든다. 이때 엘리야가 하나님 말씀을 받아 "여호와의 말씀이 네가 죽이고 또 빼앗느냐 하셨다 하고 또 저에게 이르기를 여호와의 말씀이 개들이 나봇의 피를 핥은 곳에서 개들이 네 피 곧 네 몸의 피도 핥으리라 하셨다 하라"(열왕기 상 21장 19절)는 하나님 말씀을 전한다. 아합은 이민족 아람과 전쟁에서 패하고 전사하여 죽게 되고, 그가 탄 전차에 아합의 피가 고여 있는데 엘리야의 예언이 맞아떨어진다. "그 병거를 사마리아 못에 씻으매 개들이 그 피를 핥았으니 여호와의 하신 말씀과 같이 되었더라 거기는 창기들의 목욕하는 곳이었더라"(열왕기 상 22장 36절)
30 허먼 멜빌, 앞의 책, 110쪽.

존재와 사유

해석이든지, 이처럼 영혼성이 깊고 웅장한 스케일을 갖는 작품은 해양이라는 공간에서만 탄생할 수 있다는 것을 아무도 부인할 수 없다.

어네스트 헤밍웨이의『노인과 바다』(1952)는 퓰리처상과 노벨문학상을 수상한 작품이기도 하지만, "내가 쓸 수 있는 가장 훌륭한 작품"이라고 스스로 말할 정도로 작가 자신이 자부심을 가진 작품이다. 먼저 헤밍웨이는 낭만주의자로서 낚시광이었으며 언제나 대어를 낚기를 소망했다. 또한 네 번의 결혼과 그 외에도 화려한 연애 경력을 갖고 있는 그는 세 번째 아내와 쿠바에서 "전망 좋은 농장"이라는 뜻을 갖고 있는 '핑카비히아'에서 20년을 살면서 낚시를 즐겼다. 그리고 다시 마지막 네 번째 아내와 쿠바에 이어 아이다호에서 살면서『노인과 바다』를 쓴 것으로 알려져 있다. 이 작품은 두 개의 큰 상을 거머쥐면서 헤밍웨이에게 가장 영광스러운 명예를 안겨주었을 뿐만 아니라 그의 마지막 작품이기도 하다. 헤밍웨이는 마지막을 예언하듯이 노인을 주인공으로 내세워 자신의 자유분방하고 방랑적인 삶과 인간의 욕망과 고독을 늙은 어부와 대어를 통해 보여준다. 또한 이 작품은 노인과 소년을 대비시켜 인간의 욕망을 극대화시킨 효과를 보여준다. 바다를 대상으로 하여 늙도록 어부로 살아가는 노인과 또 한 사람 어부 소년은 '나이'라는 의미 특질을 가지므로 반의 관계가 성립하는데, 이와 같은 반의 관계는 노인과 소년의 격차에서 보여주는 시간적 격차를 강화시킨다. 이 시간적 격차는 "노인은 야위었고, 목덜미에는 깊은 주름이 새겨져 있고, 노인의 뺨에는 피부암을 연상케 하는 갈색 주름이 있고, 그것이 얼굴 양쪽 밑까지 점점이 퍼져 있는"[31] 노인의 외모로 표현되지만, 그러나 노인은 "철사줄처럼 질긴 신체를 갖고 있으며, 두 눈은 바다처럼 푸르고 바다와 똑같은 빛을 띠

---

31 어니스트 헤밍웨이,『노인과 바다』, 김욱 역, 풍림, 1987, 10쪽.

면서 불굴의 빛남이 있다"[32]는 것은 욕망을 강화시킨다.

노인(산티아고)은 평생 고기잡이를 해온 노련한 어부로서 명성과 자부심을 갖고 있다. 그러나 노인은 무려 84일이나 고기를 단 한 마리도 낚지 못해 안절부절못한 상태에 있다. 뿐만 아니라 늘 함께 배를 타던 소년 마노린도 다른 배로 옮겨 가버리고 말았다. 노인은 혼자서 고독하게 망망대해로 나가기 시작하고, 어느 날 뜻밖에 대어를 낚게 된다. 대어는 "배보다 두 피트나 길어"[33] 배에 올릴 수 없을 뿐만 아니라 배가 대어의 힘에 끌려 바다 어디론가 떠내려간다. 노인은 무슨 수를 써서라도 대어를 항구로 가져가야 한다는 욕망에 불타고, 3일 동안 대어와 씨름 끝에 대어를 죽이는 데 성공한다. 그리고 뱃전에 매달고 귀항하는 과정에 상어 떼의 습격을 받는다. 노인은 대어를 지키기 위해 상어와의 투쟁이 시작되고, 각종 연장을 휘두르며 상어를 제압하지만 항구에 닿았을 때, 대어는 앙상한 뼈만 남아 있다. 대어를 잃은 노인은 초라한 판잣집으로 돌아와 쓰러진 채 "하지만 인간은 패배하도록 만들어져 있지 않아."[34]라고 독백하면서 잠이 든다. 그리고 소년 시절에 꿈꾸었던 사자 꿈을 꾼다. 동물 세계의 왕으로 군림하는 사자는 권위와 욕망과 도전을 상징한다. 따라서 노인이 사자 꿈을 꾼 것은 지칠 줄 모른 욕망에 대한 추구에 다름 아니다.

낚시광 헤밍웨이가 언젠가는 대어를 낚기를 소망한 것이나 무려 네 번의 결혼은 같은 맥락을 취한다. 즉 물속 어딘가에 있는 대어나 세상 어딘가에 있는 나의 이상적인 대상은 똑같이 미지의 세계이기 때문이다. 라캉에 의하면 이 문제는 결핍에 따른 욕망에 해당 된다. 인간은 결핍된 대상을 욕망하게 되고 대상은 잡는 순간 신기루처럼 물러나고 만다. 대상은 욕망을 완전히 충족시킬 수 없기 때문이며, 따라서 인간은 계속 대상을 추구하게 된다.

---

32 위의 책, 11쪽.

33 위의 책, 67쪽.

34 위의 책, 109쪽.

존재와 사유

라캉은 이것을 허구라고 단정하면서, 죽음만이 비로소 욕망을 차단할 수 있다고 했는데, 이와 같이 대상이 허구인 줄 알면서도 다시 대상을 향해 가는 것, 그러나 끊임없이 대상으로부터 멀어지는 것, 즉 이와 같은 반복이 없이는 삶은 지속될 수가 없다. 그리고 이것이 프로이트의 오이디푸스 콤플렉스의 문화사적 해석이다. 부친 살해 욕망은 개인의 삶뿐만 아니라 인류 문화사가 지속되는 동인으로, 즉 아버지를 살해해야 일어설 수 있는 아들은 자신도 아버지가 되어 아들에게 전복되는 반복이 문화사의 원리인 것이다.[35] 따라서 헤밍웨이의 『노인과 바다』에서 보여준 욕망은 인류 문화사적 정점을 보여주었다고 할 수 있다.

데릭 월컷(Derek Walcott, 1930~)의 『오메로스』 역시 1992년 노벨문학상을 수상한 작품으로 무려 408쪽(7부 64장)으로 된 장시로서 대서사시의 면모를 갖추었다. 그러나 "시인 자신이 이 작품을 서사시라고 부르는 것을 반대했듯이[36] 이 작품에는 고대 서사시에 나오는 신(神)이나 전쟁의 영웅들, 왕, 또는 귀족들이 등장하지 않는다. 그렇다고 하여 장장 7부 64장의 구성을 갖춘 장편시에 서사가 빈약할 수는 없다. 이것을 간략하게 정리해 보면 서사 가운데 시가 있고, 시 가운데 서사가 존재한다. 따라서 서사성을 띤 '담시'라고 하면 타당할 것이다.

서사는 반드시 등장인물들이 존재하며 이들은 서로 관계성을 가지면서 사건을 이끌어가야 한다. 따라서 이 작품은 ① 헬렌, ② 아실, ③ 헥터, ④ 나(이 작품을 이끌어가는 화자로서 월컷의 대리자), ⑤ 오메로스, ⑥ 일곱 바다, ⑦ 마 킬만, ⑧ 데니스 플런 켓, ⑨ 모드 플런켓 등 모두 9명의 인물이 등장한다. '오메로스'는 고대 그리스의 서사시인 호메로스의 현대적인 그리스 이

---

35 자크 라캉, 『자크 라캉 욕망이론』, 권택영 · 민승기 · 이미선 역, 문예출판사, 1994 참조.
36 데릭 월코트, 『오메로스』, 노저용 역, 고려원미디어, 1994, 412쪽 재인용.

름으로, 이 작품에서 오메로스는『일리아드』, 『오디세이』의 시인으로 설정되어 있다. 또한 '헬렌'을 호메로스의 헬렌과 비교하는데, 두 여자는 시대와 상황은 다르지만 본질적으로는 같다는 것을 암시한다. 이 작품에 나온 이름은 대부분 고대 그리스 영웅들의 이름을 땄으며, 모두 세인트루시아섬에 사는 어부들이거나 서민들이다. 호메로스가 수세기에 걸친 단편적인 그리스인들의 기억을『일리아드』와『오디세이』로 재창조한 것처럼, 월컷 역시 카리브해를 중심으로 수 세기에 걸쳐 일어난, 백인들에 의해 노예가 되어야 했던 옛 조상들의 원주민 역사를 보여준다.

그러나 소설처럼 하나의 주제를 중심으로 발단, 전개, 절정 과정을 거쳐 대단원에 이르지는 않는다. 전반부 1부에서 3부까지는 헬렌, 아쉴, 헥터의 이야기로 세인트루시아섬을 중심으로 구성된다. 헬렌은 아름답고 야성적이며 프리마돈나 같은 흑인 여성이다. 어부 아쉴을 연인으로 두고, 아쉴과 역시 어부인 헥터를 서로 연적이 되게 만든다. 이 둘은 서로 친구이며 헬렌은 임신한 아이의 아버지가 누구인지 모를 정도로 두 남자 사이를 오간다. 아쉴은 헬렌을 위해 죽음을 무릅쓰고 난파선에서 보물을 찾기 위해 깊은 바다 속으로 들어가는 등 헬렌을 목숨 걸고 사랑한다. 헬렌은 이 두 남자 외에도 남자들의 관심이 집중되는 여인이지만, 자기 세계에 대하여 냉철하며 자존감이 강하다. 이것은 독립적인 이미지를 주는데, 백인에게 짓밟힌 흑인들의 저항으로 표현된다. 물론 아쉴과 헥터 역시 흑인이며 백인에게 짓밟힌 세인트루시아인의 정서는 같다.

월컷은 이 작품에서 '아쉴'이라는 인물에게 매우 중요한 역할을 부여하고 있는데, 아쉴은 어느 날 헬렌과 말다툼을 벌이게 되고, 헬렌이 헥터에게 가버리자 아쉴이 절망한다. 그리고 때마침 마을이 선거 열풍에 들뜨고, 젊은이들은 새로운 자본주의 미국 문화에 현혹되어 광란하는 분위기에 휩싸인다. 아쉴은 후보 일곱 바다(눈먼 늙은 흑인으로 앞을 내다보는 통찰력을 가지고 있는 인물이다. 젊어서 일곱 대양을 항해했다는 이유에서 일곱 바다라는 이름을 얻었다)를 밀면서 마르크스주의 당과 자본주의 당에 저항했으나 패배하고 만다. 헥터는 자본주의 바람이 들어 바다를 떠나 관광 사업에 뛰어들었다가 사고로 죽고 만다. 헥터의 죽음은 자본주의에 희생된 흑인을 의미한다. 즉 자본주의가 바다에서 고기나 잡고 사는 어부를 타락시켰고 결국 죽음으로 몰고 간 것이다. 아쉴은 선거의 참패와 헬렌에 대한 이별과 미국적인 사회적 분위기에 대한 환멸로 방황하다가 일사병에 걸려 눕게 된다. 그리고 무의식 가운데 칼새(鳥)의 안내를 받아 조상들이 살았던 아프리카를 여행하면서 아버지의 유령과 만나 대화를 주고받는다. 아버지와 대화를 통해 아쉴은 자신의 조상이 18세기 말 영국과 프랑스가 카리브해에서 식민지 쟁탈전을 벌일 때 노예였고, 아쉴이란 이름은 흑인 노예들이 그리스 서사시의 영웅들처럼 용감하게 싸웠다는 것을 의미한다는 것과 '아쉴'이라는 이름은 노예에게 붙여진 이름이라는 것도 알게 된다.

아쉴은 계속 무의식을 통해 옛날 평화로운 부족 마을에서 일어난 전쟁, 즉 백인들의 노예 사냥에 의해 자기 부족 사람들이 어떻게 붙잡혀 갔는지를 목격한다. 뿐만 아니라 자기 부족 사람들이 부모 형제와 헤어져 뿔뿔이 여러 민족 속으로 흩어진 이야기를 듣게 된다. 즉 월컷은 아쉴을 통해 영국과 프랑스가 세인트루시아를 정복한 역사를 보여준 것이다. 5부는 화자인 나의 여행이 전개된다. 나는 옛날 구세계의 유럽 도시를 여행하면서 과거 나의 민족이 지배당했던 참담한 역사를 회고한다. "자오선을 횡단하여 녹슨 컨테이너를 지나,/올리브 씨 기름만큼 맑은 햇살 속에 채찍 자국들 같은/물결을 지나, 나는 반대쪽을 보려고 애쓴다.//한때 초록색 지구란 바가지는 알렉산더 교황의 칙령에 의해/호리병 박같이 쪼개졌다. 향료와 바닐라가 이 부두를 감미롭게 했다."[37] "리스본에 그 인종들의 씨앗인 반쪽 호리병박을 주었

---

37 위의 책, 243쪽.

고,/반쪽은 스페인 제국에게 주었다."[38]고, 5부를 시작한 나는 맨 처음 포르투갈을 돌아보는데, 리스본의 시립미술관에서 콧수염을 한 제독이 깃털을 단 나의 조상 인디언들과 노예들을 선물로 증정하는 그림을 본다. 다음은 런던에서 '오메로스'를 만난다. 월컷의 자화상인 오메로스는 런던의 출판사로부터 거절당한 원고 뭉치를 들고 거리를 방황하다가 거절당한 슬픔을 안고 어느 교회 계단에 앉아 햇볕을 쬐이지만 이내 교인의 발길에 차여 쫓겨나는데 이는 곧 월컷을 대리한다. 그리고 나는 스스로에게 묻기를 "언제 우리 자식들이 참새들처럼 대중의 천덕꾸러기가 되었는가?"라고 한탄하다가 런던의 대사원을 본 후 "어느 사원 어느 돌에 우리들의 이름이 새겨지는가?"[39]라고 옛날 영국에 대해 분노한다. '우리들의 이름'이란 흑인들을 지칭한다.

> 그리고 해바라기도 거룻배 선원의 홍채처럼 홍채를 오므리며
> 결국은 진다. 그리고는 검은 철(鐵)의 나무에서 싹이 난다.
> 살그머니 깔리는 안개가 런던, 로마, 그리스 제국들을 감추듯이.
>
> 누가 한 위대한 시대를 선언하는가? 그리니치의 자오선.
> 누가 우리들의 열정을 조금씩 나누어 주고, 어디에
> 우리의 희망이 있는가? 불길한 쇼레디치의 조약돌에,
>
> 빅벤의 쇠꽃에서 울려 퍼지는 종소리에, 우리의 섬들처럼
> 템스강에 사슬로 묶인 거룻배들에.
> 어디에 마법의 옥수수와 그 옥수수가 내는 빛이 있는가?[40]

당시 한림원은 노벨문학상을 수여하면서 이 작품에 대해 음악적이며 예

---

38   위의 책, 245쪽.
39   위의 책, 249쪽.
40   위의 책, 249쪽.

존재와 사유

민한 문체라는 찬사와 함께 역사와 다문화를 강조했는데, 이 말을 이해하자면 월컷이 태어난 세인트루시아의 역사를 알아야 한다. 월컷[41]은 1930년 카리브해 소(小)앤틸리스 제도에 위치한 작은 섬 세인트루시아에서 영국인 아버지와 아프리카 흑인 어머니 사이에서 태어났으며, 세인트루시아는 주민이 수없이 바뀐 역사를 갖고 있다. 주로 흑인들이 사는 이 섬은 맨 처음 에스파냐의 정복을 시작으로, 17, 8세기에 걸쳐 영국과 프랑스가 150여 년 동안 끊임없이 식민지 쟁탈을 벌였다. 결과적으로 1803년 영국이 프랑스를 완전히 물리칠 때까지 세인트루시아는 주인이 14번 바뀌는 수난사를 기록했으며 1814년 파리평화조약이 체결되면서 영국의 식민지가 되었다. 그리고 현대로 들어와 1979년 2월 22일 드디어 독립국가가 되었으나 아직도 영국 국왕이 임명한 총독이 권한을 대행하고 있는 처지에 있다. 이와 같이 뼈아픈 역사를 가진 세인트루시아는 전체 인구 162,781(2013년 통계)명에 흑인 90퍼센트에 흑백인 혼혈족 10퍼센트로 이루어져 있다.

따라서 월컷은 조국 세인트루시아섬이 겪었던 잔인하도록 슬픈 민족의 기억을 다양한 이미지와 은유로 창조한다. 이미지는 바다에 대한 환상으로 펼쳐지며 은유는 바다를 혼으로 간주한다. 작품은 제1부에서부터 바다로 시작하여 마지막 제7부까지 바다로 끝을 맺는데, "진정 이 바다야말로 이 작품의 등장인물 중 가장 중요한 등장인물일 것이다. 앤틸리스의 산산이 조각난 서사시적 기억들을 정화시켜 다시 하나로 화합시키는 저 무한한 힘을 가진 바다. 그 바다는 시인 월컷이 숭배하는 영웅이고 큰 스승이며 그의 예술을 잉태시킨 산실이다"(418쪽)라는 작품 해설자의 말은 세인트루시아의 모든 것을 말해준다. 작품 초반에 헬렌, 아쉴, 헥터를 중심으로 세인트루시아를 배경으로 시작하여, 마지막에 다시 아쉴과 세인트루시아를 중심으로 끝을 맺는 것은 서사적인 구성이다. 그러나 월컷은 시의 서정성을 탄탄하게

---

41 월컷은 미국 보스턴대학에서 영문학을 강의하면서 시인, 화가, 극작가로 활동하고 있다.

유지한 상태에서 서사를 이어갔으며, 이것은 월컷의 뛰어난 능력으로 평가받고 있다. 『오메로스』는 전체가 3행시로 이루어져 있으며 마지막 장 마지막 3행에서 아쉴의 마음이 묘사된다.

> 헬렌을 위하여 간직했던 돌고래 지느러미를 헥터의
> 녹슨 양철통에 넣었다. 보름달이 생양파 조각처럼 빛났다.
> 그가 해변을 떠났을 때도 바다는 여전히 철썩거리고 있었다.

이상으로 여섯 편의 명작을 간략하게 재정리해보면, 이들은 공간적 배경으로 소재적으로 완벽한 해양성을 보여준다. 다만 주제와 관련하여 데이너의 『범선항해기』와 콘래드의 「청춘」은 심오한 철학을 동반한 주제를 보여주기보다는 선상과 해양에 대한 경험에 의지하는 비교적 단순한 작품이라고 할 수 있다. 그리고 다윈의 『비글호 항해기』, 멜빌의 『모비딕』, 헤밍웨이의 『노인과 바다』, 월컷의 『오메로스』는 심오한 철학을 동반한 역사와 사회적인 자연과 종교와 인간적인 다양한 차원의 정신세계를 보여준다. 그러나 이들의 공통점은 인간의 끝없는 욕망과 도전, 삶에 대한 치열한 투쟁이라는 점에서 만나게 된다. 그리고 이것은 바다라는 공간에서 최대한 발휘된다는 사실을 발견할 수 있다.

우리나라 해전사 문학
— 최순조 장편 『연평해전』과 김훈의 『칼의 노래』를 중심으로

> 흙냄새와 나무와 풀이 그리워 몸부림치는 병사들이 있었다. 취사병이 주식창고에서 싹이 튼 보리를 찾아 나오는 날이면 배 안이 떠들썩거렸다. … (중략)… 태풍이 분다고 해서 북괴의 남침이 없는 것은 아니다. 우리는 해군이고 본 함은 군함이다. 우리가 상선처럼 피항하지 않는 이유는 그뿐이다. [42]

---

42 최순조, 『연평해전』, 지성의 샘, 2008, 59쪽.

존재와 사유

인용한 내용에서 보듯이, 바다 위에 뜬 병사들의 고통은 짐작을 초월한다. 태풍으로 바다가 뒤집어질 때면 함선이 그네를 타듯 하늘 높이 떠오르고 스크루가 바람개비처럼 공중에서 돌다 바다로 떨어지기를 되풀이하는 선상에서 나라를 지키는 수병들은 태풍이 불어도 피항을 가지 못한 채 바다를 지켜야 한다. 때론 심한 멀미를 견딜 수 없어 라리 죽고 싶은 고통과 싸워야 하는 현실은 인간의 한계를 뛰어넘을 때가 많다. 바다는 애타게 부르짖어도 메아리조차 없는 공간이다. 그러므로 바다에서 일어난 일을 육지 사람들이 이해하기란 어려운 일이다. 우리나라 바다는 지정학적 위치상 침략의 통로였던 탓에 예로부터 고난의 역사를 기록해왔다. 국가의 관문인 바다만 잘 지켜내면 나라가 사는 길이었고 반대로 나라가 망하는 길이었다. 그러나 해군이 배치된 바다라는 공간은 일반인들 의식과 너무 멀고 아득한 곳에 있다. 한국전쟁 시에도 우리 해군이 엄청난 전적을 올린 바 있으나, 그 사실은 오로지 해군 당사자들 외엔 아무도 거론한 이가 없다.

1950년 6월 25일 새벽 04시를 기해 북한군은 지상군의 대거 남침과 때를 같이하여 동해안 해상을 통해 바다에서도 침공을 감행했다. 상륙 선단은 25일 03시 30분에 옥계 방면을 비롯하여 삼척 임원 등지를 목표로 우리 군의 배후에 비정규 부대를 상륙시킨 것이었는데, 옥계 방면으로 1,800여 명의 적병이 1,000톤급 무장수송선으로 가장하여 밀고 내려온 것이다. 이들은 북의 정규군이 아니라 특수훈련을 받은 게릴라 집단이었다. 이 부대는 동해안을 따라 남하하는 북한 지상군 남진을 지원하기 위해 출동한 부대로, 당시 강릉에 주둔하고 있던 우리 육군 제8사단의 배후를 교란하고 삼척에 주둔하고 있는 동사단 제21연대의 강릉 지원을 차단하기 위해, 동해안에 상륙을 시도한 것이었다.[43] 그러므로 북한의 상륙선단이 북한 항구를 출발한 시간은 늦어도 24일 이전이란 사실이 밝혀졌다. 그리고 이때 북의 대형 무장수

---

43 합동참모본부, 『한국전사』 제3편, 해군 편, 1984.

송선을 격침시킨 것은 아군 PC-701함이었다. 701함은 우리 해군 전체 장병들이 갹출한 헌금과 국민 성금으로 구입한 함정으로 당시 우리 해군이 보유했던 유일한 전투함으로 3포를 장착한 주력함이었다. 이때 만약 우리 해군이 이와 같은 북의 게릴라 침투를 막아내지 못했다면, 김일성의 계획은 성공할 수 있었다고 군사 전문가들은 말한다.

바다는 임진왜란 때나 한국전쟁의 인천상륙작전을 두고 볼 때 우리의 운명이 걸린 공간이다. 세계 전쟁사에 기록되어 있는 맥아더의 인천상륙작전은 사실상 북한이 남침하고 며칠 지나지 않은 7월 첫 번째 주에 계획을 세웠다. 맥아더 장군은 그의 참모장 알몬드(Edward M. Almond) 소장에게 '서울지역을 장악한 적의 병참선 중심부를 타격하기 위한 상륙작전 계획을 고려할 것과 상륙지점을 연구하라'는 지시를 내렸다. 아울러 전쟁 초기부터 조기에 계획이 진행되기 시작했다. 그리고 이 계획은 맥아더 장군의 작전참모부장인 라이트(Edwin K. Wright) 준장이 이끄는 합동전략 기획, 작전단(JSPOG)에 의해 연구되어, '블루하트(BLue HeartS)'라는 암포 명칭이 붙여졌다. 그러나 인민군의 신속한 전진으로 블루하트 작전은 일단 취소된다. 맥아더는 포기하지 않고 연구를 재개하여 이번에는 인천, 군산, 해주, 진남포, 원산, 주문진, 등 광범위하게 해안지역을 대상으로 연구한 끝에 '크로마이트(CHromite)'라는 이름으로 인천상륙계획(100-B), 군산상륙계획(100-C), 주문진상륙계획(100-D)으로 압축한다.[44] 그리고 여러 가지 진통 끝에 맥아더는 미 합동참모본부의 강력한 반대를 물리치고 인천을 선택했으며, 한반도를 구했던 것이다.

6·25전쟁의 정전협정으로 인해 서해 연평바다는 남북이 대치한 또 하나의 삼팔선으로 화약고가 되고 말았다. 이와 같은 현실은 1999년 6월 15일 발발한 연평해전과 2002년 6월 29일 발발한 두 차례 해전에서 더욱 명확해

---

44 국방군사연구소, 『한국전쟁』(상), 1995, 392~393쪽.

졌다. 1999년 6월 15일 북이 도발한 제1연평해전은 다행히 우리의 승전으로 막아냈다. 그러나 북이 제1연평해전에서 패한 것을 보복하기 위해 재침한 2002년 6월 29일 2차 도발 앞에서 우리는, 우수한 자동시스템을 가지고도 손 한 번 써보지 못한 채 고스란히 저들의 공격에 당하고 말았다. 본부의 전말 발표에 의하면 전투시간은 31분에 불과했다. 커피 한 잔 마시는 시간보다 짧은 순간에 북의 표적이 되었던 아군 참수리 357호 대원 28명 가운데 6명이 전사하고 나머지 대원들 대부분이 중상을 입었다. 그러므로 서해는 휴전협정이 존재하는 한, 사지와 다름없는 곳이다. 그곳으로 대한민국 부모들은 아들을 보내야 하는 것이다.

현대적 문학사회학자 이폴리트 텐(Hippolyte Taine)은 문학작품은 인종, 환경, 시대의 소산물이라고 강조했다. 당연히 문학이란 인종과 환경을 피할 수 없으며 시대를 반영하는 거울이라는 것에 이의를 제기할 사람은 없다. 그러나 텐은 그와 같은 상식을 훨씬 뛰어넘어 작가정신을 강조한 것이다. 동서고금을 막론하고 시대의 고통을 고발하고, 시대의 아픔을 끌어안고 몸부림치는 것이 작가가 할 일이라는 주장이다. 이것을 일반적으로 참여문학이라고 지칭한다. 그러므로 평화시대에는 평화적인 작품이 나오며, 고난의 시대에는 아픔의 문학이 나오게 마련이다. 군부독재 시대의 문학은 대부분 억압된 독재로 인한 아픔의 문학이 주류를 이루었다. 그리고 문단에서는 의식이 없는 작가를 심장이 없는 작가라고 부르기도 했다.

소설 『연평해전』 역시 고발문학이다. 당시 평생 독재와 맞서 싸웠던 진보인사가 대통령이 되었고, 이름하여 국민의 정부를 출범시켰다. 세상은 상당히 유연해졌으며, 국민들 사고 역시 상당히 자유롭게 확장되었다. 그리고 이때 서해에서 제2연평해전이 발발했다. 소설 『연평해전』은 전지적 작가 시점을 취하여 2002년 6월 29일 제2의 연평해전이 일어나기까지의 원인부터 세밀하게 묘사해나간다. 김정일의 대남 전술전략부터 시작해 1999년 1차 연평해전을 일으키고 2002년 6월 다시 문제의 2차 연평해전을 도발한 것과 한국 정부와의 미묘한 관계, 그리고 참수리 승조원들의 전사자와 의무병 박동혁이 불가사의하게 목숨이 붙은 채 고통 속에 전사해가는 내용, 한상국 중사가 참수리와 함께 수장되면서도 수장된 상태에서도 조타기를 놓지 않고 나라를 지키려는 숭고한 애국심, 살아남았다고는 하지만 중상자들이 현실적으로 겪어야 하는 고통을 묘사했다.

또한 이 작품은 한 사람의 대통령 임기 중에 두 번의 연평해전이 발발했다는 것과 당시 국군통수권자인 대통령은 그것을 임기 중 업적을 가린 방해물로 간주하여 감추고 가리고 없애려는 데 주력했다고 말하기도 한다. 과연 그 모든 것이 순수하게 평화를 전제로 한 것이고 또한 국익적인 것이라면 국민을 설득할 수 있어야 함에도 그렇지 못했다는 것, 분단 이후 역사상 처음으로 한국 대통령이 북으로 찾아가 남북공동선언을 하면서 90분간 가진 독대 회담을 작가는 면밀히 분석하고 있다. 즉 당시 대통령이 북한을 방문하여 시종일관 호의적인 태도로 한국의 국가보안법을 철폐시키고 미군을 철수시켜 민족끼리 자주적으로 통일을 이룩할 수 있도록 김정일과 약속했으며, 북의 경제 재건을 위해 한국의 기업들을 많이 보내주겠다고 약속했으며, 한국 군대를 줄이고 국가정보원을 축소하겠다고 약속했다고 서술한다. 물론 이 문제는 국민이 판단할 일이며 한 작가의 판단이 옳다고 말할 수는 없다. 다만 우리가 말할 수 있는 것은 연평해전이 불과 3년에 걸쳐 두 번이나 발발했다는 사실이다. 그리고 삼팔선을 경계로 남북이 대치하고 있는 우리나라는 아직도 낡은 이데올로기에서 벗어나지 못한 채 이 문제를 정치적으로 이용한다는 데 문제가 있다는 것이다.

결국 작가는 2차 연평해전 시 참수리 357호를 목표로 한 연평해전은 김정일이 당시 한국 정부와 상당히 수지맞는 게임을 한 것이었다고 지적한다. 그리고 문제의 2차 연평해전에서 북한이 기습공격을 했을 때 아군이 취한 행동은 첫째 경고 방송. 둘째 시위 기동, 셋째 차단 기동, 넷째 경고사격, 다섯째 조준사격 순으로 이어졌는데 이와 같은 교전수칙은 적에게 성문을 열어주는 것이나 다름이 없으며 북한은 한국해군의 합참교전수칙을 비웃었다고 지적하고 있다.

> 최근 들어 빈번하게 남하하고 있는 북괴군 경비정과 어떠한 상황이 전개되더라도 선제 공격은 안 된다. 특히 월드컵 기간에는 절대안정이라는 상부지침이 하달된 만큼.[45]

> 작전예규란 것도 순전히 햇볕 정책 때문에 생겨난 것 아닙니까? …(중략)… 적의 기습공격에 완전히 노출되어 대량 살상자가 발생될 위험을 감수하라는 그 같은 무모한 지침은 숫제 우리보고 두들겨 맞으라는 소리 아닙니까?[46]

당시 한국은 남녀노소를 막론하고 월드컵에 빠져 있었으며, 사실 국민들은 연평해전을 현실로 느끼지 못했다. 직설적으로 표현하자면 뉴스일 뿐이었다. 참수리 357호 정장을 비롯한 대원들이 이미 전사하고 참수리 357호정은 물속으로 침몰하고 말았다. 그리고 중상을 입고 살아남은 대원들에게는 사후(事後) 제2의 전쟁이 시작되었다. 전사자와 부상자들을 국군통합병원으로 후송하고 병원에서 마지막 사투를 벌인 의무병 박동혁과 실종된 것으로 알았다가 41일 만에야 침몰한 참수리정에서 인양한 조타장 한상국은 전쟁의 참상을 구구절절 말해준다. 10여 일 사투 끝에 전사한 박동혁은 차라리 바다에서 전사한 편이 더 나았을 것이다. 의무병 박동혁은 북한 함정에서 비 오듯 쏟아붓는 총알을 헤치며 아군 부상병을 찾아다녔던 탓에 성한 데라고는 머리와 왼손뿐이었다. 22개나 되는 링거 줄을 몸에 달고 수많은 기계에 의지한 채 죽은 채로 있다가 3일 만에 심폐기능소생술로 기사회생을 하여 한 달 만에 의식을 찾았으나, 허리가 끊어진 채 왼쪽 척추에 큰 파편이

---

45 최순조, 『연평해전』, 183쪽.
46 위의 책, 189쪽.

박혀 있었다. 오른쪽 다리를 절단했고, 오른쪽 어깨에도 총알이 박혔고, 배 속에는 100개나 되는 파편이 박혀 있었다. 화상으로 인해 살이 다 녹아내렸고, 파편으로 대장이 망가져 인공항문을 만들었다. 소장을 일곱 군데나 꿰맸고 배는 개방시켜 덕지덕지 반창고로 붙여놓았다. 박동혁은 통증을 못 이겨 소리치느라 입술이 찢어지고 환청으로 전쟁 상황과 싸우기 시작했다. 그런데 어느 날 느닷없이 박동혁의 입에서 흘러나온 말은 인간의 폐부를 찢는다.

"엄마, 내 병원비는 누가 줘?"[47]

가난한 서민의 아들은 불가사의하게 잠시 의식이 들었을 때, 부모가 감당해야 할 치료비 걱정이 먼저였던 것으로 보인다. 박동혁은 그렇게 병원 침상에서 산산조각이 난 몸을 기계로 엉겨 붙여놓은 고통과 다시 재현되는 전쟁 환청을 못 이겨 소리를 지르다 홀연히 전사하고 말았다. 생각해보면 박동혁과 한상국은 이미 함대에서 전사한 것이나 마찬가지였다. 박동혁이 생명이 붙어 있었던 것은 의학적으로 이해할 수 없는 불가사의한 일이었다고 의사들은 전언했다. 따라서 그건 다름 아닌 전사자들의 아픔을 대신 증언하기 위한 신의 배려였으며, 신이 박동혁의 고통을 통해 무감각한 국민들에게 그날의 참상을 보여주려고 했다고 이해할 수 있다.

또 한 사람 조타장 한상국, 끝까지 참수리의 조타기를 붙잡고 버티다 참수리와 함께 물속으로 수장된 한상국은 배가 가라앉은 지 41일이나 지났는데도 물속에서 여전히 참수리 조타기를 꼭 붙잡은 채 우뚝 서 있었다. 같은 동료가 잠수하여 조타기로부터 아무리 몸을 떼어내려 해도 바위처럼 꿈쩍도 하지 않더란 것이다. 그래서 "상국아! 상국아! 네가 할 일은 이제 다 끝났어. 이제 그만 부모님과 종선(한상국 부인) 씨가 기다리는 집으로 가자."라고

---

47 위의 책, 350쪽.

존재와 사유

간절히 달래자 꿈쩍도 하지 않던 몸이 바람처럼 가볍게 떨어졌다는데, 이는 죽어서도 나라를 지키겠다는 애국심이라고 말할 수밖에 없다. 참수리와 함께 수장되면서도 끝까지 나라를 지키겠다는 그의 처절한 일념은 역사적인 유언이라고 할 수 있다.

따라서 『연평해전』은 다만 서술방법으로 소설기법을 취했을 뿐 액면 그대로 전쟁 기록이다. 사실 연평해전은 꼭 소설일 필요가 없다. 작가가 이 작품을 쓴 동기와 의도가 단순히 소설을 목표로 한 것이 아니기 때문이기도 하거니와 장차 이 땅의 분단역사에서 전쟁사를 조명하는 하나의 참고서가 되어야 할 필요가 있기 때문이다. 물론 우리나라 국방부에 『한국전사』라는 전쟁사 기록이 있다. 그러나 거기에는 묘사의 한계가 따른다. 반면 문학은 자유롭게 표현하는 장점을 지니므로 그 분석과 해석을 구체적으로 할 수 있다. 따라서 작가는 소설이란 형식을 빌려 전투대원들의 심리와 상황을 소상히 묘사할 수 있는 장점을 활용한 것이다.

작자 최순조는 평범한 엔지니어로 미국 생활을 하던 중 연평해전을 쓰기 위해 한국으로 달려왔다는 고백을 털어놨다. 해군 부사관으로 10년 동안 복무한 경력 가운데 연평해전이 발발한 해당 지역에서 2년간 근무한 경력을 갖고 있는 그는 전역하고 미국으로 도미했다가 2002년 6월 29일 연평해전이 발발했다는 뉴스를 듣고 귀국했다. 그가 한국으로 달려온 것은 전사자들과 전투로 불구가 된 대원들의 선배로서 전투 대원들에 대한 한국 정부의 태도에 도저히 참을 수 없는 분노가 끓어올라 견딜 수 없어서였다고 한다.

마르크스는 훌륭한 예술이란 그 사회적 관계를 초월한다고 했는데, 마르크스가 발자크의 예술을 존경한 것은 발자크의 작품이 그 사회적 한계를 뛰어넘었기 때문이었다. 그렇다면 해전사 『연평해전』은 사회적 관계를 초월한 작품이라고 볼 수도 있다. 그러나 한편 그 반대일 수도 있다. 왜냐하면 이미 객관화된 사건(편의상 사건으로 지칭함)을 쓴다는 것은 신선한 문학 미적 충격을 성취하기 어렵다는 단점을 지니고 있기 때문이다. 따라서 이미 유명세를 탄 작가는 선뜻 이런 작품을 쓰는 데 시간을 바치지 않는다. 책이 상품으로서 잘 팔릴 리 없고 책이 팔리지 않으니 당연히 출판사로부터 콜을 받을 수가 없기 때문이다.

바다의 전쟁은 이토록 막막한 현실 위에 있다는 것은 시대를 불문하고 다르지 않다. 김훈 소설 『칼의 노래』의 시 같은 첫 문장 "버려진 섬마다 꽃이 피었다."는 이순신이 없는 남도 바다와 연안의 처참한 현실을 넘어 조선의 운명을 뼈아프게 보여준다. 임진왜란(1592~1598)으로 조선이 사라질 지경에 이르렀을 때, 성웅 이순신은 적을 막아내고도, 임금을 기만하고 능멸했으며 적장 가토의 목을 베어 오라는 임금의 명령에 따르지 않았다는 죄명으로 살을 찢고 뼈를 부수는 형틀에 앉아야 했다. 그리고 이순신이 의금부에서 취조를 받을 때, 이순신 수하인 김수철이 이순신이 한산 통제영에서 서울로 압송될 때 함거를 따라 서울까지 걸어서 올라가 임금께 간하기를 "전하, 통제공의 죄를 물으시더라도 그 몸을 부수지 마소서. 전하께서 통제공을 죽이시면 사직을 잃으실까 염려되옵니다."[48]라고 했던 말은 나라의 운명이 이순신에게 달려 있다는 것을 말해준다.

이순신은 정치적 모함에 의해 정유년(丁酉年, 1597) 2월 26일 한산 통제영에서 서울로 압송되어 당해 4월 1일 풀려나 백의종군으로 남행길에 올랐다. 중간에 모친상을 당하여 장례를 치르고, 진주에 도착한 것은 5월쯤이었다. 그러나 도원수 권율은 백의종군하는 이순신이 순천 도원수부(도원수 권율)에 신고하고 나서도 임지와 보직을 정해주지 않았다. "나는 무기한 대기 상태였다. 아마도 그는 내가 다시 배에 오르는 일이 없기를 바라는 것 같았다."[49]는 고백대로 이순신에게는 서울에 임금이 있다면, 남도엔 도원수 권율이 있

---

48 김훈, 앞의 책, 130쪽.

49 위의 책, 30쪽.

존재와 사유

었다.

임지와 보직을 받지 못한 이순신은 지리산 산속 마을과 섬진강 주변 마을과 연안을 떠돌아다닐 뿐이었다. 일본군이 휩쓸고 지나간 마을들은 비어 있고, 섬에는 꽃들만 뜻 모른 채 피어 있었다. 연안에는 목숨 이상으로 아꼈던 병사들이 죽어 목이 잘리거나 코가 베인 채 물 위에 떠 있고, 배는 불타고 파선되어 조각조각 흘러 다녔다. 군사들은 물 위에 즐비하게 떠 있는 아군의 목을 잘라 업적을 올리기에 급급해하고 있었다. 여름이 되도록 이순신이 아직 보직 없이 연안을 떠돌 때 '나무묘법연화경' 깃발을 치켜든 적선들이 다시 "눈보라처럼 밀려왔다."[50] 그리고 7월 16일 원균이 칠천량전투에서 참패하고 말았다. 이순신이 한산 통제영에서 서울로 압송될 때 삼도수군통제사의 자리를 원균이 넘겨받았다. 그때 이순신은 한산 통제영에서 3년 6개월 동안 확보한 병력과 장비를 모두 넘겨주었다. 조선 수군 총 군비의 8할이 넘은 규모였다. 원균은 그것을 단 하루 만에 칠천량전투에서 모조리 잃고 말았다.

의금부에서 풀려나 백의종군으로 돌아올 때 이순신이 "임금은 나를 죽여서 사직을 보존하고 싶었을 것이고 나를 살려서 사직을 보존하고 싶었을 것"(181쪽)이라고 독백한 대로 나라가 백척간두에 서자, 조정은 다시 당해 7월 23일 이순신을 삼도수군통제사로 재임명하기에 이른다. 칠천량전투에서 참패한 이후 7일 만이었다. 그리고 당해 9월 16일 이순신은 명량해전에서 대승을 거두었다.

원균이 지휘한 칠천량전투에서 삼도수군 연합함대가 전멸당하고 난 다음 진주에는 시찰해야 할 군사시설이 전무한 상황임에도 도원수 권율은 순천 도원수부에서 시찰 명목으로 진주에 나타났다. 권율은 군관과 나졸들을 거느리고 말을 타고 있었는데 "그의 말은 살찌고 기름졌다."[51] 권율은 육상에

---

50 위의 책, 30쪽.

51 위의 책, 31쪽.

서 임진강, 용인, 수원, 이천, 행주산성에서 두루 이겨 명성을 쌓아 올린 인물이었다. 그는 다만 "정치 권력의 힘으로 전쟁을 수행해 가고 있었다."[52] 이순신이 모함에 의해 체포되기 전 권율이 이순신을 찾아와 가토 부대가 곧 부산으로 진공하게 되어 있으니 함대를 이끌고 부산으로 가 미리 대기하고 있다가 가토의 머리를 잘라 조정으로 보내라고 하면서 "이 작전이 조정의 전략이며 도원수(권율―인용자)의 지시"[53]라고 강조했다. 그러나 이순신은 '현장 지휘관의 판단을 존중해줄 것'을 부탁한다면서 듣지 않았다. 가토는 임진년 출병의 제1진이었고, 부산성을 한나절 만에 무너뜨리고 한양을 향해 북진할 정도로 거대한 병력을 이끌고 있었다. 임금은 의주로 달아나면서 당시로서는 전혀 불가능한 가토의 머리를 원했던 것이다. 현실적으로 불가능하다는 것, 무모하기 짝이 없다는 것을 안 이순신은 임금의 정치적 욕망에 부응하기 위해 군사를 버릴 수 없었다. 따라서 함대를 움직이지 않았고 임금과 조정에 복종하지 않은 죄로 즉각 기소되었다.

백의종군한 이순신을 찾아온 권율은 "자네 무슨 방법이 없겠나?"[54]라고 묻고, 이순신은 "방책은 물가에 있든지 없든지 할 것입니다. 연안을 다 돌아보고 나서"[55] 말을 하겠다고 대답한다. 배와 병사를 찾아야 했기 때문이다. 이순신은 정유년 가을에 교서를 받고 우수영에 부임한다. 우수영에서 이순신이 모은 군사는 120명이었고 전선은 12척이었다. 그들을 데리고 우수영을 떠나 진도 벽파진으로 진을 옮긴다. 그리고 어느 날 도원수 군관이 임금의 하사품과 편지(유지)를 들고 이순신을 찾아온다.

지난번에 다녀온 선전관 편에 들으니, 너는 아직도 상례(喪禮)를 지키느

---

52 위의 책, 33쪽.
53 위의 책, 31~32쪽.
54 위의 책, 34쪽.
55 위의 책, 34쪽.

존재와 사유

라 고기를 먹지 않는다 하더구나. 사사로운 정이 간절하다 할지라도 나라의 일은 지엄한 것이다. 싸움에 나가 용맹이 없으면 효도가 아닐 진데, 어찌 채소와 나물만 먹고 능히 해낼 수 있겠느냐. 상례에도 원칙이 있고, 방편이 또한 있지 않겠느냐. 내 헤아리되 그러하다. 그대는 내 뜻을 따라 방편을 좇으라. 그러므로 이제 술과 고기를 보내니, 너는 받으라.[56]

이순신은 정유년 4월 초하룻날 의금부에서 풀려나 남행길을 재촉하던 중 어머니상을 당했고 어머니에 대한 상례를 지키고 있었기 때문이다. 하사품은 소고기 5근과 술 2병이었다. 임금의 명에 따라 도원수 권율이 보낸 것이었는데, 임금이 얼마를 보내라고 했는지는 알 수 없으나 권율의 재량에 달린 문제라는 것은 자명하다. 소고기 5근과 술 2병으로 용맹을 얻기도 힘들거니와 이순신 혼자 먹기에도 보잘것없는 것이지만, 이순신은 이것을 수하 병사들에게 준다. 벽파진은 명량의 사지를 조금 비켜난 곳으로 벽파진과 해남반도 남단 사이에 시각 장애물이 있었다. 이순신은 그곳에서 적이 울돌목의 사지로 들어와 주기만을 바랐다. 그것이 전선 12척으로 적을 맞아 싸울 수 있는 유일한 전략이고 희망이었기 때문이다.

"헤아릴 수 없는 적선들이…, 명량으로…, 몰려오고 있습니다…, 헤아릴 수 없이…, 명량으로…."[57]

아무런 방책이 없다. 일자진뿐이다. 열두 척으로는 다른 진법이 없다.[58]

"열두 척을 다만 일렬횡대로 적 앞에 펼치신다는 말씀이시온지요?"
"그렇다. 밝는 날 명량에서 일자진으로 적을 맞겠다."[59]

---

56 위의 책, 157쪽.

57 위의 책, 91쪽.

58 위의 책, 88쪽.

59 위의 책, 89쪽.

12척으로 이순신은 싸움에서 적을 물리친다. 그리고『칼의 노래』의 마지막 문장은 의미심장하다. "의식이 다시 돌아올 때 나는 어둠 속에 걸린 환도 두 자루를 응시하고 있었다. 임금의 몸과 적의 몸이 포개진 내 몸은 무거웠다."[60]고 한 진술은 이순신의 엄숙하고 차분한 마지막 선택을 암시한다. 이순신은 적과 싸워 반드시 이겨야만 하고 임금과도 싸워야 했기 때문이다. 지위 고하를 막론하고 백성이 임금과 싸운다는 것은 곧 죽음을 의미한다.

이와 같이 과거나 현재나 우리나라 바다는 나라의 운명을 좌우하는 상황이 복병처럼 잠재되어 있는 것이 현실이다. 과거에는 일본의 문제였다면, 지금은 제2의 38선 북한계선으로 하여 위협을 받는 처지에 있기 때문이다. 따라서 김훈의『칼의 노래』나 최순조의『연평해전』은 우리나라의 바다가 곧 국가의 운명임을 일깨워준다. 또한 나라는 위정자나 정치 권력이 지키는 게 아니라 힘없는 국민이 지킨다는 사실을 말해준다. 이순신의 수하에 있는 김수철이 임금을 향해 '이순신의 죄를 묻되 나라를 위해 몸만은 부수지 말아달라'고 간청했을 때 임금이 "너희들이 남쪽 바다에서 사직을 염려했느냐?'고 묻는 것은 임금이 바다를 영토적 개념으로 생각한 적이 없다는 것과 바다를 무시하고 해군을 멸시한다는 것을 말해준다. 일본군에 붙잡힌 조선 백성들이 적장의 가마를 메야 하고, 여자들은 적장들의 가마에 올라가 몸을 바쳐야 하고, 조선 풍물패들은 이동하는 적의 대열에 앞장서서 풍악을 울려야 하고, 적들이 지나간 마을에서 살아남은 아이들은 적의 말똥에 섞여 나온 곡식 낱알을 꼬챙이로 찍어 먹어야 하고, 힘없는 아이들은 뒤로 밀쳐져서 우는, 나라의 운명 앞에서도 임금의 이와 같은 생각은 조선의 유교주의 사상에서 비롯된 것으로 간주할 수 있다. 따라서 "사직은 종묘 제단 위에 있었고 조정은 어디에도 없었다."[61]는 이순신의 한탄은 바다만큼이나 막막함을 줄 수밖에 없다.

---

60 위의 책, 183쪽.
61 위의 책, 148쪽.

3. 영토적 관점에서 본 해양문학 소재

동해의 초점, 독도

동해의 초점으로 자리 잡고 있는 독도는 대한민국 영토로 존재하고 있다. 그런데 가끔 일본의 엉뚱한 착각 때문에 스트레스를 받는 것이 사실이다. 독도는 멀리 영토 끝자락에서 외롭고 고독하게 존재하는 탓에 국민들로부터 많은 관심과 사랑을 받아야 한다. 그것은 먼저 작가들의 몫이다. 독도는 작가들의 상상력에 의해 여러 가지 문학으로 표현될 수 있으며, 아울러 독자들의 관심을 배가할 수 있으며, 나아가 세계적인 관심을 끌어모을 수 있기 때문이다. 그리고 어떤 문학으로 표현되든 영토를 바탕으로 이루어져야 하는 것은 당연하다. 따라서 작가는 누구보다도 독도가 갖고 있는 역사적 의미와 스트레스의 원인에 대하여 관심을 기울일 필요가 있다.

일본 정치인들은 '도근현 고시 40호'라는 유령의 문건을 내세우며 우리나라 영토인 독도를 표를 얻는 수단으로 이용하고 있다. '우리'를 결속하는 힘으로 가장 좋은 것은 공통적(집단 무의식)으로 잠재되어 있는 민족적 감정이기 때문이다. 아베는 총리후보 때 '다케시마의 날'을 정부 행사로 격상하겠다는 공약을 했고, 총리에 당선되었다. 그러나 독도가 왜 일본영토가 아니고 한국영토인지를 구분하는 건 쉬운 일이다. 대한민국 천연기념물 제336호 독도는 동해 북위 37도 14분 18초 동경 131도 52분 33초에 자리 잡고 앉아 있으며, 대한민국 경상북도 울릉군 울릉읍 독도리 산 1–37번지를 주소를 갖고 있다. 모도(母島) 울릉도와 92km(49해리) 거리에 있고, 일본의 도근현(시마네현) 은기도와는 160km(86해리)의 거리를 두고 있다.

독도가 한국 영토로 역사적 근거를 갖는 것은, 512년 신라 제22대 지증왕 13년에 이찬 이사부 박이종이 우산국(울릉도)을 병합하면서 첫 장을 기록하기 시작했다. 신라에 병합될 당시 울릉도와 독도는 우산국과 우산도라는 지명을 갖고 있었던 것이 첫 번째 증거로 존재한다. 독도는 신라와 고려를 거쳐 조선이 건국된 이후까지 우산도로 명명되었기 때문이다. 독도는 그렇게 울릉도와 함께 신라 지증왕 시대를 거쳐 고려시대를 맞아 여진족의 침입에 다소 시달렸지만 비교적 순탄하게 내려왔다. 그런데 고려 후기부터 왜구가 설치기 시작하면서 조선 시대에 들어와 왜구의 노골적인 노략질에 시달리기 시작했다. 일본은 때마침 무로마치 시대 중반기에서 전국시대의 혼란기로 접어들어 중앙권력이 분산되어 있는 상태였고, 따라서 지방을 통제할 여력이 없었던 터라, 왜구들은 이 틈을 타 국경을 넘나들었던 것이다. 울릉도는 산림이 울창하고 어장으로서 탐나는 곳이며, 독도는 난류와 한류가 교차한 탓에 고급어족의 집산지로 유명하다. 이 사실을 잘 아는 일본 어부들이 국경을 넘어오기 일쑤였고 현지 주민들과 충돌하면서 살상을 저지르는 일이 비일비재했다. 그런 사태는 1590년 풍신수길(도요토미 히데요시, 1536~1598)이 덕천가강(도쿠가와 이에야스, 1543~1616)을 누른 다음 일본을 통일하고 임진왜란을 일으킨 후에도 그치지 않고 계속되었다.

숙종 19년 안용복이 일본으로 건너가 은기도주와 백기도주를 만나 강도 높게 따졌다. 그때 일본 강호의 관백이 고문헌을 조사한 결과 울릉도와 독도는 신라 시대부터 조선영토라는 것을 발견하고 사실을 인정한다는 서계를 써주었을 뿐만 아니라 사과까지 했다. 그 후 명치 정부는 울릉도와 독도를 조선 영토로 존중하면서 일본 어부들의 울릉도 출입을 금지했다. 그런데 명치유신은 급속히 근대국가를 형성하면서 국민의 해외 진출을 독려하게 되고, 그와 같은 분위기를 타고 일본 어부들과 삼림채벌꾼들이 동해와 울릉도에 다시 출현하기 시작했다. 이에 대하여 조선 정부는(고종 18년) 일본 정부에 엄중한 항의서를 제출했다. 한편으로는 윗대 정부에서 취해온 공도정책과 수토정책을 폐지하고 울릉도에 백성들을 이주시키는 사민정책을 실시하기로 했다. 때마침 조선 정부는 1897년 나라 위신을 세우고 국가 기강을 새롭게 일신하기 위해 국호를 대한제국으로 개칭했다. 그리고 1899년 10월

존재와 사유

우용정을 책임자로 100명의 조사단을 울릉도에 파견하여 조사를 마친 다음 1900년 10월 25일 「대한제국칙령 제41호」를 반포하고 울릉도를 울도로 개칭하여 독도를 묶어 군으로 승격시켰다. 울릉도와 독도가 조선영토임을 다시 한 번 천명한 것이다. 따라서 일본이 내세운 '도근현 고시 40호'는 억지에 불과할 뿐이며, 이 문제의 문건 배경을 정리해볼 필요가 있다.

1904년 2월 일본은 조선 땅에 총칼로 무장한 주차군(駐箚軍)을 상주시키고 러시아와 전쟁을 일으킬 준비에 돌입했다. 그해 2월 23일 일본은 조선 땅의 전략 요충지 수용과 군사상 편의 제공을 약속받는 '한일의정서'를, 일본군을 주차시킨 강압적 분위기에서 맺었다. 5개월 후인 8월 22일에는 '제1차 한일협약'을 강압적으로 체결하고 조선의 군사 재정, 문서, 외교권 등을 심사하는 고문정치(顧問政治)을 실시했다. 그와 같은 상황에서 전국 동남해상의 전략적 지점이라고 판단되는 곳마다 러시아 함대를 감시하는 망루를 세워나가기 시작했다. 망루를 세워나가는 과정에서 동해를 바라보던 일본 해군성 수로부장은 바다 한가운데 솟아 있는 독도를 발견하게 되고, 블라디보스토크에서 발진하는 러시아 함대를 감시할 수 있는 망루를 독도에 세운다.

그리고 다음 해인 1905년 2월 22일 독도를 죽도(다케시마)로 이름을 붙여 도근현 소속 은기도 관할로, 문제의 '도근현 고시 40호'를 만들었다. 그리고 1905년 9월 러일전쟁에서 승전했고, 미국의 주선 아래 포츠머스 러일강화조약에 의해 전쟁을 종식하고 조선 지배권을 따내는 데 성공했다. 조선을 지배할 수 있는 발판을 만들어낸 일본은 본격적인 작전으로 돌입하기 시작했다. 즉 1905년 11월 17일 일본은 '을사늑약'을 강요하여 조선의 숨통을 틀어쥐는 고문(呵門)정치를 시작했으며, 이 고문정치에 의해 조선에 주재 중이던 외국 외교관들을 모두 본국으로 몰아내는 데 성공했다. 방해꾼들을 모두 쫓아버린 일본은 곧이어 1906년 2월 '통감부'를 설치하여 조선의 외교 활동을 일체 엄금하고 모든 언론을 통제 감시하기에 이르렀다.

이와 같은 상황에서 일본은 1906년 3월 조선 중앙정부를 피해 도근현 은

기도사와 말단 사무관을 울도(당시 울릉도 명칭)로 보내 울도 군수(심흥택)에게 독도를 일본 영토로 편입했으니 그리 알라는 말을 흘린다. 그것은 일본이 한국 영토를 침탈한 최초 증거이며, 이것은 매우 중차대한 문제가 아닐 수 없다. 그리고 뒤이어 1907년 '정미7조약'을 거쳐 조선 군대를 해산시켜버린 뒤, 1910년 8월 22일 '한일병합'(일본은 한일합방으로 부름)을 선언했다. 그런데 일본이나 심지어 한국 국민들도 1910년 8월 22일(한일병합)부터 일본이 조선을 침탈한 것으로 알고 있는데, 그것은 커다란 오산이다. 일본은 1904년 한국 땅에 일본군을 주차시켜놓고 '한일의정서' 및 '제1차 한일협약'을 강제하면서 한국을 침탈했으며, 1910년 한일병합은 침탈의 완성을 선포한 수순이었기 때문이다.

그리고 악몽의 수십 년이 흐른 다음 1945년 8월 15일 일본 천황은 세계 앞에 무조건 항복을 선언한다. 그때 연합군 최고사령부는 카이로 선언을 재확인하는 포츠담 선언 지령(SCAPIN, 스카핀) 제677호의 규정대로, 일본은 본래의 일본 땅 외에 그동안 약취하고 침탈하고 탈취한 남의 나라 땅을 모두 돌려줄 것이며, 특히 한국을 노예 상태에서 해방할 것을 명령한다. 또한 연합군 최고사령부를 대표해 미국 맥아더 장군이 일본을 통치하게 되면서 일본 어부들에게 독도에 접근해서는 안 된다는 '맥아더라인'을 선포했다. 일이 이쯤 되자 일본은 독도를 1905년 2월 22일에 선점했으므로, 독도를 선점한 건 한일병합을 만든 1910년 이전 일이니 조선 영토를 탈취한 것이 아니라고 주장한다. 즉 포츠담 선언 지령에 따르지 않아도 된다는 논리를 펼친 것이다.

해방 이후 한국은 총선거를 통해 대한민국을 수립하게 되었고 정부 수립 불과 5년도 채 안 되어 북의 기습으로 전쟁이 발발한다. 그리고 연합국들은 서둘러 각자의 국익에 따라 대일본 강화회의를 열고 일본을 연합군 최고사령부 통치에서 해방시켜주는 일이 발생한다. 일본은 느닷없이 독립 주권국가를 회복하게 되고, 이렇게 되자 일본 어민들은 맥아더라인을 무시하고 다시 삼림 좋고 어족이 풍부한 울릉도와 독도에 들어와 노략질을 일삼기 시작했다. 그리고 부산 임시정부로 동해상의 보고가 거의 날마다 끊이지 않고 날아들었다. 결국 이승만 대통령은 1952년 1월 18일 각 지점에 따라 20해리 또는 200해리에 이르러 독도가 지배하는 영해를 포함한 평화선을 선언했다. 이승만 대통령의 평화선 선언은 국제관행에 따른 조치였다. 즉 1945년 9월 28일 미국 트루먼 대통령이 보존수역에 관한 선언과 함께 대륙붕의 지하 및 해저 천연자원에 관한 미합중국선언을 한 이후 "모든 연안국은 자국의 보존수역과 대륙붕을 선언할 수 있다."고 선언했다. 이 '평화선'이란 독도는 엄연히 한국 영토이니 일본과 싸울 필요도 없거니와 싸울 이유도 없다는 것을 천명한 것이었다.

일본은 한국이 평화선을 선포하고 난 다음 10일 만에(1952.1.28.) 독도를 한국 영토로 인정할 수 없다는 항의서를 한국 정부에 보내왔다. 일본은 모두 4회에 걸쳐 항의서를 보냈고 우리 정부에서도 그때마다 답변서를 보내면서, 문제가 분쟁 양상으로 확대되어갔다. 그 후 박정희 대통령이 정권을 잡게 되었고, 1965년 6월 한일회담을 거쳐 '한일기본조약'을 체결하고 한일국교 정상화가 되면서 일단 잠잠해진 듯했다. 그러나 일본은 지리부도에 독도를 일본 영해 내에 넣어놓고 학생들에게 교육을 시키는가 하면 도근현이 독도에 대한 지방세를 물리는(『조선일보』, 2000.10.4.) 등 은밀히 작업을 진행하고 있었다. 일본 외무성에서 발행한 외교청서도 점점 달라져갔다. 1997년 판과 1999년 판에서는 '제2부 별책 한국편'에서 독도 문제를 가볍게 언급하고 말았던 것을, 2000년 판에서는 총론으로 다루어 '역사적으로나 국제법적으로 확실히 일본 영토이며 이것은 일본의 일관된 생각'이라며 강도를 높여가기 시작했고, 2005년 3월에는 일본 도근현 의회에서 '다케시마의 날'을 제정하여 선포식을 열었다.

이때 우리나라에서는 마산에서 '대마도의 날'을 선포하여 대치했고, 부산에서는 부산일보사 강당에서 부산시민단체 학술 심포지엄을 개최하여 진실을 규명했다.(그때 필자는 지정토론자로 나섰다.) 일본은 다시 2008년 봄, 중학교 교과서에 실어 학생들에게 가르칠 준비를 완료한 것으로 드러나 우리나라 국민들과 감정 격돌이 우려되는 상황으로까지 치닫기도 했다. 이때 일본의 학자 나이토 세이추 교수(시마네 현립대 명예교수, 2012년 12월 16일, 83세로 타계)가 양심선언을 하고 나섰다. 나이토는 일본 최고의 독도 전문가로서 일본 정부의 터무니없는 주장 앞에 망연자실했다고 고백했는데 이유는, 안용복이 일본 관백으로부터 받아낸 서계 사건을 연구하고 모든 진실을 알았기 때문이라고 했다. 일본 외무성에서 2008년 독도영유권을 주장하기 위해 「다케시마 문제를 이해하기 위한 10가지 포인트」라는 책자를 발간하자 나이토는 여기에 반격하는 『다케시마 – 독도문제 입문』을 펴내 조목조목 관련 자료를 들이대며 반박을 펼쳤다. 나이토는 한국 『연합뉴스』 인터뷰에서 (2012.9) "일본인이면서 왜 그런 일을 하십니까?"라는 우리 측 기자 질문에 "돗토리번(은기도)의 문서를 본 이상 양심을 속일 수 없었다."고 대답했다.

그리고 나이토는 "국익보다 더 중요한 건 진실이다."라는 말을 덧붙이면서 한국은 '대한제국 칙령 제41호'를 일본에게 제시해야 하고, 한국인은 그것을 기억해야 한다는 말을 강조했다. 나이토의 말은 설사 1905년에 만든 도근현 고시 40호가 일본인들 말대로 어떤 문건이라 하더라도, '대한제국 칙령 제41호'가 무려 5년이나 앞선다는 말이며, 도근현 고시 40호는 일본의 아주 작은 지방의 한 행정구역인 도근현이 만들었다면, '대한제국 칙령 제41호'는 제국의 황제가 만들었다는 차이를 든 것이다. 또한 나이토의 "국익보다 더 중요한 건 진실"이라는 말은 숭고한 진리이며 국익을 위해서라는 명분도 진실을 능멸해서는 안 된다는 엄중한 충고에 다름 아니다. 따라서 신선한 충격을 준 나이토의 양심은 문학적으로 훌륭한 소재라고 할 수 있다. 즉 독도를 정면으로 다루기보다 나이토의 양심을 통해 독도를 조명한다면 세계에 내놓을 수 있는 가장 확실한 객관성을 확보할 수 있기 때문이다.

존재와 사유

동중국해 대륙붕 제7광구(JDZ)

바다의 내연적 공간인 대륙붕 또한 국가의 영토로 존재한다. 따라서 세계는 20세기에 들어와 수중 영토, 즉 바다 밑에 숨어 있는 자국의 뼈대 찾기에 골몰하기 시작했다. 1985년 리비아와 몰타의 대륙붕 분쟁 사건은 물론 2007년 8월, 러시아가 북극해 대륙붕에 자국의 국기를 꽂고 러시아 영토를 선언하자 캐나다가 강력히 반발하고 나섰고, 일본과 중국은 센카쿠열도(일본) 또는 다오위다오(중국)를 가지고 분쟁 중에 있으며 심지어 전쟁을 운운하기에 이르기도 했다. 삼면이 바다인 우리나라는 삼면으로 대륙붕이 뻗어 나가 있고, 주변국 일본과 중국과 수중 영토 경계를 갖게 된다.

따라서 황해지역으로는 중국과, 동중국해로는 일본과 대륙붕 문제가 얽혀 있다. 대륙붕은 영토로서 거대한 자원(천연가스, 석유)이 매장되어 있는 곳으로 우리나라는 서해와 황해 그리고 동중국해까지 총 일곱 개 광구가 있다. 이것들은 모두 중국, 일본과 대륙붕 경계에 위치하며 제1광구에서 6광구까지는 서해와 황해에 포진되어 있으며 중국과 경계를 이룬다. 제주도 남쪽 아래 위치한 동중국해에는 제7광구가 있으며 이것은 일본과 경계를 이룬다. 그리고 한때(1970년대 후반) 제7광구에 엄청난 석유가 매장되어 있다는 발표에 따라 대중가요 〈제7광구〉(정난이)가 유명세를 탈 정도로 대한민국을 흥분의 도가니로 몰아넣었다. 또한 2011년 제작된 영화 〈제7광구〉(김지훈 감독, 하지원·안성기 주연, 누적 관객 수 2,242,510명)가 상영되기도 했다. 영화 내용은 석유시추선 이클립스호가 제주 남쪽 바다 동중국해 2500미터 해저에서 석유를 탐사하려는 내용이다.

> 나의 꿈이 출렁이는 바다 깊은 곳
> 흑진주 빛을 잃고 숨어 있는 곳
> 제7광구 검은 진주 제7광구 검은 진주
> 새털구름 하늘 높이 뭉실 떠가듯

온 누리의 작은 꿈이 너를 찾는다
제7광구 검은 진주 제7광구 검은 진주

조용히 맞은 세월 몸을 숨겨온
위대한 너의 숨결 귀 기울인다
제7광구 검은 진주 제7광구 검은 진주
이 세상에 너의 모습 드러낼 때는
두 손 높이 하늘 향해 반겨 맞으리
제7광구 제7광구 제7광구
제7광구 제7광구 제7광구

— 정난이, 〈제7광구〉

당시 대중가요와 함께 국민들이 흥분했던 것은 당연하다. 미국 우드로 윌슨 연구소의 분석에 따르면 제7광구가 위치한 대륙붕 전체에 매장된 천연가스 매장 추정량은 세계 최대 산유국인 사우디아라비아 매장량의 10배에 달하는 규모라고 했다. 또한 "동중국해는 분명히 또 다른 페르시안 걸프입니다."(KBS 시사기획 인터뷰, 2011.6.14.)라는 미국 국제정세연구소장 샐리그 해리스의 말대로 우리나라가 산유국이 된다는 것은 정녕 꿈같은 이야기였다. 그런데 JDZ(Joint Developement Zone)라 불리는 이 어마어마한 제7광구는 대체 누가 어떻게 알아낸 것일까?

이것은 에머리 보고서에서 비롯된다. 1967년 UN산하 아시아경제개발위원회 미 국립해양연구소의 '에머리' 박사가 이끌던 연구팀이 대만에서 동중국해에 이르는 대대적인 자원탐사에 나섰고, 이들이 발견한 것은 우리나라 제주도 남쪽 바다에서 일본 오키나와 해구 직전까지 뻗어 내린 대륙붕이었다. 이 대륙붕은 남한의 80퍼센트에 달하는 면적인데, 에머리 보고서는 이곳에 사우디아라비아의 10배에 달하는 천연가스와 사우디아라비아의 절반가량에 해당되는 석유가 매장되어 있을 가능성을 제기했다. 따라서 그들은 제7광구를 아시아의 페르시아만이라고 명명했고, 이 소식은 세계의 이목을

존재와 사유

집중시켰다. 당사국인 우리나라는 1970년 1월 1일 '대륙연장론(자연연장론)'에 근거하여 제7광구를 설정하고 영유권을 선포하기에 이른다. 그러자 일본이 중간선 경계를 들고 나와 반발하면서 한국 정부를 압박하여 1974년 1월 30일 한일공동개발구역 JDZ를 설정하고 협정 조인을 하기에 이르렀다. 그리고 4년 후 1978년 6월 양국 국회 비준과 양국 정부 비준서를 교환하고 협정 기간을 50년(1978~2028)으로 잡았다. 향후 50년 동안 한일 두 나라가 공동으로 개발한다는 것이었는데, 어느 쪽이든 독자적으로 개발할 수 없다는 조항을 달았다. 당시 한국은 시추 기술이 전무한 상태였고, 또한 일본으로부터 많은 차관을 도입한 입장에서 일본이 하자는 대로 일본에게 끌려간 조약이었다.

그리고 1980년대로 들어와 석유 탐사 활동을 하던 중 1986년 일본은 경제성이 없다는 이유로 탐사를 중단하면서 지금까지 중단 상태로 이어지고 있다.[62] 그러나 독자적 개발 금지 조항 때문에 우리나라 단독으로 개발을 시도할 형편도 되지 못한 현실이다. KBS 취재기자가 일본으로 해당 공무원 히로시데(경제산업성 자원과장)를 찾아가 인터뷰한 내용을 보면 "현재의 틀 속에선 한국의 독자적 개발 추진은 허용할 수 없습니다."라며 독자개발 불가론을 분명히 했다. 그런데 제7광구로부터 약 800미터가량 떨어진 곳에서 중국이 유전 개발을 발표하자 일본은 서둘러 중국과 협상하여 '중일' 유전공동

---

62 석유공사가 제출한 자료에 따르면 2002년 한일공동탐사 결과 제7광구 제1소구 5개 지역에 석유 부존 가능성이 높을 것으로 나타났다. 그동안 탐사결과와 연구결과에 대한 해석에서 석유공사 측은 제7광구에 석유매장 가능성이 큰 것으로 보고 있으나, 일본 측이 경제성에 대해 부정적 입장을 표명하면서 중단된 상태로 가고 있다. 이 과정을 정리해보면, ① JDZ는 1980년부터 86년까지 7개 광구를 탐사하였으나 성과가 미비하다면서 일본이 탐사를 중단했다. ② 2002년 우리 측 요구로 탐사를 재개했으나, ③ 2004년 일본이 다시 경제성이 없다면서 일방적으로 중단해버렸다. ④ 2006년부터 2010년 한일 간 공동 탐사에서 기존 탐사결과를 토대로 공동연구로 수준을 낮추어 진행함(일본은 정부수준에서 민간수준으로 낮춤) ⑤ 2010년 3월 일본이 석유자원 부존가능성이 낮다는 이유로 공동연구 종료의사를 표명하면서 현재에 이르고 있다. 2011년 6월 14일(화) 밤 10시, KBS 1 TV 시사기획 KBS 10 〈한 · 중 · 일 대륙붕 삼국지〉 보도자료 참조.

개발을 선언하고 나섰다. 이것은 그동안 일본이 JDZ의 석유 매장량이 미미하다고 해왔던 것이 거짓말임을 말해준다. 여기에는 매우 중차대한 이유가 존재한다. 즉 1985년 리비아와 몰타가 대륙붕 분쟁을 일으키자, 이를 계기로 UN이 지금까지의 '자연연장설'에서 '등거리 기준'으로 봐야 한다는 분위기로 전환되자 일본이 생각이 바뀐 것이다. 즉 등거리 기준에는 해상의 영해 경계인 200해리(EEZ)와 관련되기 때문에 일본은 이대로 밀고 가다가 협정 시한 2028년을 넘기면, 그때 가서 EEZ를 적용하여 영유권을 갖겠다는 것이다. 그렇게 되면 한국은 남한 면적 80퍼센트가량인 제7광구를 모두 잃게 되는 일이 발생할 수 있다고 전문가들은 우려를 금치 못한다. 김찬규 국제재판관(국제상설중재재판소 재판관)은 "2028년 대륙붕공동개발협정이 종료돼버릴 것 같으면 일본이 전부 다 가질 수 있다고 일본이 생각한 것"이라고 했다.

이와 같이 대륙붕이 세계적으로 영유권 분쟁으로 번지자, 1999년 UN에서 중재안을 내놓았다. 10년이라는 시간을 줄 테니 각 나라들은 해당 대륙붕이 자국의 영토라는 조사를 한 다음 증빙자료를 만들어 2009년까지 UN 대륙붕한계위원회에 제출할 것을 요구했다. 우리나라도 탐사선을 띄워 조사에 들어갔다. 이 탐사선은 탄성파를 발생시켜 땅속 구조를 볼 수 있는 최첨단 장비였으며, 2000년부터 연구조사에 착수하여 2006년까지 약 20억 원의 연구비를 들여 조사를 마쳤다. 문서 제출 마감일은 2009년 5월 12일이었는데, 세계 각국 나라가 UN 대륙붕한계위원회에 조사한 '정식 문서'를 제출하기 시작했다. 일본이 2008년에 13번째로 제출을 마치고 마감일인 2009년 5월 12일 쿠바가 마지막으로 서류 제출을 마쳤다. 정식 문서를 제출한 나라는 모두 51개국이었다. 그런데 어떻게 된 일인지 '정식 문서' 제출 51개국 가운데 한국이 빠져 있었다.

이 문제로 학계 전문가들이 외교통상부와 정부를 비판하고 나섰다. 2011년 6월 14일(화) 밤 10시, KBS 1 TV에서 '시사 기획 KBS 10' 〈한·중·일 대륙붕 삼국지〉(홍사훈 기자)라는 제목으로 방영 보도한 것에 따르면(2009년 9월 15일에도 방영), 우리나라는 조용한 외교를 중요시하여 이해하기 힘든 일을 했다는 것이 드러났다고 했다. 즉 문서를 제출하긴 했으나 '정식 문서' 대신 '예비 정보'를 제출한 것이었다. 그러니까 한국은 그동안 조사한 것을 '예비 정보'라는 문서로 제출한 것인데, 이 '예비 정보'라는 것은 기술이나 재정적으로 연구조사를 할 능력이 없는 나라들이 간단하게 예비 단계로 제출하는 문서를 말한다. 한국이 제출한 이 예비 정보 문서는 겉표지를 포함하여 단 8장에 불과한 것으로 제7광구가 왜 한국 영토인지를 밝히지 못한 채 마지막 장에 '한국의 대륙붕 경계가 일본 오키나와 해구 직전까지'라는 것만 표기해놓았다. 사실은 7년간 탐사와 연구를 끝낸 한국지질자원연구원은 2008년 10월 경, 백여 장에 달한 최종 보고서를 외교통상부에 올렸으나 외교통상부는 생각이 달랐다는 것이다.

일본은 우리와 반대로 수백 장에 달하는 '정식 문서'를 제출해 일본 영토의 2배에 가까운 대륙붕을 영토로 신청했다. 이 문제에 대하여 당시 대륙붕 '정식 문서' 제출과 관련된 민간자문위원 중 한 사람인 김영구 교수(한국해양대학교 국제법학)는 "당시 정부가 '예비 정보' 문서조차도 내지 않으려는 분위기였다"고 했으며, 외교통상부 민간자문위원인 또 한 사람은 "그동안 일본은 한국이 대륙붕 영유권을 주장할 자격이 없다고 주장해왔는데 이와 같은 일본의 주장과 논리를 받아들여, 우리 정부 내에 UN에 대륙붕 문서를 제출할 권한이 한국에는 없다고 생각하는 관료들이 있다는 것이 참으로 개탄스러운 일"이라고 비판하기도 했다.

우리나라 외교통상부는 '정식 문서' 제출 기한이 2년이나 지날 때까지(2011)도 제출하지 않았는데, 관계 전문가인 김영구 교수, 김현수 교수(인하대 법학전문대학원), 박용안 교수(서울대 명예교수) 등 여러 학자들은 반드시 '정식 문서'를 제출해야 한다는 점을 강조했다. 더욱이 박용안 교수는 UN 대륙붕한계위원회 21명의 심사위원 가운데 유일하게 한국인 심사위원으로서 보건데 "한국이 '예비 정보'를 제출한 것에 대해 심사위원들 사이에 미묘한 분위기가 흐르고 있다."고 했다. 즉 한국처럼 잘사는 나라가 대륙붕을 탐사할 능력이 없는 나라들이나 내는 '예비 정보' 문서를 냈다는 것은 이해 못 할 일이라는 것이다. 이 문제는 외교통상부의 국회 국정감사 시에도(2008.10.7) 중요 사항으로 다뤄졌다.

뿐만 아니라 우리나라는 제7 광구 외에도 중국과 마주하고 있는 서해 제2광구 문제가 있는데, 이곳이 제7광구보다 문제가 먼저 터질 수 있다고 전문가들은 우려하기도 했다. 2004년 7월, 한국석유공사는 서해 제2광구 유망지역을 시추하기 위해 탐사에 들어갔으나 중국의 반대로 시추를 하지 못하고 말았다. 그리고 2년 후에 중국이 미국의 석유회사(Devon)와 군산분지(중국은 '남황해분지'라고 함) 주변을 탐사, 시추하기로 했다. 그러자 한국석유공사는 중국이 미국의 석유회사와 공동으로 한중 주안선 바로 옆에서 시추를 준비 중이니 맞대응이 필요하다는 내용의 공문을 산업자원부에 보냈다. 중국 광구와 우리 제2광구는 부분적으로 겹쳐 있기 때문이다. 그러자 산업자원부도 대응 탐사와 시추를 하기로 하고 곧바로 외교통상부에 협조를 요청했다. 당시 산업자원부가 외교통상부에 보낸 공문에는 상황의 심각성이 구구절절했던 것으로 알려졌다.

그러나 한국에서는 대응 시추는 물론 탐사조차도 이루어지지 못했다. 이유는 중국 정부와 마찰을 우려한 외교통상부의 반대 의견 때문이었다는 지적이다. 결국 2008년 중국 해양석유공사와 미국 석유공사는 시추를 했고, 시추에 성공했는지 여부는 공개하지 않았다. 외교통상부 입장에서는 북한 문제에 있어서 중국의 역할이 큰데 중국과 마찰을 일으키는 것이 부담이라는 것이다. 2010년 1월 21일 중국은 남황해분지(한국은 '군산분지'라고 함)를 중국의 4대 에너지 자원지역 가운데 하나로 선정하고, 서해 석유자원 탐사와 개발에 박차를 가하고 있다. 그리고 '시사 기획 KBS 10' 기자는 다음과 같은 말을 한다. 즉 2011년 4월에 우리나라 영해 내의 자원 탐사 현장을 동행

존재와 사유

취재하기로 미리 허가를 받았으나, 출항을 하루 앞두고 갑자기 연구 담당자로부터 취재를 허락할 수 없다는 연락을 받았다는 것이다. 이유는 "한국이 해양자원에 대해 탐사 의지를 갖고 있다는 사실이 방송을 통해 일본과 중국에 알려지면 곤란하다."는 것이었다. 기자가 국토해양부 해양 영토 개발과 공무원에게 어떻게 된 일인지 묻자 해당 공무원은 "우리 정부는 영유권 문제에 있어서 왜 이리도 일본, 중국의 눈치를 보는지, 왜 이리도 소극적으로 대처하는 것인지 모르겠습니다."라고 속내를 터놓았다고 한다. 그리고 이어서 "이것이 정부가 늘상 말해오던 조용한 외교의 실체인가요?"라고 김영구 교수가 기자에게 되물었는데, 이 질문은 우리에게 아직도 힘이 없다는 것을 함의한다.

이와 같이 바다는 해상으로 또는 물속으로 뻗어 내린 대륙붕으로 영토 문제를 갖는다. 그리고 이 문제는 노래와 영화로 만들어졌을 뿐, 아직 문학으로는 창작된 작품이 없다. 따라서 작가들에게 물속의 영토는 개발해야 할 미지의 광맥에 다름 아니다.

4. 바다에 대한 체험과 문학적 접근

해양문학을 언급함에 있어 반드시 선행되는 말이 있다. 직간접 체험 문제로서, 바다와 작가의 연관성에 대하여 작자 자신부터 그것을 강조하는 버릇이 그것이다. 즉 해양문학을 쓴 작가가 모두 선원일 수 없는 처지에서 직접 체험에 조금이라도 가까워지려는 심리일진대 "배를 좀 타봤다거나, 어떤 이유로 하여 바닷가에서 살아본 적이 있었다거나, 바다는 나의 고향이라든가, 부모나 조상들이 바다 사람이었다."는 등등의 이유를 대는 것이 일반적이다. 물론 지금까지 직접 체험에 의해 탄생한 작품들이 명작의 반열에 올라 있는 것이 사실이다. 허먼 멜빌은 1년간의 포경선 경험으로『모비딕』을 썼으며, 콘래드는 16세부터 배를 타기 시작해 22년간의 체험을 토대로 대표작 『로드 짐』, 「청춘」 등을 썼다. 우리나라 천금성과 김성식 역시 선장 출신으로서 직접 체험자들이었다. 천금성은 10여 년간의 경력으로 다작의 소설을 썼고, 김성식은 30여 년의 승선 경력과 함께 해양시를 썼다. 따라서 서구의 작가든 국내 작가든 직접 체험을 바탕으로 쓴 삭가들의 작품이 지전적인 성격을 띠는 것은 어쩌면 당연하다 할 것이다.

작가들이 해양문학을 창작할 때 현장감에 대한 부담을 갖는 것은 사실이다. 그러니까 작가들이 자신의 직접 체험이 아니라는 것에 대하여 부담을 갖는 것이다. 특히 해양문학상 작품에서 그런 현상이 두드러지는데, 공모라는 부담에 기인하는 바도 크다고 볼 수 있다. 이런 이유에서 해양문학에 있어서 바다에 대한 접근성은 매우 중요한 문제가 아닐 수 없다. 과연 작가는 바다와 어떻게 만나야 할까? 반드시 외연의 공간인 바다를 항해해야 하며, 내연의 공간을 체험해야만 할까? 그런데 해양문학이 반드시 직접 체험이어야 한다면 작가는 반드시 선원이나 어민이어야 한다. 그렇다면 해양문학의 미래는 보장할 수 없을 뿐만 아니라 기피의 대상이 될 수밖에 없다.

따라서 해양문학에 대한 직간접체험 문제는 지금까지 이견을 보여왔는데, 황을문은 바다가 생계수단이 아닌 일반 작가의 작품은 해양문학으로, 반대로 바다에 종사하는 바다 사람들이 쓴 작품은 해양참여문학으로 인식해야 할 필요성을 제기하고 나섰다.[63] 이는 해양문학의 확대를 위해 매우 의미 있는 제안이라고 할 수 있다. 그러나 어떤 성격의 문학이든지 인식에 따라 문제가 달라지게 마련이다. 작가 특유의 상상력과 치밀한 연구를 통해 간접 체험 아래서도 직접 체험자 이상으로 바다를 묘사할 수 있으며, 바다

---

63 황을문, 『해양문학의 길』, 전망, 2007, 16쪽. 황을문은 해양문학가협회 회장, 한국해양대학교 명예교수, 『해양과 문학』 발행인이다. 저서로 『알베르 까뮈의 부조리 사상』, 『프랑스문학에 나타난 바다의 양태』, 『해양문학 소요』, 『해양문학의 길』, 『아치섬의 바다 이야기』, 『끝없는 항해』 등 다수가 있다.

존재와 사유

의 특성을 살려낼 수 있기 때문이다. 그것은 다만 바다에 대한 관심과 연구가 얼마나 적극적인가에 달려 있다. 좋은 예로 해상과학 공상소설『해저 2만 리』의 작가 쥘 베른은 직접체험보다는 간접체험에 의존하여 해양문학을 창작한 작가였다. 그는 선원들과 수부들로부터 전해들은 이야기를 바탕으로 바다에 대한 연구에 몰두하여 작품을 쓴 것으로 알려져 있다. 우리나라에는 전국에서 공모하는 해양문학상이 존재하며, 여기에 당선된 작가 가운데 선원 출신 작가보다 일반 작가가 더 많다는 사실에도 주목할 필요가 있다. 더러는 어선에 편승하여 단기간의 체험을 했다고는 하나, 그들 역시 간접 체험자들이기 때문이다.

최남선의 「海에게서 소년에게」를 한국 해양시의 효시로 본다는 것은 여러 가지 의미를 제공한다. 구모룡은 "최남선, 정지용, 김기림 등의 해양시가 식민지 시기 현해탄과 관부연락선을 무대로 한정된 것이라면 해방 이후 박인환의 해양시는 대양을 향해 열려간다."[64]고 했는데, 이는 간접체험을 인정할 뿐만 아니라 적극 권장하는 의미로도 해석할 수 있다. 왜냐하면 최남선, 정지용, 김기림, 박인환 등은 선원과는 거리가 멀기 때문이다. 문학은 상상력에 의존하는 것으로서, 해양문학을 반드시 직접체험을 원칙으로 하는 인식이 바뀌지 않는 한, 일반 작가들이 귀중한 시간과 혼을 빼는 각고의 노력을 바쳐 굳이 해양문학을 쓰려고 하지 않을 것이며, 한편으로는 마치 체험기에 불과한, 작품의 질적 문제가 발생하게 될 수도 있다.

중요한 것은 해양문학이든 농촌문학이든 그에 따른 전문용어와 전문지식만은 확실해야 한다는 사실이다. 이러한 전문용어는 해양 사람이 아니더라도 얼마든지 공부할 수 있는 문제인 탓이다. 더 중요한 것은 작가가 부딪치게 되는 모티브이다. 즉 어떤 동기를 만났을 때, 전율하는 느낌, 적어도 작가로서 '나는 이걸 반드시 써야 한다'는 작가적 전율이 느껴져야 한다. 편의

---

64   구모룡, 「해양문학과 근대 세계」, 제19회 한국해양문학 심포지엄, 2014, 56쪽.

상 필자의 예를 든다면 필자에게는 두 번의 동기가 있었다. 졸작『독도는 말한다』(장편서사시)와 장편『동해 아리랑』을 출간한 바 있는데, 독도에 관심을 갖게 된 것은 1999년 1월 22일 신한일어업협정 실무협상이 타결되고 국회 비준동의가 통과되면서부터였다. 당시 어부들이 3조 원의 손실을 입게 되었다며 발을 구르는가 하면 국제법학자들과 관계전문가들이 독도가 중간수역에 들어가게 되어 일본과 공동 관리하는 꼴이 되었다고 펄펄 뛰었다. 그런데 책을 내놓고 보니 여러 가지 면에서 부족하고 아쉬운 점이 많았다. 소설로 쓰기로 마음먹었다. 그러니까 10년 만에 다시 장편소설『동해 아리랑』이라는 제목으로 소설화한 것이다.

제2연평해전에 대한 작품은 연평해전이 발발한 2002년 가을, 『참수리 357호』라는 제목으로 연평해전에 관해 썼으며, 연평해전을 쓴 것 역시 우연이 아니었다. 1990년대 중반, 제3함대 장병들의 정훈교육 연사로 강연한 적이 있었다. 강의를 위해 주마간산(走馬看山) 격이나마『한국전사』를 비롯하여 미국 헐버트 목사가 쓴 *The Passing of Korea*와 영국 해전사 연구자 벨라드 제독의 저서 *The Influence of the sea on the Political history of Japan*을 읽으면서 이순신, 넬슨, 도고와 해군과 해전사를 조금 이해할 수 있었다. 그 후 전시를 가상한 기동함대훈련의 날 제3함대 측의 초청을 받아 오전 10시부터 오후 5시까지 하루 종일 훈련을 참관했다. 대항공기, 대수상함, 대잠수함 작전함인 제3함대 충북함[65]에 승함한 경험이 있었다. 가상 간첩선을 쫓는 고속경비함의 편대 돌격훈련, 헬기 착함 훈련 등을 참관했는데, 그때 적의 함대를 향해 사령관함에서 포 10여 발을 쏘았다. 포가 나갈 때마다 진동으로 하여 3천 5백 톤급에 흘수선 아래서부터 마스트 꼭대기까지 13층 높이의 함선이 껑충 바다 위로 뛰어오를 정도로 요동했다. 그 무시무시한 진동은 참수

---

65 당시 제3함대 구축함인 충북함은 2000년에 퇴역했다. 그리고 뒤를 이어 2014년 10월 새 충북함이 진수되어 서해에 배치되었다. 퇴역한 충북함은 에게해 해전 및 월남전을 치른 다음 미국에서 수입했으며, 새 충북함은 한국 기술로 건조한 함대이다.

리 357호가 북의 공격으로부터 258발이라는 포격을 맞았을 때를 능히 상상하게 만들었다. 그것은 작가의 가슴을 뜨겁게 달구었고 작품으로 재현할 것을 채찍질했다.

이제 해양문학은 바다라는 절대적인 공간만을 고집해서는 안 된다. 바다의 영향권에 있는 모든 것을 해양문화(문학)로 인정해야만 해양문학의 다양성을 확보할 수 있으며 해양문학의 저변이 확대될 수 있기 때문이다. 예를 든다면 부두 컨테이너라든지, 조선소라든지, 바닷가의 각종 상업시설이라든지, 선원들의 개인사를 대상으로 하는 모든 것과, 바닷가에 위치한 원전, 환경문제 등등 바다를 대상으로 하는 모든 문화가 포함되어야 한다. 조금 더 구체적으로 말하자면 한국은 3,200개의 섬을 갖고 있는 해양 국가이다. 한 작가가 이 가운데 백 분의 일만 취재해도 해양문학을 평생 할 수 있는 소재를 취할 수 있다.

따라서 앞에서 언급한 독도와 제7광구는 영토적 의미에서 대작을 창작할 수 있는 소재라고 할 수 있다. 그동안 독도는 수많은 작가들이 작품화했으되, 제7광구는 아직 눈에 띄는 작품이 없는 것이 현실이다. 사실 제7광구는 독도보다 더 중요한 영토라는 것이 전문가들의 주장이다. 즉 남한 면적 80퍼센트가 2028년 일본과 JDZ 협약이 만료되고 나면, 어떤 상황을 맞을지 알 수 없다. 그러니까 자연연장선(대륙붕의 연장)이 아니라 등거리 기준에 따라 해상의 EEZ(200해리)의 영해를 적용한다면 일본에게 고스란히 빼앗길 염려가 있기 때문이다.

다음은 바다와 자연현상 문제와 관련하여, 미래학자들에 의하면 21세기부터는 지구의 생명이 해양에 달려 있다고 주장한다. 미래학자들의 주장이 아니더라도 바다는 지진과 쓰나미의 위험이 도사리고 있으며, 미래 진행형으로 지구를 위협하고 있다. 순식간에 일어난 일본 쓰나미(2011.3.11)는 인류의 대재앙이었으며, 작가들의 관심을 고조시키기에 충분하다. 2015년 노벨문학상 수상작품『체르노빌의 목소리 : 미래의 연대기』가 좋은 예이다. 기자 출신인 벨라루스의 여성 작가 알렉시예비치는 체르노빌 사건 이후 수년간 방사능에 피폭된 수백 명의 사람들을 취재해 모은 이야기를 일반적인 논픽션 형식, 즉 다큐멘터리 산문으로 썼으나 소설처럼 읽히는 매력이 있다. 따라서 영혼이 느껴지는 산문으로 평가받았다.

자연현상은 인간의 한계 밖이라는 이유로 막아낼 방법이 없으나, 인간에 의해 파괴되는 바다 환경문제가 오히려 인류의 미래를 위협할 지경에 이르고 있는 것이 사실이다. 2007년 12월, 충청남도 태안군 의항리 구름포 앞바다에 정박 중인 홍콩 유조선 허베이 스프리트호에서 1만 6천 톤 가량의 기름이 폭포수처럼 바다로 쏟아진 사건은 인류사에 기록될 만한 사건이었다. 2007년 12월, 충청남도 태안군 의항리 구름포 앞바다에 홍콩 유조선 허베이 스프리트호가 정박 중이었다. 그리고 삼성 예인선단 2척이 삼성중공업 해상크레인을 쇠줄에 묶어 거제도로 예인하던 중, 그중 한 척의 쇠줄이 끊어지고, 해상크레인이 유조선으로 돌진하여 세 번이나 유조선을 박았다. 여기에는 많은 이야기가 발생한다. 생태계 문제를 기본으로, 해당 지역 어민들의 고통은 간단치가 않았다. 그러나 이 사건은 그것으로 끝나는 것이 아니라 미래 진행형이다. 그 후로도 수많은 해상 유조선 사건이 발생했기 때문이다.

그리고 해양과 부산을 진지하게 생각해볼 필요가 있다. 부산은 명실공히 한국의 해양도시를 대표한다. 따라서 '광역시'라는 명칭은 수정할 필요가 있다. 역사적으로나 지정학적 위치로 볼 때, 5대 광역시 중 하나인 광역시가 아니라 특별시라고 해야 옳기 때문이다. 그러니까 우리나라 수도 서울특별시에 이어 부산을 제2특별시로 고쳐야 마땅하다. 왜냐하면, 부산은 일찍이 조선시대부터 나라의 관문 역할을 하면서 이웃나라 일본과 국제관계에서 나라를 대표해왔으며, 6·25로 명명되는 한국전쟁 시에는 한국의 마지막 보루였고 임시수도로서 나라를 대표했기 때문이다. 이로 인하여 국민의

존재와 사유

생명뿐만 아니라 당시 한국의 정치, 경제, 교육, 문화 등 모든 것이 부산에서 이루어지면서 나라가 기사회생할 수 있었기 때문이다.

따라서 부산은 해양문학이 활성화될 수 있는 특수 조건을 갖추고 있다. 그렇다면 부산이 가지고 있는 제재를 어떻게 활용해야 할까. 첫째 역사적인 측면에서 월컷의 『오메로스』처럼 부산이 잉태하고 있는 국제적 · 정치적 · 사회적으로 사유할 수 있다. 둘째는 서민의 삶을 대표하는 자갈치시장, 충무동 부두의 어선들을 활용할 수 있다. 셋째는 달맞이언덕, 청사포, 송정, 기장을 따라 동해안으로 펼쳐진 무대를 살펴볼 수 있으며, 남구의 이기대, 영도를 중심으로 한 태종대 등은 훌륭한 제재가 될 수 있다. 또한 바닷가에 위치한 생선 횟집 등을 비롯하여 전망 좋은 커피숍 등등 각종 상업시설과 또는 윈드서핑 등등에서 수많은 이야기를 생산해 낼 수 있다.

이 외에도 우리나라에서는 전통적으로 바다에 대한 미신이 강했다. 그리고 미신은 주로 여성들이 주도하면서도 여성에게 엄격한 금기로서 아이러니를 지닌다. 물론 이것은 현대에 와서도 완전히 사라진 것은 아니며, 미신이야말로 언어예술의 신비로운 소재가 아닐 수 없다.

ㄱ 어업을 하는 가정에서는 개를 기르지 않아야 하고, 개고기를 먹어서도 안 된다.

ㄴ 산고(産故)가 든 남편은 세 이레(21일)가 지난 다음에야 배를 탈 수 있고, 출어 중에 산고가 들었다면 남편은 세 이레 동안 집에 들어갈 수 없다. 또 배에서 사용하던 물건을 집으로 가지고 갈 수도 없다.

ㄷ 임산부나 혹은 해산한 지 21일이 넘지 않은 여자가 길을 가다가 배를 타러 가는 남자를 만나면 길을 피해가야 하고, 배를 타고 나간 후에라도 임산부는 선주 집에 가서는 안된다.

ㄹ 배를 나고 나갈 남자는 출어 3일 전부터 부부관계를 금해야 하고, 손톱, 발톱을 깎지 않아야 한다. 출어 당일 여자가 앞을 가로질러 가면 다시

되돌아와야 한다.

　ⓜ 그물을 깁거나 어구를 손질 중일 때, 그물이나 어구를 여자가 넘어가면 안 된다.

　ⓑ 배가 바다로 나갈 때는 휘파람 따위를 불지 않으며, 잘 다녀오라는 인사말도 건네지 않는다. 손도 흔들지 않는다.[66]

　인용문을 통해 알 수 있듯이 우리나라 어촌의 미신 금기(Taboo)는 주로 여성을 대상으로 한다. 여성이 아이를 출산하는 것을 부정하게 본 것은 구약성서「레위기」에도 언급되어 있는데, 여성이 출산할 때 흘리는 피를 부정하게 여기기 때문이다. 출산이 아니더라도 여성은 배와 상관하여서는 금기의 대상이었다. 이는 조선시대 유교를 바탕으로 한 절대적인 가부장제 남성중심사회의 여성을 억압하는 관습에서 생겨난 것이었다. 이외에도 바다 사람들의 미신은 이루 헤아릴 수 없이 많은데, 동물과 일반적인 사물도 예외가 아니다. 원숭이는 위아래, 또는 거꾸로 재주를 잘 넘는 탓에, 닭은 날개를 턴다는 이유로, 달걀과 바가지는 잘 깨지는 특성 때문에 금기사항에 들어간다. 앞에서 언급한 대로 미신세계가 언어예술의 소재가 된 것은 신비성 때문이다. 우리나라의 경우 바다에서 목숨을 잃은 망자의 혼을 건져 올리는 혼 굿 제의나 살풀이, 별신굿 등은 춤과 사설을 곁들이는 것으로 무용과 음악적 차원을 넘어 다양한 문학작품을 낳았다.

　결론적으로 문학과 바다는 고독에서 만난다. 문학과 바다의 공통점은 고독이기 때문이다. 또한 문학과 바다는 꿈과 어떤 동경에서 만난다. 문학은 표현하고자 하는 정신세계를 찾아 항해해야 하며 바다는 수평선을 끝없이 이어가는 공간성을 벗어나지 못하기 때문이다. 그리고 모든 문학은 상상력이다. 문학이 이성보다는 상상력과 관계가 깊다는 생각은 프랜시스 베이컨이 분명히 했다. 역사는 기억, 문학은 상상, 철학은 이성에 기인한다고 본

66　김정하, 『바다를 담아낸 소설과 민속』, 전망, 2005, 99~100쪽.

베이컨은 역사와 철학이 사실과 실제를 다루는 데 반해 문학은 사실에 대한 지식을 가지고 유희하는 것이라고 했다. 상상은 사실의 세계를 뛰어넘어 사실보다 더 사실답게 아름답게 다양하게 만드는 창조적인 매우 고유한 능력이기 때문이다.

제1부

김현과 문학, 그 뜨거운 상징 다시 읽기 : 월간『문학 도시』 2015년 3월호

깊고 푸른 절창의 울음 미학 — 이재무론 :『문학도시』, 2020년 5월호

모태적 고독과 생명의 본질에 대한 사유 — 박송죽론 :『문학도시』, 2020년 10월호

들국화 마지막 향기와 시인의 최후 — 김두만론 :『문학도시』, 2020년 11월호

제2부

사라짐이 남긴 불멸성과 현대적 만남 — 고운 최치원론 : 부산시 동래구 구립도서관 인문학 특강(2018년 6월 문광부 주최)

〈세한도〉와 예술 그리고 인간 — 추사 김정희론:「문학중심」, 2019년

사유의 결정체 몽테뉴의『수상록』:『문학도시』, 2019년 3월호

제3부

독립운동가 이회영을 통해서 본 시대 정신 : 서울시 중구청 중구 인문학 특강(2016년 5월)

대한민국 건국과 1919년 : 3·1운동 백주년 기념 인문학 특강(2019년 7월 25일, 광명시 시립도서관 (소하 문광부 주최)

고독한 사유로 배부른 농부 전우익 :『실천문학』, 2017년

프란치스코 교황과 중립의 의미 :「문학중심」, 2018년

제4부

질풍노도의 전방위적 글쓰기 – 최화수론 : 작고문인 조명(부산문화재단), 2018년

생래적 해양문학가의 정체성 – 옥태권론 : 작고문인 조명(부산문화재단), 2018년

제5부

해양문학의 양태와 문학적 상상력 : 제21회 한국해양문학 심포지엄 발제(2016년 8월 3일)

「김현과 문학, 그 뜨거운 상징 다시 읽기」

고봉준 외, 『김현 신화 다시 읽기』, 이룸, 2008.

김치수, 『월간 에세이』 1993년 6월호.

김　현, 『한국문학의 위상, 문학 사회학』(김현문학전집 1권), 문학과 지성사, 1991.

──, 『김현 예술기행 반고비 나그네 길에』(김현문학전집 13권), 문학과지성사, 1992.

──, 『행복의 시학, 제강의 꿈─행복의 상상력』, 문학과지성사, 1992.

──, 『행복한 책 읽기』, 문학과지성사, 1992.

──, 『자료집』(김현문학전집 16권), 문학과지성사, 1993.

이성복, 『전체에 대한 통찰─김현문학선』, 나남, 1990.

이인성, 『문학과 지성』 1990년 겨울호.

홍명희, 『상상력과 가스통 바슐라르』, 살림, 2005.

다치나바 다카시, 『나는 이런 책을 읽어왔다』, 이언숙 역, 청어람미디어, 2001.

「깊고 푸른 절창의 울음 미학」

이재무, 『위대한 식사』, 세계사, 2002.

──, 『별초』, 천년의시작, 2003.

──, 『생의 변방에서』, 화남, 2003.

──, 『세상에서 제일 맛있는 밥』, 화남, 2010.

————, 『이재무 길 위의 식사』(2012년 제27회 소월시문학상 수상 시인선), 문학사상, 2012.

————, 『슬픔에게 무릎을 꿇다』, 실천문학사, 2014.

————, 『슬픔은 어깨로 운다』, 천년의 시작, 2017.

————, 『얼굴』, 천년의 시작, 2018.

「모태적 고독과 생명의 본질에 대한 사유」

강신주, 『철학적 시 읽기의 즐거움』, 동녘, 2001.

박송죽, 『내가 당신을 사랑하는 까닭은』, 동아기획, 2016.

박정선, 『사유의 언덕에는 들꽃이 핀다』, 세종, 2011.

『계간 에세이 문예』, 계간 에세이, 2009년 봄호

『문예시대』, 문예시대사, 2015년 가을호.

『부산가톨릭문학』 제27권, 2014년 여름호

「들국화 마지막 향기와 시인의 최후」

김두만, 『들국화 마지막 향기』, 세종, 2014.

조동일, 『한국문학통사』 5, 지식산업사, 2005.

「사라짐이 남긴 불멸성과 현대적 만남」

고운국제교류사업회, 『고운 최치원의 종합적 조명 – 최치원 연구총서 1』, 문사철, 2009.

————————, 『고운 최치원의 역사관 – 최치원 연구총서 3』, 2010.

김기흥, 『천년의 왕국 신라』, 창작과비평사, 2000.

김은미 · 김영우, 『고운 최치원, 나루에 서다』, 동녘, 2017.

김은미, 「최치원의 삶과 시적 대응」, 한국문학논총 제67집, 2014.8.

조동일, 『한국문학통사 1』, 지식산업사, 2005.

최영성, 『고운 최치원의 철학사상』, 문사철, 2012.

최치원, 『최치원 선집 – 새벽에 홀로 깨어』, 김수영 역, 돌베개, 2008.

존재와 사유

하일식, 『한국사』, 일빛, 1998.

「〈세한도〉와 예술 그리고 인간」

박철상, 『세한도』, 문학동네, 2010.
유홍준, 『완당평전 1』, 학고재, 2002.

「사유의 결정체 몽테뉴의 『수상록』」

몽테뉴, 『수상록』, 손우성 역, 동서문화사, 1978.

「대한민국 건국과 1919년 – 임시정부 100주년에 생각하다」

국사편찬위원회, 『대한민국 임시정부자료집』 1(임시의정원 1), 2005,
───────, 『대한민국 임시정부자료집』 8(정부수반), 2006.
연세대 현대한국학연구소, 「國會開院式 開會辭」, 『雩南李承晩文書』 東文篇 15,
      1998.
조덕천, 「대한민국 임시정부의 국경일 제정과 '건국기원절' 기념」, 「대한민국은 언제
      세워졌는가 – 대한민국 건립에 대한 역사적 법률적 국제정치적 이해」(대한민
      국 임시정부수립 98주년 기념 국제학술회의 발표집), 2017.
한시준, 『역사농단』, 역사공간, 2017.

「고독한 사유로 배부른 농부 전우익」

전우익, 『혼자만 잘 살믄 무슨 재민겨』, 현암사, 1993.
장 코르미에, 『체 게바라 평전』, 김미선 역, 실천문학사, 2000.
자크 브로스, 『나무의 신화』, 주향은 역, 이학사, 1998.

「고독과 예술의 뜨거운 함수 그리고 질풍노도의 전방위적 글쓰기」

봉생문화재단, 「봉생문화」 가을호, 2017.
부산근대역사관, 『먼구름 한형석의 생애와 독립운동』, 2006.
사하구청, 『사하의 인물』, 2017.

최화수,『달 따러 가자』, 국제, 1986.

———,『우아한 그대』, 지평, 1987.

———,『지리산 반세기-역사산책』, 해성, 1997.

———,『최화수의 문화기행』, 청산, 1987.

———,『해강 김성곤』, 지평, 1987.

———,『사랑의 랍소디』, 지평, 1990.

———,『양산박』, 지평, 1990.

———,『智異山 365日-명산명소기행①』, 다나, 1990.

———,『智異山 365日-명산명소기행②』, 다나, 1990.

———,『智異山 365日-명산명소기행③』, 다나, 1990.

———,『智異山 365日-명산명소기행④』, 다나, 1991.

———,『부산문화 이면사』, 한나라, 1991.

———,『나의 지리산 사랑과 고뇌』, 지평, 1992.

———,『지리산』, 대원사, 1993.

———,『부산 금정산의 생존전략』, 미디어24, 2002.

———,『눈 위에 서리친다-최화수의 세상 읽기』, 동방문화, 2006.

———,『르포 라이팅』, 동방문화, 2007.

———,『7080 화첩』, 세종, 2013.

———,『누부야, 누부야!』, 세종, 2017.

한국정신문화연구원,『한국사 연표』, 동방미디어, 2004.

한용환,『소설학사전』, 푸른사상사, 2015.

E.L. 루카스,『좋은 산문의 길-스타일』, 메멘토, 2012.

「생래(生來)적 해양문학가의 정체성」

1. 도서

옥태권,『항해를 꿈꾸다』, 고요아침, 2005.

———,『해양소설의 이해』, 도서출판 전망, 2006.

———,『달콤 쌉싸름한 초콜릿 이야기』, 산지니, 2007.

옥태권 외, 『말하는 유물』, 문학수첩, 2013.
해양문학가협회, 『해양과 문학』 여름호, 도서출판 전망, 2005.

2. 신문 기사

「소설 창작 교실 '고교생 버전'(고교생 소설아카데미)」, 『국제신문』(2001.3.28)

「해양문학전문잡지 탄생 27일 『海洋과 文學』 발간」, 『국제신문』(2003.9.26)

「바다는 영원한 창작의 모태–해양문학인들 11일 부산서 전국 모임(전국해양문학인 대회)」, 『국제신문』(2004.12.7)

「바다는 따스한 모성품은 그리운 이름–바다의 날 특집 해양문학 간담회」, 『부산일 보』(2004.5.31)

「"해양문학 출발은 강" 해양문학가 협회 한강 행사」, 『국제신문』(2005.2.20)

「바다 위를 질주한 유목의 꿈」, 『부산일보』(2005.4.26)

「부산소설의 르네상스 배경」, 『부산일보』(2006.4.14)

「"부산문학 살길을 찾아서"–작가회의 · 문인협회 공동세미나」, 『국제신문』 (2006.5.17)

「도약을 준비하는 한국의 해양문학」, 『부산일보』(2006.9.22)

「新문하지리지 2009 부산재발견 〈30〉 에필로그 좌담회」, 『부산일보』(2009.12.22)

「바다에 있다. 부산문화의 길 〈4〉 부산의 해양문학 어디쯤 항해 중일까」, 『국제신문』 (2010.9.29)

「12人에게 듣는 나만의 쉼 : 컷! 잠시 일상을 내려놓고 마음의 여유를 찾는 순간이 지」, 『부산일보』(2011.7.5)

「소설가 옥태권 스마트 세상 : Are You Smart?」, 『부산일보』(2011.9.5)

「본보 시리즈 소설로 재탄생 '말하는 유물' 출간」, 『부산일보』(2013.4.10)

「해기사협회 60주년기념회 개최」, 『부산일보』(2014.8.5)

「부산소설가, 단체로 아이스버킷 도전 왜?」, 『부산일보』(2014.9.2)

「루게릭병 투병 동료 작가 위해 40계단에서 아이스버킷 챌린지」, 『국제신문』(2014.9.2)

「해양문학의 양태와 문학적 상상력−해양문학 어떻게 읽고 어떻게 쓸 것인가」

구모룡, 「『모비 딕』, 천금성 그리고 한국 해양문학」, 『海洋과 文學』 2005년 여름호,
　　　전망, 2005.

국방군사연구소, 『한국전쟁』(상), 1995.

김정하, 『바다를 담아낸 소설과 민속』, 전망, 2005.

김　훈, 『칼의 노래』, 생각의나무, 2001.

박정선, 『동해아리랑』(한국해양문학상 대상 수상작), 푸른사상사, 2013.

─────, 「참수리 357호」(해양문학대상 수상작), 2008.

최순조, 『연평해전』, 지성의샘, 2008.

합동참모본부, 『한국전사』, 1984.

황을문, 『해양문학의 길』, 전망, 2007.

데릭 월코트, 『오메로스』, 노저용 역, 고려원미디어, 1994.

어니스트 헤밍웨이, 『노인과 바다』, 김욱 역, 풍림, 1987.

자크 라캉, 『자크 라캉 욕망이론』, 권택영 외 역, 문예출판사, 1994.

조셉 콘래드, 『청춘·은밀한 동거인』, 조미나 역, 누멘, 2010.

쥘 베른, 『해저 2만리』, 이인철 역, 문학과 지성, 2002.

찰스 다윈, 『비글호의 항해기』, 장순근 역, 전파과학사, 1993.

허먼 멜빌, 『백경』, 봉현선 역, 혜원, 1995.

호메로스, 『오디세이아』, 반광식 역, 일신서적, 1994.

인명 및 용어

존재와 사유

작품 및 도서

존재와 사유

존재와 사유